KB196184

파리대왕

파리대왕

윌리엄 골딩 │ 이덕형 옮김

문예출판사

Lord of the Flies

William Golding

차례

소라의 소리 • 7

산정의 봉화 • 47

바닷가 오두막 • 72

채색한 얼굴과 긴 머리 • 88

바다에서 온 짐승 • 116

허공에서 온 짐승 • 147

그림자와 큰 나무 • 170

어둠에게 주는 선물 • 194

죽음 앞에서 • 228

소라와 안경 • 245

성채 바위 • 268

사냥꾼의 소리 • 290

작품 해설 • 321

윌리엄 골딩 연보 • 339

소라의 소리

금발 소년은 얼마 남지 않은 바위의 마지막 부분을 내려와 초호 (礁湖)를 향해 발밑을 살피며 조심스럽게 걷기 시작했다. 교복 스웨터를 벗어 끌다시피 한 손에 들었고 회색 셔츠는 몸에 찰싹 달라붙었다. 머리카락은 다닥다닥 이마에 엉겨붙었다. 정글 속으로 움푹 파고든 긴 암벽은 그야말로 열탕이었다. 소년은 덩굴식물과 부러진 나무줄기를 힘겹게 올라갔다.

그때 붉고 노란 환영인 듯이 새 한 마리가 섬광처럼 하늘로 치솟으며 마녀 같은 외마디 울음소리를 냈다. 이 울음에 이어 다른 고함소리가 메아리쳤다.

"어이! 잠깐 기다려!" 하는 소리였다.

낭떠러지 옆에 우거진 덤불이 일렁이더니 숱한 빗방울이 후두둑 떨어졌다.

"잠깐 기다려. 온통 걸렸어" 하는 소리가 다시 들려왔다.

금발 소년은 걸음을 멈추고 마치 이곳이 정글이 아니라 런던 근교나 되듯이 무심코 양말을 치켜올렸다.

조금 전의 그 목소리가 다시 들려왔다.

"덩굴 때문에 도무지 움직일 수가 없어."

그 목소리의 주인은 뒷걸음질치며 덤불에서 빠져나왔다. 잔가지들이 기름때 묻은 재킷을 할퀴었다. 맨살이 드러난 타원형 무릎은 포동포동했으나 가시에 찔리고 긁혀 있었다. 그는 허리를 굽혀 조심조심 가시를 빼내고 몸을 돌렸다. 금발 소년보다 키는 작았지만 몸이 몹시 뚱뚱했다. 그는 앞으로 나서며 안전하게 발 디딜 곳을 찾았다. 그러고 나서 도수 높은 안경을 통해 올려다보았다.

"메가폰을 가진 분은 어디 계시니?"

금발 소년은 고개를 저었다.

"여긴 섬이야. 적어도 나는 섬이라고 생각해. 저 바다에 산호초가 보이잖아? 어디를 봐도 어른들은 없는 모양이야."

뚱뚱한 소년은 놀란 표정을 지었다.

"조종사가 있었어. 하지만 객실에 있지 않고 앞에 있는 승무원실에 있었어."

금발 소년은 눈을 가늘게 뜨고 산호초를 바라보았다.

"다른 아이들은 모두 어떻게 되었지? 몇 명은 빠져나왔을 거야. 그렇지 않아?"

뚱뚱한 소년이 말했다.

금발 소년은 되도록 태연한 자세로 발을 골라 디디면서 물 쪽으로 향했다. 아무렇지도 않은 체하려고 애썼지만 지나치게 무관심한 태도는 보이지 않았다. 그러나 뚱뚱한 소년은 허둥대며 그의 뒤를 따랐다.

"어른들은 하나도 없을까?"

"내 생각엔 없어."

이렇게 말할 때 금발 소년은 근엄했다. 그러나 그 순간 무언가 야망을 실현했다는 희열이 그 소년을 사로잡았다. 그는 벼랑 한복판에서 물구나무를 서더니 거꾸로 보이는 뚱뚱한 소년을 향해 환하게 웃었다.

"어른들은 한 명도 없어!"

뚱뚱한 소년은 잠시 생각에 잠겼다.

"조종사 아저씨는?"

금발 소년은 허공에 뻗쳐 있던 다리를 내리고 김이 나는 지면에 앉았다.

"우리를 떨어뜨리고 조종사는 분명 날아가버렸어. 여기에 착륙할 수 없었던 거야. 바퀴 달린 비행기로는 착륙할 수 없었던 거라구."

"그러니까 우리는 공격을 받았군!"

"그분은 꼭 돌아올 거야."

뚱뚱한 소년은 고개를 저었다.

"우리가 추락할 때, 유리창을 통해 보았어. 비행기의 다른 부분에서 불길이 터져나왔어."

그는 암벽을 위아래로 훑어보았다.

"이건 비행기 때문에 이렇게 된 거야."

금발 소년은 손을 내밀어 두 도막이 난 나무줄기의 톱날같이 삐쭉삐쭉한 끝을 만져보았다. 잠시 소년은 호기심에 찬 표정을 지었다.

"비행기는 어떻게 되었을까? 지금쯤 어디로 갔을까?"

금발 소년이 물었다.

"그 지독했던 폭풍에 실려 바다로 밀려간 거야. 나무들이 자빠지는데 내려오는 것은 위험한 일이었어. 내려오지 못하고 그 안에 있었던 아이들도 몇 명은 될 거야."

그는 잠시 주저하다가 다시 입을 열었다.

"네 이름이 뭐지?"

"랠프야."

뚱뚱한 소년도 상대방이 자기 이름을 물어주기를 기다렸다. 그러나 알고 지내자는 제의가 오지 않았다. 랠프라는 금발 소년은 엷은 미소를 띠더니 벌떡 일어나 다시 초호 쪽으로 움직이기 시작했다. 뚱뚱한 소년은 끈질기게 그의 뒤를 따랐다.

"우리 일행 중 많은 아이가 이 근방에 흩어져 있을 거야. 다른 아이들은 보지 못했니?"

랠프는 고개를 저었다. 그러고는 발걸음의 속도를 빨리했다. 그러다 나뭇가지에 걸려 와지끈하는 소리를 내며 넘어졌다.

뚱뚱한 소년은 가쁜 숨을 몰아쉬며 그의 곁에 섰다.

"아주머니께서는 나더러 뛰지 말라고 하셨어."

뚱뚱한 소년이 설명했다.

"천식에 걸렸기 때문이야."

"천……천식?"

"맞아. 숨이 차는 병이야. 우리 학교에서 천식을 앓는 아이는 나밖에 없었어."

뚱뚱한 소년은 자랑거리라도 되는 것처럼 말했다.

"그리고 난 세 살 때부터 안경을 썼지 뭐니."

그는 안경을 벗어 보이면서 눈을 깜빡이며 미소를 지었다. 그러고는 누추한 재킷에다 대고 안경알을 닦았다. 고통과 정신 집중을 도모하려는 파리한 그의 표정이 안경을 썼을 때와 달라 보였다. 그는 얼굴의 땀을 닦고 급히 안경을 코 위에 얹었다.

"저 열매 좀 봐."

그는 낭떠러지 둘레를 힐끗 보았다.

"저 열매. 내가 기대하는 건……."

그는 안경을 바로 쓰고 랠프 곁을 떠나 헝클어진 나뭇잎 사이에 쪼그리고 앉았다.

"곧 다시 나갈 거니까……."

랠프는 조심스럽게 덩굴을 헤치며 나뭇가지 사이를 살금살금 빠져나갔다. 잠시 후 뚱뚱한 소년의 투덜대는 소리가 등 뒤에서 들려왔으나 랠프는 초호와 자기 사이를 갈라놓는 장막 쪽으로 서둘러 움직였다. 그는 부러진 나무 줄기를 넘어 정글을 벗어났다.

해안에는 새의 깃털을 연상시키는 야자수가 즐비하게 서 있었다. 야자수는 햇빛을 배경으로 똑바로 서 있기도 하고 비스듬히 서 있기도 하고 어느 것은 금세 넘어질 것 같았다. 그 초록색 깃털 같은 잎사귀는 30미터 높이 허공에 달려 있었다. 야자수 밑동을 감싼 땅은 약간 솟았고 잡초로 덮였는가 하면 쓰러진 나무들의 반란으로 여기저기 황폐한 흔적이 있었다. 또 썩어가는 야자열매와 야자의 새순이 여기저기에 흩어져 있었다. 그 뒤는 캄캄한 밀림과 암벽 때문에 생긴 공간이었다. 랠프는 한 손을 회색 나무 줄기에 얹고 서서 다시 눈을 가늘게 뜨고 햇빛을 반사하는 바닷물을 바라보았다. 저 밖으로 1.6킬로미터쯤 떨어진 곳에서는 하얀 파도가 산호초를 씻고 그 너머로 펼쳐진 허허한 바다는 짙은 감색이었다. 일그러진 원형을 이룬 산호초 안에 갇힌 초호는 산간 호수처럼 잔잔했으며 현란한 청색과 진한 초록과 자색을 발했다. 야자수가 즐비한 둑과 해면 사이의 모래사장은 가는 부챗살 같았는데, 언뜻 보아 끝이 없었다. 그도 그럴 것이, 랠프의 왼쪽으로 야자수와 모래사장과 해면이 이루는 조경(造景)은 무한대 거리의 한 지점에서 서로 겹쳐졌기 때문이다. 게다가 무더위의 열파는 거의 눈으로 식별될 정도였다.

그는 야자수가 선 둑에서 밑으로 뛰어내렸다. 모래가 검은 구두를 뒤덮으면서 열파가 그를 덮쳤다. 그는 옷의 무게가 거추장스러웠다. 그래서 구두를 힘껏 발길질하여 벗어버리고 다시 탄력 있는 고무줄이 달린 양말을 한꺼번에 벗어 팽개쳤다. 그러고 나서 랠프는 둑으로 다시 뛰어 올라가 셔츠를 벗고 해골 같은 야자열매 사이에 섰다. 야자수와 숲의 파란 그림자가 살갗 위로 미끄러졌다. 그는 뱀 아가리같이 생긴 허리띠의 버클을 풀고 반바지와 팬티를 벗고 나서 발가벗은 몸으로 선 채 눈부신 백사장과 바다를 응시했다.

그는 만 열두 살 하고 몇 달이 더 된 소년이어서 이제 어린애 특유의 볼록한 배를 드러내진 않았지만 그렇다고 벗으면 징그러운 사춘기는 아직 아니었다. 딱 벌어진 어깨만 보더라도 그는 훌륭한 권투선수가 될지도 모른다는 인상을 주었다. 그러나 악의라고는 전혀 없는 입과 눈가에는 온유함이 감돌았다. 그는 야자수 줄기를 가볍게 두드려보았다. 마침내 섬에 와 있다는 현실을 믿지 않을 수 없게 되자 유쾌하게 깔깔대며 다시 물구나무를 섰다. 그는 멋있는 동작으로 다리를 원래 위치로 내리고 백사장으로 뛰어내렸다. 그러고는 무릎을 꿇더니 모래를 두 아름쯤 쓸어모아 자기 가슴까지 모래성을 쌓았다. 그러고는 뒤로 편히 앉으면서 밝고 흥분된 눈매로 바다를 바라보았다.

"랠프……."

뚱뚱한 소년은 야자수 둑 위로 내려서서 둑의 가장자리를 의자 삼아 조심스럽게 앉았다.

"오래 걸려 미안해. 열매 때문에……."

그는 안경을 닦고 나서 단추같이 생긴 코 위에다 얹었다. 안경테가 콧날 위에서 깊은 분홍빛 V자형을 그렸다. 그는 랠프의 황금빛 몸뚱이를 골똘하게 바라보더니 다시 자기 옷을 내려다보았다. 그는 가슴 아래로 내려온 지퍼에다 한 손을 가져갔다.

"우리 아주머니께서는……."

그러다가 그는 결단을 내린 듯 지퍼를 열고 재킷을 머리 위로 잡아당겨 벗었다.

"이제 됐어!"

랠프는 곁눈질로 그를 보았으나 아무 말도 하지 않았다.

"아이들의 이름을 전부 알아내서 명단을 작성해야 해. 그리고 회의를 열어야 할 거야."

뚱뚱한 소년이 말했다.

랠프가 전혀 무슨 뜻인지 모르는 것 같아서 뚱뚱한 소년은 말을 계속해야 했다.

"나를 무어라고 불러도 괜찮아."

그는 비밀을 털어놓듯이 말했다.

"학교에서 아이들이 부르던 식으로 부르지만 않으면 좋겠어."

랠프는 약간 호기심이 생겼다.

"학교에서 뭐라고 불렀는데?"

뚱뚱한 소년은 어깨 너머로 뒤를 한번 힐끗 보고 나서 랠프 쪽으로 몸을 굽혔다.

그가 속삭였다.

"날더러 놈들이 새끼돼지래."

랠프는 큰 소리로 웃음을 터뜨리며 벌떡 일어났다.

"새끼돼지! 새끼돼지!"

"랠프, 제발……."

새끼돼지는 불안한 듯 두 손을 움켜쥐었다.

"그렇게 부르는 건 싫다니까!"

"새끼돼지! 새끼돼지!"

랠프는 백사장의 뜨거운 대기 속으로 춤추며 달려나가더니 날개를 뒤로 젖힌 전투기 같은 모양으로 돌아오면서 새끼돼지에게 기관포를 쏘는 시늉을 했다.

"두루루룩! 두루루룩!"

랠프는 새끼돼지 발치의 모래에 머리를 박으며 깔깔 웃으면서 벌렁 누웠다.

"새끼돼지!"

새끼돼지는 마지못해 웃음을 지었다. 이렇게라도 자기를 알아준다는 것이 은연중에 기뻤다.

"다른 애들한테 이야기하지 않으면……."

랠프는 키득키득 웃으며 모래 속으로 고개를 파묻었다. 새끼돼지의 표정이 다시 고통스럽고 심각해졌다.

"잠깐!"

그는 급히 숲속으로 되돌아갔다. 랠프는 일어서서 오른쪽으로 총총히 걸었다.

그러자 백사장이 갑자기 네모진 풍경의 윤곽으로 바뀌었다. 거대한 치마폭 같은 분홍색 화강암이 숲, 둑, 백사장, 초호 할 것 없이 마구 통과해 뻗어나와 1.2미터 높이의 무대를 이루었다. 이 바위판 위는 얄팍한 흙과 잡초로 덮였고 어린 야자수의 그늘이 드리워져 있었다. 흙이 부족했는지 야자수는 제대로 자라지 못했고 기껏해야 6미터쯤 자라면 쓰러지고 고사(枯死)하여, 나무 줄기가 얼키설키 엮인 놀이터의 늑목 같았다. 그래서 걸터앉기에 여간 편리하지 않았다. 아직 서 있는 야자수는 초록색 지붕을 이루고, 그 지붕의 안쪽은 초호에서 비추는 형상을 반사하는 거울 역할을 하며 표면이 흔들리고 있었다. 랠프는 이 바위판의 끝이 닿는 바닷물까지 가서 물을 내려다보았다. 바닷물은 어찌나 맑은지 바닥까지 환히 들여다보였고 그 바닥은 열대의 해초와 산호가 발하는 빛 때문에 휘황찬란했다. 작고 반짝이는 물고기 떼가 이리저리로 섬광을 발하며 움직였다. 랠프는 너무나 흐뭇해서 마음속으로 낮은 기쁨의 탄성을 질렀다.

"신난다!"

바위판이 끝나는 저편은 더 큰 매력을 간직하였다. 신의 조화가, 어쩌면 태풍이거나 그를 여기로 데려온 폭풍 때문인지도 모르지만 초호 안에 모래둔덕을 쌓아 올려, 한쪽 끝에는 분홍색 화강암 바위턱으로 둘리게 한 채 모래사장 안에다 길고 깊은 웅덩이를 이뤄놓았다. 랠프는 전에 한 번 바닷가 웅덩이의 깊어 보이는 외양에 속은 적이 있었다. 그래서 이번에도 실망할 것을 예상하며 그리로 접근했다. 그러나 이 섬은 외형과 내실이 참으로 일치했으며, 분명 만조 때나 바닷물이 밀려들 것 같은 신비한 웅덩이의 한쪽 귀퉁이는 어찌나 깊은지 수면이 진한 감색이었다. 랠프는 길이가 27미터쯤 되는 웅덩이를 살펴고 나서 물속으로 풍덩 뛰어들었다. 물의 온도는 체온보다 높아서 거대한 목욕탕 속에서 수영하는 기분이었다.

새끼돼지가 다시 나타나 바위턱에 앉아서 랠프의 원기 왕성한 허연 몸뚱이를 부러운 눈으로 바라보았다.

"너 수영 잘하는구나."

"새끼돼지!"

새끼돼지는 구두와 양말을 벗어 바위판 위에 가지런히 정돈하고 나서 발가락을 물에 넣어보았다.

"아이 뜨거!"

"그럼 어떨 거라고 예상했니?"

"예상이구 뭐구 없었어. 우리 아주머니께서……."

"또 아주머니 타령이로구나!"

랠프는 물속으로 잠수하여 물속에서도 눈을 뜬 채 수영했다. 웅덩이 언저리에 깔린 모래둑이 산허리처럼 희미하게 보였다. 그는 코를 쥔 채 드러누웠다. 황금빛 햇살이 그의 얼굴 위에서 춤을 추며 부서졌다. 새끼돼지는 어떤 결단을 내린 듯 옷을 벗기 시작했다. 이윽고 그도 허옇게 살진 알몸을 드러냈다. 그는 웅덩이 가장자리에 깔린 모래를 까치발로 걸어내려와 물이 목까지 차도록 앉아서는 자랑스럽다는 듯이 랠프에게 미소를 보냈다.

"넌 헤엄치지 않을 거야?"

새끼돼지는 고개를 저었다.

"헤엄칠 줄 몰라. 헤엄은 금지되어 있었으니까. 천식이……."

"또 천식 타령이군!"

새끼돼지는 일종의 비굴한 인내심으로 이 말을 참았다.

"너는 정말 헤엄을 잘 치는구나."

랠프는 배영으로 경사면까지 수영해 가서 입을 물속에 담그더니 하얀 물줄기를 공중으로 뿜어냈다. 그러다가 다시 턱을 들고선 말했다.

"난 다섯 살 때부터 수영할 수 있었다고. 아빠가 가르쳐주셨어. 아빠는 해군 사령관이야. 휴가를 받으면 우리를 구조하러 오실 거야. 너희 아버지는 뭘 하시니?"

새끼돼지는 갑자기 얼굴을 붉혔다.

"돌아가셨어."

그는 빨리 그 말을 뱉고는 말을 이었다.

"엄마는……."

그는 안경을 벗어 들고 그것을 닦을 것이 없나 하고 멍청히 주위를 둘러보았다.

"나는 아주머니와 살았어. 아주머니는 과자점을 하시거든. 과자는 실컷 먹었어. 먹기 싫을 때까지 먹었어. 너희 아빠가 우리를 언제쯤 구조하실까?"

"되도록 빨리 오실 거야."

새끼돼지는 물방울을 뚝뚝 떨어뜨리며 물에서 일어나 알몸으로 선 채 양말로 안경알을 닦았다. 오전의 무더위 속에서 지금 그들의 귀에 와 닿는 유일한 소리는 산호초에 부딪혀 길게 부서지는 요란한 파도 소리뿐이었다.

"우리가 여기 있는 줄 너희 아빠가 어떻게 아실까?"

랠프는 물속에서 빈둥거렸다. 찬란한 초호와 씨름하는 희미한 아지랑이처럼 졸음이 그를 엄습했다.

"우리가 여기 있는 걸 어떻게 아느냐고?"

그건…… 그건…… 그건…… 랠프는 생각했다. 산호초 쪽에서 들려오는 파도의 포효는 멀어져갔다.

"공항측이 아빠에게 알려줄 거야."

새끼돼지는 고개를 젓고 번뜩이는 안경을 쓴 다음 랠프를 내려다보았다.

"그러지 못할 거야. 조종사가 한 말을 듣지 못했니? 원자폭탄에 관한 이야기 말야. 그들은 모두 죽었댔어."

랠프는 물에서 나와 새끼돼지를 마주 보고 이 심상치 않은 문제에 대해 진지하게 생각했다.

새끼돼지가 말했다.

"여긴 섬이지, 그렇지?"

"바위에 올라가 보았어."

랠프가 천천히 말했다.

"여긴 섬인 것 같아."

"사람들은 모두 죽었어. 여긴 섬이야. 우리가 여기 있는 것을 아는 사람은 아무도 없어. 너희 아빠도 몰라. 아무도……."

새끼돼지가 말했다. 그의 입술은 떨리고 안경은 습기로 부옇게 흐려 있었다.

"우리는 죽을 때까지 여기 있게 될지도 몰라."

이 말이 끝나기가 무섭게 더위는 더욱 기승을 부리며 마침내 위협하는 납덩어리처럼 느껴졌고 초호는 눈을 뜰 수 없는 광선의 화살로 그들을 쏘아댔다.

"옷을 입어야겠어. 저리 가자."

랠프가 중얼거렸다.

그는 태양의 적개심을 참으면서 모래밭을 가로질러 총총히 걸어가서 바위판을 건너가 흩어진 자기 옷을 찾았다. 회색빛 셔츠를 다시 입는다는 것은 야릇한 쾌감이었다. 옷을 입고 나서 그는 바위판의 끝을 기어올라 편안한 나무 둥치를 하나 찾아 초록빛 그늘 속에 앉았다. 새끼돼지는 대부분의 옷을 겨드랑이에 끼고 바위판 위로 올라갔다. 그리고 초호를 마주 보는 작은 벼랑 가까이에 쓰러진 나무 둥치 위에 조심스럽게 앉았다. 초호에서 반사되는 어지러운 광채가 그의 머리 위에서 흔들렸다.

이윽고 그가 입을 열었다.

"우린 다른 아이들을 찾아야 해. 그리고 뭔가 해야 해."

랠프는 잠자코 있었다. 여기는 산호섬이었다. 새끼돼지의 불길한 이야기와는 달리 폭양으로부터 보호된 섬이다. 랠프는 유쾌한 꿈을 그리고 있었다.

새끼돼지는 계속 우겼다.

"우리 일행이 몇 명이었지?"

랠프는 앞으로 걸어와서 새끼돼지 곁에 섰다.

"몰라."

여기저기 엷은 미풍이 열기의 아지랑이 밑에 깔린 매끈한 수면 위를 기어갔다. 이 미풍이 바위판에 도달하자 야자수 잎들이 송알거렸다. 그리하여 약해진 햇빛이 닿는 빛 반점은 그늘 속에서 밝은 날개 달린 피조물처럼 이들의 몸 위에서 미끄럼을 지쳤다.

새끼돼지는 랠프를 쳐다보았다. 랠프의 얼굴에 떨어진 모든 그림자는 거꾸로 뒤집혀 있었다. 위쪽은 파랗고 초호의 밝은 빛은 밑 쪽에 있었다. 햇빛의 반점이 그의 머리 위를 기어갔다.

"우린 뭔가 해야 해."

랠프는 멍청히 바라보았다. 상상 속에서만 꿈꾸던 장소가 여기 마침내 현실화된 것이다. 랠프의 입술은 즐거운 미소로 벌어졌다. 그러자 새끼돼지는 이 미소를 알아들었다는 표시로 착각하고 기뻐서 웃었다.

"여기가 정말 섬이면……."

"저게 뭐지?"

랠프는 미소를 거두고 초호를 가리켰다. 우윳빛이 도는 무엇인가가 양치류 해초 사이에 놓여 있었다.

"돌이야."

"아냐, 조개야."

갑자기 새끼돼지가 점잖게 흥분하며 지껄여댔다.

"맞았어. 조개야. 전에 저런 것을 본 적이 있어. 어떤 애의 집 뒷담 위에 있었거든. 그 애는 그것을 소라라고 불렀어. 그 애가 그걸 불면 그 애 엄마가 나타나곤 했거든. 아주 귀한 거라서……."

랠프의 팔꿈치 근처에 어린 야자수가 초호 위로 기울어진 자세로 서 있었다. 실로 나무의 무게 때문에 땅이 떠들려 있어 조만간 쓰러질 것 같았다. 그는 그 줄기를 뽑아내어 물속을 쑤셔댔다. 그러는 동안 찬란한 빛을 발하는 물고기가 총알처럼 이리저리 도망을 다녔다. 새끼돼지는 위태롭게 몸을 앞으로 굽혔다.

"조심해! 깨뜨리겠어!"

"시끄러."

랠프는 매정하게 말했다. 그 껍데기는 재미있고 예쁘고 가치 있는 장난감이다. 그러나 그의 백일몽의 생생한 환영이 그와 새끼돼지 사이를 가로막고 있었다. 사실 새끼돼지는 랠프의 백일몽과는 무관한 존재였다. 여린 야자수 가지는 휘어지면서 해초 사이를 가로질러 그 껍데기를 한쪽으로 밀어붙였다. 랠프는 한 손으로 버티고 다른 손으로 눌러서 그 껍데기가 물을 뚝뚝 떨어뜨리며 솟아오르게 했다. 그리하여 새끼돼지가 그것을 잡았다.

이제 그 껍데기는 볼 수는 있으나 만질 수는 없는 대상이 더는 아니었기 때문에 랠프도 흥분했다. 새끼돼지가 종알거렸다.

"소라야! 이건 정말 비싼 거야. 분명 이것을 사려면 무지무지하게 많은 돈을 치러야 할 거야. 그 아이는 뒤꼍 담에다 그걸 놓아두었지. 그리구 우리 아주머니께서……."

랠프는 새끼돼지에게서 소라를 받아 들었다. 그러자 약간의 물이 그의 팔로 흘러내렸다. 소라는 짙은 우윳빛이었고 군데군데 엷은 분홍색이 감돌았다. 작은 구멍이 있는 꼬리 부분에서 분홍색 아가리까지 45센티미터가량 되었는데, 약간 나선형으로 꼬였고 섬세하고 도톨도톨한 무늬로 덮여 있었다. 랠프는 소라를 흔들어 움푹한 아가리의 모래를 털어냈다.

"……암소가 우는 것 같은 소리를 냈어."

새끼돼지가 설명했다.

"그 애는 흰 돌과 초록색 앵무새 한 마리를 가둔 새장도 갖고 있었어. 물론 흰 돌로 불어 소리를 내지는 않았어. 그 애 말로는……."

새끼돼지는 한숨 돌리기 위해 말을 멈추고는 랠프의 손에 든 번뜩이는 물체를 어루만졌다.

"랠프!"

랠프는 고개를 들었다.

"이걸 사용하면 다른 아이들을 부를 수 있어. 회의를 할 수 있을 거야. 우리가 부르는 소리를 들으면 아이들이 이리로 올 거야⋯⋯."

그는 랠프를 향해 밝게 웃었다.

"너도 그럴 생각이었지? 그러려고 물에서 소라를 꺼냈지?"

랠프는 금발을 뒤로 쓸어넘겼다.

"네 친구는 소라를 어떻게 불었지?"

"속에다 침을 뱉는 것같이 불었어. 우리 아주머니께서 천식 때문에 나는 불어보지 못하게 했어. 그 밑에다 입을 대고 불라고 내 친구가 그러더라."

새끼돼지는 한 손으로 자신의 불룩 나온 배를 만졌다.

"랠프, 불어봐. 다른 아이들에게 그 소리가 들릴 거야."

랠프는 자신없는 표정을 지으며 소라의 가느다란 끝을 입에 대고 불었다. 소라의 아가리에서 바람 소리는 났지만 그저 그뿐이었다. 랠프는 입술에 묻은 짠 소금을 닦아내고 다시 한번 시도했다. 그러나 소라는 그저 침묵을 지킬 뿐이었다.

"침을 뱉는 것처럼 했는데⋯⋯."

랠프는 입술을 오므리고 껍질 속에다 바람을 불어넣었다. 그러자 방귀 같은 낮은 소리가 났다. 두 소년은 무척 재미있어했다. 랠프는 깔깔대고 웃다가 웃음을 멈추고 몇 분간씩 바람을 불어넣었다.

"그 애는 배에다 힘을 주고 불었는데⋯⋯."

랠프는 무슨 뜻인지 알아차리고 횡격막으로부터 나오는 공기를 소라껍데기 속으로 일시에 불어넣었다. 즉각적으로 소라는 소리를 냈다. 깊고도 요란한 가락이 야자수 밑에서 울려나와 숲의 복잡한 구조를 뚫고 퍼지더니 산에 있는 분홍색 화강암에 부딪혀 메아리가 되어 돌아왔다. 구름 같은 새 떼가 나뭇가지 끝에서 날아오르고 어떤 생물이 비명을 지르며 덤불 속을 달려갔다.

랠프는 소라를 입술에서 떼었다.

"와!"

소라의 요란한 소리가 있은 후여서 그런지 그의 음성은 속삭임처럼 들렸다. 그는 다시 소라를 입술에 대고는 깊은 심호흡을 하고 나서 또 불었다. 소리가 다시 울려나왔다. 더 세게 불자 소라의 소리가 한 옥타브 올라가며 전보다 더 날카롭고 우렁차게 변했다. 새끼돼지는 행복한 표정으로 안경을 반짝이며 뭐라고 고함쳤다. 새들이 울부짖고 작은 짐승들은 허둥지둥 달아났다. 랠프는 숨이 가빠왔다. 소라의 소리가 한 옥타브가 낮아지더니 나지막한 신음 소리가 되고 다시 바람 소리로 변했다.

소라는 잠잠해졌다. 번쩍이는 상아의 형상이었다. 숨이 찬 나머지 랠프의 얼굴은 거무죽죽해졌고 섬 위의 대기는 새의 아우성과 메아리치는 소리로 가득 찼다.

"이건 몇 킬로미터 밖에서도 들릴 거야."

숨을 돌리고 난 랠프는 짤막짤막하게 끊어 연거푸 불었다.

새끼돼지가 외쳤다.

"저기 한 명 있다!"

모래사장을 따라 약 1백 미터 떨어진 곳에서 야자수 사이로 어린

애가 한 명 나타났다. 여섯 살쯤 되어 보이는 소년으로, 건장하고 금발이었다. 옷은 찢기고 얼굴은 끈끈한 과일즙으로 엉망이었다. 바지는 그 뻔한 목적을 달성하기 위해 내렸다가 반쯤밖에 올리지 않은 상태였다. 그는 야자수가 있는 둑에서 백사장으로 뛰어내렸다. 그러자 바지가 발목까지 흘러내렸다. 그는 바지를 벗어버리더니 바위판으로 급히 걸어왔다. 새끼돼지가 아이를 부축하여 끌어올렸다. 랠프는 계속해서 소라를 불었다. 마침내 숲속에서 여러 음성이 한꺼번에 외치는 소리가 들렸다. 새로 나타난 꼬마는 랠프 앞에 쪼그리고 앉아 밝은 표정으로 랠프를 똑바로 올려다보았다. 어떤 이유로 소라를 부는지 재확인한 꼬마는 적이 만족하는 표정이 되었다. 지저분한 손가락 가운데에서 유일하게 깨끗한 엄지손가락이 그의 입으로 미끄러져 들어갔다.

새끼돼지는 그 아이 쪽으로 몸을 굽혔다.

"네 이름이 뭐니?"

"조니."

새끼돼지는 그 이름을 중얼거려보더니, 아직도 소라를 부느라 별 관심이 없는 랠프에게 그 이름을 큰 소리로 알렸다. 이렇게 큰 소리를 내고 있다는 사실에 격렬한 쾌감을 맛보느라 얼굴이 시꺼메졌고 심장의 고동으로 늘어진 셔츠가 흔들렸다. 숲속의 고함소리가 더 가까이 들렸다.

이제 모래사장 위에 생명이 있다는 징조가 보였다. 열을 뿜는 아지랑이 밑에서 가물거리는 모래사장은 수 마일에 걸쳐 뻗어가면서 많은 인간의 모습을 감추고 있었다. 소년들이 뜨겁고 말없는 모래를 거쳐 바위판을 향해 다가왔다. 조니 또래의 세 꼬마가 놀랄 만큼 가까운 데서 나타났다. 그들은 숲속에서 걸귀처럼 열매를 따 먹고 있었던 것이다. 새끼돼지 또래의 한 거무튀튀한 작은 소년이 우거진 덤불을 헤치고 바위판 쪽으로 걸어와서 유쾌한 표정으로 모두에게 미소를 지었다. 점점 많은 소년이 모여들었다. 천진한 조니와 함께 그들은 쓰러진 야자수 둥치에 걸터앉아서 기다렸다. 랠프는 계속 짧게 끊어서 날카롭게 소라를 불었다. 새끼돼지는 아이들 사이를 돌아다니며 이름을 묻고 그 이름을 외우느라 상을 찡그렸다. 아이들은 메가폰을 들고 있던 어른들에게 복종했듯이 그의 말에 순순히 복종했다. 어떤 아이들은 옷을 벗어 든 채 알몸이었고 또 어떤 아이들은 회색, 청색, 황갈색 등의 재킷이나 스웨터 모양의 교복을 걸치는 둥 마는 둥 거의 반나체였다. 배지와 학교 이름도 있었고 양말과 스웨터에는 색깔 있는 줄무늬가 아직 보였다. 그들의 머리는 초록빛 그늘에 싸인 나무 둥치 위에 옹기종기 떼 지어 있었다. 갈색 머리, 금발, 검은 머리, 밤색 머리, 모랫빛 머리, 쥐색 머리…… 종알거리기도 하고 속삭이기도 하면서 랠프를 바라보며 호기심 어린 눈으로 가득 찬 머리들이었다. 무엇인가 일이 되어가고 있었다.

혼자 또는 둘씩 짝을 지어 모래사장을 걸어오던 아이들은 열기의 아지랑이와 가까운 모래사장을 경계 짓는 선을 넘어서는 순간 갑자기 그 모습이 선명해졌다. 그쪽을 바라보는 시선은 모래사장 위에서 춤추는 검은 박쥐 같은 피조물을 먼저 식별하고 나중에야 그 위에 위치한 몸뚱이를 알아볼 수 있었다. 박쥐는 태양의 직사광선 때문에 종종걸음을 치는 발 사이로 투영된 반점 같은 아이들의 그림자였다. 랠프는 소라를 불면서도 바위판에 마지막으로 당도한 한 쌍의 몸뚱이가 아직 그 검은 반점의 그림자 위에 서 있는 것을 눈여

겨보았다. 포탄같이 생긴 머리통에 삼실 같은 머리칼을 가진 두 소년은 바닥에 벌렁 드러누운 채 개처럼 헐떡이며 랠프를 향해 씽긋 웃었다. 그들은 쌍둥이였다. 그렇게 신기한 닮은꼴을 본 눈은 충격을 받았으며 도저히 믿을 수 없다는 표정을 지었다. 그들은 똑같이 숨을 쉬었고 똑같이 웃었으며 똑같이 피둥피둥하고 발랄했다. 그들은 랠프 쪽으로 젖은 입술을 들어 올렸다. 입술을 이루는 가죽이 모자랐던 모양이었다. 그래서 그들의 옆모습은 찌그러졌고 입은 자꾸 벌어졌다. 새끼돼지는 번쩍이는 안경을 그들에게 굽혔다. 그는 소라 소리 사이사이로 그들의 이름이 반복되는 것을 들었다.

"샘, 에릭, 샘, 에릭."

새끼돼지는 혼동을 일으켰다. 쌍둥이들은 고개를 저으며 서로를 가리켰다. 그러자 모두들 웃음보를 터뜨렸다.

마침내 랠프는 소라 불기를 그치고 소라를 한 손에 늘어뜨린 채 앉아서 고개를 무릎 사이로 수그렸다. 소라의 메아리가 사라지자 웃음소리도 그쳤다. 침묵이 흘렀다.

모래사장에서 아른거리는 다이아몬드 같은 열기의 아지랑이 속에서 시꺼먼 것이 줄지어 오고 있었다. 그것을 제일 먼저 본 사람은 랠프였다. 그가 한 곳을 유심히 바라보자 다른 아이들의 눈도 그쪽으로 쏠렸다. 신기루 같던 그 형체는 명확히 보이는 모래사장으로 들어섰다. 그 시꺼멓던 것은 그림자만이 아니라 거의가 의복이라는 것이 확인되었다. 그것은 두 줄로 서서 보조까지 대충 맞추며 걸어오는 한 떼거리의 소년들이었다. 그들의 의상은 괴짜에 가까웠다. 반바지, 셔츠, 그 밖의 다른 옷가지를 손에 들었다. 그들은 은빛 배지가 달린 검은 사각모자를 쓰고 있었다. 그들은 목에서 발목까지 왼편 가슴에 길쭉한 은십자가를 단 검은 망토로 몸을 감쌌고 목에는 흰 종이장식으로 된 술을 달았다. 열대의 무더위, 비행기 추락, 먹을 것을 찾는 작업, 게다가 작열하는 모래사장의 땀나는 행진, 이런 것들 때문에 그들의 안색은 갓 씻어놓은 자두 같았다. 그들을 지휘한 소년도 같은 복장이었지만 모자에 단 배지만은 황금빛이었다. 일행이 바위판에서 9미터쯤 앞까지 당도했을 때 그 소년은 구령했다. 그 구령에 맞추어 일행은 멈춰 섰다. 작열하는 햇볕 속에서 그들은 헐떡이고 땀을 흘리며 비틀거렸다. 그 소년이 앞으로 나서서 망토를 날리며 바위판으로 올라왔다. 그러고는 그늘 속을 들여다보았다. 그의 눈에는 완전한 칠흑 같아 보였다.

"나팔을 불던 어른 어디 있습니까?"

그가 환한 곳에 있다가 왔기 때문에 잘 보이지 않는다는 것을 알아챈 랠프가 대답했다.

"나팔 부는 어른은 없어. 내가 불었을 뿐이야."

그 소년은 가까이 다가와서 랠프를 빤히 내려다보더니 전처럼 얼굴을 찌푸렸다. 우윳빛 소라를 무릎에 얹고 앉아 있는 금발 소년을 보자 그는 만족하지 않는 눈치였다. 그는 몸을 홱 돌렸다. 그가 걸친 망토가 허공에 원을 그렸다.

"그럼 배가 없단 말이지?"

허공에서 휘날리는 그 망토를 입은 소년은 키가 크고 말랐으며 뼈마디가 굵었다. 검은 모자 밑으로 드러난 머리카락은 빨간색이었다. 얼굴은 구겨지고 주근깨투성이였으며 추해 보였지만 바보스러운 구석이라곤 없었다. 그 얼굴에 돋보이는 두 개의 연푸른 눈은 지금 좌절을 머금고 있지만 금방이라도 분노의 빛으로 돌변할 것 같왔다.

"여기엔 어른이 한 사람도 없단 말이지?"

랜프가 그의 등에 대고 말했다.

"없어. 우리는 지금 회의를 열 참이었어. 와서 같이 하자."

망토를 입은 무리는 엄격한 대열을 흩트리기 시작했다. 그 키가 큰 소년이 고함을 질렀다.

"성가대원! 조용히 해!"

지친 몸짓으로 고분고분 복종하듯 성가대원들은 다시 열을 지어 폭양 속에서 비틀거리며 섰다. 어떤 대원이 힘없이 항의했다.

"하지만, 메리듀. 메리듀, 제발…… 우린…….

그때 한 소년이 모래 속으로 얼굴을 박으며 쓰러졌다. 때맞춰 대열이 흐트러졌다. 그들은 쓰러진 소년을 바위판 위로 끌어올려 눕혔다. 메리듀는 노려보는 눈망울로 위급한 상황에 잘 대처하고 있었다.

"그럼 좋다. 앉아라. 그 애는 내버려 둬."

"그렇지만, 메리듀."

"걔는 항상 졸도하는 놈이야. 지브롤터에서도 그랬고 아디스에서도 그랬어. 아침기도에서 선창을 하다가도 졸도했으니까."

그들의 직책을 말하는 이 마지막 발언은 성가대원들을 키득거리게 했다. 이제 그들도 검은 새들처럼 널브러진 야자수 둥치에 앉았다. 그들은 호기심에 차서 랜프를 바라보았다. 새끼돼지는 더 이상 이름을 묻지 않았다. 이렇게 제복을 입은 우월성과 메리듀의 임기응변적 권위 앞에서 새끼돼지는 기가 죽었다. 그는 랜프의 뒤쪽으로 물러서서 안경만 부지런히 닦았다.

메리듀가 랠프에게 고개를 돌렸다.

"어른들은 없니?"

"없어."

메리듀는 야자나무 둥치에 앉아 주변을 둘러보았다.

"그럼 우리가 스스로 알아서 해야지."

랠프 뒤에 있다는 안도감에서 새끼돼지가 수줍은 어조로 말했다.

"그래서 랠프가 회의를 주선한 거야. 그래야 우리가 할 일을 결정할 수 있으니까 말이야. 우리는 이미 여러 아이들의 이름을 알고 있어. 저 애가 조니고, 저 둘은 쌍둥이인데 샘과 에릭이야. 누가 에릭이지? 너니? 아니…… 네가 샘이었지……."

"내가 샘이야."

"내가 에릭이고."

"우린 모두 서로의 이름을 알고 있는 것이 좋겠어."

랠프가 말했다.

"난 랠프라고 해."

"우린 대개 이름을 댔어. 그것도 조금 전에."

새끼돼지가 말했다.

"어렸을 때 부르던 이름 말이냐? 나는 잭이라고 할 필요가 없어. 나는 역시 메리듀야."

랠프가 재빨리 그에게로 고개를 돌렸다. 주관이 뚜렷한 아이의 목소리였기 때문이다.

"자, 저 애가 누구더라……. 잊어버렸네."

새끼돼지가 말을 이었다.

"임마, 넌 말이 너무 많아. 뚱뚱보야, 넌 입 좀 닥쳐!"

잭 메리듀가 말했다.

웃음이 터져나왔다.

"그 애는 뚱뚱보가 아냐."

랠프가 외쳤다.

"그 애의 본명은 새끼돼지야!"

"새끼돼지!"

"새끼돼지!"

"맙소사! 새끼돼지라니!"

폭풍과 같은 웃음이 터져나왔다. 가장 어린 아이까지도 따라 웃었다. 순간 소년들은 새끼돼지를 따돌리고 있었다. 새끼돼지는 고개를 떨구고는 다시 안경알을 닦았다.

마침내 웃음이 가라앉고 계속해서 이름을 소개하기 시작했다. 성가대원 중엔 모리스라는 아이가 있었는데, 덩치는 잭 다음으로 크고 늘 싱글싱글 웃는 타입이었다. 깡마른 한 소년은 사람의 눈을 피하고 무언가 비밀을 간직한 것 같았다. 그는 자기 이름이 로저라고 중얼거리고는 다시 입을 다물었다. 그 밖에 빌, 로버트, 해럴드, 헨리가 있었다. 기절했던 성가대원이 일어나서 야자수 줄기에 기대 앉아 랠프를 향해 창백한 미소를 지어 보이며 자기는 사이먼이라고 말했다.

잭이 입을 열었다.

"우리는 구조받을 방법을 의논해야 해."

와글거리는 소리가 요란했다. 헨리라는 꼬마 하나는 집에 가고 싶다고 말했다.

"조용히 해!"

랠프가 매정하게 말했다. 그는 소라를 들었다.

"우리에게는 일을 결정할 대장이 있어야 할 것 같아."

"대장! 대장!"

"내가 대장이 되어야겠어."

잭이 오만한 거동으로 말했다.

"난 승원(僧院)의 성가대원이고 성가대장이니까. 나는 C 샤프까지 목소리를 내어 노래할 수 있어."

다시 수군거리는 소리가 있었다.

"자, 그럼."

잭이 말했다.

"내가……."

그는 주저했다. 로저라는 시꺼먼 소년이 몸을 뒤척이더니 마침내 입을 열었다.

"투표하자!"

"옳소!"

"대장을 투표로 뽑자!"

"그럼 투표를……."

이 투표라는 장난은 소라에 버금가는 신나는 것이었다. 잭이 항의했지만 아이들의 고함은 대장을 뽑자는 일치된 소망에서 랠프를 대장으로 뽑자는 갈채로 돌변했다. 이런 이유를 조리 있게 말할 수 있는 소년은 아무도 없었다. 지혜라는 것을 조금이나마 보여준 쪽은 새끼돼지였고, 리더십을 두드러지게 발휘한 쪽은 잭이었다. 그러나 앉아 있는 랠프의 모습에는 그를 다른 아이들과 구별 짓는 묵언의 힘이 있었다. 덩치도 그렇고 그의 용모는 매력적이었다. 또한 가장 모호하지만 가장 강력한 힘을 은연중에 발휘한 요인은 소라였다. 그것을 불고 나서 무릎 위에 그 섬세한 것을 균형 있게 올려놓은 채 바위판 위에서 자기들을 기다리며 앉아 있던 그 애는 그야말로 다른 것들과 구별되는 존재였다.

"소라를 가진 아이!"

"랠프! 랠프!"

"나팔 같은 것을 가진 애를 대장으로 삼자!"

랠프가 손을 들어 조용할 것을 명령했다.

"좋아. 그러면 잭을 대장으로 삼고 싶은 사람은 누구냐?"

어쩔 수 없다는 듯한 순종의 자세로 성가대원들이 손을 들었다.

"나를 원하는 사람은?"

성가대원 말고 새끼돼지를 제외한 모든 손이 일시에 올라갔다. 그러다가 새끼돼지 역시 마지못한 동작으로 손을 들었다.

랠프가 세었다.

"그럼 내가 대장이다."

모든 소년들은 물론 성가대원들까지도 박수를 쳤다. 잭의 얼굴에 깔린 주근깨는 모멸로 생겨난 홍조 때문에 보이지 않았다. 박수 소리가 대기를 진동시키는 동안 잭은 벌떡 일어서더니 마음을 고쳐먹고 다시 앉았다. 랠프는 무엇인가를 제의할 생각에서 그를 바라보았다.

"물론 성가대는 네 관할이야."

"성가대를 군대로 삼을 수……."

"사냥부대로도……."

"그들은 될 수 있……."

잭의 얼굴에 핏발이 가셨다. 랠프는 모두에게 조용히 하라고 다시 손을 내저었다.

"잭은 성가대를 담당한다. 그들은…… 네 생각엔 그들이 무엇이 되었으면 좋겠니?"

"사냥부대."

잭과 랠프는 수줍게 호감을 표명하며 서로 미소를 교환했다. 나머지 아이들은 열심히 떠들기 시작했다.

잭이 일어섰다.

"자, 성가대, 망토를 벗어."

수업에서 벗어난 것처럼 성가대원들은 일어나서 조잘거리며 검은 망토를 풀밭 위에 쌓아놓았다. 잭은 자기 망토를 벗어 랠프 곁의 나무 둥치 위에 놓았다. 그의 회색 반바지는 땀에 젖어 몸에 찰싹 들러붙어 있었다. 랠프는 탄복하는 눈매로 그 바지를 바라보았다. 잭은 랠프의 눈길과 마주치자 설명했다.

"나는 사방이 바다인지 뭔지를 알기 위해 저 언덕을 넘어가려 했던 거야. 그런데 네 소라가 우리를 불렀어."

랠프는 웃으며 다시 소라를 들어 조용히 할 것을 명령했다.

"다들 들어라. 여러 가지를 생각하려면 시간이 걸릴 거다. 당장 무엇을 할지 결정할 수 없다. 이곳이 섬이 아니라면 우리는 당장 구조될 것이다. 그러니까 이곳이 섬인지 아닌지를 확인해야겠다. 모두들 여기에 남아서 기다려라. 떠나지 말아야 한다. 여럿이 가면 혼란을 빚어 서로 잃어버릴 테니까 우리들 셋에서 탐험을 나가 알아보겠다. 나와 잭하고……."

그는 열의에 찬 얼굴들을 둘러보았다. 뽑을 대상은 우글우글했다.

"그리고 사이먼."

사이먼 주위의 아이들이 키득거렸다. 그러나 사이먼은 웃으면서 일어섰다. 기절했을 당시의 창백함이 싹 가시고 이제는 날씬하고 생기에 찬 작은 소년의 모습이었다. 검고 헝클어진 채 늘어진 더벅머리 밑으로 그의 눈이 올려다보고 있었다.

그는 랠프에게 고개를 끄덕였다.

"내가 갈 테야."

"나도……"

잭은 큼직한 칼집이 달린 칼을 허리춤에서 꺼내어 나무 줄기에 꽂았다. 수군덕거리던 소리가 일다가 곧 가라앉았다.

새끼돼지가 몸을 움직였다.

"나도 가겠어."

랠프가 그를 향해 말했다.

"너는 이런 일에 맞지 않아."

"하지만 여하튼……"

"우린 네가 필요 없어. 세 명이면 충분해."

잭이 단도직입적으로 말했다.

새끼돼지의 안경이 반짝 빛났다.

"소라를 발견할 때 내가 그와 같이 있었어. 나는 여기의 누구보다도 그와 같이 있었던 거야."

잭과 다른 아이들은 그 사실에 신경 쓰지 않았다. 모두들 이제 흩어졌다. 바위판을 뛰어내린 랠프와 잭과 사이먼은 모래사장을 걸어 헤엄치던 웅덩이를 지났다. 새끼돼지는 투덜거리며 그들 뒤에서 어정거렸다.

"사이먼이 가운데서 걸으면 우리는 그의 머리 위로 이야기를 주고받을 수 있어."

랠프가 말했다.

세 소년은 보조를 맞췄다. 이건 사이먼으로서는 이따금 남들이 한 발짝 뗄 때 두 발짝 떼어놓아야 한다는 것을 의미했다. 이윽고 랠프는 발걸음을 멈추고 새끼돼지를 돌아보았다.

"이봐."

잭과 사이먼은 모르는 체하고 계속 걸어갔다.

"넌 따라오면 안 돼."

새끼돼지의 안경에 다시 김이 서렸다. 이번에는 굴욕감 때문이었다.

"너는 다른 아이들에게 이야기하고 말았어. 내가 그렇게 일렀는데도 말야."

그의 얼굴은 붉으락푸르락했고 입은 떨렸다.

"그러면 싫다고 이야기했는데……."

"도대체 무슨 얘길 하는 거지?"

"새끼돼지라고 부르는 것 말야. 그들이 나를 새끼돼지라고 부르지만 않으면 상관없다고 그랬잖아. 그래서 말하지 말라고 했더니 너는 금방 가서 까발겼잖아……."

그들은 잠시 말이 없었다. 랠프는 이해하는 심정으로 새끼돼지를 쳐다보았다. 마음이 상하고 모욕당한 기분에 휩싸인 새끼돼지를 이해할 수 있었다. 그는 새끼돼지에게 사과를 할 것인가, 더 큰 모욕을 줄 것인가 하는 갈림길에서 망설였다.

"뚱뚱보보다는 새끼돼지가 나아."

랩프는 순수한 지도자의 직선적인 말투로 마침내 말했다.

"여하튼 네 기분이 그렇다면 미안해. 자, 돌아가서 아이들의 이름이나 알아둬. 그게 네 임무야. 갔다 올게."

랩프는 돌아서서 두 소년을 뒤쫓아 달렸다. 새끼돼지는 그 자리에 서 있었다. 그의 얼굴에서 분노의 핏기가 서서히 가셨다. 새끼돼지는 바위판으로 돌아갔다.

세 소년은 경쾌하게 모래밭을 걸었다. 간조로 물이 나간 자리에 해초가 흩어진 모래땅이 있었고 도로처럼 바닥이 단단한 곳이 있었다. 그들 위로 매혹적인 정취와 신비로운 마력이 걸려 있었다. 그들은 그 덕분에 행복했다. 그들은 마주 보며 신나게 웃음을 터뜨렸다. 그들은 상대방의 말은 개의치 않고 각자 나름대로 지껄였다. 햇살은 쾌청했다. 이 모든 것을 설명할 필요를 느끼자 랩프는 물구나무를 섰다가 바로 섰다. 그들의 웃음이 그쳤을 때 사이먼은 랩프의 팔을 수줍은 동작으로 어루만져보았다. 그러고 그들은 다시 웃음을 터뜨리지 않을 수 없었다.

"자, 가자. 우리는 탐험가야."

이윽고 잭이 말했다.

"섬 끝까지 가보자. 그리고 구석구석 살펴야 해."

랩프가 말했다.

"만일 이곳이 섬이라면……."

이제 오후가 기울어지자 아지랑이도 약간 가라앉았다. 섬의 가장자리가 선명하게 드러나서 매혹적인 정취는 사라져갔다. 흔히 보이는 네모진 바위가 솟았고 그 일부가 초호까지 뻗어 나와 있었다. 바닷새들이 그 위에 둥지를 틀었다.

"분홍색 케이크 위에다 설탕을 입힌 것 같구나."

랠프가 말했다.

"이 모퉁이 뒤, 활 모양의 저 뒤편은 볼 수가 없구나. 모퉁이가 끝나는 곳이 없으니까. 다만 완만한 곡선밖에 없군. 바위가 더 험해지는걸."

잭이 말했다.

랠프는 손바닥으로 손그늘을 만들어 산 쪽으로 난 가파른 벼랑이 톱날처럼 서 있는 곳을 올려다보았다. 이쪽 모래사장은 그들이 보았던 어느 곳보다 산과 인접해 있었다.

"여기서부터 산에 올라가보자. 이곳이 제일 쉬운 길일 거야. 분홍색 바위는 많지만 정글 숲은 적어. 자, 가자."

세 소년은 오르기 시작했다. 어떤 미지의 위력으로 이들 네모진 바위들은 비틀리고 부수어져서 비스듬히 누워 있었고 흔히 널빤지처럼 위로 오를수록 작은 바위판이 서로 포개져 있었다. 이곳 바위의 일반적인 특색은 비스듬한 바윗덩어리가 포개진 분홍색 벼랑이었다. 그 바위는 다시 여러 겹으로 포개지고 분홍색 고리 모양으로 얽혀 있는 덤불 사이로 아슬아슬하게 삐져나와 있었다. 분홍색 벼랑이 바닥으로부터 솟아오른 곳에는 이따금 위로 통하는 구불구불하고 좁은 통로가 있었다. 그들은 얼굴을 바위 쪽으로 돌리고 덤불속에 파묻힌 채 그 통로를 따라 간신히 올라갔다.

"이 길은 어떻게 생겼을까?"

잭이 얼굴의 땀을 닦으면서 멈춰 섰다. 랠프가 헐떡이며 그의 곁에 섰다.

"사람들이 만들었을까?"

잭이 고개를 저었다.

"짐승들 때문이야."

랠프는 나무숲 밑에 깔린 어둠을 들여다보았다. 숲이 미동하고 있었다.

"자, 가자."

바위 마루를 돌아 가파른 길을 올라가는 일은 그다지 힘들지 않았지만 다음 길을 잡기 위해 때로 덤불 속으로 뛰어들어야 하는 일이 힘들었다. 이곳은 덩굴의 뿌리와 줄기가 빽빽하게 뒤엉켜 있었기 때문에 소년들은 날렵한 바늘처럼 그 사이를 땀 뜨듯 통과하지 않으면 안 되었다. 그들이 식별할 수 있는 길잡이는 갈색의 땅바닥과 나뭇잎 사이로 비집고 들어온 햇살뿐이었고 그것 말고는 경사의 추세뿐이었다. 덤불로 얼기설기 얽힌 이 구멍이 저 구멍보다 지대가 높은가를 판별하는 일이 어려웠다.

어쨌든 그들은 이럭저럭 위로 올라갔다.

이러한 덤불에 갇혀서 가장 힘든 순간에 랠프는 빛나는 눈으로 다른 소년들을 바라보았다.

"멋져?"

"신기해!"

"굉장하군!"

그들은 까닭도 모르는 채 희열에 잠겼다. 더위에 시달린 세 소년의 겉모습은 지저분했고 기진맥진한 상태였다. 랠프의 몸은 형편없이 긁혀 있었다. 밀림의 덩굴은 그들의 넓적다리만큼 굵었고 간신히 빠져나갈 터널만을 허용했다. 랠프는 시험 삼아 외쳐보았지만 메아리는 돌아오지 않았다.

"이건 진짜 탐험이야. 분명 이곳에 와본 사람은 아무도 없을 거야."

잭이 말했다.

"지도를 만들어야 해. 그런데 종이가 없는 게 문제야."

랠프가 말했다.

"나무껍질에 새긴 후에 검은 칠을 하면 돼."

사이먼이 말했다.

어둠 속에서 진지한 눈길이 오갔다.

"멋진 생각이야!"

"좋았어!"

물구나무를 설 장소가 없었다. 랠프는 이번에는 사이먼을 때려눕히는 시늉으로 강렬한 감정을 표현했다. 이윽고 그들은 어둠 속에서 행복한 더미를 이루며 서로의 몸 위에 몸을 덮쳤다.

다시 따로따로 떨어지자 랠프가 입을 열었다.

"계속 올라가야 해."

이어진 벼랑의 분홍색 화강암에는 덩굴이나 나무가 별로 없었기 때문에 빠른 속도로 올라갈 수 있었다. 다시금 이 길을 지나자 좀 더 나지막한 수풀이 나와서 바다가 펼쳐진 것을 볼 수 있었다. 수풀이 트여 햇빛이 들어왔다. 햇빛이 어둡고 습기찬 더위 속에서 땀에 젖은 옷을 말려주었다. 더 이상 어둠 속으로 들어가지 않고도 분홍색 화강암을 기어오르기만 하면 정상에 닿을 것 같았다. 소년들은 좁은 통로 사이의 길을 택해 날카로운 돌무더기 위로 기어올랐다.

"저 봐! 저 봐!"

섬의 이쪽 끝 위로 부서진 바위들이 마치 노적가리와 굴뚝처럼 높이 솟아올라 있었다. 잭이 기댄 이쪽 바위도 그들이 밀 때 덜컥덜

컥하며 움직였다.

"자, 가자."

그러나 꼭대기로 가자는 소리가 아니었다. 정상 공격은 이 바위를 어떻게 해치우고 나서야 가능했다. 이 흔들리는 바위는 작은 자동차 크기밖에 안 되었다.

"영차!"

구령에 맞추어 앞뒤로 흔들었다.

"영차!"

시계추처럼 세게 흔들면 된다. 점점 더 세게, 더 세차게, 최후의 균형을 주는 바위 끝을 돌파하면 된다. 세차게······더······더.

"영차!"

큰 바위는 꿈틀거리더니 한 발가락 위에 균형을 잡고 서서 다시는 뒤로 주저앉지 않기로 결심한 듯, 허공중에 떨어져 부딪치고 굉음을 발하며 튀어 올랐다가 차일 같은 밀림 속에다 깊은 구멍을 내며 떨어졌다. 메아리가 울려오고 새가 날고 흰 먼지와 분홍색 먼지가 허공에 떠돌았다. 아래쪽 숲은 분노한 괴물이 통과할 때처럼 진동을 일으켰다. 다음 순간 섬은 고요해졌다.

"멋져!"

"폭탄 같구나!"

"이─야호!"

5분 동안 그들은 승리감에서 헤어나지 못했다. 그러나 급기야 그들은 떠났다.

다음에 이어진 정상까지의 길은 누워서 떡 먹기였다. 마지막 고비에 이르렀을 때 랠프는 걸음을 멈췄다.

"어라!"

그들은 산허리 원형 분지 가장자리에 도착했다. 이곳은 바위틈에서 피어난 여러 종류의 푸른 꽃들로 가득 차 있었다. 철철 넘치도록 핀 꽃들은 물이 빠지는 골에도 늘어지고 차일 같은 숲 위로도 풍성하게 흩어졌다. 공중에는 날아다니며 날개를 팔락이거나 내려앉는 나비들로 요란했다.

이 분지 너머가 네모난 산의 정상이었다. 그들은 이내 그 정상에 올랐다.

그들은 아까까지만 해도 이곳이 섬이려니 막연하게 짐작만 했었다. 양편으로 바다를 끼고 한편으로 공기가 맑아지는 분홍색 화강암 사이를 기어오를 때 그들은 본능적으로 사방이 바다라는 것을 알게 되었다. 그러나 산꼭대기에 서서 둥글게 사방으로 뻗어나간 수평선을 바라볼 때까지 섬이라는 단정은 보류하는 것이 좋을 성싶었다.

랠프는 두 소년 쪽으로 향했다.

"여긴 우리 거야."

그곳은 대체로 배의 형태였다. 지금 서 있는 이쪽 끝은 혹처럼 삐져나왔고 뒤쪽은 해안으로 내려가는 어수선한 경사면이었다. 좌우 양쪽에는 바위, 벼랑, 나무꼭대기, 그리고 가파른 경사면이 있었다. 앞쪽을 바라보면 배의 길이에 맞게 울창한 숲이 완만한 경사를 이루며 내려가면서 분홍색을 점점이 드러냈다. 다시 그 앞은 나지막한 정글 지대였고 무성한 초록빛이었다. 다시 그 저편으로는 분홍색의 꼬리가 삐져나와 있었다. 섬의 끝이 바닷속에 잠긴 곳에는 또 하나의 섬이 있었다. 그것은 성채처럼 떨어져서 떠 있는 큰 바위로

서, 당당한 분홍색 요새로 소년들 앞에 서 있었다.

소년들은 이러한 모든 것을 훑어보고 나서 멀리 바다를 내다보았다. 그들이 서 있는 곳은 지대가 높았고 정오가 훨씬 지난 시간이어서 시야는 또렷했다.

"저것이 산호초야. 산호로 이루어진 바위섬이란 말야. 나는 저런 사진을 여러 장 본 적이 있어."

산호초는 섬의 한쪽뿐 아니라 여러 부분을 에워싸고 있었다. 1마일은 실히 뻗쳐 있었고 지금 그들이 자기들 것이라고 생각하는 모래사장과 거의 평행선을 이루고 있었다. 어떤 거인이 분망한 필치로 이 섬의 형태를 재생해보려고 선을 긋다가 그만 중도에 지쳐버리고 만 것처럼 산호초가 바다를 수놓고 있었다. 산호초의 안쪽은 청록색이었다. 다채로운 빛을 띤 바닷물과 바위와 해초들이 마치 수족관에 들어 있는 것처럼 뚜렷했다. 산호초 바깥쪽은 짙푸른 바다였다. 조수가 밀려들어 물거품이 긴 꼬리를 멀리까지 뻗쳤고 그것 때문에 배의 형상을 한 섬이 뒷걸음질 치며 항해하고 있는 것처럼 보였다.

잭이 밑을 가리켰다.

"저기가 바로 우리가 내린 곳이야."

폭포와 절벽 너머 나무에는 긁힌 자국이 역력했다. 나무둥치가 사납게 찍히고 무언가가 끌려간 자국이 있었다. 그러나 암벽과 해안 사이에 줄지어 늘어선 야자수는 다치지 않은 상태였다. 또한 바위판이 초호 속으로 뻗어나간 것이 보였고 사람이 벌레처럼 근처에서 어른거리는 것도 보였다.

랠프는 그네들이 서 있는 불모의 지점에서 경사면을 내려가 협곡

42

의 꽃밭을 거쳐 다시 우회하여 마지막으로 암벽이 시작되는 바위에 이르는 코스를 대충 그려보았다.

"그게 제일 빠른 길이야."

그들은 눈을 반짝이며 입을 벌린 채 의기양양하게 자신들의 지배권을 음미해보았다. 그들은 신이 났고 이제는 모두가 친구였다.

"마을에서 피어오르는 연기도 없고 배도 없어. 나중에 확인하겠지만 이 섬은 무인도야."

랠프가 현명하게 말했다.

"식량을 구해야 해. 사냥하는 거야. 닥치는 대로 잡는 거야……. 우리를 구조하러 올 때까지 말야."

잭이 부르짖었다.

사이먼은 두 소년을 바라보았다. 그는 아무 말도 하지 않고 고개만 끄덕였다. 끄덕일 때마다 머리채가 앞뒤로 춤을 췄다. 그러나 그의 얼굴은 뻘겋게 달아올랐다.

랠프는 산호초가 없는 다른 쪽을 내려다보았다.

"더 가파른데."

잭이 말했다.

랠프는 손을 모아 컵을 그리는 몸짓을 했다.

"저 아래 수풀은…… 산이 그걸 컵처럼 들어 올리고 있는 것 같아."

그 산은 어디를 보나 나무가 있었다. 나무와 꽃이었다. 숲이 움직이고 포효하고 요동했다. 가까이에 산재한 바위에 서식하는 꽃들이 펄떡였고 잠시 동안이었지만 시원한 미풍이 그들의 얼굴을 어루만지고 지나갔다.

랠프는 양팔을 벌렸다.

"모두가 우리 거야."

그들은 산정에서 웃고 뒹굴며 외쳤다.

"난 배가 고파."

사이먼이 시장기를 입 밖에 내자 두 소년도 비로소 시장기를 느꼈다.

"자, 가자. 알고 싶었던 걸 알아냈으니까."

랠프가 말했다.

그들은 바위로 된 경사면을 허둥지둥 내려와 꽃 사이로 뛰어내린 다음 나무 밑을 헤쳐갔다. 그들은 이곳에서 걸음을 멈추고 주위의 잡목림을 유심히 관찰했다.

사이먼이 먼저 입을 열었다.

"양초같이 생겼어. 꽃양초 관목이야. 양초 같은 봉오리."

진한 초록색의 관목은 향기로웠다. 많은 꽃봉오리는 연둣빛으로 태양을 향한 채 꽃잎을 다물고 있었다. 잭이 칼로 봉오리 하나를 베자 향기가 물씬 풍겼다.

"양초 같은 봉오리야."

"거기다가 불은 켤 수 없어. 그냥 양초처럼 생겼을 뿐이야."

랠프가 말했다.

"초록빛 양초, 먹을 수 없는 거야. 자, 가자."

잭이 경멸조로 말했다.

그들이 울창한 숲의 입구에 당도해서 기진한 다리로 타박타박 헤쳐가고 있을 때였다. 짐승이 끼익끼익대는 소리가 들렸다. 이어 땅바닥을 차는 거친 소리가 들려왔다. 소년들은 소리가 난 곳으로 쏜

살같이 달려갔다. 그러자 그 비명은 점점 날카로워지고 이윽고 광기마저 서렸다. 그물처럼 얽힌 덩굴에 멧돼지 새끼가 걸려 겁에 질린 채 탄력 있는 덩굴을 향해 미친 듯이 몸을 내던지는 것이었다. 그 소리는 가늘었지만 바늘처럼 날카롭고 집요했다. 세 소년은 앞으로 돌진했다. 그리고 잭이 과장된 몸짓으로 칼을 뺐다. 그는 칼을 든 손을 높이 쳐들었다. 그러나 그 순간 그대로 멈추었다. 멧돼지는 계속 비명을 지르고 덩굴은 여전히 격렬하게 진동했으며, 칼날은 뼈대 굵은 팔 끝에서 번뜩였다. 잭이 팔을 정지한 시간이 길기는 했으나 만약 칼날을 내려쳤을 때 그것이 어떤 끔찍한 사태를 야기할지 그들이 인식하기에 족했다. 새끼 멧돼지는 덩굴을 벗어나 덤불로 도망쳤다. 그들은 마주 보고 나서 끔찍한 일이 벌어질 뻔했던 장소를 다시 쳐다보았다. 잭의 얼굴은 주근깨 밑에서 창백했다. 정신을 차리고 보니 아직도 자신이 칼을 쳐들고 있었다. 그는 팔을 내려 칼집에다 칼을 꽂았다. 이어 세 소년은 멋쩍게 웃고 다시 길로 되돌아갔다.

"나는 한 곳을 겨냥했어. 멧돼지의 어느 부분을 찌를까 생각하느라 머뭇거렸던 거야."

잭이 말했다.

"멧돼지를 찔렀어야 해. 멧돼지를 찔러 죽이는 이야기는 많이들 하지 않니?"

랠프가 힘차게 말했다.

"멧돼지는 목을 따서 피를 흘려야 해. 그러지 않으면 고기를 먹을 수 없거든."

잭이 말했다.

"그러면 죽이지 않구……."

세 소년은 어째서 잭이 그것을 죽이지 않았는가를 알았다. 칼을 내려쳐서 산 짐승의 살을 베는 일이 끔찍했기 때문이다. 용솟음칠 피를 감당할 수 없었기 때문이다.

"막 죽이려는 참이었는데……."

잭은 말하고 앞서서 갔기 때문에 그들은 그의 얼굴을 보지 못했다.

"난 겨냥을 하고 있었던 거야. 다음 기회엔!"

그는 칼집에서 칼을 뽑아 나무줄기에 힘껏 꽂았다. 다음번엔 인정사정없는 거다. 수틀리면 덤비라는 듯이 맹렬한 기세로 주위를 둘러보았다. 곧 그들은 햇살이 비치는 곳으로 빠져나왔다. 잠시 동안 그들은 먹을 수 있는 과일을 찾아내어 게걸스럽게 먹으며 암벽을 내려가서 아이들이 있는 바위판으로 향했다.

산정의 봉화

랩프가 소라 불기를 끝냈을 무렵, 바위판 위에는 많은 소년들이 모여 있었다. 이 모임은 아침에 소집되었던 모임과 몇 가지 차이가 있었다. 오후의 태양이 바위판 맞은편에서부터 비스듬히 빛을 비추었고 대부분의 소년들은 햇볕에 탄 피부가 쑤셔오는 것을 때늦게 알아채고는 다시 옷을 걸치고 있었다. 이제 단체정신을 많이 상실한 성가대원들은 모두 망토를 벗은 채였다.

랩프는 몸의 왼편을 태양 쪽으로 향하고 쓰러진 나무 둥치 위에 앉아 있었다. 그의 오른쪽에는 성가대원들이 있었고, 왼쪽에는 비행기에서 탈출하기 전까지는 서로 몰랐던 비교적 성숙한 소년들이 자리 잡고 있었고, 그의 앞쪽 풀밭 위에는 꼬마들이 앉아 있었다.

이제 모두들 조용했다. 랩프는 우윳빛과 분홍색이 감도는 소라를 무릎까지 들어 올렸다. 갑자기 미풍이 불면서 바위판 위에다 햇빛을 흩뿌렸다. 랩프는 일어설 것인가 그대로 앉아 있을 것인가 망설였다. 그는 왼쪽으로 눈을 돌려 헤엄칠 수 있는 웅덩이 쪽을 바라보았다. 새끼돼지는 가까이 앉아 있었지만 아무 도움도 주지 않았다.

랠프는 헛기침을 하여 목청을 가다듬었다.

"자, 그럼."

이렇게 서두를 꺼내자 자신이 얘기해야 할 것을 유창하게 설명할수 있을 것 같았다. 그는 한 손으로 자신의 금발을 쓸고 나서 입을 열었다.

"우리는 섬에 와 있는 거야. 산꼭대기에 올라가 사방이 바다로 둘러싸여 있다는 것을 확인하고 왔어. 집이나 연기나 발자국은 보지 못했고, 배나 사람도 보지 못했어. 우리는 우리들밖에는 사람이 없는 무인도에 와 있는 거야."

잭이 끼어들었다.

"그래도 군대는 필요해, 사냥을 하려면. 멧돼지들을 사냥하려면……."

"맞아. 이 섬에는 멧돼지가 있단다."

세 소년은 덩굴에 걸려 몸부림치던 분홍빛 동물에 관해서 설명하려고 애썼다.

"우리가 보았는데……."

"비명을 지르고 있었어……."

"그건 거기서 풀려나서……."

"내가 죽이려는 참이었는데 그만……하지만……다음번에!"

잭은 다시 칼을 나무 둥치에 꽂았다. 그러고는 도전적으로 주위를 둘러보았다.

모임의 분위기는 안정을 되찾았다.

"그러니까 고기를 구하려면 사냥부대가 필요해. 또 한 가지는……"
하고 랠프가 말했다.

무릎 위로 소라를 들어 올린 그는 비스듬히 비치는 햇빛을 받은 아이들의 얼굴을 둘러보았다.

"어른들은 없어. 그러니까 우리 스스로 알아서 해야 해."

모두들 웅성거리다가 잠잠해졌다.

"또 한 가지, 우리 모두가 한꺼번에 말할 수는 없거든. 그러니까 학교에서처럼, 발언자는 손을 들어야 해."

그는 소라를 얼굴에 갖다 대고 그 아가리를 훑어보았다.

"그러면 내가 손 든 아이에게 소라를 주겠다."

"소라?"

"이 조개의 이름이야. 그리고 다음 발언자에게 소라를 넘겨주는 거야. 발언자는 말하는 동안 그것을 들고 있기로 하는 거지."

"하지만……."

"이봐……."

"소라를 들고 있는 사람의 말을 방해하면 안 돼. 나만 빼놓고."

잭이 일어났다.

"규칙을 만들어야 해. 많은 규칙을 말야. 그래 가지고 누가 어기면……" 하고 잭이 흥분해서 말했다.

"이야호!"

"신난다!"

"붕!"

"좋다!"

랠프는 소라가 자기 무릎으로부터 들어 올려지는 것을 감지했다.

다음 순간 새끼돼지가 거대한 그 우윳빛 소라를 들고 자리에서 일어서 있었다. 고함소리가 그쳤다. 왼쪽 발치에 앉았던 잭이 뜨악한 눈빛으로 랠프를 바라보았다. 그러나 랠프는 미소 지으며 통나무를 가볍게 두드렸다. 잭이 앉았다. 새끼돼지는 안경을 벗어서 셔츠에다 알을 닦으면서 좌중을 향해 눈을 껌벅였다.

"너희들은 랠프의 발언을 방해하고 있는 거야. 가장 중요한 말을 못 하게 하고 있어."

그는 효과적으로 말을 끊었다.

"우리가 여기 있다는 걸 누가 알겠니?"

"공항 사람들이 알고 있어."

"나팔처럼 생긴 것을 가지고 있던 분도 알고 있을 거야."

"우리 아빠도."

새끼돼지는 안경을 썼다.

"우리가 여기 와 있다는 걸 아는 사람은 하나도 없어."

새끼돼지는 아까보다 더 창백했고 호흡이 가빴다.

"우리가 어디로 가고 있었는지는 알지도 몰라. 어쩌면 그것도 모르는지도 모르고. 그러나 우리가 목적지에 도착하지 못했기 때문에 지금 우리가 어디에 와 있는지 아무도 모를 거야."

새끼돼지는 아이들을 향해 잠시 동안 입을 벌린 채 서 있다가 불안한 동작으로 앉았다. 랠프는 그의 손에서 소라를 뺏어 들었다.

"내가 얘기하려던 것이 바로 그거야" 하고 그가 말을 이었다.

"우리 모두는……."

랠프는 긴장된 아이들의 얼굴을 응시했다.

"비행기는 불길에 싸여서 추락했어. 우리의 행방을 아는 사람은 아무도 없어. 우리는 오랫동안 이곳에 있게 될지도 몰라."

너무나 조용해서 새끼돼지의 가쁜 숨소리까지 들렸다. 햇빛이 비스듬히 비쳐서 바위판의 절반을 황금빛으로 채색했다. 제 꼬리를 잡으려는 새끼고양이처럼, 초호에서 맴돌던 미풍이 이제 바위판에 불어오더니 다시 숲속으로 미끄러져 갔다. 랠프는 이마 위로 흘러내린 금발을 뒤로 젖혔다.

"그러니까 우리는 이곳에 오래 있게 될지도 몰라."

아무도 입을 열지 않았다. 그는 갑자기 밝게 웃었다.

"하지만 이곳은 좋은 섬이야. 우리, 잭과 사이먼과 내가 산에 올라가 봤잖아. 최고였어. 먹을 것도 있고 물도 있고."

"바위도 있고."

"푸른 꽃들도 있고."

새끼돼지는 약간 천식기가 사라지자 랠프의 손에 있는 소라를 가리켰다. 그러자 잭과 사이먼이 입을 다물었다. 랠프가 말을 계속했다.

"구조를 기다리는 동안 이 섬에서 재미있게 지낼 수 있을 거야."

그는 크게 몸짓을 했다.

"마치 소설 속에 나오는 섬 같아."

그 말이 떨어지자 이내 소란해졌다.

"보물섬 같아."

"《제비와 아마존강》* 같아."

---

* 1930년 패런타인이 쓴 소년 소설

"산호섬 같구나."

랠프는 소라를 흔들었다.

"이곳은 우리 섬이야. 훌륭한 섬이구. 어른들이 우리를 데리러 올 때까지 재미있게 놀자."

잭이 손을 내밀어 소라를 잡았다.

"멧돼지도 있어. 먹을 것도 있고. 저쪽에 있는 웅덩이에서는 헤엄도 칠 수 있어. 없는 게 없어. 또 다른 걸 발견한 사람은 없니?"

잭은 소라를 랠프에게 돌려주고 앉았다. 그 밖의 다른 것을 발견한 사람은 없는 것 같았다.

좀 큰 아이들이 그 아이를 주목하게 된 것은 그 아이가 남의 말을 듣지 않았기 때문이다. 여러 꼬마들이 앞으로 나가보라고 재촉했지만 아이는 나오려 들지 않았다. 그는 여섯 살쯤 되는 아주 어린 꼬마였다. 그의 한쪽 얼굴에는 날 때부터 가지고 나온 자줏빛 반점이 있었다. 그는 일어나긴 했지만 여러 사람의 시선에 위축되어서 몸을 똑바로 하지도 못한 채 움츠리고 겨우 한 발을 잡초 속에 들이민 정도였다. 그는 무언가 중얼거리며 막 울음보를 터뜨릴 것 같았다.

다른 꼬마들은 귓속말을 하면서 정중하게 그를 랠프 쪽으로 밀었다.

"괜찮아. 자, 이리 와서 말해봐."

랠프가 말했다.

어린 꼬마는 공포에 질린 표정으로 주위를 둘러보았다.

"말해봐!"

꼬마는 손을 내밀어 소라를 잡으려 했다. 모두들 웃음보를 터뜨렸다. 그러자 꼬마는 금세 손을 거두더니 울기 시작했다.

"그 애에게 소라를 줘! 소라를 손에 들려줘!"

새끼돼지가 외쳤다.

마침내 랠프는 그 아이를 달래가며 소라를 손에 들려주었다. 그러나 다시 웃음이 터져 나와 아이는 소리를 내지 못하고 말았다. 새끼돼지는 꼬마 곁에 무릎을 꿇고 앉아 한 손을 소라에 얹고 꼬마의 말을 경청하고 나서 아이들에게 전해주었다.

"이 꼬마는 뱀같이 생긴 것을 우리가 어떻게 할 것인지 알고 싶어 해."

랠프가 웃었다. 다른 소년들도 따라 웃었다. 꼬마는 더욱 몸을 꼬며 기가 죽었다.

"뱀 같은 게 뭔지 그것에 대해 말해보렴."

"이제 이 애는 짐승 같은 것이라고 말하는데."

"짐승 같은 것이라고?"

"뱀같이 생겼는데 무척 크다는군. 자기 눈으로 봤대."

"어디서?"

"숲속에서."

방황하는 미풍 탓인지 태양이 기울어서인지는 몰라도 나무 밑은 약간 시원했다. 소년들은 그것을 감지하고 초조한 듯 몸을 움직였다.

"이 정도의 섬에는 짐승이라든가 뱀 같은 것은 있을 수 없어. 그건 아프리카나 인도 같은 큰 땅에서만 볼 수 있는 거야."

랠프가 친절하게 설명했다.

수군거리는 소리가 나더니 아이들이 심각하게 고개를 끄덕였다.

"이 아이는 그 짐승 같은 것이 어둠 속을 타고 왔다는 거야."

"그렇다면 볼 수도 없었겠군!"

웃음과 환호.

"다들 들었지? 이 애는 어둠 속에서 그걸 봤대."

"여전히 그 짐승 같은 걸 봤다는 거야. 어둠 속에서 왔다갔다, 왔다갔다 하면서 그를 잡아먹으려 했다는 거야."

"꿈을 꾸었을 거야."

랠프는 웃으며 모두에게 동의를 구했다. 큰 아이들은 랠프의 말에 동의했지만 여기저기서 꼬마들은 이치만 가지고는 부족하다는 반신반의의 표정을 짓고 있었다.

"틀림없이 악몽을 꾸었을 거야. 이 덩굴 사이를 헤맸으니까."

모두들 전보다 심각하게 고개를 끄덕였다. 그들도 악몽에 대해 알고 있었기 때문이다.

"짐승 같은 것, 즉 뱀 같은 걸 봤는데, 오늘 밤에도 또 오느냐고 이 아이가 묻고 있어."

"짐승 같은 건 없다니까!"

"그것이 아침이 되면 밧줄 같은 것으로 변해서 나무에 매달려 있었다는 거야. 오늘 밤에도 그게 다시 오느냐고 묻고 있어."

"하지만 짐승 같은 것은 없대두!"

이제 웃는 소년은 하나도 없었다. 훨씬 심각하게 바라볼 뿐이었다. 랠프는 두 손을 머릿속에 파묻고 한편으로는 재미있고 한편으로는 신경질이 난다는 듯 꼬마를 바라보았다.

잭이 소라를 잡았다.

"물론 랠프 말이 옳아. 뱀 같은 건 이곳에 없어. 설사 뱀이 있다고 해도 잡아 죽이면 돼. 모두가 고기를 먹을 수 있도록 멧돼지 사냥도

할 작정이다. 그리고 뱀이 있나 찾아보자.”

“뱀은 없다니까!”

“사냥 나가서 확인할 거야.”

랠프는 난처했다. 사실 그 순간만은 패배당한 것이었다. 막연한 어떤 장벽이 놓여 있다는 생각이 들었다. 자기를 뚫어지게 바라보던 아이들 눈에는 생기가 없었다.

“하지만 짐승은 없어!”

자신도 모르는 어떤 감정이 솟구치면서 자신의 주장을 보다 크게 반복해서 외치도록 강요하고 있었다.

“짐승은 없다고 분명히 말해둔다!”

모두들 말이 없었다.

랠프가 소라를 다시 들었다. 다음에 이야기할 것을 생각하니 기분이 훨씬 나아졌다.

“이제 제일 중요한 것을 이야기한다. 아까부터 생각해온 건데, 산을 오르면서 줄곧 생각했지.”

그는 함께 갔던 두 소년에게 배신해서 미안하다는 듯한 미소를 던졌다.

“그리고 지금 이 모래사장 위에서도 생각한 건데…… 이게 내 생각이야. 우리는 앞으로 재미있게 지내자는 거야. 그리고 우리는 구조되기를 원한다는 거야.”

열렬한 찬성의 소음이 파도처럼 그를 엄습했다. 그래서 그는 무슨 얘기를 하다 말았는지 그만 맥락을 잊고 말았다. 그는 다시 생각했다.

“우리는 구조되기를 바라. 물론 우리는 구조될 거야.”

수군거리는 소리가 났다. 아무 증거도 댈 수 없었지만 랠프의 새로운 권위의 무게에 힘입어 그 간단한 말이 광명과 행복을 안겨주었다. 자기 말을 경청하도록 하려고 랠프는 다시 소라를 흔들어야 했다.

"우리 아빠는 해군이야. 미지의 섬은 하나도 남지 않았다고 말씀하셨어. 여왕께서는 지금도 지도로 꽉 찬 방을 가지고 계시는데, 전 세계의 섬은 모두 그 지도에 들어 있대. 그러니까 여왕께서는 이 섬의 지도도 가지고 계실 거야."

다시 기쁨과 안도의 소리가 일었다.

"조만간 배가 이곳으로 찾아올 거야. 그게 우리 아빠가 탄 배일지도 몰라. 그러니까 우리는 곧 구조될 거야."

논리적인 주장을 하고 나서 그는 말을 멈췄다. 아이들은 그의 말을 듣고는 자못 안심이 된 듯했다. 그들은 랠프를 좋아하고 있었는데 이제는 존경하기에까지 이르렀다. 그들은 자발적으로 박수하기 시작했다. 이윽고 바위판은 갈채로 요란해졌다. 새끼돼지의 공공연한 찬미의 태도를 곁눈질로 본 랠프는 얼굴을 붉혔다. 다른 편의 잭에게 눈길을 주었을 때 그는 박수치는 것쯤 나도 안다는 듯이 손뼉을 치고 있었다.

랠프는 소라를 흔들었다.

"조용히 해! 기다려! 들어봐!"

다시 조용해지자 랠프는 의기양양하게 말을 계속했다.

"또 한 가지가 있어. 어른들이 우리들을 찾아내는 데 우리가 협조할 수 있다는 거야. 배가 이 섬 가까이 온다 할지라도 우리를 발견하지 못할 수도 있어. 그러니까 산꼭대기에다 연기를 피워야 해. 봉화를 올려야 한다구!"

"봉화! 봉화를 올려!"

즉시 반수의 소년들이 일어났다. 소라를 깜빡 잊고 잭은 그냥 외치고 있었다.

"자, 가자. 따라와!"

야자나무 밑의 공간은 소음과 움직임으로 가득 찼다. 랠프도 일어나 조용히 하라고 외쳤지만 아무도 그의 말을 듣지 않았다. 곧 소년들의 무리가 산 쪽으로 몰려가더니 자취를 감췄다. 잭의 뒤를 따라간 것이었다. 꼬마들까지도 가서 나뭇잎과 부러진 나뭇가지 사이에서 열심히 일했다. 랠프는 소라를 든 채 새끼돼지와 단둘이 남았다.

새끼돼지는 정상 호흡을 되찾았다.

"철부지들 같아! 한 떼의 철부지들 같으니라구!"

새끼돼지가 경멸조로 말했다.

랠프는 의아해서 새끼돼지를 바라보며 소라를 나무 둥치 위에 놓았다.

"이제 차 마시는 시간은 좀 지났겠구나."

새끼돼지가 입을 열었다.

"도대체 산 위에 가서 무얼 한다는 거지?"

소라를 경건하게 쓰다듬고 있던 새끼돼지는 갑자기 멈추더니 올려다보았다.

"랠프! 어이! 어디를 가니?"

랠프는 이미 암벽을 오르고 있었다. 멀리 앞에서는 서로 부딪치는 소리와 웃음소리가 들려왔다.

새끼돼지는 정나미 떨어진다는 표정으로 그를 지켜보았다.

"철부지들 같군!"

그는 한숨을 토하고는 다시 몸을 굽혀 구두끈을 매었다. 사명을 띠고 장도에 오른 일행의 소음이 산 위로 사라졌다. 그러나 그는 어린애들의 부질없는 흥분을 참아주어야 하는 어버이처럼 순교자적인 표정으로 소라를 집어 들고 숲속으로 향했다. 그리하여 그도 수풀이 우거진 바위 벼랑 위를 조심조심 기어올랐다.

산정의 반대쪽 아래로는 무성한 수풀이 이불처럼 깔려 있었다. 랠프는 다시 손을 동그랗게 모아 그곳이 얼마나 험한가를 몸짓으로 나타내보였다.

"저 아래에서 우리는 원하는 장작을 얼마든지 얻을 수 있겠군."

잭은 고개를 끄덕이고는 아랫입술을 빨았다. 그들이 서 있는 곳에서 100피트가량 밑에 있는, 그러니까 더 험한 쪽에는 연료 저장소라고 부를 만한 장소가 있었다. 고온다습한 환경에서만 무럭무럭 자라는 나무들이 그곳 바닥의 표피 흙이 얇기 때문에 완전히 자라지 못하고 쓰러져서 썩어가고 있었다. 덩굴 식물이 온통 위를 뒤덮었는데, 새로 나는 어린 나무 싹이 그 사이에서 겨우겨우 비집고 돋아나고 있었다.

잭은 준비 태세가 되어 있는 성가대를 향했다. 그들의 검은 제모는 한쪽으로 미끄러져 베레모처럼 보였다.

"지금부터 나뭇더미를 만든다. 자, 시작해!"

그들은 적당한 통로를 골라서 아래로 내려가 고목을 잡아당기기 시작했다. 산정에 막 도착한 꼬마들도 미끄러지듯 내려왔다. 이제 새끼돼지를 제외한 모든 아이들은 분주하게 일했다. 고목은 대부분

썩어서 조금만 당겨도 폭삭 부서졌고 벌레들이 튀어나왔다. 그러나 개중에는 온전한 나무통도 있었다. 쌍둥이 형제인 샘과 에릭이 제일 먼저 괜찮은 통나무를 찾아냈지만 랠프, 잭, 사이먼, 로저, 모리스 등이 와서 거들기까지는 전혀 속수무책으로 있었다. 그들은 함께 그 괴기한 고목을 바위 위로 간신히 끌어 올려 꼭대기에 내동댕이쳤다. 소년들이 조를 짜서 크고 작은 자신들의 몫을 보탰기 때문에 나뭇더미는 점점 커졌다. 몇 번째인지 몰라도 다시 밑으로 내려왔을 때 랠프는 우연히 잭과 둘이서 큰 가지를 떠메고 있었다. 그들은 같은 짐을 나눠 메고 있음을 깨닫고 마주 보며 환히 웃었다. 미풍이 불었다. 외치는 소리가 나고 산정에 태양이 비껴 비치는 가운데 다시금 그 신비스러운 마력이, 우정과 모험, 만족에 찬 불가사의하고 보이지 않는 빛이 뚝뚝 떨어졌다.

"너무 무겁군."

잭이 웃음을 보냈다.

"우리 둘이서라면 들지 못할 건 없어."

같은 짐을 처리하기 위해 노력을 합친 그들은 산의 마지막 고비를 휘청거리며 올랐다. 하나, 둘, 셋 하는 구령에 맞추어 그들은 나무를 나뭇더미 위로 내던졌다. 그러고 나서 더미에서 물러서서 의기양양한 쾌감을 느끼며 웃음을 터뜨렸다. 그리하여 랠프는 곧장 물구나무를 서야 했다. 아래에서는 소년들이 아직도 열심히 일하고 있었다. 일에 진력이 난 몇몇 꼬마들은 먹을 것을 찾아 새로운 숲속을 헤맸다. 쌍둥이 형제는 워낙 총명해서 마른 나뭇잎을 한 아름씩 안고 올라와 나뭇더미에 부려놓았다. 나뭇더미가 어느 정도 쌓였음을 안 소년들은 나무 구하기를 멈추고 차례로 분홍빛 바윗등을 드러낸 산정에 올라섰다. 이제는 숨도 가쁘지 않고 땀도 말랐다.

　모두들 이렇게 쉬는 동안 랠프와 잭은 서로의 눈을 마주 보았다. 내심 그들은 쑥스러웠지만 어떻게 고백해야 할지 몰랐다.

　얼굴이 뻘겋게 되어서 랠프가 먼저 말했다.

　"네가 할래?"

　그는 헛기침을 하고 나서 다시 말했다.

　"네가 봉화에 불을 붙이겠니?"

　이제 난처한 상황이 벌어졌다. 잭 역시 얼굴을 붉혔다. 그는 뭐라고 중얼거렸다.

　"막대기 두 개를 비비대는 거야. 비비대면……."

　그는 랠프를 힐끗 쳐다보았다. 랠프는 자신의 무능을 실토해버렸다.

　"누구 성냥 가지고 있는 사람?"

　"활을 만들어 화살을 비비면 돼."

　이렇게 말한 사람은 로저였다. 그는 두 손으로 흉내를 냈다.

　"삭삭 삭삭 하고 말야."

　가벼운 공기의 동요가 산정을 스쳤다. 그때 새끼돼지가 셔츠와 반바지 바람으로 산정에 올라왔다. 조심조심 숲을 빠져나오는 그에게 저녁 햇살이 비쳐 그의 안경알이 번뜩였다. 겨드랑이 밑에 소라를 끼고 있었다.

　랠프가 그에게 소리쳤다.

　"새끼돼지야! 너 성냥 있니?"

　다른 소년들도 합세하여 고함을 질렀기 때문에 산 전체가 울렸다. 새끼돼지는 고개를 젓고 나뭇더미 쪽으로 다가갔다.

"야, 지독하게 쌓아 올렸구나."

잭이 갑자기 손으로 가리켰다.

"저 애 안경, 저걸 볼록렌즈로 사용하는 거야."

뒤로 물러설 겨를도 없이 새끼돼지는 아이들에게 포위되었다.

"날 붙잡지 마!"

잭이 억지로 안경을 빼앗았을 때 새끼돼지의 목소리는 비명이 되었다.

"조심해! 안경을 이리 줘! 난 앞이 안 보여. 이러다간 소라를 깨뜨리겠어!"

랠프는 그를 팔꿈치로 밀어붙이고 나뭇더미 곁에 가서 무릎을 꿇고 앉았다.

"햇빛을 가로막지 마라!"

밀고 당기고 참견하는 고함소리가 요란했다. 랠프는 안경알을 전후좌우로 이동시키다가 마침내 기울어가는 저녁해의 하얀 영상을 모아 썩은 나무 위에 정착시켰다. 곧 엷은 연기가 올라왔다. 그 연기 때문에 랠프는 기침을 했다. 잭도 무릎을 꿇고 조용히 불었다. 연기가 점점 짙게 흩어지더니 자그마한 불꽃이 나타났다. 환한 햇빛 속에서 거의 보이지 않던 불꽃이 작은 나뭇가지를 휩싸더니 기운을 내어 뚜렷한 빛깔을 발하며 큰 나뭇가지로 옮아갔다. 나뭇가지는 날카로운 소리를 내며 튀었다. 불꽃이 높이 피어오르자 소년들은 기쁨의 환호성을 올렸다.

"내 안경!"

새끼돼지가 으르렁거렸다.

"내 안경을 줘!"

랠프는 나뭇더미에서 떨어져 서 있다가 안경을 더듬고 있는 새끼 돼지의 손에 쥐어주었다. 새끼돼지는 차분한 목소리로 중얼거렸다.

"흐려서 안 보여. 내 손도 안 보이는걸."

소년들은 춤을 추었다. 썩은 나뭇더미는 불쏘시개처럼 잘 말라 있었고 나뭇가지들은 힘차게 노란 불꽃으로 휩싸였다. 불꽃은 점점 위로 치솟더니 6미터 정도의 불기둥을 만들었다. 불에서 몇 발짝 떨어진 주변은 용광로의 열풍 같은 열기를 발했고 한 줄기의 미풍은 섬광의 강물이었다. 통나무는 오므라들고 쭈그러져 한 줌의 재가 되었다.

랠프가 외쳤다.

"나무를 더 가져와! 모두 나무를 더 가져와!"

불길과의 경쟁이 시작되었다. 그리하여 소년들은 위쪽의 숲으로 흩어졌다. 산정에 불꽃으로 이루어진 맑은 깃발을 나부끼게 하는 것이 당장의 목표였고 그 이상의 것을 생각하는 소년은 하나도 없었다. 작은 꼬마들까지도 과일을 따 먹어야겠다는 유혹을 느끼지 않는 한 작은 나뭇조각을 가져와서 불 속에 던졌다. 대기가 좀 빨리 움직이더니 약한 바람으로 변했다. 그리하여 바람이 불어오는 쪽과 바람이 불어가는 쪽과는 현저한 차이가 났다. 한쪽은 공기가 시원했지만 한쪽은 열기가 맹렬하여 금방이라도 머리카락이 오그라들 것 같았다. 땀에 젖은 얼굴에 저녁 바람을 감촉한 소년들은 일하기를 그치고 신선한 바람을 만끽했다. 그들은 기진맥진했다. 바위 사이에 깔린 그늘 속에 그들은 몸을 던져 누워버렸다. 수염 같던 불꽃은 금세 사그라졌다. 순간 나뭇더미도 숯덩이 같은 소리를 내며 안쪽으로 가라앉았다. 불꽃에 싸인 큰 나무토막이 튀더니 옆으로 기울다가 바람 부는 쪽으로 불려갔다. 소년들은 개처럼 헐떡이며 누워 있었다.

랠프는 팔에 대고 있던 머리를 들었다.

"이래 가지고는 안 되겠는걸."

로저는 뜨거운 재 속에 정확하게 들어맞도록 침을 뱉었다.

"무슨 말이니?"

"연기가 나질 않아. 불꽃뿐이야."

새끼돼지는 두 개의 바위 사이에 있는 공간에 자리 잡고 앉아 소라를 무릎 위에 얹어놓고 있었다.

"저건 봉화가 아냐. 저런 불은 소용없어. 우리가 아무리 노력해도 불을 계속 타오르게 할 순 없다구."

그가 말했다.

"너는 아무 일도 하지 않았어. 그냥 앉아 있기만 했잖니."

잭이 경멸조로 말했다.

"그 애의 안경을 활용했잖아? 그 애는 그런 식으로 거들어준 거야."

사이먼이 팔로 검은 볼을 문지르면서 말했다.

"소라를 들고 있는 건 나야. 내게도 말할 기회를 줘."

새끼돼지가 화난 듯이 말했다.

"산꼭대기에선 소라는 아무 효력이 없어. 그러니까 넌 입 닥쳐."
잭이 말했다.

"난 손에 소라를 들고 있어."

"생가지를 올려놔. 그게 연기를 만드는 제일 좋은 방법이야."
모리스가 말했다.

"난 소라를 가지고 있어……."

잭이 차가운 표정으로 돌아보았다.

"너 입 닥쳐!"

새끼돼지는 기가 죽었다. 랠프가 그로부터 소라를 받아 들고 모두를 둘러보았다.

"봉화를 지킬 특별 당번을 둬야겠다. 언제 배가 올지 모르니까."

이렇게 말하면서 랠프는 팽팽한 철삿줄 같은 수평선을 향해 팔을 저었다.

"우리가 계속 신호를 보내면 어른들이 와서 우리를 데려갈 거야. 또 한 가지. 우리에겐 규칙이 더 필요해. 소라가 있는 곳은 회의장이 되는 거야. 여기서든 저 아래에서든 마찬가지야."

그들은 찬성했다. 새끼돼지가 이야기를 하려고 입을 열었다가 잭의 눈길과 마주치자 입을 다물었다. 잭은 소라를 받아 들기 위해 두 손을 내밀고 일어서서는 다시 검정 묻은 손으로 그 소중한 물건을 정중히 받쳐 들었다.

"나는 랠프의 의견에 찬성한다. 우리는 야만인이 아니야. 우리는 영국 국민이야. 영국 국민은 무슨 일이든 잘 해결해. 우리는 정당한 일을 해야 해."

그는 랠프를 향했다.

"랠프, 나는 성가대를 몇 조로 나누겠어. 사냥부대 말야. 몇 개의 조로 나누어서 저 봉화의 불을 계속 피워두는 책임을 맡겠어."

이렇게 관대한 제안은 소년들로부터 열렬한 박수를 받았다. 잭은 그들에게 환한 웃음을 보내고 나서 조용히 하라고 다시 소라를 흔들었다.

"지금은 불이 꺼지도록 내버려두자. 밤에 누가 연기를 보겠니? 그리고 우리는 언제라도 원하는 때에는 불을 지필 수도 있으니까. 알토 반, 너희들은 이번 주에 봉화를 지켜라. 그리고 소프라노 반은 다음 주에……."

모두들 정중하게 그의 말에 동의했다.

"그리고 망보는 것도 우리가 책임지겠어. 만일 배가 저쪽에 나타나면" 하고 말하자 모두들 잭의 굵은 팔이 가리키는 쪽으로 눈을 돌렸다.

"우리는 생나무를 올려놓겠다. 그러면 연기가 오를 것 아니겠니?"

이제라도 곧 배가 보이기나 할 것처럼 그들은 진한 감색을 띤 수평선을 골똘히 응시했다.

서쪽으로 지고 있는 태양은 세계의 끝으로 자꾸만 미끄러지는 한 방울의 불타는 황금이었다. 그들은 갑자기 저녁이란 햇빛과 온기의 마지막을 의미함을 깨달았다.

로저가 소라를 받아 들고 침울하게 모두를 둘러보았다.

"나는 줄곧 바다를 지켜보았어. 배는커녕 그림자도 보이지 않았어. 아마 우리는 구조되지 못할 거야."

잠시 수런거리다가 조용해졌다. 랠프가 소라를 돌려받았다.

"아까도 말했지만 언젠가는 구조될 거야. 그저 기다려야 해. 그뿐이야."

새끼돼지가 신경질적으로, 그리고 대담하게 소라를 잡았다.

"내가 얘기한 것이 바로 그거야. 모임에 관한 얘기도 했고 다른 여러 가지도 이야기했어. 그런데 넌 나더러 닥치라고 했어."

그의 목청이 높아지더니 상대방을 준엄하게 꾸짖는 애처로운 소리로 변했다. 모두들 몸을 움직이며 그의 말을 막으려고 고함을 쳤다.

"너는 작은 봉화를 올리자고 해놓고는 건초더미같이 큰 나뭇더미를 쌓아 올렸어. 내가 무슨 말을 하려 하면" 하고 새끼돼지는 냉엄한 현실을 직시하며 외쳤다.

"넌 입을 닥치라고만 해. 그러나 잭이나 모리스나 사이먼이……."

그는 와자지껄한 소란 속에서 말을 멈추고는 선 채로 소년들의 뒤로 뻗은 가파른 쪽 산허리에 있는 고목이 운집한 곳을 내려다보았다. 그러더니 그가 별안간 이상한 웃음을 터뜨리는 바람에 모두들 놀라서 그냥 입을 다문 채 그의 번쩍이는 안경을 바라보았다. 그들은 그가 응시하는 방향을 살펴보며 그가 왜 그런 심술궂은 웃음을 터뜨렸는가 궁금해했다.

"조그만 불을 피우겠다더니 참 잘했구나."

이미 죽었거나 말라 죽고 있는 나무를 휘감은 덩굴 사이 여기저기에서 연기가 피어올랐다. 지켜보니 한 집단을 이룬 나무의 뿌리 부분에서 번뜩하는 불꽃이 일어나고 뒤이어 연기가 짙어졌다. 작은 불꽃이 한 나무의 몸통에서 동요하더니 나뭇잎과 가시덤불 사이를 헤쳐나가면서 갈라지며 퍼져나갔다. 불길 한 자락이 어떤 나무의 동체에 가 닿는가 했더니 빨간 다람쥐처럼 위로 기어올랐다. 그 다람쥐 모양의 불꽃은 바람의 날개를 타고 다른 나무로 가서 매달리더니 아래로 번져 내려갔다. 연기가 더욱 자욱해지면서 방향을 바꾸며 밖으로 확산되었다. 어두운 차일 같은 나뭇잎과 연기 밑에서 불은 숲을 움켜잡고 갉아먹기 시작했다. 몇 에이커에 걸친 검고 누런 연기가 꾸준히 바다 쪽으로 뭉게뭉게 굴러갔다. 불꽃과 거역할 수 없는 불길의 방향을 보고 소년들은 날카로운 환호성을 터뜨렸다. 불꽃은 마치 야생동물처럼, 이를테면 재규어가 배를 땅에 대고 기어가듯, 분홍빛 바위의 노출부를 에워싼 자작나무 비슷한 어린나무들 쪽으로 기어갔다. 불꽃은 그 나무들의 대열에서 제일 선두에 서 있는 나무를 후려치는가 했더니 가지들은 이내 사라져버리는 불로 된 나뭇잎으로 변했다. 불길의 심장부는 나무와 나무 사이의 공간을 경쾌하게 뛰어넘어 전체 대열을 그네처럼 흔들면서 불꽃을 계주시키고 있었다. 깡충깡충 뛰고 있는 소년들 밑으로 펼쳐진 4분의 1제곱마일에 달하는 수풀이 연기와 불꽃으로 난장판이 되었다. 제가끔 여기저기서 터져나오는 불길의 소음은 하나의 북소리로 합쳐져서 산 전체를 진동시키는 것 같았다.

"조그만 불을 피우겠다더니 참 잘했구나."

깜짝 놀란 랠프는 그들 아래에서 제멋대로 날뛰는 불길의 위력에 외경(畏敬)을 느끼기 시작한 소년들이 이제 입을 다물고 침묵을 지키고 있음을 깨달았다. 그러한 깨달음과 외경이 그를 사납게 표변시켰다.

"입 닥쳐!"

"난 지금 소라를 들고 있어. 말할 권리는 지금 내게 있어."

새끼돼지는 기분 상한 목소리로 말했다.

그들은 모두 새끼돼지를 쳐다보았다. 그러나 그들의 눈에는 새끼돼지에 대한 관심이 전혀 나타나 있지 않았다. 불길의 굉음에 귀를 곤두세우고 있을 뿐이었다. 새끼돼지는 불안한 표정으로 지옥의 불길을 힐끗 보고 나서 소라를 끌어안았다.

"다 타도록 내버려둘 수밖에 없어. 땔감이 될 수 있는 것들이었는데."

그는 입술을 핥았다.

"우리가 손쓸 수 있는 건 하나도 없어. 이제 더 조심해야겠어. 난 무서워서……."

잭이 불길에서 눈을 돌렸다.

"넌 항상 무섭겠지. 야, 뚱뚱보!"

"난 소라를 들고 있어."

새끼돼지는 태연히 말했다. 그는 랠프를 향했다.

"지금 소라를 들고 있는 것은 나지? 안 그러냐, 랠프?"

랠프는 찬란하며 동시에 무서운 장관에서 마지못해 눈길을 돌렸다.

"그래서 어쨌다는 거야?"

"소라를 들고 있으니까 발언권은 내게 있다는 말이야."

쌍둥이가 함께 키득키득 웃었다.

"우리는 연기를 올리려고 했는데……."

"자, 봐……."

연기의 장막이 섬으로부터 여러 마일 밖까지 뻗어 있었다. 새끼돼지를 제외한 모든 소년들이 깔깔대기 시작했다. 이윽고 그들은 째지는 소리로 웃었다.

새끼돼지는 화가 났다.

"난 소라를 들고 있어. 내 말 좀 들어봐. 우리가 맨 먼저 해야 할 일은 바닷가에 오두막을 짓는 거였어. 밤에 바닷가는 몹시 추워지거든. 그런데도 랠프가 봉화라는 말을 입 밖에 내놓기가 무섭게 너희는 고함치고 요란 떨며 이 산으로 올라왔어. 한 무리의 철부지들처럼 말이야."

이제 그들은 새끼돼지의 말에 귀를 기울이기 시작했다.

"맨 먼저 해야 할 일을 밀쳐 두고 적절한 행동도 하지 않으면서 어떻게 구조받기를 기대할 수 있겠니?"

새끼돼지는 안경을 벗고 소라를 내려놓을 듯한 거동을 했다. 그러나 대부분의 성숙한 소년들이 그것을 낚아채려는 눈치였기 때문에 그는 마음을 고쳐먹었다. 그는 겨드랑이 밑에 소라를 낀 채 바위위에 쪼그리고 앉았다.

"그리고 너희들은 이곳에 올라와 쓸모도 없는 봉화를 올린 거야. 섬 전체를 불바다로 만들 뻔했잖아. 섬이 모두 타버리면 우리는 모두 우스운 꼴이 되지 않겠어? 불에 구워진 과일이 우리의 양식이 되고 그을은 멧돼지나 먹고. 웃을 일이 아냐! 너희들은 랠프더러 대장이라고 했어. 그래 놓고는 그에게 생각할 시간도 주지 않고 있어. 그가 뭐라고 말하기만 하면 그냥 몰려가고, 마치……."

그는 숨이 가빠서 잠시 말을 멈췄다. 불꽃이 그들을 향해 으르렁거리고 있었다.

"그뿐인 줄 알아? 꼬마들 말야, 꼬마들을 돌본 사람 있어? 꼬마들이 몇 명이나 되는지 아는 사람 여기 있어?"

랠프가 갑자기 앞으로 나섰다.

"내가 네게 말했잖아. 명단을 만들라고 말이야!"

"도대체 어떻게 혼자서 그걸 할 수 있겠니? 녀석들은 한 2분쯤 가만히 있다가 곧 바다로 들어갔어. 숲으로 들어가기도 하고, 그냥 사방으로 흩어져버린 거야. 누가 누군지 내가 어떻게 알겠어?"

랠프는 입술에 침을 발랐다.

"그럼 우리 모두가 몇 명인지 너도 모른단 말이지?"

"벌레들처럼 꼬마들이 이리저리 뛰어다니는 판인데 내가 어떻게 알아? 너희 셋이서 돌아와서 네가 봉화를 올리자고 말하자마자 애들은 모두 뛰어나갔잖아. 도무지 기회가 없었다구."

"이제 그만 해둬!"

랠프는 단호히 말하고 소라를 빼앗았다.

"못했으면 그만이지."

"……그리고 너희들은 이곳에 올라와서도 내 안경을 낚아채가버렸어."

잭이 새끼돼지를 쳐다보았다.

"닥쳐!"

"또…… 꼬마들은 불길이 번지고 있는 데서 헤매고 있었어. 꼬마들이 아직도 그곳에 있지 않다고 누가 보증할 수 있겠니?"

새끼돼지는 일어나서 연기와 불길을 손으로 가리켰다. 수군수군하는 소리가 소년들 사이에서 일었다가 조용해졌다. 새끼돼지에게 이상한 증상이 일어났다. 그는 숨을 몰아쉬려고 버둥댔다.

"그 작은 꼬마, 얼굴에 점이 있는 꼬마 말야, 그 애가 지금 보이지 않아. 그 애 어디 있지?"

모두들 죽은 듯이 조용했다.

"뱀 이야기를 하던 애 말야. 그 애는 저리 내려갔었는데……."

불길에 싸였던 나무 하나가 폭탄처럼 폭발했다. 높이까지 올라갔던 덩굴이 잠시 시야에 들어오더니 용틀임을 하다가 쓰러졌다. 어린 꼬마들은 그것을 보고 비명을 질렀다.

"뱀! 뱀! 저 뱀들 좀 봐!"

서쪽에서는 태양이 아무도 모르는 사이에 수평선 바로 위에 걸려 있었다. 소년들의 얼굴은 밑으로부터 치받는 햇빛을 받아 빨갛게 물들었다. 새끼돼지는 바위에 엎어지며 두 손으로 바위를 긁어 댔다.

"그 꼬마, 얼굴에 점이 있는 꼬마, 그 애는 지금 어디 있지? 정말 보이지 않는걸."

소년들을 겁에 질려 믿기 어렵다는 듯이 서로 마주 보았다.

"그 애는 지금 어디에 있지?"

랠프는 부끄러운 듯이 중얼거렸다.

"아마 돌아올 거야."

그들 아래, 그러니까 산의 가파른 쪽에서는 불길의 포효가 계속되고 있었다.

바닷가 오두막

잭은 몸을 바짝 굽혔다. 축축한 땅 위에 단거리선수처럼 코가 닿을 정도로 앞으로 몸을 구부렸다. 나무의 동체와 그것을 감고 있는 덩굴은 9미터나 되는 높이에서 초록빛 어둠 속으로 파묻혀 모습을 감추고 있었다. 사방은 온통 키가 작은 덤불 숲이었다. 이곳에 길이 있다는 희미한 증거가 있을 뿐이었다. 갈라진 잔가지와 한쪽 발굽이 희미하게 찍혀 있었다. 그는 턱을 낮추고 발자국을 노려보았다. 발자국더러 모든 것을 실토하라고 강요하는 듯한 모습이었다. 이어 그는 개처럼 네 발로 기었는데 그까짓 불편 정도는 무시하면서 약 5미터를 전진하고 다시 멈췄다. 그곳에선 덩굴이 동그라미를 형성하고 있었으며 그 줄기의 마디마다 덩굴수염이 달려 있었다. 덩굴수염의 아래쪽은 윤이 나도록 문지른 흔적이 있었다. 멧돼지들이 엉킨 동그라미 속을 통과하면서 그들의 빳빳한 털로 그것을 솔질한 것이었다.

이 결정적인 단서 바짝 가까이에서 잭은 쪼그리고 앉아 어둠침침한 덤불 속을 들여다보았다. 갈색 머리는 비행기에서 떨어졌을 때보다 길었지만 색깔은 더 옅어졌다. 벌거벗은 등은 검은 주근깨투성이었고 햇볕에 타서 허물이 벗어지고 있었다. 끝이 뾰족한 1.5미터쯤 되는 막대기를 손으로 끌고 있었다. 벨트로 동여맨 너덜너덜한 반바지 이외엔 완전히 알몸이었다. 그는 눈을 감고 머리를 들어 벌렁벌렁하는 콧구멍으로 숨을 서서히 들이마셨다. 훈훈한 공기의 흐름에서 무언가 낌새를 차리려는 동작이었다. 숲은 조용했고, 그도 꼼짝하지 않았다.

마침내 그는 길게 한숨을 내쉬며 눈을 떴다. 그의 눈은 밝은 청색이었다. 이렇게 좌절감에 직면하면 튀어나올 듯이 거의 광기마저 띠는 눈이었다. 그는 타는 입술을 혓바닥으로 핥으며 영 소식이 없는 숲을 훑어보았다. 다시 그는 살금살금 앞으로 나가 지면을 여기저기 살펴보았다.

숲속의 정적은 무더위보다 더 그를 짓눌렀다. 대낮인데도 벌레의 울음소리조차 없었다. 화려한 빛깔의 새 한 마리가 나뭇가지로 지은 원시적인 둥지에 있다가 잭의 모습을 보고 놀라서 푸드덕 날았을 때에야 비로소 정적은 깨어졌다. 그리고 아득한 태고의 심연 속에서부터 튕겨나오는 것 같은 요란한 울음소리가 만드는 메아리가 울려올 뿐이었다. 잭 자신도 이 울음소리에 숨을 들이마시는 소리를 내면서 찔끔했다. 순간 그는 사냥 나온 소년이라기보다 울창한 나무 사이를 살금살금 기어다니는 원숭이 같은 피조물이 되는 것 같았다. 다음 순간 그는 좌절의 원흉인 발자국을 생각하고 허겁지겁 지면을 살폈다. 회색 나무껍질 위에 창백한 꽃을 피운 거대한 나무 둥치 옆에서 그는 발걸음을 멈추고 다시 눈을 감은 채 따뜻한 공기를 들이마셨다. 이번엔 숨이 가빴고 얼굴이 잠시 핼쑥해졌으나 곧 혈색이 돌아왔다. 그는 컴컴한 나무 밑을 그림자처럼 지나서, 발자국이 나 있는 발치의 밝은 지면을 웅크린 채 내려다보았다.

짐승의 똥은 아직 따뜻했다. 그것은 파헤쳐진 흙 사이에 소복이 쌓여 있었다. 올리브빛이 도는 녹색이었고 매끄러웠으며 게다가 김도 약간 났다. 잭은 머리를 들고 오솔길을 가로질러 얽히고설킨 덩굴을 쳐다보았다. 그러더니 창을 들고 살그머니 다가갔다. 오솔길은 덩굴 너머에서 멧돼지들이 다니는 길과 합쳐졌는데, 꽤 넓고 숱하게 밟혀서 제법 길이라고 할 만했다. 땅은 늘 밟힌 듯이 단단했다. 잭이 몸을 똑바로 펴고 일어섰을 때 뭔가 움직이는 소리가 들렸다. 그는 오른팔을 뒤로 젖혔다가 있는 힘을 다해서 창을 던졌다. 멧돼지가 다니는 길에서 재빠르고 다부진 발굽 소리가 들렸다. 캐스터네츠 소리처럼 유혹적이고 사람을 미치게 만드는 소리, 고기를 약속하는 소리였다. 그는 덤불에서 뛰쳐나와 창을 집어 들었다. 멧돼지가 달리는 경쾌한 소리가 멀리 사라졌다.

잭은 땀을 줄줄 흘리며 서 있었다. 몸은 온통 갈색 흙이 줄무늬를 그리듯 흙투성이였고 하루의 사냥 중에 겪은 우여곡절로 엉망이었다. 욕지거리를 내뱉으며 오솔길을 벗어나 덤불을 헤치며 나아갔다. 수풀이 트이고 새까만 지붕 같은 잔가지들을 받치고 있는 매끈한 나무줄기 대신에 엷은 쥐색의 줄기와 깃털 같은 잎사귀를 거느린 야자수가 보였다. 야자수 너머로는 반짝이는 바다가 보였고 소년들의 목소리가 들렸다. 랠프는 야자수 줄기와 잎사귀로 만든 묘한 물건 곁에 와서 서 있었다. 그것은 초호를 향해 세운 조잡한 오두막으로, 금세라도 내려앉을 것 같았다. 잭이 말을 걸어도 그는 바라보지 않았다.

"물 좀 있니?"

랠프는 나뭇잎을 얽어놓은 것에서 눈을 떼고 찡그린 얼굴로 올려다보았다. 그는 잭을 보고도 신경을 쓰지 않았다.

"물이 있느냐고 물었어. 목이 말라 죽겠다니까."

랠프는 오두막에만 정신이 팔려 있다가 잭이 돌아온 것을 알고 깜짝 놀랐다.

"난 또 누구라고. 물 말이냐? 저기 나무 옆에 있다. 약간 남아 있을 거야."

잭은 나무 그늘에 놓인 많은 야자열매 바가지 가운데에서 담수(淡水)가 가득 담긴 것을 집어 들고 마셨다. 물이 턱에서 목과 가슴께로 튀었다. 물을 다 마신 그는 요란하게 트림을 했다.

"역시 물이 필요해."

오두막 안에서 사이먼이 말했다.

"약간 위로 올려."

랠프는 오두막을 향하여 잎이 다닥다닥 붙은 나뭇가지 하나를 치켜올렸다. 나뭇잎이 떨어지며 밑으로 쏟아졌다. 사이먼의 미안해하는 얼굴이 틈서리로 보였다.

"미안해."

랠프는 못마땅한 표정을 지으며 내려앉은 가지를 보았다.

"절대로 완성하지 못하겠다."

그는 잭의 발치에 털퍼덕 주저앉았다. 사이먼은 오두막의 구멍을 통해 밖을 내다보면서 그냥 안에 남아 있었다. 일단 바닥에 눕자 랠프가 설명했다.

"며칠 동안 계속 일했는데…… 이 꼴 좀 봐!"

두 개의 오두막이 자리를 잡고 서 있었지만 흔들흔들했다. 이번 것은 엉망이었다.

"애들은 그냥 뛰어다니고만 있어. 회의 때 일을 기억하겠지? 오두막을 완성할 때까지 열심히 일하겠다고 그랬었잖아?"

"나와 사냥부대는 예외였지."

"사냥부대는 예외야. 그런데 꼬마들은…….."

그는 몸짓을 크게 하며 적당한 말을 찾았다.

"꼬마들은 가망 없어. 나이 먹은 아이들이라고 더 나을 것도 없고. 알겠니? 온종일 난 사이먼과 일했단 말야. 아무도 거들지 않았어. 모두 수영하러 가거나 먹으러 가거나 놀러 다녔을 뿐이야."

사이먼은 조심스럽게 머리를 밖으로 내밀었다.

"너는 대장이야. 직접 그 애들에게 말하지 그래."

랠프는 벌렁 드러누운 채 야자수와 하늘을 바라보았다.

"회의뿐이야. 우리는 회의를 좋아하는 거지? 매일 하루에 두 번씩 말야. 그저 떠들 뿐이야."

그는 한쪽 팔꿈치에 몸을 얹었다.

"내가 지금 소라를 불면 분명 모두들 달려올 거야. 그러면 우리는 의젓해지고 어떤 아이는 제트기를 만들어야 한다, 또는 잠수함을 만들어야 한다, 아니면 텔레비전을 만들어야 한다고 말하곤 하겠지. 회의가 끝나면 다들 5분 정도는 일하겠지만 곧 빈둥거리든가 사냥 나가든가 한다구."

잭이 얼굴을 붉혔다.

"우리에겐 고기가 필요해."

"하지만 아직까지 그것을 손에 넣어보질 못했어. 그건 그렇고, 우리에겐 오두막이 필요해. 근데 사냥부대들은 너만 빼놓고 몇 시간 전에 돌아왔어. 그러고는 줄곧 수영만 하고 있어."

"나는 계속 사냥했어. 나머지들은 내가 돌려보낸 거구. 나는 사냥을 계속해야 했어. 나는……" 하고 잭이 말했다.

그는 짐승의 발자국을 추적하여 잡아야 한다는 의무감, 자신을 온통 사로잡았던 그 의무감을 설명하려고 애썼다.

"나는 계속했어. 그리곤 혼자서 생각했어."

다시 광기가 그의 눈에 서렸다.

"나는 멧돼지를 잡을 수 있다고."

"하지만 넌 못 잡았잖아."

"잡을 수 있을 거라고 생각했어."

랠프의 음성에 어떤 숨겨진 격정이 역력했다.

"그렇지만 넌 아직 못 잡았어."

그의 목소리에 깔린 감정만 아니었다면 그러한 협력을 구하는 말은 예사로운 말로 받아들여졌을 것이다.

"오두막 짓는 일을 돕고 싶진 않니?"

"우리에겐 고기가 필요해."

"하지만 그건 손에 넣을 수 없어."

이제 대립적인 적대 감정이 역력했다.

"하지만 다음번엔 손에 넣을 수 있을 거야. 이 창에 미늘을 달아야겠어. 멧돼지를 맞혔지만 창이 빠지고 말았거든. 미늘을 달 수만 있다면……."

"우리에겐 오두막이 필요해."

돌연 잭이 화를 내며 고함쳤다.

"나를 비난하는 거야?"

"내 말은, 우리가 죽도록 열심히 일했다는 것뿐이야."

두 소년의 얼굴은 모두 붉게 상기되어 있었고 서로 마주 보기가 어색했다. 랠프는 배를 대고 엎드린 자세로 누워서 풀을 만지작거렸다.

"우리 비행기가 떨어지던 때처럼 비가 온다면 말할 것도 없이 우리에겐 오두막이 필요하게 돼. 또 한 가지, 우리에게 오두막이 필요한 이유는…….."

그는 잠시 말을 멈췄다. 둘은 서로 분노의 감정을 눌렀다. 랠프는 안전한 다른 화제로 말머리를 돌렸다.

"너도 눈치를 챘겠지?"

잭은 창을 내려놓고 털퍼덕 앉았다.

"뭘?"

"모두들 겁에 질려 있다는 것 말야."

랠프는 몸을 굴려 다시 잭의 사납고 지저분한 얼굴을 빤히 들여다보았다.

"지금의 사정 말야. 모두들 꿈을 꾸는 모양이야. 너도 들을 수 있을 거야. 밤에 깨어본 적 없니?"

잭은 고개를 저었다.

"애들은 자면서 잠꼬대를 하고 비명을 지르곤 해. 꼬마들 말이야. 큰 아이들 중에도 그런 애들이 있고. 마치…….."

"여기가 좋지 않은 섬인 것처럼 말이지."

이렇게 끼어드는 말에 놀라서 둘은 올려다보았다. 사이먼의 진지한 얼굴이 앞에 와 있었다.

"마치" 하고 사이먼이 말했다.

"마치 짐승 같은 것이나 뱀 같은 것이 실제로 있는 것처럼 말야. 기억나지 않아?"

부끄러운 한마디를 들었을 때 나이를 더 먹은 두 소년은 찔끔했다. 뱀이라는 이 단어는 이제 언급되지 않았고 언급되어서는 안 되는 단어였다.

"마치 이곳이 좋지 않은 섬인 것처럼 말야" 하고 랠프가 천천히 말했다.

"그래, 그건 옳은 말이야."

잭은 일어나 앉아서 두 다리를 뻗었다.

"바보들이야."

"허풍이라니까. 우리 셋이서 탐험 나갔던 일 생각나니?"

그들은 첫날의 마력을 기억하고 서로 마주 보며 밝게 웃었다. 랠프가 계속했다.

"그러니까 우리에겐 오두막이 필요해. 일종의……."

"집으로 생각할 수 있는 곳 말이지?"

"맞아."

잭은 다리를 끌어당겨 두 무릎을 모으고 무엇인가를 분명히 말하려고 애쓰는 나머지 상을 찌푸렸다.

"아무래도 숲속에선. 사냥할 때는, 물론 과일을 따 먹을 때를 말하는 게 아니고, 혼자 있을 때는."

랠프가 그의 말을 진지하게 받아들일 것인지 확실하지 않아서 잭은 잠시 말을 끊었다.

"말을 계속해."

"사냥을 하고 있으면 때로 느낌이 오는데."

그는 갑자기 얼굴을 붉혔다.

"물론 아무것도 아니긴 해. 그저 그냥 어떤 느낌이야. 그러나 사냥을 하는 것이 아니라 자신이 사냥 당한다는 느낌을 갖게 돼. 마치 정글 속에서 시종 무엇에겐가 쫓기는 것 같은 느낌이 들어."

세 소년은 다시 말이 없었다. 사이먼은 무언가 생각하느라 여념이 없었고 랠프는 믿기지 않는다는 표정에다 약간 화난 모습을 했다. 그는 일어나 앉아 지저분한 손으로 한쪽 어깨를 문질렀다.

"난 잘 모르겠구나."

잭은 벌떡 일어서서 재빠르게 말했다.

"숲속에서의 기분은 그런 것이었어. 물론 아무것도 아니긴 해. 다만…… 다만……."

그는 모래사장 쪽으로 급히 몇 발짝 떼어놓다가 다시 돌아왔다.

"아이들이 모두 가지고 있는 느낌이 어떤 것인지를 나도 알고 있다는 말이야. 알겠니? 그뿐이야."

"우리가 할 수 있는 최선은 구조받도록 노력하는 일이야."

구조가 무엇인지 기억해내기 위해 잭은 잠시 생각해야 했다.

"구조라고? 물론 그래야지. 하지만 난 여전히 멧돼지를 먼저 잡고 싶어."

그는 창을 높이 들었다가 땅에다 힘껏 박았다. 불투명한 광기가 다시 그의 눈에 서렸다. 랠프는 헝클어진 금발 머리카락 사이로 그를 차갑게 바라보았다.

"너의 사냥부대가 봉화를 잊지 않는다면 아무래도 좋아."

"또 봉화를 들먹이는군!"

두 소년은 모래사장 쪽으로 급히 내려가서 물가에 이르자 몸을 돌려 분홍빛 산을 바라보았다. 가는 연기가 맑고 푸른 하늘로 흰 선을 그으며 올라가 하늘거리더니 사라져갔다. 랠프는 얼굴을 찌푸렸다.

"어느 정도 거리까지 저 연기가 보일까?"

"몇 킬로미터 밖에까지 보이겠지."

"연기를 더 피워야겠어."

가느다란 연기의 밑부분은 마치 이 소년들이 올려다보는 것을 의식한 것처럼 갑자기 진한 우윳빛으로 변하더니 힘없는 기둥이 되어 올라갔다.

"생가지를 올려놓았겠군."

랠프가 중얼거렸다. 그는 눈을 가늘게 뜨고 몸을 돌려 수평선을 바라보았다.

"저기 있다!"

잭이 어찌나 요란하게 고함쳤는지 랠프는 깜짝 놀랐다.

"뭔데? 어디? 배가 있냐?"

그러나 잭은 평탄한 지대로 뻗어 있는 가파른 경사면을 가리켰다.

"그렇겠군! 저 위에 있군. 햇볕이 너무 뜨거우니까 거기에 누워 있어야겠지."

랠프는 넋을 잃은 듯한 잭의 얼굴을 곤혹스럽게 응시했다.

"저렇게 높은 곳에 가 있군. 땡볕이 내리쬐일 때는 저런 그늘에서 쉬는군. 우리 고향의 암소들처럼……."

"나는 네가 배를 본 줄 알았지."

"살금살금 올라가서 저 멧돼지들이 보지 못하게 얼굴에 칠을 해야겠군. 저것들을 포위하고 나서."

랠프는 더 이상 분노를 참을 수 없었다.

"난 연기에 관한 이야기를 하고 있었어. 넌 구조되고 싶지 않니? 너는 온통 멧돼지, 멧돼지, 멧돼지 이야기만 늘어놓고 있단 말야!"

"우리에겐 고기가 필요해!"

"나는 온종일 사이먼하고만 일했어. 넌 돌아와서도 오두막은 거들떠보지도 않았어."

"나도 일하고 온 거야."

"그건 네가 좋아하는 일이야. 넌 사냥을 원하고 있어. 하지만 난."

랠프가 고함쳤다.

그들은 밝은 모래사장 위에서 감정의 마찰에 놀라 서로를 마주 보았다. 모래밭에 흩어져 있는 꼬마들에게 관심이 있는 체하면서 랠프가 먼저 눈길을 돌렸다. 바위판 너머에 있는 웅덩이 속에서 성가단원들의 고함소리가 들려왔다. 바위판 끝머리에서는 새끼돼지가 길게 누운 채 바다를 내려다보고 있었다.

"모두들 조금도 거들려고 하지 않는다구."

생각했던 것과는 전혀 딴판으로 인간들은 행동하는가 보다고 그는 설명하고 싶었다.

"사이먼은 도움이 돼."

그는 오두막을 가리켰다.

"다른 아이들은 모두 달아나버렸어. 그런데도 사이먼은 나만큼 일했거든. 다만…….”

“사이먼은 늘 곁에 붙어 있지.”

랠프는 잭과 나란히 오두막 쪽으로 돌아가기 시작했다.

“내가 좀 도울게. 수영하기 전에 말야” 하고 잭이 중얼거렸다.

“괜찮아.”

그러나 그들이 오두막에 도착했을 때 사이먼은 보이지 않았다. 랠프는 틈서리로 머리를 들이밀었다가 이내 빼고 잭 쪽을 바라보았다.

“그 애도 도망쳤어.”

“진력이 난 모양이군. 수영하러 갔겠지.”

잭이 말했다.

랠프는 얼굴을 찌푸렸다.

“그 애는 좀 이상해. 웃겨.”

잭은 모든 것에 동의한다는 듯이 고개를 끄덕였다. 서로 말도 안 했는데, 그들은 이심전심으로 오두막을 떠나 웅덩이로 가고 있었다.

“그런데 말야” 하고 잭이 말을 꺼냈다.

“수영하고 좀 먹고 나서 건너편으로 가 볼 작정이야. 무슨 발자국을 발견할지도 몰라. 같이 갈래?”

“해가 거의 졌는데…….”

“그래도 시간이 있을 거야.”

둘은 함께 걸었다. 그러나 그들은 경험과 감정이 판이하게 다르고 의사소통도 되지 않는 별개의 동떨어진 대륙이었다.

“멧돼지만 잡을 수 있다면 얼마나 좋을까!”

"난 돌아가서 오두막 짓는 일을 계속하겠어."

그들은 애정과 증오를 동시에 느끼며 난처한 표정으로 서로를 바라보았다. 웅덩이의 따뜻한 소금물, 고함소리, 첨벙거리는 소음, 그리고 웃음소리를 접하자 두 소년은 금세 원상으로 돌아갔다.

사이먼은 예상과 달리 웅덩이에 없었다. 조금 전에 랠프와 잭이 모래사장으로 내려가 산을 돌아볼 때, 얼마쯤 따라오던 사이먼은 도중에 걸음을 멈췄던 것이다. 사이먼은 누군가가 작은 집이나 오두막을 지으려 했던 모래밭의 모래성을 찡그린 얼굴로 내려다보고 서 있었다. 그러고는 모래성에 등을 돌리고 나서 무슨 볼일이 있는 것처럼 숲으로 들어갔다. 그는 작은 체구의 수척한 소년이었고 턱이 뾰족했다. 눈빛이 현란하여 랠프는 저놈이 명랑하면서 사악한 놈이 아닐까 생각했다. 그의 머리는 길게 자라서 넓은 이마를 까맣게 가리고 있었다. 그는 다 해어진 반바지를 입고 있었고 발은 잭처럼 맨발이었다. 원래 까무잡잡한 피부였지만 이제 햇볕에 그을렸고 땀이 나서 번들거렸다.

그는 암벽 위로 난 길을 택하여 랠프가 첫날 아침에 올랐던 거대한 바위를 통과하여 다시 오른쪽으로 돌아 나무숲으로 들어갔다. 그는 과일나무가 늘어선 지대를 보통 때의 걸음걸이로 들어갔다. 그곳에서는 아무리 무기력한 사람도 흡족하진 않지만 쉽사리 먹을 것을 찾을 수 있었다. 꽃과 과일이 같은 나무에 얼크러져 있었고 어디를 향해도 과일의 향기가 진동했다. 낮은 지대에 앉아 있는 수많은 벌들의 윙윙거리는 소리가 어지러웠다. 뒤따라오던 꼬마들이 이 지점에서 그를 따라잡았다. 꼬마들은 알아들을 수 없는 소리를 지껄이고 외치며 그를 나무들이 있는 곳으로 안내했다. 오후의 햇살을 받으며 윙윙거리는 벌 떼 속에서 사이먼은 꼬마들의 손이 미치지 못하는 높은 곳에 달린 과일을 따주었다. 높이 있는 이파리 사이에서 가장 먹음직스러운 과일을 따서는 수없이 내뻗쳐진 꼬마들의 손에 건네주었다. 꼬마들의 소원을 대충 풀어준 후 그는 멈춰 서서 주위를 살폈다. 꼬마들은 익은 과일을 양팔에 부둥켜안고 먹으면서 이해할 수 없다는 표정으로 사이먼을 바라보았다.

사이먼은 꼬마들이 있는 곳을 떠나 가까스로 길을 찾아내고 그 길을 따라갔다. 이윽고 쭉쭉 뻗은 큰 나무가 울창한 정글 속으로 들어갔다. 키가 큰 나무줄기에는 예상할 수도 없었던 푸른 꽃이 캄캄한 천장 같은 꼭대기에까지 피어 있었고, 그 꼭대기에서는 새소리와 같은 요란한 생명의 소리가 들렸다. 사방은 역시 캄캄했고 덩굴 식물들은 마치 조난당한 배의 삭구(索具)처럼 아래로 늘어져 있었다. 부드러운 흙의 표면에는 그의 발자국이 찍혔고 그의 발에 부딪힐 때마다 덩굴의 끝에서 끝까지 온통 흔들렸다. 마침내 그는 햇볕이 더 많이 비치는 장소에 이르렀다. 덩굴은 햇볕을 찾아 멀리까지 뻗을 필요가 없었기 때문에 정글 속의 트인 펑퍼짐한 지점의 한편에다 거대한 돗자리를 짜놓은 형상을 하고 있었다. 여기는 바위의 일부분이 지표 가까이까지 융기되어 있어서 작은 식물이나 양치류밖에 자랄 수 없었다. 그곳은 사방이 온통 컴컴했고 향기를 발하는 덤불로 에워싸여 담을 이루었으며, 열기와 햇빛이 고이는 오목한 분지였다. 한쪽 구석을 가로질러 거대한 나무가 비스듬히 쓰러져 있었는데, 그것은 아직도 서 있는 나무에 기대어 있는 상태였다. 어떤 재빠른 생물이 빨갛고 노란 가지를 흔들며 큰 나무 꼭대기로 기어올랐다.

사이먼은 걸음을 멈췄다. 잭이 그랬듯이 그도 어깨 너머로 밀집된 수풀 사이를 돌아보았다. 주위를 힐끗 살피는 순간 자신이 완전히 혼자라는 것을 확인할 수 있었다. 일순간 그의 동작은 남의 눈을 피하려는 듯 은밀해졌다. 그는 몸을 구부리고 덩굴 돗자리의 중간 지점으로 기어갔다. 덩굴과 잡목은 너무나 빽빽해서 땀방울이 그 위로 흘러내렸고 그가 통과하면 뒤에서 문이 닫히듯 통로를 막아버렸다. 안전한 중앙부에 닿으니 몇 개의 나뭇잎으로 외부와 차단된 오두막 속에 들어온 기분이었다. 그는 털퍼덕 앉아 나뭇잎을 헤치고 바깥 공지를 내다보았다. 무더위 속을 짝지어 나는 찬란한 나비 한 쌍 이외에 움직이는 것은 하나도 없었다. 그는 숨을 죽이고 귀를 곤두세워 이 섬의 소리를 식별하려 했다. 저녁이 밀려오고 있었다. 밝고 환상적인 새의 지저귐, 윙윙거리는 벌들의 소리, 네모진 바위 사이에 있는 보금자리로 돌아가는 갈매기의 소리가 이제 아득하게 들렸다. 여러 마일 저편의 산호초에 부딪혀 부서지는 깊은 파도 소리도 혈액의 속삭임보다 감지하기 어려운 희미한 소리였다.

사이먼은 나뭇잎으로 이루어진 장막을 원래대로 해놓았다. 비스듬히 비치는 저녁 햇살이 발하는 벌꿀빛도 점점 흐려지고 있었다. 저녁 햇살은 관목을 넘고 초록빛 양초 같은 꽃봉오리를 지나 나뭇잎 천장으로 옮아갔다. 나무 밑은 어둠이 짙어갔다. 햇빛이 스러지자 현란한 색조도 죽어가고 더위와 긴박감도 식어갔다. 양초 같은 꽃봉오리가 동요했다. 초록빛 꽃받침이 약간 오므라들고 꽃의 흰 끝머리가 대기를 맞으려고 섬세하게 고개를 들었다.

이제 햇빛은 공지로부터 서서히 떠나가고 하늘로부터도 완전히 자취를 감추었다. 어둠이 강물처럼 밀려와 나무 사이의 통로를 완전히 잠기게 하여 마침내 그곳은 해저처럼 희미하고 괴이했다. 양초 같은 꽃봉오리가 활짝 벌어져 흰 꽃이 되더니, 제일 먼저 나온 별빛으로 흘러 내려온 빛을 받아 반짝였다. 그 향기가 공중으로 퍼져나가 섬 전체를 뒤덮었다.

채색한 얼굴과 긴 머리

　소년들의 몸에 밴 최초의 생활 리듬은 새벽이 짤막한 황혼으로 서서히 옮아가는 박자였다. 그들은 노는 것이 재미있고 삶이 더없이 충만해 희망도 품을 필요가 없어져 그 희망을 망각하고 마는 것처럼 아침의 상쾌함, 일렁이는 바다, 향긋한 공기 등을 즐겁게 받아들였다. 정오가 가까워질 무렵, 광선의 홍수가 거의 수직으로 쏟아짐에 따라 오전의 선명한 색채들은 퇴색하여 진줏빛이나 오팔빛으로 변했다. 또한 더위는 곧장 수직으로 내려꽂힐 수 있는 태양의 위치 자체가 활기를 주기나 한 것처럼 맹타를 퍼부어서 소년들은 도망쳐서 그늘로 달려가 거기에 누워 있거나 심지어 낮잠을 즐겼다.

　정오에는 이상한 일이 일어났다. 번뜩이는 바다가 위로 솟구쳐 오르고, 전혀 있을 수 없는 일이겠지만 층층을 이루며 갈라졌다. 산호초와 약간 높은 지대에 매달린 몇 그루의 야자수들이 공중으로 떠오르고 흔들리다가 뽑혀버렸다. 또한 전깃줄에 매달린 빗방울처

럼 내달리기도 하고 야릇하게 일렬로 연결된 거울에 비치기나 하듯
이 똑같은 모양이 되풀이되었다. 때로는 육지가 없던 곳에 육지가
나타났다가 소년들이 지켜보는 사이에 비누거품처럼 사라지기도
했다. 새끼돼지는 이것을 신기루라고 유식하게 단정 지어버렸다.
사람을 잡아먹는 상어들이 얼씬거리는 바다 저편에 있는 산호초까
지도 가보지 못했기 때문에 소년들은 이러한 신비로운 현상에도 곧
익숙해져 이것들을 무시하게 되었다. 그것은 신비하게 맥박치는 별
들을 무시하게 된 것이나 마찬가지였다. 정오가 되면 이런 환영은
하늘 속으로 용해되고 태양은 분노한 눈처럼 아래를 노려보았다.
오후가 기울어갈 무렵이면 신기루도 가라앉고 태양이 기울어짐에
따라 수평선은 안정되고 푸른색으로 고정되었다. 그런 시각은 비교
적 시원한 시간이었지만 한편으로 어둠의 위협이 군림하는 시간이
기도 했다. 해가 지고 나면 소화기처럼 어둠이 섬 위로 뿌려지고 곧
이어 오두막은 머나먼 별빛 아래에서 불안으로 가득 찼다.

　그러나 일하고 놀고 먹는다는 북구적인 전통 때문에 그들은 이
새로운 생활 리듬에 전적으로 적응하기란 불가능했다. 꼬마인 퍼시
벌은 일찌감치 오두막으로 들어와 이틀 동안이나 떠들고 노래하고
울기를 계속해서 마침내 다른 소년들은 그의 머리가 돌았다고 생각
하기도 하고 재미있게 여기기도 했다. 그 후로 그는 계속 여위고 눈
은 충혈되어 몰골이 처참해졌다. 이제 놀지도 않고 걸핏하면 우는
꼬마가 되어버렸다.

　작은 아이들은 이제 '꼬마'라는 포괄적인 명칭으로 통했다. 랠프
를 필두로 키에도 계단식 서열이 있었다. 사이먼, 로버트, 모리스 등
이 속해 있는 등급은 애매했지만 키가 큰 부류와 작은 부류를 구별

하기란 어렵지 않았다. 누가 보아도 틀림없는 꼬마들인 여섯 살쯤 된 축들은 자기들 나름의 독립된 생활, 동시에 일사불란한 생활을 영위했다. 그들은 온종일 손 닿기 쉬운 곳에 있는 과일을 따서 계속 먹기만 했다. 충분히 익었나 덜 익었나, 맛이 있느냐 없느냐 하는 따위는 문제가 되지 않았다. 이제는 배앓이나 일종의 설사에도 익숙해졌다. 어두워지면 표현할 수 없는 공포에 휩싸였고 서로 의지하려고 옹기종기 모여들었다. 먹을 때와 잠잘 때 이외엔 노는 것으로 시간을 보냈다. 목적도 없고 의미도 없는 놀이가 바닷가 밝은 모래밭에서 벌어졌다. 예상과는 달리 어머니를 그리며 우는 아이는 드물었다. 햇볕에 그을린 까만 몸뚱이는 지저분하기 이를 데 없었다. 꼬마들도 소라 소리에는 고분고분 순종했다. 랠프가 소라를 불었다는 것도 그 이유에 포함되어 있었다. 랠프는 키가 컸고 따라서 권위가 있는 어른의 세계와 무슨 관계가 있는 듯했기 때문이다. 꼬마들이 회의에 대해 흥미를 가지고 있다는 것도 한 가지 이유였다. 그러나 그 일을 제외하고 큰 소년들과 꼬마들이 어울리는 경우는 거의 없었다. 꼬마들은 나름대로 극히 감성적인 단체생활을 영위하고 있었다.

　그들은 작은 강의 사주(砂洲)에 모래성을 쌓아 올렸다. 이 모래성은 높이가 30센티미터가량 되었는데, 조개껍데기나 시든 꽃이나 묘하게 생긴 돌로 장식되어 있었다. 모래성 주위에는 여러 가지 표지와 길과 성벽, 그 밖의 철도 따위가 복잡하게 얽혀 있었는데, 그것은 모래사장 위에 눈을 대고 가까이 보아야만 의미가 식별되는 것이었다. 행복하다 할 수는 없지만 꼬마들은 여기에 열중해서 놀았다. 때로는 세 꼬마가 같이 어울려 모래성 하나를 쌓기도 했다.

세 꼬마가 이곳에서 놀고 있었다. 헨리가 그중 제일 큰 아이였다. 그는 산불이 난 이후 영영 볼 수 없게 된, 반점을 가진 아이의 먼 친척이었다. 그러나 아직 어려서 그 아이의 행방불명의 의미를 이해하지 못했다. 그 아이는 비행기를 타고 고국으로 돌아갔다는 얘기를 들었더라도 소란 떨거나 불신하는 빛 없이 곧이들었을 것이다.

헨리는 이날 오후에는 제법 대장 행세를 하고 있었다. 함께 놀던 다른 두 꼬마는 이 섬에서 제일 작은 퍼시벌과 조니였기 때문이다. 퍼시벌은 얼굴빛이 쥐색이었다. 그래서 자기를 낳은 어머니에게조차도 그리 귀염을 받지 못했을 것이다. 조니는 체격이 좋았고 금발에다 태생이 호전적이었다. 지금은 놀이에 몰두하고 있어서 순하게 굴었다. 모래 위에 무릎 꿇고 앉은 세 꼬마는 사이좋게 놀았다. 로저와 모리스가 숲에서 나왔다. 그들은 봉화를 지키는 당번에서 풀려나 헤엄치러 내려온 것이었다. 로저가 앞장서서 모래성 위로 지나가는 바람에 꽂은 모래 속에 파묻히고 골라온 돌은 이리저리 흩어졌다. 모리스가 깔깔 웃으면서 그 뒤를 따라가면서 파괴행위를 배가시켰다. 세 꼬마는 놀이를 그치고 올려다보았다. 우연히도 그들이 특히 열중하고 있었던 특정한 표식은 다치지 않았기 때문에 꼬마들은 항의하지 않았다. 단지 퍼시벌의 눈에 모래가 들어가 훌쩍이기 시작했을 뿐이다. 모리스는 얼른 그곳을 떠나갔다. 모리스는 고향에 있을 때 어떤 아이의 눈에 모래가 들어가게 했다는 이유로 벌 받은 일이 있었다. 지금 여기에선 자기를 야단칠 부모가 있는 것은 아니었지만 그는 여전히 못된 짓을 했다는 막연한 불안감을 느꼈다. 마음속으로 변명의 말을 생각해보았다. 그는 수영에 관해서 뭐라고 중얼거리더니 갑자기 총총걸음을 시작했다.

로저는 거기 남아 꼬마를 지켜보았다. 그는 비행기가 추락할 때보다 눈에 띄게 검어지진 않았으나 목덜미와 앞이마로 늘어진 검은 머리채는 그의 우울한 얼굴에 잘 어울렸고, 처음 인상으로는 사교성이라곤 전혀 없는 냉랭함이 접근을 막는 방풍벽 같았다. 퍼시벌은 울기를 그치고 놀이를 계속했다. 눈물이 모래를 씻어냈기 때문이다. 조니가 푸른 눈으로 그를 지켜보다가 모래를 소나기처럼 퍼부었다. 이내 퍼시벌이 다시 울어댔다.

헨리가 놀이에 싫증이 나서 모래사장을 따라 이리저리 거닐기 시작했을 때 로저가 야자수 그늘을 따라, 그러니까 우연히 같은 방향으로 가게 되었다는 듯이 그의 뒤를 따랐다. 헨리는 아직 어려서 햇볕을 피할 줄도 몰랐기 때문에 야자수와 그 그늘로부터 떨어져 걸었다. 그는 모래사장을 걸어내려가 물가에서 무엇엔가 열중했다. 거대한 태평양의 밀물이 밀려들고 있어서 비교적 고요한 초호의 수면은 몇 초마다 2, 3센티미터씩 올라갔다. 바다에서 밀려오는 물결 속에는 여러 가지 생물이 있었다. 작은 투명체였는데, 건조하고 뜨거운 모래 위로 밀려드는 물결과 더불어 그것들은 무엇인가를 찾고 있었다. 인간으로서는 도저히 식별할 수 없는 감각 기관으로 그들은 이 새로운 장소를 검사하고 있었다. 전번에 습격했을 때는 없었던 먹이가 나타났던 모양이다. 새똥이나 곤충, 또는 육지의 생물이 흘린 찌꺼기가 나타났는지도 모른다. 수많은 톱니처럼 이들 투명한 생물체는 모래사장 위의 찌꺼기를 깨끗이 먹어치웠다.

이런 것이 헨리를 매혹했다. 그는 조그만 막대기로 여기저기를 마구 쑤셨다. 그 막대기도 파도에 밀려 표백된 표류물이었다. 헨리는 이 막대기로 걸덕귀신들을 조종하려 했다. 그가 작은 굴을 파자 밀물이 밀려와 그 굴들은 생물로 가득 찼다. 자신이 생물을 지배하고 있다고 생각하니 단순한 행복감 이상의 어떤 감정에 도취해 있었다. 그는 그 밀물에 얘기하고 격려하고 명령했다. 조수에 쫓겨 밖으로 나올 때 그의 발자국은 덫이 되어 생물들이 거기에 빠졌다. 그것을 보고 그는 자신이 지배자가 되었다고 착각하기도 했다. 그는 물가에 쪼그리고 앉아 앞이마에서 눈 밑까지 머리칼을 늘어뜨린 채 고개를 숙였다. 오후의 태양이 눈에 보이지 않는 화살을 쏘아내렸다.

로저도 기다렸다. 처음엔 거대한 야자수 뒤에 숨어 있었다. 그러나 헨리가 작은 생물체에 정신이 팔려 있다는 것이 너무나 뚜렷했기 때문에 일어나서 자신의 형체를 전부 드러냈다. 그는 모래사장을 훑어보았다. 퍼시벌은 울며 그 자리를 떠났기 때문에 조니는 당당하게 모래성의 주인으로 그곳에 남아 있었다. 그는 앉아서 속으로 무슨 노래인가를 웅얼거리며 상상 속의 퍼시벌에게 모래를 던졌다. 조니의 건너편에는 화강암 바위판이 보였다. 랠프, 사이먼, 새끼돼지, 모리스가 물속으로 뛰어들자 그 언저리에서는 햇빛을 머금은 물거품이 일었다. 그는 주의 깊게 귀를 기울였으나 들려오는 것은 그들의 음성뿐이었다.

갑자기 미풍이 불어와 야자수 가장자리를 흔들자 야자수 잎이 퍼덕였다. 로저의 머리 위 18미터쯤 되는 곳에서 럭비공만 한 섬유질 덩어리인 야자열매 몇 개가 줄기에서 떨어져 나왔다. 그것들이 쿵쿵 소리를 내며 그의 주위에 떨어졌지만 로저가 맞지는 않았다. 로저는 피할 생각은 하지 않고 야자열매와 헨리를 번갈아 바라볼 뿐이었다.

야자수 뿌리를 안고 있는 하층토(下層土)는 모래사장이 솟구친 것이었는데, 몇 세대에 걸친 야자수의 작용으로 다른 해안에서는 그대로 모래 밑에 묻혀 있을 자갈이 지표 위로 끌려나왔다. 로저는 몸을 굽혀 자갈을 집어 들더니 겨냥을 한 다음 헨리에게 던졌다. 일부러 빗나가도록 던졌다. 긴 세월의 상징인 그 돌은 헨리의 오른쪽 5미터쯤 되는 곳에 떨어졌지만 튀어 올라 다시 물속으로 떨어졌다. 로저는 한 줌의 돌을 모아 던지기 시작했다. 헨리 주변에는 직경 6미터가량은 됨직한 공간이 있었다. 그러나 그는 그 안으로는 감히 돌을 던지지 못했다. 보이지는 않지만 강력한 옛생활의 금기가 존재하고 있었다. 털퍼덕 앉아 있는 어린이의 주위에는 부모와 학교와 경찰과 법률의 보호가 있었다. 로저를 전혀 알지 못하고 이제는 폐허가 된 어떤 문명이 팔매질하는 로저의 팔을 저지했던 것이다.

헨리는 물속에서 무엇인가 풍덩거리는 소리에 깜짝 놀랐다. 그는 소리 없는 투명생물을 포기하고 사냥개처럼 커져가는 파문의 진원지를 지켜보았다. 돌들이 이쪽저쪽으로 떨어졌다. 떨어질 때마다 헨리는 명령에 따르듯 그곳에 눈길을 돌렸지만 이미 때는 너무 늦어서 공중으로 날아오는 돌은 보지 못했다. 마침내 헨리는 날아오는 돌을 보고 자기를 놀리는 친구가 어디 있나 찾았다. 그러나 로저는 다시 잽싸게 야자수 뒤로 숨어 그것에 기대어 가쁜 호흡을 몰아쉬며 눈을 깜빡거렸다. 그러다가 헨리는 돌에 흥미를 잃고 그곳을 떠났다.

"로저."

잭은 9미터쯤 떨어진 나무 밑에 서 있었다. 로저가 눈을 뜨고 그를 보았을 때 로저의 검은 피부 밑으로 보다 검은 그림자가 얼핏 드리웠다. 그러나 잭은 아무것도 눈치채지 못했다. 그는 초조하여 로 저더러 자기 쪽으로 오라고 열심히 손짓했다. 할 수 없이 로저는 그에게로 갔다.

강 끝머리에는 웅덩이가 있었다. 모래둑이 쌓인 작은 웅덩이였는데, 흰 수련과 바늘같이 뻗어 나온 갈대로 가득했다. 이곳에서 쌍둥이인 에릭과 샘이 기다리고 있었다. 빌도 있었다. 잭은 햇빛을 피하여 웅덩이 가에 무릎을 꿇고 그가 가져온 큰 나뭇잎 두 장을 펼쳤다. 한쪽에는 흰 진흙이 있었고 다른 한쪽에는 빨간 찰흙이 얹혀 있었다. 그 옆에는 봉화대에서 가져온 숯덩어리가 하나 있었다.

잭은 그것을 펼치면서 로저에게 설명했다.

"멧돼지들은 냄새로 나를 알아보진 못할 거야. 나무 밑에 어떤 분홍빛의 물체가 있다고 생각하겠지."

그는 찰흙을 발랐다.

"초록색 찰흙이 있으면 좋을 텐데!"

그는 찰흙을 발라 거의 알아보기 힘든 얼굴을 로저 쪽으로 돌려, 무슨 영문인지를 모르겠다는 듯이 서 있던 로저에게 설명했다.

"사냥하기 위해서야. 전쟁할 때와 마찬가지야. 개칠하는 거지. 다른 것처럼 보이려고 말야."

자기 생각을 정확히 전달하겠다는 열망에서 잭은 몸을 돌렸다.

"저, 나무 줄기에 앉은 나방이처럼……."

로저는 알아듣고 심각하게 고개를 끄덕였다. 쌍둥이가 잭에게로 와서 수줍은 목소리로 무엇인가에 대해 항의했다. 잭은 손을 내둘러 그들의 항의를 막았다.

"시끄러워."

그는 얼굴에 칠한 붉은 색과 흰색 사이에 숯덩어리를 문질렀다.

"안 돼. 너희 둘은 나와 함께 가는 거야."

그는 웅덩이에 비친 얼굴을 들여다보고 불만스러워했다. 그는 몸을 굽혀 손으로 미지근한 물을 두어 번 떠서, 요란하게 칠한 얼굴을 지웠다. 주근깨와 모랫빛 눈썹이 나타났다.

로저는 마지못해 미소를 지었다.

"얼굴이 엉망이야."

잭은 얼굴을 다시 칠할 궁리를 했다. 그는 한쪽 볼과 눈 가장자리를 희게 칠하고 다른 쪽에는 빨간 찰흙을 발랐다. 또한 오른쪽 귀에서 왼쪽 턱까지는 숯으로 검은 선을 그렸다. 다시 얼굴을 보려고 웅덩이를 들여다보았지만 숨을 내쉬는 바람에 수면이 일렁였다.

"샘, 에릭, 내게 야자열매 하나만 갖다줘. 속이 빈 걸로."

그는 야자껍질에 물을 담아서는 무릎을 꿇었다. 동그란 햇빛 조각이 그의 얼굴에 닿자 물속이 환해졌다. 그는 그 속을 들여다보고 놀랐다. 자신의 모습에 놀란 것이 아니라 무시무시한 낯선 사람을 보고 놀란 것이었다. 그는 물을 내버리고 벌떡 일어나더니 신명 나게 웃어댔다. 웅덩이 곁에서 건장한 육체가 마스크를 쓰고 있는 그의 모습에는 남의 눈길을 끌고 그들을 겁나게 하는 무엇이 있었다. 그는 덩실덩실 춤추기 시작했다. 그의 웃음소리는 피에 주린 포효로 변했다. 그는 빌 쪽으로 뛰어갔다. 이제 마스크는 혼자서 움직이는 독립된 실체였다. 그 마스크 뒤에 숨은 잭은 수치감과 열등감으로부터 해방된 것이었다. 빨강, 검정, 흰색으로 채색된 얼굴이 공중에서 요동하며 빌 쪽으로 다가갔다. 빌은 웃으면서도 놀란 듯이 펄쩍 뛰었다. 그러다가 빌은 갑자기 입을 다물더니 잡목림 속으로 슬금슬금 사라져버렸다.

잭은 쌍둥이에게로 달려갔다.

"자, 다들 줄 서. 자, 가자."

"하지만……."

"우리는……."

"따라와! 내가 살금살금 접근해서 찌를 테니."

마스크를 거역할 아이들은 그들 중 없었다.

랠프는 수영하던 웅덩이에서 기어올라와 종종걸음으로 모래사장을 걸어서 야자수 그늘에 가 앉았다. 금발이 그의 눈썹 위편에 찰싹 달라붙었기 때문에 그는 머리를 뒤로 쓸어올렸다. 사이먼은 물 위에 떠서 발로 물장구를 쳤고 모리스는 잠수 연습을 계속 했다. 새끼돼지는 목적 없이 무언가를 집어 올렸다가 다시 던져버리면서 이리저리 빈둥거렸다. 그의 마음을 사로잡았던 바위 사이의 웅덩이가 이제 밀물로 덮였기 때문에 조수가 나갈 때까지 그에게는 아무 흥미가 없었다. 이윽고 랠프가 야자수 그늘 밑에 있는 것을 목격하고 그리로 가서 곁에 앉았다.

새끼돼지는 거의 닳아 누더기가 된 반바지를 걸치고 있었는데, 뚱뚱한 그의 몸뚱이는 황금색이 섞인 갈색이었다. 그의 안경은 그가 무엇을 볼 때마다 한결같이 번뜩였다. 이 섬에 와서 아직 머리가 텁수룩하게 자라지 않은 것같이 보이는 아이는 그 애뿐이었다. 다른 아이들은 수세미 머리가 되어 있었지만 새끼돼지의 머리는 여전히 한 묶음만 단정히 머리 위에 놓여 있는 것이 마치 타고난 대머리 같았다. 그리고 이 빈약한 머리나마 어린 수사슴의 녹각에 달린 녹

용처럼 조만간 없어질 것 같았다.

"나는 시계 생각을 줄곧 하고 있었어. 해시계를 만들 수 있을 거야. 모래 위에 막대기를 세워두면 되거든. 그러면……."

새끼돼지가 말했다.

해시계에 관한 수학적인 과정을 표현하기란 무척 힘들었다. 그래서 그 대신 그는 몇 가지 손놀림으로 설명을 해 보였다.

"비행기도 만들고 텔레비전 수상기도 만들고 증기기관도 만들지 그래."

랠프가 가시 돋친 어조로 응수했다.

새끼돼지는 고개를 저었다.

"그런 것을 만들려면 많은 금속이 필요해. 우리에겐 금속도 없구말야. 하지만 막대기는 있잖아."

새끼돼지가 말했다.

랠프는 그를 향해 자신도 모르게 미소를 지었다. 새끼돼지는 지겨운 녀석이라는 뜻이었다. 뚱뚱한 몸매라든지 천식이라든지 실질적인 생각이라든지 모두가 따분했다. 그러나 그를 놀려먹는 것은 언제나 재미있었다. 우연히 그렇게 놀리게 되는 기회가 생겨도 마찬가지였다.

새끼돼지는 랠프의 미소를 보고 우정의 표시겠거니 하고 잘못 생각했다. 벌써부터 큰 아이들 사이에서는 새끼돼지가 별난 놈이라는 의견이 형성되어 있었다. 그의 말투 탓도 있겠지만 그건 대수로운게 아니었고 실은 뚱뚱한 몸매, 천식, 안경, 게다가 육체노동을 싫어하는 성격 등이 주된 이유였다. 그런데 자기가 한 얘기를 듣고 랠프가 미소 짓는 것을 본 그는 희열에 잠겨 용기를 얻었다.

"막대기는 얼마든지 있어. 각자 자기의 해시계를 가질 수도 있어. 그렇게 되면 몇 시인지 알 수 있게 돼."

"그거 좋겠구나."

"여러 가지를 해야 한다고 너도 말했잖아. 구조되려면 말야."

"오, 제발 그만둬!"

랠프는 벌떡 일어나 웅덩이 쪽으로 급히 걸어갔다. 마침 모리스가 좀 서투르게 다이빙하고 있었다. 랠프는 화제를 바꿀 기회가 생겨서 기뻤다. 모리스가 수면으로 올라오자 그는 소리쳤다.

"그렇게 다이빙하면 배창자 터져!"

모리스는 그렇게 쉽게 물속으로 미끄러지듯 들어온 랠프에게 미소를 보냈다. 모든 소년 중에서 랠프는 물에 제일 익숙한 소년이었다. 그런데 오늘은 구조니 뭐니 하는 이야기, 부질없고 바보 같은 그 구조에 대한 이야기가 역겨워 푸른 물속도 그렇고 나무 그림자 사이로 황금색을 발하는 태양도 별로 달갑지 않았다. 물에서 노는 대신 그는 계속 스트로크를 하여 사이먼 밑을 헤엄쳐가서 웅덩이 수영장 건너편으로 나갔다. 그는 바다표범처럼 매끈한 몸에서 물방울을 뚝뚝 떨어뜨리며 누워버렸다. 언제나 눈치 없는 새끼돼지가 그의 곁으로 다가왔다. 랠프는 배를 깔고 엎드려 못 본 체했다. 신기루는 이미 사라지고 없었다. 그는 팽팽한 수평선을 바라보았다.

다음 순간 그가 벌떡 일어나 고함쳤다.

"연기! 연기다!"

사이먼은 물속에서 일어나 앉으려다가 물을 잔뜩 먹고 말았다. 방금 물속으로 뛰어들려던 모리스는 선 채로 뒤뚱하더니 바위판 위로 다시 돌아가려다 방향을 바꾸어 야자수 밑의 풀밭으로 갔다. 거기서 그는 다 해어지고 낡은 반바지를 끌어당겨 입기 시작했다. 무슨 일이 일어날 경우에 대비하기 위해서였다.

랠프는 한 손으로는 머리를 뒤로 젖히고 또 한 손으로는 주먹을 쥔 채 서 있었다. 사이먼은 물에서 나왔다. 새끼돼지는 반바지에 대고 안경알을 닦으면서 눈을 가늘게 뜨고 바다 쪽을 바라보았다. 모리스는 반바지의 한쪽 가랑이에 두 다리를 한꺼번에 집어넣었다. 그들 중에서 랠프만이 침착했다.

"내 눈엔 연기가 보이지 않아. 랠프, 내 눈엔 연기가 보이지 않아. 어느 쪽이지?"

새끼돼지가 믿을 수 없다는 듯이 말했다.

랠프는 아무 말이 없었다. 두 주먹을 꽉 쥔 채 이마에 대고 있었기 때문에 금발이 그의 눈을 가리지 않았다. 몸을 앞으로 굽히자 피부에는 소금기가 하얗게 솟아나고 있었다.

"랠프, 배는 어디 있지?"

사이먼은 곁에 서서 랠프를 바라보다가 다시 수평선으로 눈길을 돌렸다. 모리스가 한숨을 쉬자 그의 반바지가 흘러내렸다. 그러자 그는 넝마를 버리듯 그것을 벗어 팽개치고 숲속으로 달려갔다가 다시 돌아왔다.

연기는 수평선 위에 작은 실매듭처럼 놓여 있었고, 다시 그것은 서서히 매듭을 풀고 있었다. 연기 아래쪽엔 굴뚝인 듯한 검은 점이 있었다. 랠프는 무언가 속으로 중얼거리며 파리한 얼굴로 서 있었다.

"그들도 우리의 연기를 볼 거야."

새끼돼지도 이제 어느 방향인가를 알아차리고 그곳을 바라보왔다.

"연기가 아련하게 보이네."

그는 몸을 돌려 산 위를 바라보았다. 랠프는 뚫어져라 계속 배를 응시했다. 그의 얼굴에 다시 핏기가 감돌았다. 사이먼은 입을 다문 채 그의 곁에 서 있었다.

"잘 보이진 않지만……."

새끼돼지가 말했다.

"봉화를 올리고 있는 거야?"

랠프는 여전히 그 배를 지켜보면서 초조하게 몸을 움직였다.

"산정의 연기가 문제야."

모리스가 달려와서 바다를 내다보았다. 사이먼과 새끼돼지는 산 위를 올려다보았다. 새끼돼지는 우거지상을 짓고 있었다. 그러나 사이먼은 어디를 다치기나 한 듯이 외쳤다.

"랠프! 랠프!"

그의 목소리에 무언가 긴박한 기색이 있었기 때문에 랠프는 모래 위에서 몸을 돌렸다.

"말 좀 해. 봉화는 올라가고 있니?" 하고 새끼돼지가 초조하게 물었다. 랠프는 수평선 위에 스러져가는 연기를 돌아보다가 다시 산 정을 올려다보았다.

"랠프, 말해봐. 봉화는 오르고 있니?"

사이먼은 주저하면서 손을 뻗어 랠프를 툭 건드렸다. 그러나 랠프는 내달리기 시작했다. 얕은 웅덩이 가장자리의 물을 걷어차며 그곳을 벗어나는가 싶더니 뜨겁고 흰 모래밭을 가로질러 야자수 밑을 통과했다. 잠시 후 랠프는 암벽을 둘러싼 울창한 관목과 씨름을

했다. 사이먼이 그 뒤를 달려가고 이어 모리스도 뒤를 따랐다. 새끼
돼지가 외쳤다.

"랠프! 제발! 랠프!"

새끼돼지도 뒤이어 달리기 시작했지만 바위판을 가로지르다가
모리스가 벗어 팽개친 반바지에 걸려 넘어졌다. 네 소년의 뒤에서
는 연기가 수평선을 따라 조용히 움직이고 있었다. 모래사장에서는
헨리와 조니가 퍼시벌에게 모래를 끼얹었고 퍼시벌은 다시 훌쩍였
다. 이들 세 꼬마는 큰 소년들의 흥분을 전혀 몰랐다.

랠프는 바위벼랑이 육지와 접해 있는 곳에 이르렀다. 그때 그는
가쁘게 숨을 몰아쉬며 욕을 내뱉고 있었다. 그는 할퀴어 대는 덩굴
식물 사이를 달려왔기 때문에 온몸이 피투성이였다. 가파른 오르막
길이 시작되는 곳에 이르자 그는 걸음을 멈췄다. 모리스는 불과 몇
야드 뒤에서 그를 따라붙고 있었다.

"새끼돼지의 안경이 있어야 해! 만일 봉화가 꺼져 있다면 안경이
필요해" 하고 랠프가 외쳤다.

그는 선 채로 몸을 흔들었다. 새끼돼지는 겨우 보였다. 그는 이제
야 모래사장을 벗어나 헐레벌떡 올라오고 있었다. 랠프는 수평선을
바라보고는 다시 산정을 올려다보았다. 새끼돼지의 안경을 가지러
가는 것이 나을까? 그렇게라도 하지 않으면 배가 가버리고 마는 것
이 아닐까? 혹시 봉화가 꺼져버렸는데 무작정 위로 올라가기만 하
면? 천천히 기어오르는 새끼돼지와, 수평선 아래로 침몰해가는 배
를 바라보기만 해야 한다면? 시급한 결단이 필요한 시점에서 결정
을 내리지 못하는 자신의 우유부단한 성격 때문에 신경질이 난 랠
프는 소리질렀다.

"젠장! 젠장!"

사이먼은 덤불과 승강이를 하면서 숨을 죽였다. 그의 얼굴은 일그러져 있었다. 그 한 줄기 연기가 계속 움직이는 것을 보고 랠프는 발을 동동 구르다가 넘어졌다.

봉화는 꺼져 있었다. 그들은 금세 그것을 알아챘다. 고향의 연기가 손짓하고 있는 동안 모래사장 저 아래에서 이미 알고 있던 그대로 봉화는 꺼져 있었다. 봉화는 완전히 꺼져 연기도 없었고 불기도 없었다. 당번들도 없었다. 아직 태우지 않은 나뭇더미만 그대로 놓여 있었다.

랠프는 바다 쪽으로 시선을 돌렸다. 수평선은 다시 냉정하게 뻗어 있었고 희미하디 희미한 연기자국을 제외하곤 망망대해였다. 랠프는 바위 사이를 허둥지둥 달려가 분홍빛 절벽 끝에 간신히 몸을 가누고 배를 향해 비통하게 외쳤다.

"돌아오세요! 돌아오세요!"

그는 바다를 쳐다보면서 벼랑 위를 이리저리 왔다갔다 했다. 그의 음성은 미친 듯한 금속성으로 날카로웠다.

"돌아오세요! 돌아와!"

사이먼과 모리스가 그곳에 도착했다. 랠프는 그들을 눈 하나 깜빡하지 않고 바라보았다. 사이먼은 땀을 닦으며 얼굴을 돌렸다. 랠프는 그가 알고 있는 가장 지독한 욕설을 내뱉었다.

"젠장! 불을 꺼뜨렸어!"

그는 산의 가파른 쪽을 내려다보았다. 숨을 헐떡이며 꼬마처럼 새끼돼지가 당도했다. 랠프는 주먹을 꽉 쥐었고 얼굴은 상기되어 있었다. 그의 격렬한 시선과 가시 돋친 목소리로 미루어 그가 무엇을 보고 있는지 금세 알 수 있었다.

"자식들, 저기에 있어."

그들이 서 있는 곳에서 훨씬 아래에 위치한 물가에 산재해 있는 분홍빛 바윗조각 사이로 하나의 행렬이 나타났다. 개중에는 검은 모자를 쓴 소년들이 있었지만 그것을 제외하면 모두가 거의 알몸이었다. 걷기가 편한 지대에 닿을 때마다 그들은 일제히 막대기를 허공으로 치켜들었다. 그들은 노래를 부르고 있었는데, 그것은 뒤뚱거리는 쌍둥이 형제가 소중하게 메고 있는 어떤 짐과 관련이 있는 노래 같았다. 먼 거리였지만 랠프는 단박에 잭을 알아볼 수 있었다. 훤칠한 키에 붉은 머리칼을 가진, 행렬을 지휘하는 사람은 틀림없는 잭이었다.

사이먼은 랠프로부터 수평선 쪽으로 눈길을 옮겼듯이 이번에는 랠프를 바라보다가 잭에게로 눈길을 돌렸다. 그러나 그의 시야에 들어온 것이 어쩐지 그를 오싹하게 만들고 있는 것 같았다. 랠프는 더 이상 아무 말도 하지 않고 그 대열이 더 가까이 오기까지 기다렸다. 그들이 부르는 노래가 들려오긴 했지만 아직 그 거리에서는 가사를 알 수 없었다. 잭 뒤로 쌍둥이 형제가 어깨에 큰 장대를 메고 있었다. 그 장대에는 창자를 드러낸 멧돼지가 매달려 있었고 쌍둥이 형제가 울퉁불퉁한 지면을 통과할 때마다 그것은 육중하게 흔들렸다. 목에 큰 상처를 입은 멧돼지의 머리는 축 늘어져 있어 땅 위에서 무엇인가를 찾고 있는 형상이었다. 이윽고 노래의 가사가 사발같이 움푹 팬 숲, 그러니까 새까맣게 불타서 재만 남은 숲이 있던 곳에서부터 들려왔다.

"멧돼지를 죽여라. 목을 따라. 피를 흘려라."

그러나 그 가사를 귀로 식별할 수 있게 되었을 때 대열은 산에서 가장 험준한 지점에 도달해 있었다. 그러나 곧 노래는 그쳤다. 새끼 돼지가 코를 훌쩍였고, 사이먼은 마치 예배를 보는 중 큰 소리를 내기라도 한 듯이 새끼돼지를 쿡 찔러 눈치를 주었다.

얼굴에 찰흙을 잔뜩 바른 잭이 산정에 올라왔다. 그는 창을 치켜들고 신이 나서 랠프에게 외쳤다.

"자, 보라구. 우리가 멧돼지를 잡았어. 몰래 다가가서, 포위해 가지고……."

사냥부대 소년들도 일제히 소리쳤다.

"포위해 가지고……."

"우리는 기어서 접근했어."

"멧돼지가 비명을 지르는데……."

쌍둥이 형제가 메고 온 멧돼지는 새까맣게 엉긴 피를 바위에 뚝뚝 떨어뜨리며 허공에서 흔들리고 있었다. 쌍둥이는 입을 크게 벌리고 황홀하다는 듯한 웃음을 지었다. 잭은 랠프에게 즉시 들려줄 얘기가 너무나 많았다. 한꺼번에 모두 털어놓을 수가 없어서 그는 먼저 춤을 덩실덩실 추었다. 위신을 생각한 그는 춤추기를 그치고 서서 환하게 웃었다. 그는 손에 피가 묻은 것을 깨닫고 역겨운 듯이 우거지상을 지었다. 손을 닦을 것을 찾다가 반바지에 문지르고 다시 싱긋 웃었다.

랠프가 입을 열었다.

"너희들은 불을 꺼뜨렸어."

잭은 랠프가 엉뚱한 이야기를 한다는 생각이 들어 약간 시무룩해지면서 주춤했으나 너무 신이 난 나머지 그까짓 일에 신경 쓰지는 않았다.

"불은 다시 피우면 돼. 랠프, 너도 우리와 함께 있었으면 좋았을 텐데. 정말 신났어. 쌍둥이 형제는 채여 넘어지고……."

"우리는 멧돼지를 후려팼어."

"나는 머리통을 공격했어."

"목을 딴 것은 나야" 하고 잭은 자랑스럽게 말했으나 그 말을 하면서도 몸에 경련이 일었다.

"칼자루에 짐승을 잡았다는 표시를 해두고 싶은데, 랠프, 네 칼 좀 빌려줘."

소년들은 조잘대며 춤을 추었다. 쌍둥이 형제는 계속 싱글벙글했다.

"피가 굉장했어."

잭은 웃으면서도 진저리를 쳤다.

"너도 구경했어야 하는 건데."

"매일 사냥 가야겠어."

랠프가 다시 쉰 목소리로 입을 열었다. 그는 전혀 감동하지 않았다.

"너희들은 불을 꺼뜨렸어."

이렇게 반복한 랠프의 말이 잭을 불안하게 했다. 잭은 쌍둥이 쪽을 바라보다가 다시 랠프를 마주 보았다.

"사냥하는 데 그 애들이 꼭 필요했어" 하고 그가 말했다.

"그렇지 않으면 멧돼지를 포위할 수 없었거든."

그는 자신의 실책을 깨닫고 얼굴을 붉혔다.

"불이 꺼진 것은 한두 시간밖에 되지 않았어. 다시 피우면 돼."

랠프의 알몸이 상처투성이라는 것과 네 소년이 침울한 표정으로 입을 다물고 있다는 것을 잭도 깨달았다. 행복한 기분에 젖어 너그러워진 그는 사냥의 경험담을 모두에게 들려주고 싶었다. 그의 의식 속에서 여러 가지 기억이 어지럽게 웅성거렸다. 몸부림치는 멧돼지를 모두가 포위했을 때 그들이 알게 된 사실, 살아 있는 한 생물을 속이고 자신들의 생각대로 맛있는 술을 두고두고 빨듯이 그 목숨을 야금야금 빼앗아버렸다는 사실에 대한 생생한 기억이 숨 쉬고 있었다.

그는 두 팔을 벌렸다.

"너도 그 피를 보았더라면 좋았을 텐데!"

잠자코 있던 사냥부대 소년들은 피 이야기가 나오자 다시 웅성거렸다. 랠프는 그의 머리칼을 뒤로 쓸어 넘기고는 아무것도 보이지 않는 수평선을 한 손으로 가리켰다. 그의 목소리는 우렁차고 사나워서 모두들 잠잠해지고 말았다.

"저기, 배가 보였었다구."

이 말속에 너무나 엄청난 뜻이 담겨 있다는 사실을 깨달은 잭은 뒷걸음질쳤다. 그는 한 손을 멧돼지 위에 올려놓고 칼을 뽑았다. 랠프는 주먹을 쥔 채 팔을 내렸다. 그의 목소리는 떨리고 있었다.

"배가 보였었어, 저기에. 넌 봉화를 계속 올리겠다고 약속해놓고는 꺼뜨렸어!"

그는 잭에게 한 발 다가갔다. 잭도 고개를 돌려 랠프를 바라보았다.

"봉화만 있었다면 배에 있는 사람들이 우리를 보았을지도 몰라. 우리들은 집에 돌아갈 수 있었을지도 모른단 말야."

새끼돼지에겐 이것이 너무나 원통했다. 기회를 놓쳤다는 비통함 때문에 그에게는 겁도 없었다. 그는 목청을 높여 외쳤다.

"그까짓 피가 다 뭐야! 잭 메리듀! 그까짓 사냥이 무슨 얼어 죽을 짓이야! 우리는 고향에 갈 수 있었단 말야!"

랠프는 새끼돼지를 한쪽으로 밀어붙였다.

"내가 대장이야. 넌 내 말에 따라야 돼. 너는 이러쿵저러쿵 말은 많지만 오두막을 지을 줄도 몰라. 게다가 사냥을 간답시고 봉화도 꺼뜨려버리고……"

그는 고개를 돌리고 한동안 입을 다물었다. 다시 입을 열었을 때 그의 목소리는 격렬한 감정으로 떨렸다.

"배가 있었어."

사냥부대 중 작은 꼬마 하나가 서럽게 울기 시작했다. 처참한 진상이 모든 소년들의 의식 속에 침투해 들어가고 있었다. 멧돼지를 칼로 찌르고 있던 잭의 얼굴이 홍당무가 되었다.

"일이 너무나 벅찼어. 누구의 도움이든 다 필요했었어."

랠프가 몸을 돌렸다.

"오두막이 완성되면 모두 끌고 가도 되는 일이었어. 그런데도 사냥부터 한답시고."

"우리에겐 고기가 필요했어."

잭은 피 묻은 칼을 손에 들고 일어나며 말했다. 두 소년은 얼굴을 마주 보았다. 한편에는 사냥과 술책과 신나는 희열과 전략의 세계가 있었고 또 한편에는 동경과 좌절된 상식의 세계가 있었다. 잭은 칼을 왼손으로 옮겨 잡고 들러붙은 머리칼을 내려서 이마에 피를 묻혔다.

새끼돼지가 다시 입을 열었다.

"불은 꺼뜨리지 말았어야 했어. 연기를 피우겠다고 했잖아……."

새끼돼지의 이러한 말과 여기에 호응하는 사냥부대 중 몇 명의 원통해하는 울음은 잭을 난폭한 태도로 몰고 갔다. 그의 파란 눈에 번갯불이 번뜩였다. 그는 한 걸음 내디뎠다. 누군가를 때릴 수 있는 거리에 들어서자 그는 먼저 새끼돼지의 배에 강타를 내질렀다. 새끼돼지는 신음소리를 내며 주저앉았다. 잭은 그를 내려다보며 서 있었다. 그의 음성은 수치심으로 떨렸다.

"너 자꾸 그럴 거냐? 뚱뚱보야!"

랠프가 한 발짝 앞으로 나섰다. 잭은 새끼돼지의 머리를 쳤다. 안경이 떨어져 바위에 가 부딪쳤다. 새끼돼지는 겁에 질려 외쳤다.

"내 안경!"

새끼돼지는 웅크리고 기어가서 바위 사이를 더듬어 찾았다. 그러나 먼저 그곳에 당도한 사이먼이 안경을 대신 찾아주었다. 여러 가지 격정이 무서운 날갯짓을 하며 산정에 서 있는 사이먼 주위에서 고동쳤다.

"한쪽이 깨졌어."

새끼돼지는 안경을 움켜잡고 다시 썼다. 그는 악의에 찬 눈으로 잭을 노려보았다.

"난 안경을 써야 보여. 이제 난 눈이 하나밖에 없는 거야. 두고 봐."

잭은 새끼돼지 쪽으로 달려갔다. 새끼돼지는 허둥지둥 바위 뒤로 달아났다. 결국 바위가 그와 잭 사이에 들게 되었다. 그는 바위 너머로 해서 번뜩이는 한 개 남은 안경알을 통해 잭을 노려보았다.

"이제 내겐 눈이 하나밖에 없어. 두고 봐."

잭은 그러한 푸념과 도망치던 거동을 흉내 냈다.

"두고 봐, 야!"

새끼돼지의 모습이나 잭의 흉내가 어찌나 우스웠던지 사냥부대들은 모두 웃었다. 잭은 이에 고무되어 기운이 났다. 잭이 다시 기어 도망치는 시늉을 계속하자 웃음은 히스테리 같은 열풍으로 변했다. 랠프는 자기도 모르게 입술이 웃음으로 비틀리는 것을 느꼈다. 이런 희극적인 타협에 웃음이라는 동조를 보내고 있는 자신에게 분노가 치밀었다.

그가 중얼거렸다.

"치사한 짓이야."

잭은 엉금엉금 기어다니며 돌던 짓을 그치고 랠프를 정면으로 향해 일어섰다. 그의 음성은 고함이었다.

"알았어! 알았다구!"

그는 새끼돼지를 바라보다가 사냥부대를 일별하고는 다시 랠프를 응시했다.

"미안해. 봉화에 대해서 말야. 내가……."

그는 몸을 똑바로 폈다.

"사과하겠어."

사냥부대 사이에서 소란이 일었다. 잭의 남자다운 행동에 탄복하는 소리였다. 그들의 의견은 잭의 행동이 점잖았으며 너그럽게 사과함으로써 자신을 정당화한 것이며 어렴풋이나마 자신들의 잘못을 랠프에게 전가시켰다고 생각한 것임에 틀림없었다. 그들은 그에 부합하는 점잖은 반응이 랠프에게서도 나오기를 기다렸다.

그러나 랠프로서는 응답을 하려 해도 말이 목구멍으로 나오지 않았다. 실수를 저질러놓고도 한 수 더 떠서 말로 때우려는 심사에 몹시 화가 났다. 봉화는 꺼지고 배는 떠나갔다. 이것을 전혀 깨닫지 못한단 말인가? 점잖음 대신에 분노가 그의 목까지 치밀어올랐다.

"치사한 짓이었어."

산정에 있는 모든 소년들은 입을 다물었다. 어떤 불투명한 표정이 잭의 눈에 나타났다가 사라졌다.

랠프의 마지막 말은 무뚝뚝한 불평이었다.

"좋아. 불을 지펴."

이제 어떤 적극적인 행동을 해야 되기 때문에 모두들 긴장이 약간 풀렸다. 랠프는 더 이상 아무 말 없이, 아무 일도 거들지 않고 그의 발치에 있는 재를 내려다보며 서 있었다. 잭은 큰 소리를 지르며 활발히 움직였다. 그는 명령하고 노래 부르고 휘파람을 불기도 하고 말없이 서 있는 랠프에게 이야기도 걸었다. 이야기라야 대답이 필요 없는 것이었고 따라서 무안을 당할 소지도 없었다. 랠프는 여전히 잠자코 있었다. 아무도, 잭조차도 랠프에게 길을 비켜 달라고 말하지 않았다. 결국 먼젓번의 봉화터에서 3미터 떨어진 더 불편한 지점에 불을 피우지 않으면 안 되었다. 이리하여 랠프는 자기가 대장이라는 권리를 주장한 것이다. 그것은 여러 날을 숙고해도 이보다 뾰족한 수는 나오지 못할 만큼 훌륭한 처사였다. 분명하게 정의할 순 없지만 극히 효과적인 이 무기에 대해 잭은 무기력했다. 그래서 이유도 없이 화가 났다. 장작더미가 다 쌓였을 땐 그들은 높은 장벽을 가운데 두고 서로 다른 편에 서 있었다.

이제 불을 붙일 때가 되었을 때 다른 또 하나의 위기가 발생했다. 잭에게 불을 붙일 수단이 없었다. 그런데 놀랍게도 랠프가 새끼돼지에게 가더니 안경을 받아 드는 것이 아닌가! 잭과 자기 사이의 관계가 어떻게 해서 끊어지고, 끊어졌다가는 다른 곳에서 어떻게 다시 이어지는 것인지 랠프도 인식하지 못했다.

"안경은 곧 돌려줄게."

"내가 그리 가겠어."

랠프가 무릎을 꿇고 밝은 점에 초점을 맞추는 동안 새끼돼지는 그의 등 뒤에 서서 의미 없는 빛깔의 홍수 속에 싸여 있었다. 불이 붙자마자 새끼돼지는 손을 내밀어 안경을 되받았다.

보라, 빨강, 노랑 등 환상적이고 매력적인 꽃을 앞에 두고 있는 순간 적의도 사라졌다. 모두들 캠프파이어를 둘러싸고 있는 소년들처럼 원을 지어 앉아 있었다. 심지어 새끼돼지와 랠프까지도 어느새 그 원 속에 끼어 있었다. 곧 몇 명의 소년들은 장작을 가지러 산비탈을 내려갔다. 그동안에 잭은 멧돼지를 칼질했다. 그들은 멧돼지를 막대기에 꿴 채 올려놓고는 통째로 구우려 했다. 그러나 고기가 구워지기 전에 막대기가 타버렸다. 결국 살점을 나뭇가지 끝에 꿰어 불꽃 속에 들고 있어야 했다. 그래서 자칫하면 고기보다도 소년들이 먼저 불고기가 되어버릴 지경이었다. 랠프는 군침을 흘렸다. 그는 멧돼지 고기를 거절할 작정이었지만, 지금까지 과일이나 나무열매, 그 밖의 야릇하게 생긴 게와 생선만을 먹어 왔기 때문에 크게 고집을 부리지 않았다. 그는 설익은 고깃조각을 받아서 늑대처럼 뜯어먹었다.

새끼돼지 역시 침을 흘리며 말했다.

"나 먹을 건 없니?"

잭은 권력을 과시하는 수단으로서 새끼돼지를 애매한 상태에 놓아둘 작정이었다. 그러나 자기만 빠졌다는 것을 새끼돼지가 이렇게 광고했기 때문에 잭은 다시 잔인하게 굴지 않을 수 없었다.

"넌 사냥하지 않았어."

"사냥은 랠프도 안 했어. 사이먼도 안 했고" 하고 새끼돼지가 불공평하다는 듯이 말하고는 다시 부연했다.

"게 속에는 고기가 별로 없어."

랠프가 불안하게 몸을 움직였다. 쌍둥이 형제와 새끼돼지 사이에 자리 잡고 있던 사이먼은 입을 닦고 나서 손에 들었던 고깃점을 바위 너머로 새끼돼지에 건네주었다. 새끼돼지는 그것을 받았다. 쌍둥이 형제는 키득키득거리고 사이먼은 창피한 듯 고개를 숙였다.

그러나 잭이 벌떡 일어나 큰 고깃점을 떼어 사이먼의 발치로 던졌다.

"먹어! 자식아!"

그는 사이먼을 노려보았다.

"집어 먹어."

동그랗게 둘러앉아 당황한 표정을 짓고 있는 소년들의 한가운데에서 잭은 발꿈치를 축으로 하여 한 바퀴 빙 돌았다.

"내가 너희들에게 고기를 먹게 해준 거야!"

헤아릴 수 없이 많은, 이루 말할 수 없는 욕구불만이 한데 뭉쳐 그의 분노를 한층 배가시켰다.

"나는 얼굴에 칠을 하고…… 몰래 다가갔어. 그 덕에 너희 모두가 먹고 있는 거야……. 그런데도 나는…….."

산정의 정적은 서서히 깊어 갔다. 마침내 장작이 타며 내는 소리와 고기 구워지는 소리만이 똑똑히 들렸다. 잭은 자기를 이해해주는 사람이 있나 해서 주위를 살폈다. 그러나 그가 발견한 것은 외경의 표정뿐이었다. 랠프는 말없이 고깃덩어리를 손에 든 채 봉화의 잿더미 속에 서 있었다.

이윽고 모리스가 침묵을 깨뜨렸다. 그는 모든 소년들을 한데 뭉치게 할 수 있는 유일한 화제로 말머리를 돌렸다.

"이 멧돼지는 어디서 찾았니?"

로저가 가파른 산허리를 가리켰다.

"멧돼지들은 저기 있었어. 바다 가까이에."

정신을 차린 잭은 다른 소년이 자기의 공을 놓고 떠벌리는 게 참을 수 없었다. 그는 번개처럼 말에 끼어들었다.

"우리는 그놈을 포위했어. 나는 엎드려서 기어갔지. 창을 몇 개 던졌지만 미늘이 없어서 맞아도 떨어져 나갔어. 멧돼지는 도망치며 요란한 소리를 내고……."

"멧돼지가 느닷없이 돌아서서 우리의 포위망 속으로 달려왔었어. 피를 흘리면서……."

그제야 한시름 놓은 소년들은 흥분해서 한꺼번에 떠들어 댔다.

"우리는 포위망을 좁혀갔어……."

최초의 일격이 멧돼지의 하반신을 마비시켰다. 그리하여 포위망을 좁히면서 후려팼던 것이다.

"내가 멧돼지의 목을 땄어."

쌍둥이 형제는 여전히 같이 웃음을 나누면서 뛰어오르고 둘이서 뱅뱅 돌았다. 나머지 소년들도 여기에 합세하여 돼지 멱 따는 소리를 냈다.

"머리를 한 대 치자!"

"다리를 때려!"

다음으로 모리스가 멧돼지 시늉을 하고 비명을 지르며 포위망 속으로 달려갔다. 사냥부대도 여전히 뱅뱅 돌면서 그를 치는 시늉을 했다. 춤을 추며 그들은 노래를 불렀다.

"멧돼지를 죽여라! 목을 따라! 때려잡아라!"

랠프는 질투심과 분노가 뒤범벅이 된 심정으로 그들을 지켜보았다. 그들이 기진맥진하여 노래를 그쳤을 때 비로소 그는 입을 열었다.

"회의를 소집한다."

하나하나 그들은 춤추기를 그치고 조용히 서서 그를 바라보았다.

"소라를 불어서 회의를 소집하겠다. 밤까지 계속되더라도 열어야겠어. 저 아래 바위판 위에서다. 소라를 불거든 모여라."

그는 몸을 돌려 산 아래로 걸어내려갔다.

바다에서 온 짐승

밀물이 밀려왔고, 야자수가 자라는 솟은 땅 언저리의 희고 푹신 푹신한 모래와 바닷물 사이로 가는 줄을 연상시키는 질감 있는 모래사장이 있을 뿐이었다. 랠프는 곰곰이 생각할 필요가 있었기 때문에 이 모래사장을 택하여 거닐었다. 발 디딜 곳을 살피지 않고 걸을 수 있는 곳은 그곳밖에 없었다. 물가를 걷다가 갑자기 깨닫고 그는 섬뜩했다. 이 섬에서의 생활에 대한 따분함을 깨달은 것이다. 이 세상의 모든 길은 그때그때 즉흥적으로 정해지는 것이며 생시의 생활의 태반은 발 디딜 곳을 조심하는 데 보내지고 있었던 것이다. 그는 걸음을 멈추고 외줄로 뻗은 모래사장을 바라보았다. 즐거웠던 어린 시절을 회상하듯 열의에 차서 이 섬을 둘러보던 첫 탐험을 회상하고 냉소를 지었다. 다시 돌아서서 그는 얼굴에 햇살을 받으며 화강암 바위판 쪽으로 돌아갔다. 회의를 소집할 시간이었다. 무엇인가를 감추고 있는 석양의 햇빛 속을 걸으며 그는 연설의 요지를 세심하게 검토했다. 이번 회의를 망쳐서는 안 된다. 허황된 것을 추구해서도 안 된다…….

어휘가 모자라서 표현할 수 없는 여러 가지 생각에 잠겼다. 얼굴을 찌푸리고 그는 다시 생각을 정리하려 했다.

이번 모임은 장난이 아니라 사무적이어야 한다.

그런 생각에 이르자 그는 걸음을 재촉했다. 시간이 촉박하다는 것, 기울어지는 석양, 빨리 걸었기 때문에 얼굴에 와 부딪치는 가벼운 바람의 동요 등을 한꺼번에 의식했다. 회색 셔츠가 가슴에 들러붙었다. 그는 그제야 셔츠의 주름이 마분지처럼 뻣뻣해졌다는 것을 새삼스럽게 깨달았다. 반바지의 닳아빠진 끝자락이 스치는 바람에 넓적다리 안쪽이 벌겋고 쓰라렸다. 지저분하고 누더기가 된 반바지를 보고 그는 마음이 쓰라렸다. 눈을 덮는 더벅머리를 연신 뒤로 쓸어 넘기는 것, 해가 지고 나면 바스락거리는 마른 잎사귀 속에 몸을 쉬기 위해 눕는 것, 이 모든 것들이 얼마나 지겨운가를 깨달았다. 마침내 그는 종종걸음으로 걷기 시작했다.

수영하는 웅덩이 근처 모래사장에는 회의를 기다리는 소년들이 여기저기 무리 지어 있었다. 그들은 그의 침울한 기분과 봉화를 꺼뜨린 자기들의 실수를 의식하고 말없이 랠프에게 길을 비켜주었다.

그가 서 있는 회의 장소는 엉성한 삼각형이었다. 삼각형이라고는 했지만 그들이 만드는 모든 것처럼 고르지 못하고 불완전한 형태였다. 우선 그가 걸터앉는 통나무가 있었는데, 이 바위판에 비해 너무나 큰 고목이었다. 태평양에서 흔히 불어온다고 전해지는 전설적인 폭풍이 어느 해 그 나무를 이리로 옮겨놓은 것이리라. 야자수 둥치는 모래사장과 평행을 이루며 놓여 있었기 때문에 랠프가 걸터앉으면 그는 섬 쪽을 향하게 되지만 소년들 쪽에서 보면 그의 모습이 초호의 번쩍이는 수면을 배경으로 거무스름하게 보였다. 통나무를 밑변으로 한 삼각형의 두 변은 더욱 고르지 않았다. 오른편으로도 통나무가 하나 있었고 그 윗부분은 소년들이 항시 걸터앉는 바람에 반들반들해졌으나 대장이 앉는 통나무처럼 크지도 편리하지도 않았다. 왼쪽에는 통나무가 네 개 있었는데, 그중 맨 가장자리 것은 형편없이 뒤뚱거렸다. 누군가가 몸을 지나치게 뒤로 젖히고 앉아서 통나무가 별안간 뒤뚱거려 대여섯 명의 소년이 뒤의 풀밭으로 나뒹구는 바람에 회의장이 웃음바다가 된 적도 한두 번이 아니었다. 그러나 지금 와서 생각하니 아무도 머리를 쓰지 않았다는 생각이 랠프의 뇌리를 스쳤다. 돌을 주워다 고이면 된다는 것을 자신도 잭도 새끼돼지도 여태 생각하지 못했던 터였다. 그들은 위태로운 통나무에 계속 걸터앉기만 해온 것이다. 왜냐하면…… 다시 그는 깊은 사색의 혼돈 속에서 허우적거렸다.

모든 통나무 앞에 난 풀은 짓밟혀 시들었지만 삼각형의 중심부 풀들은 밟히지 않아 높이 자라 있었다. 또 삼각형의 정점에 해당하는 부분의 풀도 잘 자랐다. 그곳에는 아무도 앉지 않았기 때문이다. 회의 장소 주변에는 회색 나무줄기가 똑바로 서기도 하고 비스듬히 서 있기도 하면서 낮은 잎사귀 지붕을 떠받치고 있었다. 좌우 다 같이 모래사장이 있고 뒤로는 초호가 있었다. 앞쪽에는 섬이 시커멓게 솟아 있었다.

랠프는 대장 자리에 앉으려고 그쪽으로 향했다. 회의를 이렇게 늦은 시각에 열어본 적은 한 번도 없었다. 이 장소가 여느 때와 다르게 보인 것은 그 때문이었다. 여느 때 같으면 초록색 지붕을 이룬 나뭇잎 아래쪽이 황금색의 반사광으로 번뜩이고 소년들의 얼굴도, 랠프가 보기에, 회중전등으로 얼굴을 비출 때처럼 아래로부터 거꾸로 비쳤었다. 그러나 지금은 석양이 한쪽에서 비스듬히 비춰서 그림자가 제자리에 있었다.

다시 그는 뜬금없이 야릇한 명상적 분위기로 빠져들었다. 만일 위에서 비추는 경우와 아래쪽에서 비추는 경우에 얼굴이 다르게 보인다면 대체 얼굴이란 무엇일까? 아니 얼굴뿐만이 아니다. 사물이란 무엇일까?

랠프는 초조하게 몸을 움직였다. 곤란한 것은 대장이 되었을 경우, 생각할 필요가 생기고 현명해질 필요가 생긴다는 점이다. 그리고 때가 되면 어떤 결정을 내려야 한다. 그러니까 생각하지 않을 수 없었다. 생각한다는 것은 소중한 것이고 결실을 보는 것이기 때문이었다.

대장의 자리를 쳐다보며 그는 속으로 생각했다. 문제는 내가 생각할 줄 모른다는 것이다. 새끼돼지처럼 생각을 할 능력이 없다고 그는 생각했다.

그날 저녁 랠프는 다시 한번 그의 가치관을 조정해야 했다. 새끼돼지에게는 사고능력이 있다. 그는 살찐 머릿속에서 한 걸음 한 걸음 착실하게 사고를 진행할 줄 안다. 다만 그는 대장이 못 되었을 뿐이다. 새끼돼지는 우스꽝스러운 몸집이지만 좋은 두뇌를 가지고 있다. 랠프는 어느새 사색의 전문가가 되어 있었다. 그리하여 타인의 사고능력을 식별할 수 있게 되었다.

태양빛을 보아하니 많은 시간이 흘렀음을 알 수 있었다. 그래서 그는 야자수에서 소라를 내려 그 표면을 살폈다. 대기에 노출한 채

두었던 탓으로 황색과 분홍색은 거의 흰 색깔로 바래고 투명한 광택을 띠었다. 자신이 직접 초호에서 건져낸 것이지만 랠프는 그 소라에게 일종의 자애로운 존경심 같은 것을 느꼈다. 그는 회의 장소를 바라보며 소라를 입술에 갖다 댔다.

다른 소년들은 그의 행동을 기다리고 있었기 때문에 곧 모여들었다. 봉화가 꺼진 동안 배가 섬을 지나갔다는 것을 아는 소년들은 랠프가 분개하고 있을 것이라 생각하고 침묵을 지켰다. 한편 꼬마들을 위시해서 아무것도 모르는 아이들은 엄숙한 분위기 때문에 기가 죽어 있었다. 회의 장소는 금세 만원이 되었다. 잭, 모리스, 사이먼, 그리고 사냥부대 전체는 랠프의 오른쪽에 앉았고 나머지 아이들은 왼쪽에 자리했다. 새끼돼지가 들어와서 삼각형의 외곽에 섰다. 이것은 자기는 듣기만 할 뿐 발언하고 싶지는 않다는 의사표시였다. 새끼돼지는 불만을 이런 식으로 표현하는 것이었다.

"회의를 소집할 필요가 생겼다."

입을 여는 사람은 아무도 없었지만 랠프를 향한 얼굴들은 진지했다. 랠프는 소라를 휘둘렀다. 이렇게 중차대한 발표는 적어도 두 번은 되풀이해야 모두에게 전달된다는 것을 실제의 경험을 통해 배운 것이다. 모두의 시선을 소라에 집중시키고 앉아, 쪼그리고 있거나 털퍼덕 앉아 있는 꼬마들 사이로 단어 하나하나를 마치 무거운 돌을 떨어뜨리듯 내뱉어야 했다. 회의의 목적을 꼬마들에게까지 이해시키기 위해 될수록 쉬운 단어를 찾느라 머리를 짜냈다. 잠시 뒤면 잭이나 모리스나 새끼돼지와 같은 숙련된 토론자들이 회의 진행을 위해서 모든 기교를 동원할 것이다. 그러나 처음에 논쟁의 주제를 명확히 제시해야 했다.

"회의를 열 필요가 생겼어. 이건 재미로 하는 게 아냐. 웃거나 통나무에서 굴러떨어지려고 여는 회의가 아니라구."

흔들거리는 통나무에 앉아 있던 꼬마 무리가 키득키득 웃으며 서로 마주 보았다.

"농담을 하려는 것도 아니고 또……."

그는 그들을 압도시킬 말을 찾기 위해 소라를 치켜올렸다.

"똑똑한 체하기 위해서도 아냐. 그런 여러 가지 때문이 아니라 모든 것들을 정리하기 위해서야."

그는 잠시 말을 중단했다.

"나는 줄곧 혼자 있었어. 여러 가지 생각을 하면서 혼자 밖에 나갔었지. 우리에게 필요한 것이 무엇인지 나는 알게 되었어. 여러 가지를 정리해야 할 회의야. 그래서 내가 제일 먼저 발언하고 있는 거야."

그는 잠시 이야기를 중단하고 습관적으로 머리를 쓸어 넘겼다. 무언의 항의를 하던 새끼돼지는 별로 효과도 거두지 못하고 삼각형 안으로 들어와 다른 아이들 틈에 끼었다.

랠프가 말을 이었다.

"우리는 회의를 여러 번 했어. 누구나 발언하기를 좋아하고 함께 모인 시간을 좋아했어. 우리는 여러 가지를 결정했지. 그러나 그 결의사항을 지켜본 적이 없었어. 우리는 개울에서 물을 떠다 야자껍질에 담아서 신선한 잎사귀로 덮어두기로 결정했었어. 며칠 동안은 그렇게 했지. 그러나 지금은 껍질 속에 물이 들어 있지 않아. 야자껍질은 말라버렸어. 우리는 개울에서 그 물을 그냥 마시고 있어."

이 말에 동감한다는 수런거림이 있었다.

"개울물을 직접 마시는 것이 나쁘다는 게 아냐. 나도 낡은 야자껍질에 담긴 물보다 저…… 폭포수가 떨어지는 웅덩이의 물을 마시는 것이 좋아. 다만 우리가 물을 길어오기로 결정했던 것이 중요하다는 거야. 지금 그것은 지켜지지 않고 있어. 오늘 오후에 보니까 물이 담긴 껍질은 단 두 개뿐이었어."

그는 입술에 침을 발랐다.

"다음은 오두막에 대해서야. 피신처 말야."

다시 수군거리다가 잠잠해졌다.

"우리들 대부분은 오두막에서 잠을 자고 있어. 오늘 밤에도 봉화 당번으로 나간 샘과 에릭을 빼고는 모두 오두막에서 잘 거야. 그런데 오두막은 누가 지어놓은 거지?"

곧 요란한 함성이 터져나왔다. 너 나 할 것 없이 모두 거들었다는 것이었다. 그래서 랠프는 다시 소라를 흔들어야 했다.

"잠깐! 오두막 세 채를 모두 지어놓은 게 누구냐 말야. 첫 번째 것을 지을 때는 모두가 거들었어. 두 번째 것은 우리들 중 네 명이 거들었지만 마지막 것을 지은 사람은 나와 사이먼뿐이었어. 그 오두막이 흔들흔들하는 것도 그 때문이야. 웃지들 마! 다시 비가 오면 그것은 폭삭 가라앉을 거고 그렇게 되면 우리는 어쩔 수 없이 오두막이 곧 필요하게 될 거야."

그는 이야기를 멈추고 헛기침으로 목청을 가다듬었다.

"또 하나. 우리는 우리가 수영하는 웅덩이 건너편 바위를 화장실로 정했지. 그건 참 잘한 일이었어. 밀물이 깨끗이 청소해주니까. 너희들 꼬마들도 그것쯤은 알 거야."

여기저기에서 낄낄거리는 웃음이 터지고 눈동자를 힐끗힐끗 굴리는 아이들도 있었다.

"그런데 요즘에 와서는 아무 데서나 똥오줌을 누고 있단 말야. 오두막이나 바위판 근처에서 누는 아이도 있어. 너희들 꼬마들은 과일을 따먹으면서도 똥을 누더구나. 똥이 마려우면……."

모두가 일제히 폭소를 터뜨렸다.

"똥이 마려우면 과일 있는 곳에서 멀리 떨어지란 말이야. 지저분하기 짝이 없어."

다시 웃음보가 터졌다.

그는 자신이 입고 있는 빳빳해진 회색 셔츠를 잡아당겼다.

"정말 지저분하기 짝이 없어. 똥이 마려우면 곧장 모래사장을 지나 바위 사이로 가란 말이야. 알겠니?"

새끼돼지가 손을 내밀어 소라를 달라고 했다. 그러나 랠프는 고개를 저었다. 오늘의 연설은 조목조목 계획된 것이었다.

"우리는 너 나 할 것 없이 바위 사이를 화장실로 써야 해. 이 섬이 점점 지저분해지고 있어."

그는 여기서 말을 끊었다가 다시 이었다. 좌중은 위기를 의식하고 다음에 나올 말에 긴장했다.

"다음은 봉화에 관해서야."

랠프는 약간 숨이 가쁜 듯이 가벼운 한숨을 토했다. 이에 응답하듯 청중도 한숨을 토했다. 잭은 칼로 나뭇조각을 쪼개면서 다른 곳을 바라보고 있는 로버트에게 속삭였다.

"봉화는 이곳에서 제일 중요한 것이야. 운이 아니고서는, 우리가 봉화를 계속 올리지 않으면 어떻게 구조를 받을 수 있겠니? 불 피우기가 그렇게도 힘드니?"

그는 한쪽 팔을 휘둘렀다.

"자기 스스로를 돌아보란 말야. 전부 몇 명이지? 그런데도 연기를 올리는 봉화 하나 계속 지키지 못한단 말이지? 이해하지 못하겠어? 불을 꺼뜨리면 우리가 죽게 된다는 것도 모르겠니?"

사냥부대 사이에서 멋쩍은 웃음이 터져나왔다. 랠프는 감정이 격해져서 그들 쪽을 쳐다보았다.

"웃어? 웃음이 나오니? 사냥부대에게 일러두겠는데, 연기가 멧돼지보다 훨씬 더 중요하단 말이다. 너희들이 아무리 많은 멧돼지를 잡는다 해도 말이야. 모두들, 알겠니?"

그는 양팔을 벌리고 삼각형의 회의장을 둘러보았다.

"우리는 저 꼭대기에다 연기를 피워야 해. 그렇지 않으면 죽는 거야."

그는 말을 그치고 다음에 말할 주제를 의식 속에서 더듬어 찾았다.

"또 한 가지."

누군가가 소리쳤다.

"한꺼번에 너무 여러 가지를 말하고 있어."

이 말에 동의하듯 투덜거림이 따랐다. 랠프는 그것을 묵살했다.

"또 한 가지. 우리는 이 섬을 모두 태울 뻔했어. 또 우리는 바위를 굴려 내리고 음식을 만들기 위한 불을 피우느라고 시간을 낭비하기도 해. 내가 대장이니까 규칙을 만들겠다. 산정 이외의 장소에서는 불을 피우지 않기로 한다. 절대로."

곧 왁자지껄해졌다. 소년들은 일어나서 고함쳤고 랠프도 고함으로 응수했다.

"물고기나 게를 요리할 불이 필요한 경우 산으로 올라간다. 그래야 안전하니까."

지는 석양 속에서 여러 개의 손이 소라를 달라고 뻗어나왔다. 랠프는 소라를 쥔 채 나무 둥치 위로 뛰어올랐다.

"내가 말하려 했던 것은 이게 전부야. 이제 할 말은 다 했다. 너희들은 나를 대장으로 선출했어. 그러니까 내 말대로 해."

그들은 서서히 조용해졌고 마침내 다시 자리에 앉았다. 랠프는 음성을 낮추어 여느 때와 같은 목소리로 말했다.

"그러니까 기억해라. 바위 사이를 화장실로 쓸 것. 신호를 보낼 봉화의 연기를 계속 올릴 것. 불을 산에서 가지고 오지 못한다는 것. 요리는 산꼭대기에서 할 것. 명심해."

잭은 침통하게 얼굴을 찌푸리며 일어나서 손을 내밀었다.

"난 아직 이야기를 끝내지 않았어."

"하지만 넌 너무 말을 많이 했어."

"소라는 내가 가지고 있어."

잭은 투덜대며 앉았다.

"마지막으로 한 가지가 있다. 이것에 대해 자유롭게 토론해주길 바란다."

그는 바위판 위의 회의장이 조용해질 때까지 기다렸다.

"일이 자꾸만 엉망진창으로 되어가고 있어. 왜 그런지 이해할 수 없어. 처음의 시작은 좋았어. 우리는 행복했고. 그러다가……."

그는 소라를 가만히 흔들며 아이들 너머의 허공을 바라보았다. 짐승과 뱀과 산불, 그리고 무서운 이야기 등을 기억해냈다.

"그러다가 모두들 겁에 질리기 시작했지."

중얼거림이 거의 신음 소리처럼 들렸다가 사라져갔다. 잭은 나무 깎기를 그쳤다. 랠프가 갑자기 입을 열었다.

"그러나 그건 꼬마들의 이야기야. 그것을 분명히 해야겠어. 그러 니까 우리가 마지막으로 토의해야 할 것은 공포의 정체가 무엇인지 확실히 하자는 것이야."

머리카락이 다시 눈께로 기어들고 있었다.

"우리는 이 공포에 관해서 토론하고 그것이 아무 근거 없는 것이 라는 것을 확실히 해둬야 해. 나도 때로는 공포에 사로잡히곤 해. 하 지만 그것은 터무니없는 것이었어. 허깨비 같은 걸 말하는 거야. 이 점을 분명히 하면 새 출발을 하고 봉화와 같은 일에 더 많은 주의를 쏟을 수 있을 거야."

그는 밝은 모래사장을 셋이서 걸어가던 모습이 문득 생각났다.

"그러면 다시 전처럼 행복해질 거야."

랠프는 자신의 연설이 끝났다는 표시로 소라를 정중하게 자기 옆 의 나무 둥치 위에 놓았다. 이제 햇빛은 수평으로 비쳐 들었다.

잭이 일어서서 소라를 잡았다.

"이 회의는 모든 모호한 것들의 진상을 알아내기 위한 모임이야. 그래서 내가 분명히 말하겠는데, 모든 게 꼬마들이 무서운 이야기 를 시작한 데서 비롯된 것이야. 짐승? 대체 어디서 나타난단 말이 지? 때론 무서울 때도 있지. 하지만 무서운 것을 참아야 해. 랠프의 말을 들으니 너희들은 밤에 비명을 지른다고. 그건 악몽일 따름이 야. 여하튼 너희들은 사냥도 안 하고 오두막도 짓지 않고 뭐든지 도 와주려고 하질 않아. 그저 울보들이야. 계집애 같을 따름이야. 그뿐 이야. 무섭다는 걸……. 너희들도 무서운 것을 참아야 해. 우리들

126

처럼."

랠프는 입을 벌린 채 잭을 바라보았다. 그러나 잭은 랠프에게 신경 쓰지 않았다.

"꿈과 마찬가지로 공포심 때문에 해를 입지는 않아. 이 섬에 두려워할 만한 짐승은 없어."

그는 소곤거리는 꼬마들의 대열을 훑어보았다.

"무언가가 나타나서 너희들을 잡아먹어도 그건 고소한 일이지. 쓸모없는 울보들 같으니라구! 어쨌든 짐승은 없어……."

랠프가 화난 목소리로 그의 말에 끼어들었다.

"무슨 얘기를 하는 거니? 누가 짐승 얘기를 했다는 거지?"

"네가 그랬잖아, 요전 날. 저 꼬마들이 꿈을 꾸고 비명을 지른다고 네가 말했잖아. 그런데 요즘에 와선 꼬마들뿐 아니라 내가 인솔하는 사냥부대까지도 어떤 것, 어떤 시꺼먼 것, 짐승인지 어떤 동물인지, 그것에 대해 때때로 이야기들을 한단 말야. 나도 그런 이야기를 들은 적이 있어. 너는 생각조차 하지 않았지? 내 말을 들어봐. 조그만 섬에는 큰 동물 따위는 없는 법이야. 멧돼지뿐이야. 아프리카나 인도같이 큰 나라에만 사자나 호랑이 같은 것들이 있는 법이야."

"동물원에도 있어."

"지금 내가 소라를 들고 있어. 나는 공포심에 관해서 이야기하는 게 아냐. 짐승에 대해 이야기하는 거야. 놀라고 싶은 사람은 마음대로 놀라. 그런데 그 짐승은……."

잭은 소라를 안고 말을 그쳤다. 그러고는 지저분한 검은 모자를 쓴 사냥부대 쪽을 바라보았다.

"내가 사냥꾼이겠니, 아니겠니?"

그들은 자연스레 고개를 끄덕였다. 그는 영락없는 사냥꾼이었다. 아무도 그것을 의심치 않았다.

"좋아. 난 이 섬의 구석구석을 다 뒤져보았어. 혼자서 말이야. 짐승이 있다면 틀림없이 내 눈에 띄었을 거야. 무서워하고 싶은 사람은 무서워해도 좋아. 하지만 이 숲속에 짐승은 없어."

잭은 소라를 돌려주고 자리에 앉았다. 모두들 안도의 빛을 띠며 그에게 갈채를 보냈다. 그러자 새끼돼지가 손을 내밀었다.

"나는 잭의 말에 전적으로 찬성하지는 않지만 어느 정도는 옳다고 봐. 숲속에 짐승이 없다는 것은 사실이야. 어떻게 있을 수 있겠어? 있다면 그 짐승은 무얼 먹고 살겠니?"

"멧돼지."

"우리도 멧돼지를 먹고 있어."

"새끼돼지!"

"소라를 든 것은 나야."

새끼돼지는 화가 난 음성으로 말했다.

"랠프, 저애에게 입 좀 닥치라고 해. 입 좀 닥쳐! 꼬마들아, 입 닥쳐! 내 말은 공포에 대해선 잭의 말에 찬성하지 않는다 이거야. 물론 숲속에는 무서워할 만한 것이 없을 테지. 나도 그곳에 가봤어. 근데 너희들은 유령이니 뭐니 하며 떠들다니. 우리는 현 사태를 알아야 하고 무언가가 잘못되면 그것을 바로잡을 사람이 있어야 해."

그는 안경을 벗고 눈을 끔뻑거리며 좌중을 바라보았다. 전등을 꺼버린 것처럼 해가 스러졌다.

새끼돼지가 계속해서 설명했다.

"배탈이 났을 경우, 그것이 큰 배든 작은 배든……."

"네 배는 크구나."

"다 웃었지? 웃을 건 다 웃고 나야 다시 회의를 계속할 수 있겠지. 그 뒤뚱거리는 의자에 다시 앉아봤자 금방 굴러떨어질 테니까 땅바닥에 앉아 듣는 편이 좋을걸. 조용해. 어떤 병이든 아프면 의사를 찾아가. 마음의 병도 마찬가지야. 아무것도 아닌 것에 항상 겁을 먹어야 한다는 뜻은 아니겠지? 삶이란⋯⋯."

새끼돼지는 문제를 광범위하게 확대했다.

"과학적인 거야. 그게 현실이야. 이 년이나 삼 년 후면 인간들은 화성까지 왕복여행을 하게 될지도 몰라. 전쟁이 끝나면 말야. 나도 짐승이 없다는 것은 알고 있어. 발톱 같은 걸 가진 짐승 말야. 우리에게 공포를 주는 게 없다는 것도 알고 있어."

새끼돼지는 말을 멈췄다.

"다만⋯⋯."

랠프는 초조하게 몸을 움직였다.

"다만 어떻다는 말이지?"

"다만 우리가 사람을 무서워하게 되면 문제가 달라지지."

앉아 있는 소년들 사이에서 반은 웃음소리고 반은 야유인 시끄러운 소리가 들려왔다. 새끼돼지는 턱을 끌어당기고 급히 말을 이었다.

"그러니까 짐승 이야기를 한 꼬마의 말을 들어보자. 어쩌면 그 애가 얼마나 바보 같은가를 보여줄 수 있을 거야."

저희끼리 쑥덕거리던 꼬마들 중에서 하나가 일어나 앞으로 나왔다.

"이름이 뭐니?"

"필."

꼬마치고는 자신감에 차 있는 아이였다. 손을 내밀어 랠프처럼 소라를 안고 모두를 둘러보았다. 이야기를 시작하기 전에 자기에게 주의를 집중시키기 위해서였다.

"어젯밤에 난 꿈을 꾸었어. 내가 여러 가지 것들과 싸우는 꿈이었어. 나는 혼자 오두막 밖에서 여러 가지 것들과 싸웠어. 나무를 휘감고 있는 꾸불꾸불한 것과 싸우는 꿈이었어."

아이는 이야기를 멈췄다. 다른 꼬마들도 그의 공포에 공감한다는 듯이 웃었다.

"나는 겁에 질려 그만 잠에서 깼어. 혼자 어두운 밖으로 나갔더니 그 꾸불꾸불한 것들은 없어지고 말았어."

그럴싸하고 적나라하게 묘사된 이러한 공포담은 모두를 조용하게 만들었다. 꼬마의 음성은 흰 소라의 뒤에서부터 피리 소리같이 터져나왔다.

"나는 무서워서 랠프를 불렀어. 그때였어. 나무 사이에서 무언가가 움직이는 것이 보였어. 굉장히 크고 소름 끼치는 것이었어."

그는 그때를 회상만 해도 겁이 덜컥 난다는 듯, 그러면서도 자신이 자아내는 공포의 감정에 자부심을 느끼듯 말을 끊었다.

"그건 악몽이야. 그는 잠 속에서 몽유병자처럼 걸어다닌 거야" 하고 랠프가 말했다.

모두들 동의하면서 나지막하게 중얼거렸다.

꼬마는 완강하게 고개를 저었다.

"꾸불꾸불한 것과 싸울 때는 잠자고 있었지만 그것들이 사라졌을 때는 깨어 있었어. 그리고 어떤 크고 무시무시한 게 나무 사이에서 움직이는 것을 봤어."

랠프가 손을 뻗어 소라를 받자 꼬마는 제자리에 앉았다.

"너는 자고 있었던 거야. 거기에는 아무도 없었어. 밤에 숲속을 배회할 수 있는 사람이 어디 있겠니? 누가 거기에 나갔었니? 누구 그때 밖에 나간 사람 있어?"

누군가 어둠 속에 밖으로 나갔었다는 생각에 모두들 싱글거리고 있을 뿐 그동안 긴 정적이 흘렀다. 그러자 사이먼이 일어났다. 놀란 표정으로 랠프는 그를 바라보았다.

"너였니? 도대체 뭣 하러 캄캄한 밤에 나갔었지?"

사이먼은 경련하듯 소라를 잡았다.

"난, 난 어떤 곳에 가고 싶었어. 내가 아는 장소야."

"어딘데?"

"그냥 내가 아는 곳이야. 정글 속에 있는 어떤 곳이지."

그는 머뭇거렸다.

잭이 경멸적인 어조로 그 문제에 매듭을 지었다. 그의 말은 매우 싱겁게 들리면서도 단호했다.

"똥이나 오줌이 마려웠던 거지."

사이먼이 굴욕감을 느끼고 있을 때 랠프는 소라를 돌려받으며 사이먼의 얼굴을 준엄한 눈초리로 바라보았다.

"다시는 그러지 마. 알겠니? 밤에는 그러면 못써. 네가 그러는 것을 보지 않더라도 꼬마들 사이에선 이러쿵저러쿵 짐승에 대한 이야기가 나돌고 있으니까."

공포와 비난을 담은 야유조의 웃음이 일었다. 사이먼은 입을 열어 이야기하려 했지만 소라가 랠프의 손에 들려 있었기 때문에 할 수 없이 자리로 돌아갔다.

　모두들 조용해지자 랠프가 새끼돼지 쪽을 쳐다보았다.

　"뭔데?"

　"또 한 아이가 있어. 저 애."

　꼬마들이 퍼시벌을 앞으로 밀어내어 혼자 그곳에 세워놓았다. 그는 무릎까지 파묻히는 풀 속에 서서 보이지 않는 자기 발을 내려다보며 거기가 풀밭이 아니라 천막 속이기나 한 것처럼 생각하려 애를 썼다. 그 전에 저 아이와 똑같은 모습으로 서 있던 또 하나의 꼬마가 랠프의 기억 속에 떠올랐다. 그는 그 기억을 서둘러 지워버렸다. 그는 그 기억을 잊어버리려고 머리를 흔들었지만 이와 같은 확실한 기억의 찌꺼기가 눈앞에 보이면 그 기억은 다시금 의식의 표면으로 떠올랐다. 그 후 꼬마들의 수를 점검해본 적이 없었다. 그 까닭은 아이들 모두를 세는 확실한 수단이 없었기 때문이기도 하지만 한편으로는 그 전에 산정에서 새끼돼지가 던진 질문에 대한 답변을 랠프가 너무나 잘 알기 때문이기도 했다. 꼬마들 중에는 금발도 있고 검은 머리도 있고 주근깨투성이도 있었다. 한결같이 지저분했지만 그들 중에 반점과 같은 큰 허물이 있는 아이는 보이지 않았다. 자줏빛 반점이 있는 그 꼬마를 그 후에 본 소년은 하나도 없었다. 그런데 유독 새끼돼지만이 빈정대고 위협하곤 했었다. 그 입 밖에 낼 수 없는 일을 자기도 기억하고 있다고 암암리에 시인하면서 랠프는 새끼돼지에게 고개를 끄덕여 보였다.

　"자, 진행해. 그 아이에게 물어봐."

　새끼돼지는 소라를 든 채 무릎을 꿇었다.

　"이봐, 네 이름이 뭐지?"

꼬마는 몸을 꼬며 자신의 마음속에 쳐놓은 천막 속으로 움츠러들었다. 새끼돼지는 속수무책이라는 듯이 랠프 쪽을 바라보았다. 그러나 랠프가 세차게 말했다.

"네 이름이 뭐야?"

입을 굳게 다물고 대답하지 않았기 때문에 갑갑해진 소년들은 합창하듯 떠들었다.

"네 이름이 뭐냐? 이름이 뭐냐구?"

"조용해!"

랠프는 황혼 속에 서 있는 꼬마를 빤히 바라보았다.

"자. 말을 해봐. 이름이 뭐지?"

"퍼시벌 윔즈 매디슨이야. 햄프셔 주, 하코트 세인트 앤서니 목사관. 전화번호, 전화번호는……."

이러한 주소 성명이 슬픔의 샘물 깊이 뿌리박혀 있기나 한 것처럼 꼬마는 눈물을 흘렸다. 얼굴이 일그러지면서 두 눈에서 눈물이 흘러나왔고 입을 크게 벌리고 울어서 마치 검은 굴 같은 목구멍까지 보일 지경이었다. 처음에는 조용한 슬픔의 흉상 같았지만 일단 비탄의 소리를 지르자 소라 소리 못지않게 크고 지속적이었다.

"시끄러워! 시끄럽다고!"

퍼시벌 윔즈 매디슨은 좀처럼 그치려 하지 않았다. 샘물의 물줄기가 터져올라 권위의 위력이나 육체적인 협박으로도 어찌할 수 없었다. 울음은 호흡의 박자에 맞춰 계속되었고 울음보에 못박힌 것처럼 그 울음이 그의 몸을 똑바로 지탱하고 있는 것 같았다.

"시끄러워! 시끄럽다고!"

이제 꼬마들까지도 잠자코 있질 않았다. 그들도 나름대로의 슬픔을 깨닫게 된 것 같았다. 보편적인 그 슬픔을 같이 나누고 있는 것 같았다. 그들은 슬픔에 사로잡혀 울기 시작했는데, 그중 두 명은 퍼시벌에 못지않게 큰 소리로 울었다.

그들을 슬픔에서 건져낸 사람은 모리스였다. 그는 크게 외쳤다.

"모두 날 봐!"

그는 나동그라지는 시늉을 했다. 그는 엉덩이를 비비며 뒤뚱거리는 통나무 의자에 앉았다가 다시 풀 속으로 나가떨어졌다. 그의 광대 노릇은 서툴렀다. 그러나 퍼시벌과 다른 꼬마들은 그것을 보고 훌쩍거리다가 드디어는 웃음을 터뜨렸다. 이윽고 모두가 자지러지게 웃었기 때문에 큰 아이들도 합세해서 웃어댔다.

잭이 제일 먼저 말문을 열었다. 그는 소라를 들고 있지 않았기 때문에 규칙에 위반되는 발언이었지만 아무도 탓하지 않았다.

"그래, 그 짐승이 어쨌다는 거니?"

이상한 일이 퍼시벌에게 일어나고 있었다. 그는 하품을 하며 비틀거렸다. 잭이 꼬마를 붙잡고 흔들었다.

"그 짐승이 어디에 살고 있지?"

잭에게 잡혀 있는 퍼시벌은 온몸이 축 늘어져 있었다.

"그 짐승이 이 섬에 숨어 있을 수 있다면 그놈은 영리한 짐승일 거다."

새끼돼지가 조롱하듯 말했다.

"잭은 안 가 본 데가 없으니까……."

"짐승이 어디서 살 수 있다는 거지?"

"얼어 죽을 짐승 같으니라구!"

퍼시벌이 뭐라고 웅얼거리자 모두들 다시 웃음을 터뜨렸다. 랠프가 몸을 앞으로 굽혔다.

"그 애가 뭐래?"

잭은 퍼시벌의 대답을 귀담아듣고 나서 그를 놓아주었다. 풀려난 퍼시벌은 꼬마 동료들 사이에 마음 편히 둘러싸이자 길게 자란 풀밭에 쓰러져 잠들고 말았다.

잭이 헛기침을 하고 나서 아무렇지도 않다는 듯 보고했다.

"짐승이 바다에서 올라온다는 거야."

마지막 웃음소리가 잦아들었다. 랠프는 무심히 몸을 돌렸다. 초호를 배경으로 그의 등이 검고 굽은 형상으로 보였다. 모두들 그를 따라 눈길을 돌렸다. 망망하게 뻗어나간 바다, 그 너머에 펼쳐진 대양, 무한한 가능성을 가진 미지의 보랏빛을 바라보았다. 그러고는 산호초에서 들려오는 쏴쏴 하는 속삭임을 말없이 들었다.

모리스가 어찌나 큰 소리로 말했던지 모두들 펄쩍 뛰듯이 놀랐다.

"바다 속에 사는 동물은 아직 모두 발견되지 않은 상태라고 아빠가 말씀하셨어."

다시 논쟁이 일었다. 랠프가 번뜩이는 소라를 내밀었다. 그러자 모리스가 다소곳이 그것을 받아 들었다. 모두들 조용해졌다.

"사람은 겁을 집어먹기 때문에 무서워하게 된다는 잭의 말은 여하튼 옳다고 생각해. 그러나 이 섬에 멧돼지밖에 없다는 잭의 말도 맞을지 모르지만 과연 그가 확실히 알고 있을지는 의문이야."

모리스는 말을 잠깐 멈추고 숨을 들이마셨다.

"우리 아빠가 말씀하셨어. 바다에는 여러 가지 생물이 있다고. 뭐라던가, 잉크를 뿜어내는 문어라는 것이 있는데, 길이가 몇백 야드

나 되고 고래를 통째로 잡아먹는 놈도 있다고 하셨어."

그는 다시 여기서 말을 끊고 명랑하게 웃었다.

"나도 물론 짐승이 있다고 믿지는 않아. 새끼돼지 말대로 삶은 과학적인 것이야. 하지만 우리가 모든 걸 다 알고 있는 건 아냐. 내 말은 확실히는 모른다는 말이야."

누군가가 외쳤다.

"문어는 물 밖으로 나올 수 없단 말야."

"나올 수도 있어!"

"나올 수 없어!"

순식간에 바위판 위는 논쟁하며 손짓 발짓하는 그림자로 가득 찼다. 앉아 있는 랠프가 보기에 이것은 이성을 파괴하는 것 같았다. 공포와 짐승 이야기가 오고갈 뿐 봉화가 가장 중요하다는 것에 대한 전반적인 합의는 없었다. 사태를 바로잡으려고 노력했지만 토론의 방향은 엉뚱한 곳으로 빗나가고 있었다. 불유쾌한 문제만 새로 야기시키고 있었다.

근처의 어스름 속에서 흰 것을 본 랠프는 그것을 모리스로부터 빼앗아 들고 있는 힘을 다해서 불어댔다. 모두들 깜짝 놀라 조용해졌다. 사이먼이 그의 곁에 있다가 소라에 손을 댔다. 사이먼은 무언가 이야기해야겠다는 절박함을 느꼈다. 그러나 좌중 앞에서 발언한다는 것은 그로서는 겁나는 일이었다.

"아마" 하고 그는 주저했다.

"아마 짐승은 있을 거야."

모두가 사납게 소리를 질렀기 때문에 랠프는 놀라서 일어났다.

"사이먼, 너마저 그 이야기를 믿니?"

"나는 몰라. 하지만……."

사이먼은 말했다. 심장이 그를 질식시킬 정도로 쿵쾅거렸다.

폭풍 같은 함성이 터져나왔다.

"앉아!"

"닥쳐!"

"소라를 뺏어라!"

"제기랄!"

"시끄러워!"

랠프가 고함쳤다.

"그의 말을 들어! 그는 소라를 들고 있어."

"내 말은…… 짐승은 우리들 자신뿐일 거라는 뜻이야."

"바보!"

이렇게 외친 사람은 새끼돼지였다. 충격을 받아 점잖이고 뭐고 없었다. 사이먼이 말을 이었다.

"우리는 일종의……."

사이먼은 인류의 본질적인 고질병을 표현하려고 애썼지만 말이 잘 나오지 않았다. 드디어 영감이 떠올랐다.

"이 세상에서 가장 더러운 것이 뭐지?"

아무도 대답이 없자 그 질문에 대한 대답으로 잭은 천박한 저주의 말 하나를 던졌다. 그 욕지거리는 아이들이 순식간에 긴장을 풀게 해주었다. 뒤뚱거리는 통나무 위에 다시 올라앉았던 아이들이 밑으로 떨어져 내렸지만 상관하지 않았다. 사냥부대는 좋아서 함성을 질렀다.

사이먼의 노력은 폐허처럼 산산조각으로 부서졌다. 야유가 그를 잔인하게 내리쳤고 그는 참혹한 몰골로 제자리로 돌아갔다.

마침내 모두들 다시 조용해졌다. 누군가가 순서를 무시하고 발언했다.

"제일 더러운 것이란 일종의 유령이라고 말하려 했었나 봐."

랠프는 소라를 치켜들고 어스름한 회의 장소를 노려보았다. 가장 밝게 보이는 것은 창백한 모래사장이었다. 날이 어두워짐에 따라 꼬마들이 바짝 다가앉은 것일까? 그건 의심할 여지가 없었다. 그들은 중심부의 우거진 풀밭 한가운데에서 서로 바싹바싹 다가앉아 한 덩어리로 얽혀 있었다. 한 줄기 바람이 지나가자 야자수들이 서로 이야기를 시작했다. 그 소리는 상당히 요란하여 어둠과 정적이 그 소음을 더욱 부각했다. 두 개의 나무 둥치가 서로 몸을 비비대며, 한낮에는 아무도 깨닫지 못했던 불길한 소리를 냈다.

새끼돼지가 랠프의 손에서 소라를 받아 쥐었다. 그의 음성에는 분노가 묻어 있었다.

"나는 유령이 있다고 믿지 않아. 어떻게 그런 걸 믿겠어?"

잭도 일어났다. 웬일인지 그도 화가 나 있었다.

"네가 뭐를 믿든 누가 신경이나 쓰냐? 뚱뚱보 같으니!"

"소라는 내가 가지고 있어!"

잠시 동안 싸우는 소리가 들리는가 싶더니 소라가 이리저리로 옮겨 다녔다.

"소라 이리 줘!"

랠프는 두 소년 사이로 뛰어들다가 가슴을 한 대 맞았다. 그는 누군가 쥐고 있던 소라를 빼앗아 들고 숨을 헐떡이며 자리에 앉았다.

"유령 얘기를 너무 많이 했어. 이 문제는 낮에 해결하기로 하자."

누구의 목소리인지 잘은 모르지만 속삭이는 듯한 목소리가 끼어들었다.

"그 짐승이란 것은 어쩌면 유령일 거야."

바람 때문에 동요되기라도 한 듯 모두들 웅성거렸다.

"순서를 지키지 않고 말하려는 사람이 너무 많다" 하고 랠프가 말했다.

"규칙을 어기면 회의를 제대로 진행할 수 없어."

그는 다시 말을 중지했다. 치밀한 사전 계획이 허사로 되돌아갔다.

"너희들은 내가 무슨 이야기를 했으면 좋겠니? 내가 회의를 이렇게 늦은 시각에 소집한 게 잘못이었어. 이제 표결에 부치자. 유령에 대해서 말이다. 모두 지쳤으니까 표결에 부치고 나서 오두막으로 가자. 안 된다구? 누구야? 잭이냐? 잠깐. 이 자리에서 말해두지만 나는 유령이 있다고 믿지 않아. 다시 말하면, 그런 생각이 든다는 말이야. 여하튼 유령 생각은 하고 싶지 않아. 적어도 지금은 그래. 이렇게 캄캄한 어둠 속에서는 말야. 자, 이제 모든 것을 분명히 해두기로 하자."

그는 잠시 소라를 들었다.

"좋아. 오늘의 주제는 유령이 있느냐 없느냐 하는 거야."

그는 잠시 생각에 잠겨 문제를 정리하려고 애썼다.

"유령이 있을 거라고 믿는 사람?"

오랫동안 침묵이 흘렀다. 아무 움직임이 없었다. 그러자 랠프는 어둠 속을 응시하며 올린 손을 세었다. 그는 딱 잘라 말했다.

"알았다."

이해가 가능하고 합법적인 세계는 이제 허물어지고 있었다. 전에는 이것이다 저것이다가 있었다. 이제는, 그리고 배마저 떠나고 만 것이다.

그의 손에 들려 있던 소라를 누군가 채갔다. 다음 순간 새끼돼지의 날카로운 목소리가 울려나왔다.

"나는 유령이 있다는 것에 찬성한다고 손 들지 않았어."

그는 모두를 둘러보았다.

"너희들, 그걸 잊지 마."

그의 발 구르는 소리가 들렸다.

"대체 우리가 뭐지? 사람이야? 아니면 동물이야? 그것도 아니면 야만인이야? 어른들이 우리들의 꼴을 보면 어떻게 생각하겠니? 공연히 이리저리 어슬렁거리고…… 멧돼지 사냥이나 하고…… 봉화의 불은 꺼뜨리고…… 지금 이 꼴은 또 뭐냔 말야."

한 그림자가 질풍처럼 그의 앞으로 다가섰다.

"이 뚱뚱한 게으름뱅이야! 닥쳐!"

잠시 격투가 벌어지고 번쩍이는 소라가 위아래로 몹시 흔들렸다. 랠프가 벌떡 일어섰다.

"잭! 잭! 너는 소라를 들고 있지 않아! 새끼돼지더러 이야기하라고 해."

잭의 얼굴이 랠프 가까이 다가왔다.

"너나 닥쳐! 도대체 네가 뭐야? 거기에 앉아서 이래라저래라 지시나 하고…… 사냥도 못 하고 노래도 못 하는 주제에."

"난 대장이야. 선출된 대장이라구."

"선출된 것이 무슨 의미가 있니? 아무 의미도 없는 명령이나 하는 주제에……."

"새끼돼지가 지금 소라를 가지고 있다니까."

"그 말 맞아. 항상 그렇지만 넌 새끼돼지 편만 들더라."

"잭!"

이 소리를 잭이 받아서 흉내 내듯 복창했다.

"잭! 잭!"

"규칙을! 너는 규칙을 어기고 있어."

랠프가 외쳤다.

"알 게 뭐야?"

랠프는 기지를 동원했다.

"우리들이 지금 가진 것이라곤 규칙뿐이기 때문이지."

그러나 잭은 그를 거역하고 외쳤다.

"얼어 죽을 규칙 같으니라구! 우리는 강해. 우리는 사냥할 수도 있어. 짐승이 있으면 잡아버리면 돼. 포위해서 마구 패는 거야. 정신 없이 패버리는 거야!"

그는 거칠게 외치며 어슴푸레한 모래 위로 뛰어내렸다. 다시 한 번 바위판 위는 소음과 흥분의 도가니로 변하고 옥신각신하는 소리와 비명과 웃음으로 가득 찼다. 모두들 질서를 잃고 아무렇게나 흩어져 야자수 쪽에서 물가로, 모래사장을 따라 어둠에 싸인 채 뿔뿔이 흩어졌다. 랠프는 소라가 자기 뺨에 와 닿는 것을 느끼고 새끼돼지로부터 그것을 받아 들었다.

"어른들이 뭐라고 하실까? 저 꼴 좀 봐!"

새끼돼지가 다시 외쳤다.

모의사냥, 히스테리 같은 웃음, 진짜 공포가 모래사장으로부터 몰려오고 있었다.

"랠프, 소라를 불어."

새끼돼지가 매우 가까이 있었기 때문에 랠프는 그의 안경알이 번뜩이는 것을 볼 수 있었다.

"봉화 올리는 것이 얼마나 중요한 일인데, 쟤네들은 그것도 모르나?"

"이제 네가 모질게 굴어야 해. 네 말에 따르도록 해야 한다구."

어떤 공식을 암기하는 사람처럼 조심스러운 음성으로 랠프가 대답했다.

"만일 내가 소라를 불어도 쟤네들이 돌아오지 않으면 우리는 끝장이야. 우리는 봉화도 계속 올리지 못할 거고. 모두 동물처럼 되어버리고 말 거야. 영원히 구조되지 못할 거야."

"네가 그걸 불지 않더라도 어차피 우리는 곧 동물이 돼버리고 말 거야. 쟤네들이 무슨 짓을 하는지 눈으로 볼 수는 없지만 들어보면 알 수 있어."

여기저기 흩어졌던 형체들이 모래 위에 한데 어울려 있어서 회전하는 흑색 덩어리가 되었다. 그들은 무엇인가를 노래하고 있었고 지친 꼬마들은 울부짖으면서 비틀거렸다. 랠프는 소라를 입술에 대었다가 다시 내렸다.

"문제는 유령이 과연 있느냐 하는 거야. 네 생각은 어떠냐? 새끼돼지야. 그렇잖으면 짐승이 있는 것일까?"

"물론 없어."

"왜 없지?"

"이치에 닿지 않으니까. 집이나 거리나 텔레비전도 제구실을 못할 거야, 그런 게 있다면."

춤추며 노래하던 소년들도 이제 지쳤는지 가사도 없는 곡을 흥얼거릴 뿐이었다.

"그런 것이 이치에 안 맞는다지만 이 섬에서도 그럴까? 만일 그런 것이 우리를 지켜보고 있다면 어떻게 될까?"

랠프가 요란하게 몸서리를 치며 새끼돼지에게 가까이 다가갔기 때문에 그들은 서로 부딪쳐 깜짝 놀랐다.

"그런 소리 하지 마. 랠프, 우리는 그러잖아도 어려운 일이 많아. 더욱이 나는 더 이상 견딜 수 없어. 만일 유령이 있다면……."

"난 대장 노릇을 포기해야 할 것 같아. 저 소리 좀 들어봐."

"그건 절대로 안 돼."

새끼돼지는 랠프의 팔을 잡았다.

"만일 잭이 대장이 되면 사냥만 하고 봉화는 올리지 않을 거야. 그러면 우리는 죽을 때까지 여기를 벗어나지 못할 거구."

그의 목소리가 높아지는가 싶더니 비명으로 바뀌었다.

"거기 앉아 있는 사람 누구니?"

"사이먼이야."

"잘들 모였군" 하고 랠프가 말했다.

"세 마리의 눈먼 생쥐지. 난 그만두겠어."

"만일 네가 그만두면 나는 어떻게 되지?"

기죽은 음성으로 새끼돼지가 속삭였다.

"아무 일 없어."

"그 애는 날 미워해. 왜 그러는지 모르겠어. 그가 제멋대로 굴게 되어도…… 너는 괜찮아. 그는 너를 존경하니까. 그건 그렇고, 너는 그 녀석을 때렸었지."

"너도 방금 그놈과 멋지게 싸우더구나."

"나는 소라를 들고 있었어."

새끼돼지는 당연하다는 듯이 말했다.

"내게 말할 권리가 있었거든."

사이먼이 어둠 속에서 움직였다.

"계속 대장 노릇을 해야 해."

"사이먼, 그만둬. 아까 짐승은 없다고 왜 이야기를 못 했니?"

"나는 잭이 무서워."

새끼돼지가 말했다.

"내가 그 애를 잘 아는 이유가 바로 그거야. 누군가를 무서워하면 그를 미워하게 돼. 그러면서도 그에 대한 생각을 털어버리지 못하게 돼. 그 애도 실은 괜찮은 아이라고 자위하다가도 다시 보게 되면 천식이 발작하는 것같이 숨도 못 쉬게 돼. 저 있지, 잭도 너를 미워하고 있어, 랠프."

"나를? 왜 날 미워하지?"

"몰라. 봉화 때문에 네가 그 애를 야단친 일이 있잖아. 그리고 너는 대장인데 그 애는 대장이 아니니까."

"그 애도 대장이야. 잭 메리듀도 저 사냥부대의 대장인걸."

"나는 잠자리에 들면 늘 무언가를 생각했어. 나는 인간들에 대해 잘 알아. 나에 대해서도 알고, 또 그 애에 대해서도 알아. 그는 너를 해치지 못해. 하지만 네가 걸리적거리지 않게 되면 그는 너와 가장 가까운 사람을 해칠 거야. 그게 바로 나야."

"얘 말이 옳아, 랠프. 너와 잭은 대결하고 있는 거야. 네가 계속 대장 노릇을 해야 해."

"우리는 모두 방향을 잃은 채 표류하고 있고 모든 일은 엉망으로 되고 있어. 고향에는 언제나 어른들이 있었지. 어른 앞에서 늘 공손하게 어떻게 할 것인가를 물어보았어. 그러면 어른들은 답을 주었었지. 그때가 좋았었는데!"

"아줌마가 여기 계시면 얼마나 좋을까!"

"아빠가 오시면…… 하지만 이렇게 소원을 말한다고 해서 무슨 소용이 있겠니?"

"봉화를 계속 올려야 해."

춤이 끝났는지 사냥부대는 오두막으로 돌아가고 있었다.

"어른들은 사리에 밝거든."

새끼돼지가 말했다.

"그들은 어둠을 무서워하지 않아. 그들은 만나서 차를 마시며 토론을 하지. 그러면 만사가 잘되어가거든."

"어른들 같으면 섬에다 불을 지르지도 않아. 또……."

"어른들 같으면 배를 만들 거야."

세 소년은 어둠 속에 서서 어른의 세계가 얼마나 당당한가 하는 것을 서로 알아내려고 애썼다. 그러나 그것은 뜻대로 되지를 않았다.

"그들은 싸우지 않아."

"내 안경을 깨뜨리지도 않을 거야."

"짐승 이야기도 하지 않아."

"어른들이 우리에게 소식을 전할 수 있게 되기만 하면……."

랠프가 절망적으로 외쳤다.

"우리에게 어른다운 것이 무엇이라는 것을 알려줄 수 있기만 하면 좋을 텐데…… 신호 같은 거라도 보내주면 좋겠는데."

어둠 속에서 가늘게 흐느끼는 소리가 들려와 그들은 오싹해져 서로 부둥켜안았다. 그러자 그 울음소리가 커졌다. 마치 이 세상 것이 아닌 것처럼 멀리서 들리는 소리였다. 이윽고 그 소리는 알아들을 수 없는 잠꼬대로 변하고 있었다. 하코트 세인트 앤서니 목사관 내, 퍼시벌 웜즈 매디슨은 길게 자란 풀밭에 누워 그의 주소를 외우고 외워봤지만 그를 도와줄 수 없는 상황 속을 끝없이 헤매고 있었다.

허공에서 온 짐승

별빛을 제외하면 남은 빛이라곤 하나도 없었다. 유령 같은 소음의 정체를 알아내고 난 랠프와 사이먼은 퍼시벌이 다시 조용해졌을 때 그를 힘겹게 들어 올려 오두막으로 옮겼다. 새끼돼지는 큰소리를 쳐놓고도 두 소년 뒤를 바싹 붙어다녔다. 그래서 세 소년은 함께 다음 오두막으로 들어갔다. 그들은 버석버석 소리를 내는 마른 잎 속에 꿈틀거리며 누워서 초호 쪽으로 나 있는 틈새를 통해 하늘의 별을 바라보았다. 이따금 옆 오두막에서 어떤 꼬마가 우는 소리를 냈고 또 한 번은 큰 소년이 어둠 속에서 무어라고 웅얼거리는 소리가 났다. 어느덧 이들 세 소년도 잠들었다.

은빛 달이 수평선 위로 떠올랐지만 수면 바로 위에 걸터앉았을 때조차 수면에 불기둥을 만들 만큼 크지는 않았다. 그러나 밤하늘에는 다른 불빛들이 있었고 그 빛들은 빠른 속도로 움직이고 끔뻑거리며 꺼지기도 했다.

그러나 16킬로미터 상공에서 벌어지는 공중전에선 가냘픈 사격 소리조차 들려오지 않았다. 모두가 잠들어 있어 그것을 헤아린 아이는 없었지만 어른들의 세계로부터 어떤 신호가 내려왔다. 갑자기 폭발의 섬광이 번뜩이고 나선형의 꼬리가 하늘을 가로질러 내려오는가 했더니 다음 순간 다시 별빛과 어둠만이 남았다.

섬의 상공에 한 점이 나타났다. 낙하산을 타고 빠른 속도로 내려오는 사람의 모습이었는데, 사지를 축 늘어뜨리고 허공에 매달려 있는 듯한 모습이었다. 고도에 따라 바람의 방향이 달랐으므로 그것은 이리저리 떠다녔다. 그러나 5킬로미터가량 되는 허공에선 바람이 안정되어 그것은 하늘에 하강 곡선을 긋더니 산호초와 초호 위를 비스듬히 가로질러 산 쪽으로 불려갔다. 이윽고 그것은 산허리에 피어 있는 푸른 꽃 사이에 내려 찌그러졌다. 그러나 이만한 높이에서도 미풍이 불고 있었기 때문에 낙하산은 펄럭이며 이리저리 부딪쳤다. 그리하여 두 다리를 뒤로 한 채 그 사람은 산정으로 서서히 끌려 올라갔다. 바람이 불 때마다 그 형체는 푸른 꽃과 표석과 붉은 돌 위를 거쳐 1미터씩 끌어올려졌다. 그리하여 마침내 그 형체는 바위 사이에 몸이 처박히게 되었다. 이곳의 바람은 돌발적이었기 때문에 낙하산의 끈이 밧줄처럼 엉켰다.

그는 헬멧을 쓴 머리를 무릎 사이로 처박고는 복잡하게 엉킨 끈에 묶인 채 앉아 있었다. 미풍이 불 때마다 끈이 팽팽해졌고 그로 인해 머리와 가슴이 곧추세워져 흡사 산머리 건너편을 응시하고 있는 듯한 자세가 되었다. 그러다가 바람이 잠잠해질 때마다 줄은 느슨해지고, 그 바람에 그는 앞으로 고꾸라지며 무릎 사이로 머리를 처박는 것이었다. 그리하여 별들이 하늘을 가로질러 가는 동안 그는 산정에 앉아 꾸벅 절을 하다가는 쓰러지고 다시 절을 하다가는 쓰러지곤 했다.

아직 캄캄한 꼭두새벽, 산허리를 조금 내려선 곳에 있는 바위 근처에선 소음이 일었다. 두 소년이 관목과 마른 잎더미로부터 굴러나올 때 생긴 소음이었다. 희미한 두 그림자는 졸린 듯한 목소리로 서로 이야기를 나누고 있었다. 그들은 봉화 당번을 선 쌍둥이였다. 이론적으로는 하나가 자고 하나는 불침번을 봐야 한다. 각자가 따로따로 행동하는 것이 제대로 맡은 임무를 다하는 것이라면 그들은 전혀 그렇질 못했다. 밤새 깨어 있기란 불가능했기 때문에 둘이 모두 잠들어버린 터였다.

조금 전까지 봉화가 타올랐지만 이제는 꺼져버린 불씨 쪽으로 둘은 걸어가고 있었다. 그들은 하품을 하고 연방 눈을 비비며 다가갔다. 산정에 이르자 하품은 그쳤고 그중 하나가 관목과 나뭇잎더미를 쌓아 올린 곳으로 급히 달려갔다.

다른 꼬마는 무릎을 꿇었다.

"확실히 꺼졌어."

그는 양손으로 집어 든 막대기를 만지작거렸다.

"아냐, 꺼지지 않았어."

그는 몸을 낮추어 모닥불에 입술을 바싹 갖다 대고 가만히 불었다. 그의 얼굴이 붉게 물들었다. 그는 잠시 부는 작업을 중지했다.

"샘, 이리 줘."

"불쏘시개 여기 있어."

에릭은 몸을 구부리고 다시 가만가만 불었다. 한쪽에서 불이 살아나기 시작했다. 샘은 불이 살아난 곳에 쏘시개를 넣은 다음에 나뭇가지를 얹었다. 불꽃은 커지고 나뭇가지에도 불이 붙었다. 샘은 나뭇가지를 더 얹었다.

"한꺼번에 태우지 마. 넌 너무 많이 집어넣고 있어."

에릭이 말했다.

"몸을 녹여야지."

"나무를 더 가지고 와야 돼."

"난 추워."

"나도."

"게다가 난……."

"캄캄하고. 좋아, 그럼."

에릭은 다시 털퍼덕 앉아서 샘이 불 피우는 모습을 바라보았다. 그는 마른 나무를 작은 천막 모양으로 쌓아 올려놓았다. 그래서 불은 착실하게 붙었다.

"하마터면 꺼질 뻔했어."

"그가 알면……."

"짜증 냈겠지."

"흐음."

얼마 동안 쌍둥이 형제는 말없이 불을 지켜보았다. 에릭이 키득키득 웃었다.

"짜증 냈겠지?"

"봉화에 관해서는……."

"봉화와 멧돼지 때문에."

"우리 대신 그가 잭에게 욕을 퍼부은 게 다행이었어."

"정말, 학교 다닐 때 신경질쟁이 선생 생각나?"

"'임마, 너 때문에 미칠 지경이다.'"

쌍둥이는 동시에 웃음을 터뜨렸다. 그러고는 어둠과 그 밖의 여러 가지를 생각하고 불안하게 주위를 힐끗 둘러보았다. 천막처럼 쌓아 올린 나무를 열심히 먹어가는 불꽃이 그들의 눈길을 끌었다. 몸부림치며 도망치려 했지만 결국 피하지 못하는 쥐며느리를 에릭은 지켜보았다. 아래쪽 가파른 산허리로 번지던 최초의 산불이 생각났다. 그쪽은 지금 캄캄했다. 그는 그것을 기억조차 하기 싫어 산정으로 눈길을 돌렸다.

따뜻한 불기운이 퍼지자 두 형제는 유쾌하게 불을 쬐었다. 샘은 나뭇가지를 불길 속에다 정확하게 맞춰 넣으면서 즐기고 있었다. 에릭은 두 손을 내밀어서 열기를 참아낼 수 있는 가장 적절한 거리를 찾고 있었다. 불 건너편을 멍청히 바라보면서 그는 주위에 흩어져 있는 바윗돌이 지금은 그늘 속에 들어 있지만 낮이 되면 어떤 몰골을 할 것인가를 생각해보았다. 거기엔 바위가 있고 세 개의 돌이 있고 깨어진 바위가 있고 그 너머에는 균열이 있고 바로 거기엔…….

"샘."

"응?"

"아무것도 아냐."

불꽃은 나뭇가지를 제압했다. 껍질이 오그라들다가 떨어져나가면서 장작이 소리를 내며 튀었다. 천막 모양으로 올려놓은 나무가 안쪽으로 무너지자 널찍하고 동그란 불빛이 산정을 밝혔다.

"샘."

"응?"

"샘! 샘!"

샘은 신경질이 나서 에릭을 보았다. 에릭이 어찌나 뚫어지게 응시하고 있었던지 샘은 에릭이 바라보는 방향이 두려워졌다. 샘은 그쪽으로 등을 돌리고 있었던 것이다. 그는 불 주위를 돌아 기어가서 에릭 곁에 털퍼덕 앉아 눈을 긴장시켰다. 그들은 꼼짝 않고 서로의 팔을 꽉 잡았다. 두 개의 입을 딱 벌린 채 네 개의 눈이 한 지점을 응시했다.

저 아래에 펼쳐진 숲속의 나무들이 한숨을 쉬고 나서 포효했다. 그들의 이마를 덮은 머리카락이 날리고 불꽃은 봉화로부터 비스듬히 타올랐다. 14미터가량 떨어진 곳에선 나무의 결이 터지며 입을 벌리는 소리가 들렸다.

두 형제 중 누구도 비명을 지르진 않았지만 팔을 잡은 손에는 더욱 힘이 들어갔고 입은 뾰족해졌다. 10초가량은 그런 모습으로 쪼그리고 있었다. 그동안 우르릉거리는 불길은 산정 위로 연기와 불똥과 고르지 못한 빛의 파도를 올리고 있었다.

그들은 똑같은 공포감에 사로잡혀 바위를 타고 넘어 도망갔다.

랠프는 꿈을 꾸었다. 그는 짧은 시간이라고 여겼는데, 긴 시간 동안 그는 돌아눕기도 하고 뒤척이기도 하다가 겨우 잠이 들었다. 다른 오두막에서 새어나오는 악몽의 잠꼬대 소리도 그에게 와닿지 않았다. 고향 집 정원 울타리로 돌아가 그 너머로 망아지들에게 사탕을 주는 꿈을 꾸고 있었기 때문이다.

그때 차를 마실 시간을 알리며 누군가가 그의 팔을 흔들었다.

"랠프, 일어나!"

나뭇잎들이 일종의 바다 소리를 내고 있었다.

"랠프, 일어나."

"무슨 일인데?"

"우린 봤어."

"짐승을……."

"분명히 봤어."

"누구야? 쌍둥이냐?"

"어떤 짐승을 봤어."

"새끼돼지, 조용해!"

나뭇잎들이 여전히 시끄러운 소리를 냈다. 새끼돼지가 랠프에게 다가오다가 꽝 하고 부딪쳤다. 오두막 틈서리로 보이는 창백한 별 쪽으로 나가려 하자 쌍둥이 형제가 랠프를 잡았다.

"나가면 안 돼. 무시무시해."

"새끼돼지야, 창은 어디에 있니?"

"내 귀에 들리는데……."

"그럼 조용히들 해. 조용히 누워 있어."

그들은 누워서 귀를 긴장시켰다. 극도로 조용한 분위기 속에서 이따금 쌍둥이 형제가 가쁜 숨소리처럼 들려준 얘기를 들으며 처음 엔 반신반의했지만 나중엔 겁을 집어먹었다. 순식간에 주위의 어둠 은 짐승의 발톱과 무시무시한 수수께끼와 위협으로 가득 찼다. 끝 없이 계속될 것 같은 새벽이 찾아와 별들을 꺼뜨리고 마침내 서글 픈 회색 광선이 오두막으로 스며들었다. 아직 오두막 밖의 세계는 감당할 수 없을 정도로 무시무시했지만 그들도 꿈지럭거리기 시작 했다. 미로와 같은 어둠은 가까이 그리고 멀리에서 끼리끼리 사라지고 높은 하늘 저편에는 작은 구름 조각들이 훈훈한 색채를 띠고 있었다.

쉰 소리를 발하며 하늘로 치솟는 바닷새 한 마리의 메아리가 곧 되돌아왔다. 무엇인가가 숲에서 꽥꽥거렸다. 수평선 근처의 구름 조각들은 이제 장밋빛으로 빛났고 깃털 같은 야자수의 꼭대기가 초록색으로 빛났다.

랠프는 오두막 입구에 무릎을 꿇고 조심스럽게 주위를 살폈다.

"샘, 에릭, 전부 모이라고 해. 조용히. 자, 불러 와."

쌍둥이 형제는 몸을 떨면서 서로 부둥켜안은 채 몇 야드를 달려 다음 오두막으로 가서 그 무시무시한 소식을 알렸다. 랠프는 등이 쑤셨지만 위신을 지키기 위해 일어서서 바위판으로 걸어갔다. 새끼돼지와 사이먼이 그의 뒤를 따랐고 다른 소년들도 살금살금 따라갔다.

랠프는 반들반들한 자리에 놓아두었던 소라를 집어 들고 입술에 댔다. 그러나 주저하며 불지는 않았다. 그 대신 소라를 높이 치켜들어 아이들에게 보여주었다. 모두들 이해해주었다.

수평선 밑에서 위쪽을 향해 부채꼴 모양의 햇살을 던지던 아침해가 이제 수평으로 햇살을 퍼부었다. 랠프는 점점 커가는 금빛 햇살을 잠시 바라보았다. 그 햇살은 오른쪽으로부터 찾아들고 있었는데 그만하면 이야기를 시작할 수 있을 만큼 밝았다. 그의 앞에 둥글게 서 있는 소년들은 사냥할 때 사용하는 창으로 무장하고 있었다.

그는 쌍둥이 중 자기 곁에 있는 에릭에게 소라를 건네주었다.

"우리는 직접 이 눈으로 짐승을 봤어. 정말 자고 있지 않았어."

샘이 그 이야기를 받았다. 이제 그들 중 하나가 소라를 잡으면 두 형제는 자유롭게 발언할 수 있다는 것이 관례가 되어 있었다. 본질적으로 둘은 같다는 것이 인정되었기 때문이었다.

"그건 털이 많았어. 그 짐승의 머리 뒤로는 무엇인가 움직이는 것이 있었는데, 아마 날개인 것 같았어. 게다가 그게 움직이고 있었고."

"정말 무시무시해. 앉아 있는 모습이라고 할까."

"봉화는 환히 타오르고 있었어."

"방금 다시 피웠거든."

"더 나무를 얹고……."

"눈이 있었어."

"이빨도."

"발톱도."

"우리는 걸음아 나 살리라고 도망쳐 왔어."

"여기저기에 부딪히면서……."

"그 짐승이 우리를 따라오잖아."

"그것이 나무 뒤에서 살금살금 움직이는 것을 봤어."

"난 거의 붙잡힐 뻔했단다."

랠프는 겁에 질린 눈초리로 에릭의 얼굴을 가리켰다. 관목을 통과할 때 긁혀서 상처가 나 있었다.

"그건 어떻게 된 거야?"

에릭은 그의 얼굴을 만졌다.

"온통 긁혔군. 피가 나고 있지?"

둥글게 모인 아이들은 겁에 질려 위축되었다. 그때까지 하품만 하고 있던 조니가 갑자기 울음을 터뜨렸다가 빌에게 한 대 맞고 울음을 참느라 질식하는 모습을 연출했다. 밝은 아침은 공포로 가득 차고 둥글게 모였던 대형도 바뀌기 시작했다. 그 대열은 안보다는 밖을 향했고 나무 끝을 날카롭게 깎아 만든 창들은 울타리 형상이었다. 잭이 그들을 한가운데로 다시 불렀다.

"이번에야말로 진짜 사냥이 될 거야! 누구 나설 사람?"

랠프는 초조하게 몸을 움직였다.

"이 창은 나무로 만든 거야. 바보 같은 소리 집어치워."

잭은 그에게 냉소를 보냈다.

"겁나?"

"물론 겁나고말고. 겁나지 않는 사람이 어디 있니?"

그는 부질없는 짓임을 알면서도, 마음속으로 간절히 바라면서 쌍둥이 형제에게 눈을 돌렸다.

"설마 너희들, 우리를 놀리는 건 아니겠지?"

대답은 너무 단호해서 그 누구도 그들의 대답을 의심할 수 없었다.

새끼돼지가 소라를 잡았다.

"저, 우리는 이곳에 그대로 숨어 있는 것이 낫지 않을까? 그 짐승은 우리 가까이에는 오지 않을 거야."

무언가가 자기들을 지켜보고 있다는 생각이 아니었다면 랠프는 그에게 고함을 질렀을 것이다.

"이곳에 그대로 숨어 있는다고? 이 섬 한구석에 갇힌 채 늘 망만 보고 있단 말이지? 먹을 것은 어떻게 구하지? 또 봉화는 어떻게 하고?"

"자, 행동개시다. 이건 시간 낭비야" 하고 잭은 초조하게 서둘렀다.

"시간 낭비가 아냐. 꼬마들은 어떻게 하고?"

"제기랄!"

"누군가가 꼬마들을 돌보아야 해."

"이제껏 한 번도 그러지 않고선……."

"그럴 필요가 없었지. 이제 필요가 생겼어. 새끼돼지가 그들을 돌보기로 하자."

"그게 될 법이나 한 이야기니? 눈 하나밖에 없는 새끼돼지가 뭘할 수 있다는 거지?"

나머지 아이들은 호기심에 찬 눈으로 잭과 랠프를 번갈아 바라보았다.

"또 한 가지. 이번 사냥은 이제까지의 사냥과 다르단 말야. 그 짐승은 발자국을 남기지 않으니까. 발자국을 남겼다면 너희 중에 본 사람이 있었을 것 아냐? 무언지 모르겠지만 그 짐승은 나무 사이를 그네 타듯 옮겨다니는 모양이야."

모두가 고개를 끄덕였다.

"그러니까 잘 생각해야 돼."

새끼돼지는 깨어진 안경을 벗어서 한 개가 남은 성한 쪽의 안경 알을 닦았다.

"우리는 어떻게 하지, 랠프?"

"넌 지금 소라를 들고 있지 않아. 이걸 들고 말해."

"우린 어떻게 하느냐 말야. 너희 모두가 나간 동안 그 짐승이 오면 어떻게 하지? 난 제대로 보지 못해. 게다가 내가 겁을 집어먹으면……."

잭이 경멸조로 끼어들었다.

"넌 언제나 겁에 질려 있더라."

"소라는 내가 들고 있어."

"소라! 소라! 말끝마다 소라 얘기군."

잭이 외쳤다.

"이제 그까짓 것 필요 없어! 누가 발언해야 할 것인가는 누구나 알고 있어. 사이먼이 무슨 말을 한다고 해서 무슨 소용이 있겠니? 빌도 그렇고 월터도 마찬가지야. 이런 또래들은 모든 결정을 잠자코 우리에게 맡기는 게 옳다는 것쯤 이제 알 때가 됐어."

랠프는 더 이상 잭의 연설을 내버려둘 수가 없었다. 그는 상기되어 양 볼이 활활 달아올랐다.

"넌 소라를 들고 있지 않아. 앉아" 하고 랠프가 말했다.

잭의 얼굴이 어찌나 창백하게 변했던지 주근깨가 갈색 점처럼 선명하게 드러났다. 그는 입술을 깨물며 서 있었다.

"이건 사냥부대의 소관이야."

나머지 소년들은 숨을 죽이고 지켜보았다. 새끼돼지는 자기가 난감하게 거기에 얽혀든 것을 깨닫고 랠프의 무릎 위에 소라를 올려놓고 앉았다. 숨 막히는 정적 속에서 랠프는 숨을 죽였다.

"이번 일은 사냥부대 소관 이상의 것이야."

마침내 랠프가 입을 열었다.

"짐승의 발자국을 좇을 수 없기 때문이야. 게다가 너는 구조받고 싶지 않단 말이야?"

그는 모두에게 눈길을 돌렸다.

"너희 모두는 구조받기를 원하지 않니?"

그는 다시 잭을 향해 말했다.

"전에도 말했지만 봉화가 제일 중요해. 지금쯤 봉화가 꺼졌겠다."

해묵은 분노가 그에게 공격할 힘을 부여한 셈이었다.

"그래, 아무도 그만한 지각이 없단 말이야? 봉화에다 다시 불을 붙여야 해. 잭, 너는 그런 생각을 하지 않았지? 너희들은 모두 구조받기를 원하지 않는 거니?"

물론 그들도 구조되기를 원했다. 그것은 의심할 여지가 없었다. 상황이 랠프 쪽으로 유리하게 돌아갈 위기는 지나갔다. 새끼돼지는 힘껏 숨을 몰아쉬고 다시 소라를 잡으려고 손을 내밀었지만 허사였다. 그는 통나무에 걸려 입을 딱 벌리고 넘어졌다. 푸른 그림자가 입언저리에 나타났다. 아무도 그에게 신경 쓰지 않았다.

"잭, 생각해 봐. 네가 이 섬에서 가보지 않은 데가 있니?"

마지못해 잭이 대답했다.

"한 군데가 있긴 해……. 하지만 확실해! 기억나지? 바위들이 층층으로 쌓여 있는 섬의 꼬리 부분 말야. 거긴 못 가봤어. 바위가 다리 모양을 하고 있는데, 안 가본 데는 거기밖에 없어."

"그 짐승이 거기에 살고 있을지 모르겠군."

모두 한꺼번에 입을 열었다.

"맞아! 옳은 말이야. 우리가 뒤져야 할 곳은 거기야. 만일 그 짐승이 거기에 없으면 산으로 올라가서 살펴보기로 하자. 그리고 봉화에다 불을 피우고……."

"가자."

"우선 음식을 먹고 나서 가자."

랠프가 말을 일단 끊었다.

"창을 가지고 가는 것이 좋을 거야."

음식을 먹고 나서 랠프와 큰 아이들은 모래사장을 따라 출발했다. 뒤에 남은 새끼돼지는 바위판 위에 서 있었다. 오늘도 푸른 천장 같은 하늘 밑에서 일광욕이나 해야 할 모양이다. 앞에는 완만한 곡선을 그리며 모래사장이 뻗어나가 마침내 한 지점에서 숲과 만나고 있었다. 아직 이른 아침이었기 때문에 아른거리는 신기루의 베일이 윤곽을 흐릿하게 만들지도 않았다. 랠프의 지휘에 따라 일행은 저 밑으로 깔린 뜨거운 모래밭보다는 야자수가 늘어선 높은 지면을 따라 조심스럽게 전진하고 있었다. 그는 잭에게 길을 안내하도록 했다. 18미터 밖의 적이라면 쉽사리 식별할 수 있는데도 잭은 연극처럼 경계 태세를 취하고 걸어갔다. 랠프는 잠시나마 책임을 벗어버린 것을 후련하게 생각하며 꽁무니에서 걸었다.

랠프의 앞에서 걷던 사이먼은 도무지 믿기 어려운 일이라고 생각했다. 할퀴는 발톱이 있고, 산정에 앉아 있으며, 발자국도 남기지 않는데, 샘과 에릭을 잡을 수 없을 정도로 빠르지도 않은 짐승이라…… 믿기지 않았다. 그 짐승을 아무리 머릿속에 그려보아도 사이먼의 의식 속에 떠오르는 것은 영웅적이며 동시에 병든 인간의 모습뿐이었다.

그는 한숨을 쉬었다. 다른 아이들은 회의 때 좌중을 향해 이야기할 수 있다. 적어도 겉으로 보기엔 그들은 많은 사람 앞이라는 것을 두려워하지 않고 마치 한 사람에게 이야기하듯 자신의 소신을 발표했다. 그는 한 발짝 비켜서서 뒤를 돌아보았다. 랠프가 어깨 위에 창을 메고 뒤따라오고 있었다. 수줍은 태도로 사이먼은 걸음을 늦추어 랠프와 나란히 걸었다. 다시 눈을 가릴 만큼 길게 자란 머리칼 사이로 랠프를 바라보았다. 랠프는 사이먼을 힐끗 바라보며 전에 사이먼이 저지른 잘못을 모두 잊었다는 듯이 억지로 미소하고는 다시 눈길을 허공에 멍하니 고정했다. 한순간 사이먼은 그가 자기 마음을 알아주었다고 기쁘게 생각하고 자기 자신에 대한 이런저런 생각을 그만두었다. 사이먼이 나무에 부딪히자 랠프는 초조한 거동으로 다른 곳을 쳐다보았고 로버트는 킬킬거리고 웃었다. 사이먼은 비틀거렸다. 이마에 흰 점이 생기더니 빨갛게 되어 가지고 핏방울을 떨어뜨렸다. 랠프는 사이먼에 대한 생각을 털어버리고 지옥처럼 괴로운 자기 자신의 세계로 돌아왔다. 그들은 언젠가 성채에 당도할 것이다. 그때는 대장이 맨 앞에서 전진해 가야 하리라.

잭이 빠른 걸음으로 돌아왔다.

"이제 보이는 곳에 왔어."

"알았어. 될수록 서로 가까이 붙어 가자."

그는 지대가 약간 솟아 있는 곳에 자리한 성곽을 향해 잭의 뒤를 따라갔다. 그들의 왼쪽에는 덩굴과 나무들이 빽빽하게 얽혀 있었다.

"저 속에 아무것도 없을까?"

"들락날락하는 게 아무것도 없잖아."

"그럼 저 성채는?"

"봐."

랠프는 병풍같이 앞을 가린 풀을 헤치고 내다보았다. 돌이 깔린 지면은 불과 몇 야드밖에 되지 않았다. 그다음부터는 섬의 좌우 양편이 거의 합류되는 지형을 이루고 있었다. 응당 돌출부의 꼭대기를 예상케 하는 지형이었다. 그러나 그 대신 너비가 몇 미터에다 길이가 14미터쯤 되는 좁은 암반이 섬에서 바다 쪽으로 뻗어나가고 있었다. 이 섬 구조의 기초를 이루는 분홍색의 네모난 바위가 또 하나 있었다. 30미터는 될 법한 성채의 이쪽 면은 그들이 전에 산정에서 보았던 분홍색 요새의 정체였다. 절벽을 이룬 바위는 금이 가 있었고 꼭대기에는 당장이라도 굴러내릴 것만 같은 거대한 바위가 어지럽게 널려 있었다.

랠프의 뒤로 키가 크게 자란 풀섶에는 사냥부대가 숨을 죽이고 숨어 있었다. 랠프가 잭을 바라보았다.

"너는 사냥부대의 일원이야."

잭은 얼굴을 붉혔다.

"나도 그건 알아."

랠프의 의식 깊은 곳에 자리한 무엇인가가 랠프를 대신해서 말했다.

"내가 대장이야. 내가 가겠어. 반대하지 마."

그는 다른 소년들을 향해 말했다.

"너희들은 여기에 숨어 있어. 내가 올 때까지 기다려."

그의 목소리가 속으로 기어들거나 아니면 고함으로 변하리라는 느낌이 들었다. 그는 잭을 향해 말했다.

"네 생각은?"

잭이 중얼거렸다.

"나는 다른 곳은 안 가 본 데가 없어. 여기가 틀림없어."

"알았어."

사이먼이 당황해 웅얼거렸다.

"난 짐승이 있다고 믿지 않아."

랠프는 마치 날씨에 대한 이야기에 맞장구라도 치듯이 그의 말에 상냥하게 응답했다.

"나도 그래."

굳게 다문 그의 입은 창백했다. 그는 머리를 천천히 위로 쓸어 넘겼다.

"자, 잘 있어. 갔다 올게."

힘을 들여 겨우겨우 나아가자 마침내 좁은 길목이 나왔다.

그는 텅 빈 대기의 갈라진 틈 같은 것에 사방으로 포위당한 느낌이었다. 몸을 감출 곳이 없었고, 더 나아갈 필요도 없는 곳 같았다. 그는 좁은 길목에서 걸음을 멈추고 아래를 내려다보았다. 오래지 않아 몇 세기 후의 일이겠지만, 바다는 이 성채를 고립시킬 것이라는 생각이 들었다. 오른쪽에는 망망한 대양이 성가시게 지분거리는 초호가 있었다. 왼쪽에는…….

랠프는 몸서리쳤다. 태평양으로부터 그들을 보호해주는 것은 바로 그 초호였다. 또한 어떠한 이유 때문에서이든, 초호가 없는 반대편의 물가까지 내려가본 사람은 잭뿐이었다. 이제 그는 부풀어오르는 거대한 파도를 육지에서 바라보고 있었다. 그 파도는 거구의 생물이 호흡하는 모습 같았다. 바닷물이 서서히 산호초 사이로 잠기면 분홍색 화강암의 암반이 보이고 산호, 폴립*, 해초 등의 야릇한 덩어리가 드러났다. 바닷물이 숲의 꼭대기를 스쳐가는 바람처럼 속삭이며 빨려 나가면서 수위(水位)가 차츰 낮아졌다. 마치 탁자같이

---

* 군체를 이루는 산호 등의 개체

펼쳐진 넙적한 바위가 하나 있었다.

해초가 붙어 있는 그 바위의 네 개의 면을 바닷물이 핥듯이 떨어져 내리는 품이 흡사 절벽 같았다. 순간, 잠자고 있던 거대한 바다라는 짐승이 숨을 뿜어냈다. 그러자 해면이 부풀어올라 해초가 유선형으로 요동치고 탁자 모양의 암반 위에서는 바닷물이 포효하며 거품을 내뿜었다. 파도가 밀려왔다 밀려가는 것에는 아무런 의미도 없어 보였다. 다만 시시각각 떨어졌다 솟구치고 다시 떨어진다는 의미밖에. 랠프는 붉은 절벽 쪽으로 몸을 돌렸다. 그의 뒤쪽의 키가 크게 자란 풀섶에는 그가 어떻게 하나 보려고 소년들이 대기하고 있었다. 그의 손바닥에 난 식은땀이 싸늘했다. 자신은 정말로 짐승과 맞닥뜨리는 것을 원하지 않으며, 실제로 맞닥뜨린다 해도 자신으로서는 어떻게 할 수 없는 입장임을 깨닫고 랠프는 난감했다.

그 절벽을 기어오를 수는 있지만 그럴 필요가 없을 것 같았다. 바위가 네모져 있어서 절벽을 에워싼 일종의 대석을 이루고 있었다. 따라서 오른쪽으로 초호를 내려다보면서 바위턱을 따라 나아가면 모퉁이를 돌게 되고 그렇게 되면 이쪽에서는 보이지 않는 곳으로 들어설 수가 있는 것이다. 그것은 쉬운 일이었다. 이내 그는 바위 모퉁이를 돌아 건너편에서 주위를 살펴볼 수 있었다.

예측한 대로였다. 구아노*가 붙어 있는 분홍색 바위가 나뒹구는데, 그것들의 윗부분은 과자에 입힌 설탕 같았다. 부서진 바위로 경사가 급하게 이어졌고 요새의 정상에는 온통 바위가 뒤덮여 있다.

---

* 바닷새의 배설물이 쌓여 굳어진 바위

등 뒤에서 무슨 소리가 나기에 랠프는 몸을 돌렸다. 잭이 바위턱을 따라 아슬아슬하게 전진해오고 있었다.

"너 혼자에게만 맡겨 둘 수가 없었어."

랠프는 아무 말도 하지 않았다. 그는 그냥 바위 위로 길을 안내했다. 일종의 굴 같은 곳을 살폈지만 그곳에는 한 무더기의 썩은 새알밖에는 아무것도 없었다. 무시무시한 것이라곤 전혀 없었다. 마침내 그는 걸터앉아 주위를 둘러보고 창끝으로 바위를 두드려보았다.

잭은 신나는 모양이었다.

"요새로서는 최고야!"

물기둥처럼 치솟으며 부서지는 파도가 그들의 몸을 적셨다.

"밀물이 없겠는걸."

"저건 뭐야?"

바위의 중턱에 초록색으로 길게 뻗은 얼룩이 보였다. 그들은 올라가서 떨어지는 물을 맛보았다.

"여기에다 야자껍질을 갖다 놓으면 언제나 물을 받을 수 있겠다."

"난 싫어. 이곳은 기분 나쁜 장소야."

그들은 꼭대기에 부서진 바위가 있는 마지막 절벽을 나란히 올라갔다. 올라갈수록 좁아졌다. 잭이 가까이에 있는 돌을 주먹으로 치자 그 돌은 약간 삐걱거리는 소리를 냈다.

"저, 기억나니?"

어려웠던 때의 기억이 두 소년의 의식 속에 되살아나고 있었다.

"저 밑에다 야자수 줄기를 지렛대처럼 박아놓았다가 적이 쳐들어오면…… 저 봐!"

그들이 위치한 곳에서 30미터 정도 아래쪽에 좁은 통로가 있고 다음엔 돌투성이의 지면이었다. 그다음엔 소년들의 머리가 총총히 숨어 있는 풀밭이 있었고 그 뒤로는 숲이었다.

"지렛대를 들기만 하면 단박에 박살 나는 거야. 휘!"

잭이 신나서 외쳤다. 그는 손으로 돌을 굴리는 시늉을 해 보였다.

랠프는 산 쪽을 바라보았다.

"무슨 일이지?"

랠프가 뒤돌아보았다.

"왜?"

"네가 바라보고 있으니까 하는 소리야. 난 네가 산 위를 보는 이유를 모르겠어."

"봉화가 올라가지 않는구나. 신호가 안 보여."

"너는 봉화에 미쳤구나."

팽팽한 푸른 수평선이 그들을 에워싸고 있었고, 그것이 끊어진 곳은 산꼭대기뿐이었다.

"우리가 의지할 것은 그것뿐이야."

그는 흔들리는 바위에 창을 기대 세워놓고는 머리를 쓸어 넘겼다.

"돌아가서 산에 올라가 보자. 그 애들이 짐승을 본 곳은 거기니까."

"짐승은 거기 없어."

"그럼 우리가 뭘 어떻게 하겠어?"

풀섶에서 그들을 기다리던 소년들은 잭과 랠프가 무사한 것을 보고 햇볕 속으로 몸을 드러냈다. 그들은 탐험의 흥분에 싸여 짐승에 대한 일은 까맣게 잊었다. 떼 지어 다리를 건너 곧바로 함성을 지르며 바위를 올라왔다. 랠프는 한 손을 거대한 붉은색 바위에 기대섰다. 그 바위는 물레방아만 한 크기였는데, 더 큰 바위에서 떨어져나와 흔들흔들 매달린 셈이었다. 랠프는 침울하게 산을 바라보았다. 주먹을 쥐고 오른편에 있는 붉은 암벽을 망치질하듯 두드렸다. 입은 굳게 다물었고, 머리카락에 가린 눈은 무엇인가를 간절히 염원하고 있었다.

"연기를 올려야 해."

그는 상처 난 주먹의 피를 빨았다.

"잭, 가자."

그러나 잭은 그곳에 없었다. 그때까지 랠프는 알아차리지 못했는데, 소년들이 큰 소리를 지르며 바위 한 개를 밀고 있었다. 돌아보는 순간 커다란 바위는 소리를 내며 바다 속으로 들어갔다. 천둥 같은 소리를 내며 물기둥이 절벽 중간까지 치솟았다.

"그만 해, 그만!"

그의 목소리에 모두들 조용해졌다.

"연기를 피워야지."

그의 머리에서 이상한 현상이 일어나고 있었다. 그의 머릿속에서 마치 박쥐의 날개처럼 무엇인가가 잽싸게 퍼덕이더니 그의 생각을 흐릿하게 만들고 있었다.

"연기를 올려야지."

이내 예의 그 생각이 다시 떠올랐고 또다시 분노가 치밀었다.

"우리에겐 연기가 필요해. 너희들은 시간을 낭비하고 있는 거야. 바위나 굴리고."

"시간은 많아!" 하고 로저가 외쳤다.

랠프는 고개를 저었다.

"우리는 산으로 간다."

요란한 함성이 터져나왔다. 어떤 아이는 모래사장으로 되돌아가기를 원했다. 다른 아이들은 바위를 더 굴려 떨어뜨리고 싶어 했다. 햇빛은 눈부시게 빛났고, 위험도 어둠과 함께 잊혀졌다.

"잭, 그 짐승은 저쪽 반대편에 있을지도 몰라. 다시 앞장서. 전에 가본 적이 있다니까."

"바닷가를 따라가는 것이 좋을 거야. 과일도 있으니까."

빌이 랠프에게 다가섰다.

"여기 좀 더 있다 가면 어때?"

"안 돼."

"요새를 만들자."

"여기는 먹을 것도 없고 오두막도 없어" 하고 랠프가 말했다.

"밀물도 많지 않아."

"멋있는 요새가 될 텐데."

"바위도 굴릴 수 있고."

"다리 바로 위에……."

"떠나자니까."

랠프의 음성에 분노가 서려 있었다.

"우리는 분명히 확인할 필요가 있어. 자, 가자."

"여기 있기로 하자."

"오두막으로 돌아가."

"난 피곤해."

"그만!"

랠프가 주먹으로 바위를 쳤다. 허물이 벗겨졌지만 아픈 줄 몰랐다.

"내가 대장이야. 우리는 분명하게 확인할 필요가 있어. 산이 보이지 않는단 말이니? 봉화가 올라가지 않잖아. 저 바다 밖에 배가 있을지도 몰라. 모두들 정신이 나갔니?"

소년들은 반란을 일으키듯 잠자코 있었고 투덜대기도 했다.

잭이 앞장섰고 그들은 바위를 내려가 다리를 건넜다.

그림자와 큰 나무

섬 반대편의 물가에 아무렇게나 나뒹구는 바윗돌 가까이에 멧돼지가 다니는 길이 있었다. 그 길을 따라 앞장서 가는 잭의 뒤를 걷는 랠프는 만족스러웠다. 바다가 서서히 빨려 내려갔다가 다시 끓어오르는 소리에 귀를 막을 수 있다면, 또 길 양편에 펼쳐진 양치류 덤불의 어두움과, 이곳이 인적 없는 외딴곳이라는 것을 잊을 수 있다면 짐승에 관한 일도 머리에서 지워버리고 잠시 동안 꿈을 꿀 수도 있으리라. 정오를 지나 태양은 기울기 시작했고 오후의 열기가 이섬을 포위하듯 조여들고 있었다. 랠프는 과일이 있는 곳에 이르자 앞장선 잭에게 전갈을 보냈고 일행은 걸음을 멈추고 과일을 따 먹었다.

자리에 앉자 랠프는 처음으로 그날의 더위를 느꼈다. 그는 불쾌한 듯 회색 셔츠를 잡아당겨보고 큰맘 먹고 빨래를 해볼까 생각했다. 이 섬의 날씨치고는 유별난 더위 속에 앉아서 랠프는 자신의 몸

치장을 계획해보았다. 가위가 있으면 이놈의 머리를……. 그러면서 머리카락을 쓸어 넘겼다. 이 더러운 머리를 싹둑 잘라서 1, 2센티 정도로 짧게 하고 싶었다. 목욕, 그것도 비누칠을 하고 탕에 들어가서 깨끗이 씻어내고 싶었다. 그는 시험 삼아 혀로 이빨을 핥아보았다. 그러고는 칫솔을 구할 수 있으면 오죽이나 좋을까 생각했다. 그리고 또 손톱이란 놈이…….

랠프는 손을 펴서 손톱을 보았다. 손톱 밑의 생살까지 이빨로 물어뜯겨 있었다. 손톱을 물어뜯는 이 버릇이 언제부터 다시 시작됐는지, 또 자기도 모르는 사이에 언제 그렇게 열심히 물어뜯게 됐는지 기억할 수가 없었다.

"이러다간 엄지손가락까지 빨게 되겠군."

그는 은밀하게 주위를 둘러보았다. 아무도 그의 중얼거림을 들은 것 같지 않았다. 사냥부대는 앉아서 힘들이지 않고 구한 과일로 배를 채우고 있었다. 바나나, 올리브빛이 도는 회색 젤리 같은 과일 등을 실컷 먹었다는 사실을 스스로 확신시키려는 것 같았다. 랠프는 예전에 자기 몸이 깨끗했던 때를 기준 삼아 현재의 자기 손을 들여다보았다. 손은 지저분했다. 그러나 비 오는 날 진흙탕에 빠졌다든가 굴렀다든가 했을 경우에 볼 수 있는 더러움과는 전혀 질이 달랐다. 샤워 한 번으로 가셔질 더러움이 아니었다. 머리카락은 이제 많이 자라서 여기저기 얽혀 있고, 마른 잎이나 잔가지들이 머리카락에 엉겨서 매듭을 짓고 있었다.

얼굴은 무얼 먹거나 땀을 씻는 행위 덕분에 꽤 깨끗한 편이었지만 손이 닿지 않는 구석은 일종의 그림자를 만들고 있었다. 자기 옷도 예외가 될 수 없었지만 옷은 전부 해어지고, 땀으로 빳빳해졌다.

예의를 갖추거나 편리를 도모하기 위해서가 아니라 그냥 관습에 따라 입는 것이었다. 살갗에는 소금물이 말라붙어 비듬같이 엉겨 있었다.

이러한 상태를 이제껏 정상으로 여기고 전혀 신경 쓰지 않았다는 것을 깨닫고는 가슴이 철렁했다. 그는 한숨을 내쉬고 과일을 따낸 가지를 제자리로 밀어놓았다. 이미 사냥부대는 숲속이나 바위 근처에서 자신들의 임무를 수행하고 있었다. 랠프는 고개를 돌려 바다를 바라보았다.

섬의 반대편에 해당하는 이곳의 경치는 판이했다. 아롱아롱하는 신기루의 마력도 차가운 대양의 물을 견디지 못했고 선명하게 잘려진 듯한 수평선은 푸르기만 했다. 랠프는 암초 쪽으로 어슬렁어슬렁 내려갔다. 여기까지 내려오니 해면과 같은 높이에서 심해의 파도가 끊임없이 부풀어오르며 흘러가는 것을 볼 수 있었다. 파도의 넓이는 5킬로미터가량이나 되기 때문에 얕은 바다의 물결이나 사주(砂洲)에 들어오는 물결과는 전혀 별개의 것이었다. 이 파도는 섬 전체의 길이만큼 펼쳐져 있고 섬 같은 것은 아랑곳할 바가 아니라는 듯이 밀려왔다가는 다른 볼일을 찾아나서는 것 같았다. 밀려온다기보다 대양 전체가 타성으로 솟구쳤다 내려갔다 한다고 말하는 편이 옳을 것이다. 이윽고 바다는 밑으로 빨려 내려갔다. 그리하여 빠져나가는 물 때문에 크고 작은 폭포를 만들고 산호초보다 깊숙하게 잠기면서 윤기 나는 머리카락 같은 해초를 바위에 부착시켰다. 잠깐 쉬는 것 같더니 포효하면서 기세를 올려 다시 부풀어올라와 바위 사이의 틈으로 팔이라도 벌리듯 물결을 보내고, 그로부터 1미터가량 떨어진 곳에서는 팔에 달린 손가락 같은 물거품을 뿜어내는 것으로 막을 내렸다.

랠프는 이어지는 물결의 기복을 눈으로 쫓았다. 그러자 망망한 바다가 그의 머리를 멍하게 만들었고, 그러다가는 바다의 무한한 광활함이 그의 주의를 끌었다. 이 바다는 두 세계의 경계선이면서 장벽이었다. 모래사장이 있는 섬 저쪽에서는 낮에는 신기루에 싸이고, 고요한 초호가 방패처럼 보호해주기 때문에 누구나 구조의 희망을 품을 수 있었다. 그러나 잔인한 이 대양의 매정함과 몇 마일이나 뻗어 있는 경계선을 대하게 되는 이곳에서는 누구나 위축되고 무기력해지고 저주를 받게 되고…….

사이먼이 그의 귀에 입을 바짝 댄 채 이야기하고 있었다. 랠프는 몸통을 활처럼 굽힌 채 양손으로 바위를 힘껏 쥐고 있었다. 목덜미의 근육은 굳어 있고 입은 억지로 벌리고 있는 듯한 자신을 인식했다.

"너는 고향으로 돌아가게 될 거야."

이렇게 말하면서 사이먼은 고개를 끄덕였다. 사이먼은 한쪽 무릎을 꿇고 두 손으로 높은 바위를 움켜잡은 자세로 랠프에게 이야기하고 있었던 것이다. 그의 한쪽 다리는 랠프가 있는 곳까지 늘어뜨렸다.

랠프는 당황해서 무슨 단서라도 찾으려는 듯이 사이먼의 얼굴을 자세히 살폈다.

"너무 커. 이 바다는……."

사이먼은 고개를 끄덕였다.

"그래. 틀림없이 넌 돌아가게 될 거야. 아무튼 그런 생각이 들어."

랠프의 몸에서 긴장이 풀렸다. 그는 바다를 힐끗 쳐다보고 나서 사이먼을 향해 쓰디쓴 미소를 지어 보였다.

"네 주머니에 배라도 들어 있니?"

사이먼은 환하게 웃으며 고개를 저었다.

"그러면서 그걸 어떻게 알지?"

사이먼이 좀처럼 입을 열지 않자 랠프는 퉁명스럽게 말했다.

"넌 돌았구나."

사이먼이 머리를 어찌나 세차게 가로저었던지 더러운 검은 머리가 앞뒤로 흔들리며 얼굴을 가렸다.

"아냐. 돌지 않았어. 너는 무사히 고향에 돌아가게 될 거라고 막연히 생각한 것뿐이야. 이유는 없어."

잠시 아무 말도 오가지 않았다. 그러다가 갑자기 두 소년은 서로에게 미소를 던졌다.

로저가 덤불 속에서 외쳤다.

"이리 와봐."

멧돼지 통로 근처가 파헤쳐져 있고 아직 김이 나는 똥이 그곳에 있었다. 잭은 그 똥이 사랑스럽기라도 한 듯 그것을 향해 상체를 굽혔다.

"랠프, 우리가 다른 짐승을 찾고 있긴 해도 역시 고기는 필요해."

"딴전을 피우지 않겠다면 사냥하기로 한다."

그들은 다시 출발했다. 이제껏 언급된 짐승에 대한 공포심 때문에 사냥부대들은 서로 바싹 붙어 있었고 잭이 앞장서서 멧돼지의 뒤를 쫓았다. 그들은 랠프가 생각했던 것보다 느리게 전진했다. 그러나 마음 한구석에서는 느릿느릿 움직이는 것이 오히려 다행스럽기도 했다. 랠프도 창을 안고 있었다. 잭이 전략상의 긴급 사태에 부딪치자 행렬은 발을 멈췄다. 랠프는 나무에 몸을 기댔다. 그러자 금세 백일몽이 다시 그의 의식을 뚫고 들어왔다. 사냥을 책임지고 있는 사람은 잭이고, 산에 오르려면 아직도 시간은 충분하다.

옛날, 채텀에서 데번포트까지 아버지를 따라가서 황무지 근처에서 산 적이 있었다. 그 후 랠프는 계속 집을 옮겨가며 살아봤지만, 식구들이 그 집에서 살게 된 후로 자신은 학교 기숙사에서 지내게 되었기 때문에 유독 그 집이 기억에 생생하게 남아 있었다. 그때는 엄마와 함께 지내던 시절이었고 아빠도 매일 집으로 귀가했다. 야생 망아지들이 정원 아래의 돌담에 와 있고 눈이 내리고 있었다. 집 뒤에는 일종의 헛간이 있었는데 그곳에 누워 눈송이가 소용돌이치며 내리는 것을 바라보았다. 눈송이가 땅에 떨어져 녹아 없어진 곳에 축축한 땅도 보였다. 그곳에서는 첫 눈송이가 땅에 떨어져서 녹지 않고 그대로 남아 있는 것을 볼 수도 있었고 마당 전체가 하얗게 눈으로 덮이는 것도 볼 수가 있었다. 추우면 집 안으로 들어가서 창 너머로 밖을 내다보았다. 창가에는 밝은 구리 주전자와 조그만 사람의 모습이 그려져 있는 푸른색 접시가 늘어서 있었다.

잠자리에 들기 전에는 설탕과 크림을 넣은 콘플레이크 한 그릇을 먹었다. 그리고 책이 있었다. 책은 침대 곁의 책꽂이에 꽂혀 있었는데 그가 보고 난 뒤 제자리에 갖다 꽂지 않아서 맨 위의 두세 권은 함께 포개져서 자빠져 있었다. 책은 겉장이 너덜너덜했고 닳아 있었다. '톱시'와 '몹시'에 관한 얘기가 들어 있는 번쩍번쩍 빛나는 책이 한 권 있었는데, 그것은 계집애들에 관한 이야기여서 그는 읽지 않았다. 마법사에 관한 책이 있었는데, 일종의 섬뜩한 공포를 느끼며 읽는 책이었다. 그는 섬뜩한 거미 그림이 있는 27페이지는 그냥 건너뛰었다. 이집트에서 여러 가지 유물을 발굴한 사람에 관한 책도 있었다.《어린이를 위한 기차》,《어린이를 위한 배》라는 제목이 붙은 책도 있었다. 이러한 것들이 그의 기억에 생생하게 떠올랐다. 손을 뻗으면 닿을 것 같았다.《어린이를 위한 매머드 이야기》라는 책의 무게가 나타났다가 다시 사라지는 영상을 느낄 수 있었다……. 그때는 모든 것이 제대로 돌아가고 있었다. 모든 것이 즐겁고 정다웠다.

그들 앞에 있는 잡목림에서 요란스러운 소리가 났다. 소년들은 멧돼지 통로로부터 비명을 지르며 흩어져 덩굴 속으로 몰려들어갔다. 랠프는 잭이 옆으로 피하면서 넘어지는 것을 보았다. 그때 통로를 따라 그를 향해 한 동물이 달려오고 있었다. 뿔 같은 어금니를 번뜩이고 위협하듯 으르렁거리고 있었다. 랠프는 침착하게 거리를 재고 겨냥했다. 멧돼지가 불과 5미터 앞까지 접근했을 때 그는 가지고 있던 나무 막대기를 던졌다. 그것이 멧돼지의 코에 맞고 잠시 그곳에 매달려 있었다. 멧돼지의 소리는 이제 꽥꽥거리는 비명으로 바뀌었고 그놈은 방향을 바꿔 숲으로 들어갔다. 멧돼지의 통로는 다시 소년들의 함성으로 가득 찼다. 잭은 돌아와서 덤불을 쑤시며 돌아다녔다.

"여기를 통과해서……."

"다시 우리에게 덤벼올 거야."

"여기를 지나갔다니까……."

숫멧돼지는 그들에게서 허둥지둥 달아난 것이다. 그들은 지금까지 더듬어 온 멧돼지 통로와 나란히 또 다른 통로가 있다는 걸 알아냈다. 잭이 뒤쫓았다. 랠프의 마음은 공포와 염려와 자부심으로 가득했다.

"내가 멧돼지를 맞혔어. 창이 꽂혔어!"

더 나아가 보니 뜻밖에도 해변의 넓은 장소로 나오게 되었다. 잭은 헐벗은 바위를 바라보며 걱정스러운 표정을 지었다.

"도망쳤어."

"내가 맞혔어."

랠프가 다시 말했다.

"창이 약간 꽂혀 있었어."

그는 증인이 필요하다고 느꼈다.

"너, 내가 하는 것 봤지?"

모리스가 고개를 끄덕였다.

"봤어. 코에 가서 정통으로 맞았어. 멋있었어."

랠프는 신이 나서 이야기를 계속했다.

"난 제대로 맞혔어. 창이 제대로 꽂혔거든. 내가 상처를 입힌 거야!"

그는 소년들에게서 새로운 존경의 빛을 마음껏 즐기며 사냥도 괜찮은 것이라고 느꼈다.

"내가 정확히 한 방 먹였어. 내 생각엔 그게 우리가 말하던 그 짐승이었던 것 같아."

잭이 돌아왔다.

"그건 그 짐승이 아냐. 그건 숫멧돼지일 뿐이야."

"내가 맞혔어."

"왜 그놈을 붙잡지 못했니? 나는 붙잡으려고 했는데……."

랠프의 목소리가 커졌다.

"숫멧돼지야!"

잭은 갑자기 얼굴을 붉혔다.

"그것이 우리에게 덤벼들 거라고 그랬지? 그런데 왜 창을 던졌지? 왜 더 기다리지 않았지?"

그는 팔을 내밀었다.

"이걸 봐."

그는 그들 모두가 보도록 왼쪽 팔을 내밀었다. 바깥쪽으로 상처가 있었다. 큰 상처는 아니지만 피가 흐르고 있었다.

"그 어금니에 당한 거야. 창으로 찌를 겨를도 없었어."

모든 시선이 잭에게로 집중되었다.

"상처잖아."

사이먼이 말했다.

"거기를 빨아내야 해. 베렝가리아*처럼."

잭은 그곳을 빨았다.

"내가 맞혔어."

랠프가 분개한 목소리로 말했다.

"내 창으로 맞혀서 상처를 입혔단 말야."

그는 소년들의 주의를 환기하려 했다.

"그게 통로를 따라 달려오고 있었거든. 나는 던졌어. 이렇게."

로버트가 그를 향해 멧돼지처럼 으르렁거렸다. 랠프도 그 장난을

---

*   영국 리처드 1세의 왕비

받아 던지는 시늉을 했다. 모두들 웃음을 터뜨렸다. 곧 그들은 덤벼드는 로버트를 마구 찌르는 시늉을 했다.

"포위해!"

잭이 소리쳤다.

둘러선 원은 좁아졌다. 로버트는 공포에 질린 시늉을 하면서 비명을 지르다가 다음 순간 정말 아파서 비명을 올렸다.

"오! 그만 해! 다치겠어!"

그가 에워싼 소년들 사이에서 허우적거리고 있을 때 창의 손잡이 부분이 그의 등에 와 닿았다.

"이놈을 잡아!"

모두 덤벼들어 그의 팔다리를 잡았다. 갑작스레 진한 흥분에 매료된 랠프는 에릭의 창을 잡아채서 그것으로 로버트를 찔렀다.

"이놈을 죽여! 이놈을 죽여!"

갑자기 로버트는 비명을 지르며 미친 듯이 몸부림쳤다. 잭이 그의 머리채를 잡고 칼을 휘둘렀다. 그의 뒤에서는 로저가 덤벼들려고 안간힘을 썼다. 춤이나 사냥이 끝나는 순간처럼 의식(儀式)조의 합창이 시작되었다.

"멧돼지를 죽여라! 목을 따라! 멧돼지를 죽여라! 때려잡아라!"

랠프도 더 가까이 접근하려고 애를 썼다. 갈색의 연한 살점을 한 줌 얻고 싶었다. 상대를 비틀고 상처를 입히고 싶은 욕망이 용솟음쳤다.

잭의 팔이 내려졌다. 생동하는 원을 이룬 소년들은 환호하며 돼지 멱 따는 소리를 냈다. 그러고는 조용히 바닥에 누워서 헐떡이며 겁에 질린 로버트의 울음소리에 귀를 기울였다. 그는 더러운 팔로 얼굴을 문지르곤 자신의 체면을 회복하려고 애썼다.

"아이구, 엉덩이 아파!"

그는 원망의 눈초리로 엉덩이를 문질렀다. 잭이 땅에서 덤블링을 했다.

"참 재미있는 놀이였어."

"단순한 놀이였을 뿐이야."

랠프의 어조는 불안했다.

"나도 전에 한 번 럭비하다가 크게 다친 적이 있었어."

"북이 있어야겠다. 그럼 제대로 할 수 있을 텐데."

모리스가 말했다.

랠프가 그를 보았다.

"어떻게 하는 게 제대로 하는 건데?"

"잘 몰라. 우리에게 봉화가 필요하듯이 북도 필요하다고 생각해. 그럼 북소리에 따라서 장단을 맞출 것 아냐?"

"멧돼지가 필요해. 진짜 사냥에서처럼" 하고 로저가 말했다.

"그렇지 않으면 누가 멧돼지 노릇을 하든지" 하고 잭이 말했다.

"누가 멧돼지처럼 꾸미고, 가령 날 넘어뜨리는 시늉을 하면 되잖아?"

"진짜 멧돼지가 필요해."

아직껏 엉덩이를 어루만지면서 로버트가 말했다.

"진짜로 죽여봐야 되니까."

"꼬마를 써먹어" 하고 잭이 말하자 모두들 웃었다.

랠프는 일어나 앉았다.

"이런 속도로 나가다가는 우리가 찾는 것을 찾아내지 못할걸."

그들은 하나씩 일어나 넝마 같은 옷을 걸치고 매무새를 가다듬었다.

랠프가 잭을 바라보았다.

"이제 산으로 간다."

"새끼돼지한테 가야 되지 않을까? 어둡기 전에 말야."

모리스가 말했다.

쌍둥이가 한 몸뚱이처럼 고개를 끄덕였다.

"응, 그게 옳아. 산에는 내일 아침에 올라가고."

랠프는 바다를 내려다보았다.

"우리는 다시 봉화를 피워야 해."

"새끼돼지의 안경이 없는걸. 그러니 피울 수가 없어."

잭이 말했다.

"그럼 산에 장애물이 있는지 없는지 알아보러 가자."

모리스는 겁쟁이처럼 보이기 싫어서 머뭇거리면서 말했다.

"만약 그 위에 짐승이 있으면 어떻게 하지?"

잭이 칼을 휘둘렀다.

"죽이지."

햇볕이 좀 시원해졌다. 그는 창으로 후려치는 시늉을 했다.

"무얼 꾸물거리는 거야?"

"우리가 이쪽 바닷가를 따라가면 전번에 산불로 타버린 곳 바로 밑으로 나가게 될 거야. 거기선 산을 오를 수 있어" 하고 랠프가 말했다.

다시 잭이 앞장을 서서 눈부신 바다의 일렁이는 수면을 곁으로 하고 걸어갔다.

　고르지 못한 길은 익숙한 발걸음에 맡겨 두고 랠프는 다시 한번 꿈의 세계를 헤맸다. 그러나 이곳에서는 그의 익숙해진 발걸음도 전처럼 위력을 발휘하지 못했다. 도처에서 물가의 벌거벗은 바위에 부딪혔고 그럴 때마다 그 바위와 울창한 숲 사이로 비스듬히 헤쳐 나가야만 했다. 조그만 벼랑이 있으면 기어오르기도 하고 그냥 걸어서 넘어야 하는 경우도 있었고, 좀 긴 벼랑은 기어넘기도 했다. 여기저기에서 그들은 파도에 젖은 바위를 기어넘고 밀물이 빠질 때 만들어놓은 맑은 웅덩이는 뛰어넘었다. 그들은 좁은 바닷가의 통로를 방어진처럼 갈라놓은 깊은 웅덩이에 이르렀다. 그곳은 바닥도 없는 것 같았다. 그들은 물이 쿨쿨대며 소용돌이치는 어두운 구덩이 속을 들여다보며 겁에 질렸다. 그러자 파도가 몰려와서 그 웅덩이에서 바닷물이 솟구치고 물보라가 덩굴에까지 튀어올라 물벼락을 맞은 소년들이 비명을 질렀다. 그들은 수풀을 헤치고 가볼까 했으나 숲은 마치 새둥지처럼, 빽빽하게 직조된 피륙처럼 너무나 울창했다. 결국 그들은 물이 빠져나갈 때까지 기다렸다가 한 사람씩 그 웅덩이를 뛰어넘었다. 그런데도 몇 명은 또 물벼락을 맞았다. 그곳을 지나자 바위들은 지나갈 수 없을 정도로 점점 더 험해져서 그들은 잠시 앉아서 넝마같이 해어진 옷을 말리며 섬을 서서히 지나가는 물이랑의 윤곽을 지켜보았다. 곤충처럼 떠돌고 있는 작은 새들이 모여 있는 곳에 과일이 있었다. 그러나 걸음이 너무나 늦다고 랠프가 말했다. 그는 직접 나무에 올라가 차일처럼 드리워진 나뭇잎을 헤치고 산의 네모진 정상은 아직 멀었다는 것을 확인했다. 그래서 그들은 산호초를 따라 걸음을 재촉하려 했지만 로버트가 무릎을 크게 다쳐 안전하게 가려면 천천히 걷는 수밖에 없다는 것을 깨달았다. 그래서 그다음부터 그들은 위험한 산을 오르듯 조심스레 나아갔다. 급기야 산호초가 서슬이 푸른 어마어마한 절벽을 이룬 곳에 도달했다. 그 위는 울창한 정글이고 절벽 자체는 칼로 깎은 듯이 바다를 향하여 곤두박질하며 빠져드는 형세였다.

랠프는 무엇을 헤아리듯 태양을 바라보았다.

"아직 이른 저녁이군. 여하튼 차 마실 시간은 지났을 시각이야."

"난 이 절벽이 기억나지 않아."

잭이 풀이 죽어 말했다.

"그러니까 이곳은 내가 와보지 못한 해안임에 틀림없어."

랠프가 고개를 끄덕였다.

"자, 가만히 있자……."

이제 랠프는 여러 사람 앞에서 생각을 하는 것도 예사롭게 되었고, 나날의 결정을 내리는 것도 장기 두듯 쉽게 할 수 있었다. 다만 문제는 그가 장기에 능하지 못하다는 것이었다. 그는 꼬마들과 새끼돼지를 생각했다. 랠프는 혼자서 오두막 속에 웅크리고 앉아 있을 그의 모습을 생생하게 상상할 수 있었다. 오두막에는 악몽 속에서 지르는 잠꼬대 소리 이외에는 정적밖에 없을 것이다.

"우린 꼬마들을 새끼돼지에게만 맡겨 둘 순 없어. 밤새도록 말야."

다른 아이들은 아무 말없이 둘러서 그를 지켜보았다.

"돌아가려면 몇 시간이 걸릴 거야."

잭이 헛기침을 하더니 야릇하고 깐깐한 목소리로 말했다.

"새끼돼지에게 무슨 일이 생기게 내버려둬서는 안 돼. 그렇잖아?"

랠프는 에릭의 더러운 창끝으로 자신의 이를 가볍게 때렸다.

"우리가 횡단해서 간다면……."

그는 주위를 힐끗 쳐다보았다.

"누가 한 사람 섬을 횡단해 가서 우리가 어두워진 후에야 돌아가게 된다고 새끼돼지에게 일러주면 좋겠는데."

곧이들을 수 없다는 듯이 빌이 말했다.

"숲을 가로질러서? 혼자서? 지금?"

"한 사람밖에 보낼 수 없어."

사이먼이 소년들을 헤치고 랠프에게로 다가섰다.

"상관없다면 내가 가겠어. 난 무섭지 않아. 정말이야."

랠프가 대답할 여유도 주지 않고 그는 몸을 돌리며 힐끗 미소 짓고는 숲속으로 기어들어갔다.

랠프는 잭을 돌아보았다. 처음으로 화를 내며 그를 바라보았다.

"잭, 너는 그 전에 성채 바위까지 가보았지?"

잭은 눈살을 찌푸렸다.

"그래서 어쨌다는 거지?"

"너는 이 해안을 따라왔었지? 산 밑의 저기로 해서 왔겠지?"

"응."

"그리고 나선?"

"난 멧돼지 통로를 발견했어. 그건 여러 마일이나 뻗어 있었어."

"그렇다면 이 근처에 멧돼지 통로가 있겠군. 저기 아냐?"

랠프가 고개를 끄덕이며 숲을 손으로 가리켰다.

모두 고개를 끄덕였다.

"그럼 좋아. 강행군해서 그 멧돼지 통로를 찾아내기로 하자."

그는 한 걸음 내딛다가 멈춰 섰다.

"하지만 잠깐 기다려! 그 통로가 어디로 통해 있었지?"

"산으로 통해 있어."

잭이 냉소조로 말했다.

"정말이라니까. 넌 산으로 가고 싶지 않단 말이냐?"

랠프는 잭의 고조되는 적대감을 눈치채고 한숨을 내쉬었다. 앞장 서지 못하게 될 때마다 번번이 잭은 이런다는 것을 그는 깨달았다.

"나는 햇빛을 염두에 두고 있었던 거야. 어두워지면 허둥대다 넘 어진단 말야."

"우리는 짐승을 찾으러 나선 것 아냐?"

"어두워서 보이지 않을걸."

"그래도 나는 기꺼이 가겠어."

잭이 흥분해서 말했다.

"멧돼지 통로에 닿으면 산으로 갈 테야. 넌 안 갈래? 그보다 오두 막으로 돌아가 새끼돼지에게 보고나 할 셈이지?"

이번엔 랠프의 얼굴이 붉어질 차례였다. 그는 새끼돼지가 전에 그에게 일러준 이야기를 새삼스럽게 터득하고 절망적으로 말했다.

"어째서 넌 날 미워하지?"

어떤 점잖지 못한 이야기를 들은 것처럼 소년들은 불안하게 몸을 움직였다. 침묵이 계속되었다.

아직도 화가 풀리지 않은 랠프가 눈길을 다른 곳으로 돌렸다.

"자, 가자."

그는 앞장서서 엉켜 있는 덩굴식물을 마치 자신의 권리인 것처럼 헤치며 나아갔다. 잭은 선두를 빼앗기고 침울해져서 대열의 후미를 지키며 뒤따랐다.

큰 통로는 마치 어두운 터널 같았다. 이미 태양은 세상의 끝을 향해 빠른 속도로 미끄러지고 있어서 숲속은 그림자처럼 어두웠다. 통로는 널찍하고 많이 밟혀 있었으므로 그들은 빠른 걸음으로 달려 나갈 수 있었다. 나뭇잎이 지붕을 이룬 듯한 곳에 이르러 그들은 가쁜 숨을 몰아쉬며 발걸음을 멈췄다. 머리 위 나뭇잎이 벌어진 틈으로 산꼭대기에서 빛나고 있는 몇 개의 별이 보였다.

"이제부터 산이군."

소년들은 의아한 태도로 서로의 얼굴을 바라보았다. 랠프는 결정을 내렸다.

"곧장 바위판으로 갔다가 내일 산에 오르기로 하자."

그들은 찬성의 뜻으로 수군거렸다. 그러나 잭이 바로 옆에 와 섰다.

"겁이 나면 물론 그렇게 해야겠지……."

랠프가 그를 바라보았다.

"그 성채 바위에서 앞장선 게 누구였지?"

"거긴 나도 갔었어. 그리고 그땐 한낮이었구."

"좋아, 지금 곧 산에 오를 사람?"

침묵이 유일한 대답이었다.

"샘, 에릭, 너희들은 어때?"

"우리는 새끼돼지에게 돌아가서 전해야 하는데."

"그래, 그렇게 해."

"사이먼이 갔잖아!"

"우선 새끼돼지에게 알려야 해, 만약……."

"그래, 그럼 로버트, 너는? 그리고 빌은?"

그들은 이제 곧장 화강암 바위판으로 돌아가고 싶어 했다. 물론 겁이 나서가 아니라 지쳤기 때문이다.

랠프가 잭을 향해 말했다.

"알겠지?"

"난 산으로 올라가겠어."

악의에 찬 잭의 말이었다. 악담 같았다. 깡마른 몸에 힘을 주고 위협하듯 창을 든 채 그는 랠프를 바라보았다.

"난 짐승을 찾으러 산으로 올라가겠어, 지금 당장."

이어서 가시 돋친 듯한 말이, 예사로우면서도 신랄한 말이 튀어나왔다.

"가겠니?"

이 말에 다른 소년들은 오두막으로 돌아가고 싶은 충동을 잊고, 이 두 영혼이 새로운 갈등을 일으키는 것을 보려고 어둠 속에서 몸을 돌렸다. 그 말은 너무나 적절하고 너무나 신랄하고 너무나 효과적이어서 반복할 필요가 없었다. 오두막과 조용하고 정다운 초호의 물가로 돌아간다는 생각에 랠프의 정신이 해이해진 상태였기 때문에 이 말은 랠프를 기습한 것이나 마찬가지였다.

"가겠어."

냉정하고 예사롭게 자신의 목소리가 울려나오자 랠프 자신도 놀랐다. 그 바람에 잭의 가시 돋친 조롱도 아주 무력해지고 만 셈이었다.

"네가 가겠다면, 물론 나도 가지."

"응, 가자구."

잭이 한 걸음 떼어놓았다.

"자, 그럼."

소년들이 말없이 지켜보는 가운데 두 소년은 나란히 산을 오르기 시작했다.

랠프가 걸음을 멈췄다.

"이건 바보짓이야. 왜 둘이서만 가야 하지? 무엇인가 발견한다 해도 둘이서는 상대가 되지 않을 것 아냐?"

소년들이 허둥지둥 달아나는 소리가 들렸다. 그런데 놀랍게도 조수처럼 몰려가는 무리들 속에서 하나의 형체가 움직여왔다.

"로저 아냐?"

"그래."

"그럼 셋이 되는구나."

그들은 다시 산비탈을 올랐다. 어둠이 조수처럼 주위를 에워싸는 것 같았다. 아무 말도 하지 않던 잭이 숨이 막히는 듯 기침을 했다. 일진광풍이 불어와 세 소년은 모두 훌쩍였다. 랠프도 눈물 때문에 앞이 보이지 않았다.

"재야. 산불로 타버린 곳 근처에 와 있는 거야."

그들의 발자국과 이따금 불어오는 미풍이 작은 악령 같은 재티를 날리고 있었다. 그들이 다시 멈춰 섰을 때 랠프는 자신들이 지금 얼마나 어리석은 짓을 하고 있는가를 생각하며 기침했다. 만일 짐승이 없다면, 십중팔구 없겠지만 그럴 경우는 괜찮다. 그러나 만약 산정에서 무엇인가가 기다리고 있다면 세 사람이 어떻게 하겠단 말인가? 캄캄한 어둠 속에서 겨우 막대기 정도나 가지고 무엇을 할 수 있을 것인가?

"우린 바보짓을 하고 있어."

어둠 속에서 대답이 들려왔다.

"겁나니?"

신경질적으로 랠프는 몸을 흔들었다. 이건 모두가 잭 때문에 비롯된 일이었다.

"물론 겁나지. 어쨌든 우린 바보짓을 하고 있어."

"네가 가고 싶지 않다면 혼자 올라가겠어."

냉소적인 목소리였다.

랠프는 그러한 잭의 목소리를 듣고 그가 미워졌다. 눈을 찌르는 재티와 피로, 그리고 공포에 울화가 치밀었다.

"그럼 가봐. 우린 여기서 기다릴 테니."

침묵이 흘렀다.

"왜 안 가지? 겁이 나니?"

어둠 속의 점 하나, 잭의 모습이 떨어져 나가더니 멀어져갔다.

"알았어, 안녕."

그 검은 점이 사라지고 대신 다른 검은 점이 그 자리를 채웠다.

랠프는 자신의 무릎이 어떤 딱딱한 것과 부딪치는 것을 느꼈다. 그것은 날카롭게 느껴지는 숯으로 변한 나무줄기였다. 그는 그것을 흔들어보았다. 타다 남은 날카로운 숯등걸이 그의 무릎 뒤쪽을 날카롭게 찌르는 것을 느끼고 그는 로저가 앉아 있다는 것을 알았다. 랠프는 손으로 더듬어 로저 곁에 가서 앉았다. 나무줄기가 보이지 않는 잿더미 속에서 흔들리고 있었다. 원래 말이 없는 로저는 잠자코 있었다. 짐승에 대해서도 아무 의견을 말하지 않았으며 왜 이 터무니없는 탐험에 합세했는지도 전혀 말이 없었다. 그는 그냥 앉아서 나무줄기를 조용히 흔들고 있을 뿐이었다. 랠프는 신경질적으로 무엇을 두드리는 소리를 들었다. 그것은 로저가 그의 막대기로 무엇인가 두드리고 있는 것임을 깨달았다.

이렇게 랠프와 로저는 앉아 있었다. 흔들며 두드리며 앉아 있는, 속을 알 수 없는 로저와 약이 올라 있는 랠프. 그들 주위로 바짝 다가선 하늘은 산이 시커멓게 솟아 있는 언저리만을 제외하곤 별을 잔뜩 머금고 있었다.

위쪽에서 무엇인가가 미끄러지는 소리가 났다. 누군가가 바위나 잿더미 위로 성큼성큼 위태롭게 발걸음을 내딛는 소리였다. 곧 잭이 나타나 그들을 알아보았다. 잭은 사시나무 떨듯 온몸을 떨면서 거의 알아들을 수 없는 쉰 목소리로 말했다.

"난 꼭대기에서 그걸 보았어."

그들은 잭이 나무줄기에 부딪히는 소리를 들었다. 나무줄기가 요란하게 흔들렸다. 잠자코 잠시 누워 있다가 그는 중얼거렸다.

"잘 봐. 뒤따라오고 있을지도 몰라."

소나기 같은 잿가루가 그들 주위에 쏟아졌다. 잭이 일어나 앉았다.

"나는 그게 부풀어오르는 걸 보았어."

"헛것을 본 게 아냐?"

랠프가 떨리는 목소리로 말했다.

"부풀어오르는 물건이란 건 없어. 그런 생물은 없어."

로저가 입을 열었는데, 그들은 그를 까맣게 잊고 있었기 때문에 그의 소리에 깜짝 놀랐다.

"개구리가 있잖아?"

잭은 키들거리면서 몸서리쳤다.

"어쩌면 개구리인지도 모르겠군. 소리도 냈어. 펑 하는 소리 같았어. 그러더니 크게 부풀어오르잖아."

랠프도 놀랐다. 그의 목소리는 고요했는데 자기 목소리의 특이함 때문이 아니라 자신이 말한 의도가 허풍스러웠기 때문이다.

"그럼 가서 보자."

잭을 알게 된 뒤 랠프는 그가 처음으로 머뭇거리는 것을 눈치챌 수 있었다.

"지금?"

얼떨결에 나온 소리였다.

"물론이지."

랠프는 나무줄기에서 일어나 앞장서서 소리를 내는 타고 남은 숯 더미를 가로질러 어둠 속을 헤치고 올라갔다. 두 소년도 뒤따랐다.

그의 육성이 잠잠해지자 내면의 이성의 소리와 다른 소리가 들려 왔다. 새끼돼지는 그를 철부지라고 부르고 있었다. 또 다른 목소리 는 그에게 바보짓 하지 말라고 명령하고 있었다. 어둠과 필사적인 모험이, 치과의사의 진찰대에 가서 앉았을 때처럼 비현실적으로 느 껴졌다.

그들이 마지막 비탈길에 이르렀을 때 잭과 로저가 가까이 다가왔 다. 잉크 얼룩 같기만 하던 것이 이제는 식별할 수 있는 인간의 형체 로 변해 있었다. 말은 없었지만 그들은 같이 합의라도 한 듯이 발을 멈추고 쪼그려 앉았다. 그들 뒤 수평선 위에는 곧 달이 떠오르려는 듯 하늘이 밝게 돋보이고 있었다. 바람이 다시 숲속에서 포효하면 서 그들의 넝마 같은 옷을 몸에 찰싹 달라붙도록 눌러대고 있었다.

랠프가 몸을 움직였다.

"자, 가자."

그들은 앞으로 기어올라갔다. 로저가 약간 뒤로 처졌다. 잭과 랠프는 산등성이에서 함께 방향을 돌렸다. 번쩍이며 뻗어 있는 초호가 그들 아래 깔려 있었고 그 너머에는 길고 흰 무늬가 보였는데, 그것은 산호초였다. 로저가 곧 뒤따라와 셋은 한자리에 모였다.

잭이 속삭였다.

"무릎으로 기어가자. 아마 그 짐승은 자고 있을 거야."

로저와 잭이 앞으로 나아갔다. 이번에는 큰소리를 친 잭이 맨 뒤로 처졌다. 그들은 평평한 정상에 다다랐다. 그곳의 바위는 손과 무릎의 감촉으로는 단단하게 느껴졌다.

부풀어오르는 생물.

랠프는 한 손을 차갑고 부드러운 봉화의 재 속에 넣었다가 자칫하면 고함을 지를 뻔했다. 그의 손과 어깨가 뜻밖의 것에 닿았기 때문에 경련을 일으켰던 것이다. 구역질이 치밀 것 같더니 곧 사라졌다. 로저는 그의 뒤에 있었고 잭은 입을 그의 귀에 대고 있었다.

"저기야, 바위 틈서리가 있던 곳 말야. 혹같이 생긴 것…… 보여?"

불이 죽은 봉화터에서부터 재가 날아와 랠프의 얼굴에 들러붙었다. 바위 틈서리고 뭐고 아무것도 보이지 않았다. 구역질이 또 나려했기 때문이다. 산정이 옆걸음질쳐 미끄러져 내리는 것 같았다.

마치 먼 곳에서 들려오는 소리처럼 잭의 속삭임이 다시 들려왔다.

"무서우냐?"

무섭다기보다는 몸이 마비될 것 같았다. 점점 작아지면서 움직이는 산정에서 그의 몸은 돌처럼 굳어 꼼짝할 수 없이 마비될 것 같았다. 잭이 그의 곁에서 미끄러지듯 떨어져 갔다. 로저는 무언가에 부딪치는 소리를 내고 씩씩거리며 더듬거리면서 앞으로 나아갔다. 랠

192

프에게 그들의 소곤대는 소리가 들렸다.

"보이니?"

"저기야."

그들 앞 3, 4미터 떨어진 곳에 바위 같은 것이 있을 리 없는 지점인데도 바윗덩어리가 있었다. 어디선가 조그맣게 조잘대는 소리가 들려왔다. 랠프는 혹시 그것이 자신의 입에서 나오는 소리가 아닌가 하고 생각했다. 그는 정신을 가다듬고 나서 공포와 혐오를 증오심으로 바꾸어 일어섰다. 그는 납처럼 무거운 발걸음을 두어 번 떼었다.

그들 뒤로는 은빛 달이 수평선을 벗어나 있었다. 그들 앞에는 거대한 원숭이 같은 것이 무릎 사이에 고개를 처박고 앉아서 잠을 자고 있었다. 그때 숲속에서 바람이 포효하고 어둠 속에서 수런거리는 소리가 일었다. 그러자 그 생물은 머리를 쳐들더니 핼쑥한 얼굴을 그들 쪽으로 돌렸다.

정신을 차리고 보니 랠프는 잿더미 사이를 껑충껑충 달리고 있었다. 다른 아이들이 소리치며 뛰는 소리가 났다. 랠프는 캄캄한 비탈을 구르듯 달려내려왔다. 곧 산에는 인적이 끊어지고 말았다. 세 개의 버려진 막대기와 고개를 숙이고 있던 그것만이 산에 남아 있었다.

어둠에게 주는 선물

　새끼돼지는 새벽 특유의 창백한 빛을 띤 모래사장에서 눈길을 돌려 어두운 산을 처참하게 올려다보았다.
　"정말이야? 정말이냐구?"
　"몇 번이나 이야기해야 하니? 우리가 봤어" 하고 랠프가 말했다.
　"여기는 안전할 것 같으니?"
　"내가 그걸 어떻게 알아?"
　랠프는 빠른 동작으로 그의 곁을 벗어나 모래사장을 따라 몇 발짝 떼어놓았다. 잭은 모래사장에 무릎을 꿇은 자세로 앉아 모래 위에 집게손가락으로 무언가 둥근 모양을 그렸다. 새끼돼지의 음성이 가만히 그들의 귀에 와닿았다.
　"정말이니? 정말?"
　"올라가서 직접 보렴."
　잭이 멸시하듯 말했다.

"네가 없어지면 시원하겠다."

"나도 겁 안 나."

"그 짐승은 이빨이 있었고 크고 시커먼 눈을 가지고 있었어" 하고 랠프가 말했다.

그는 진저리를 쳤다. 새끼돼지는 한쪽 알밖에 없는 안경을 벗어서 그 표면을 닦았다.

"우린 어떻게 해야 하지?"

랠프는 바위판 쪽을 쳐다보았다. 소라가 나무 사이에서 번쩍였다. 해가 떠오를 지점을 배경으로 흰 덩어리처럼 보였다. 그는 더부룩한 머리를 쓸어 넘겼다.

"나도 몰라."

그는 겁에 질려 산허리를 도망쳐 내려온 일을 다시 생각했다.

"그렇게 몸집이 큰 것과는 싸울 수 없을 것 같아. 진정으로 하는 소리야. 호랑이에 대해서도 이러쿵저러쿵 말들은 많지만 싸울 수는 없어. 숨어야 할 거야. 잭도 별수 없어."

잭은 여전히 모래를 내려다보고 있었다.

"내가 이끄는 사냥부대를 어떻게 생각하지?"

사이먼이 오두막 근처의 그늘로부터 살며시 나타났다.

랠프는 잭의 질문을 못 들은 척했다. 그는 바다 위의 하늘이 노랗게 밝아오는 지점을 손으로 가리켰다.

"빛이 있는 동안은 우리도 용감해질 수 있어. 하지만 어두워지면? 그런데 하필이면 그것은 봉화 옆에 털퍼덕 앉아 있거든. 우리가 구조되는 것을 바라지 않는다는 듯이."

그는 자신도 모르는 사이에 두 손을 비틀었다. 그가 목청을 높였다.

"그러니 우리는 봉화를 올리지 못하게 됐고, 이제 끝장난 거야."

바다 위로 황금빛 점이 나타났다. 그 순간 온 하늘이 환하게 밝아왔다.

"사냥부대를 어떻게 생각하느냐니까?"

"막대기로 무장한 소년들이지 뭐."

잭이 벌떡 일어섰다. 걸어가는 그의 얼굴은 상기되어 있었다. 새끼돼지는 한쪽 알만 있는 안경을 쓰고 랠프를 바라보았다.

"그런 말을 하다니. 너는 그의 사냥부대를 깔봤어."

"닥쳐!"

서투르게 불어대는 소라 소리가 그들의 이야기를 중단시켰다. 떠오르는 태양을 맞아 사랑의 노래를 부르듯 잭이 소라를 불고 있었다. 오두막이 어수선해지고 사냥부대는 바위판 위를 기어오르고 꼬마들은 늘 그렇듯 아우성치고 있었다. 랠프는 그 소리에 복종하듯 몸을 일으켜 새끼돼지와 함께 화강암 바위판으로 갔다.

"얘기할 게 있으면 해."

랠프가 쓸쓸하게 외쳤다.

"실컷 떠들어봐!"

그는 잭으로부터 소라를 뺏어 들었다.

"이 회의는……."

잭이 말을 가로막았다.

"내가 소집한 거야."

"네가 아니었어도 내가 소집했을 거야. 너는 그저 소라를 불었을 뿐이야."

"그게 소집한 게 아니구 뭐야?"

"그럼 이것을 잡아! 그리고 계속해서 이야기해 봐."

랠프는 소라를 잭의 팔에 밀어주고 통나무 위에 앉았다.

"내가 이 회의를 소집했어" 하고 잭이 입을 열었다.

"여러 가지 문제가 있어서야. 이제 다 알아냈어. 그 짐승을 봤어. 우리는 기어올라갔었어. 불과 몇 피트 앞까지 다가갔었어. 그 짐승은 일어나 앉아 우리를 보았어. 그게 무엇을 하는 짐승인지는 나도 몰라. 그것이 정작 어떤 짐승인지도 모르고."

"바다에서 올라오는 짐승이야."

"어둠 속에서 나오는 거야."

"나무에서."

"조용해!"

잭이 외쳤다.

"너희들은 듣고만 있어. 그게 무엇이든 여하튼 그 짐승은 저 산꼭대기에 버티고 있어."

"아마 기다리고 있나 봐."

"우리를 뒤쫓을 건가 봐."

"그래, 그런 것 같다."

"우리를 뒤쫓으려는 거다" 하고 잭이 말했다. 그는 숲속에서의 으스스한 공포가 되살아났지만 그건 이미 옛날이야기처럼 느껴졌다. "그 짐승은 틀림없이 우리를 뒤쫓을 거야. 다만, 조용해! 다음 문제는 우리가 그 짐승을 죽일 수 없었다는 거고, 다음 문제는 뭐냐면 우리 사냥부대는 쓸모없는 것들이라고 랠프가 이야기한 사실이야."

"나는 그런 말 한 적이 없어."

"소라를 가진 건 나야. 랩프는 너희들을 겁쟁이로 생각하고 있어. 멧돼지와 짐승으로부터 몸을 피해 도망치는 겁쟁이 말야. 그뿐 아냐."

바위판 회의 장소에서는 일종의 한숨이 터져나왔다. 앞으로 어떤 일이 일어날 것인가 모두들 안다는 듯한 한숨이었다. 떨리면서도 단호한 잭의 목소리가 계속되었다. 자기편을 들어주지 않는 침묵을 마구 밀어내고 있었다.

"저 애는 새끼돼지와 비슷해. 새끼돼지와 똑같은 이야기를 하거든. 대장으로는 적합하지 않아."

이렇게 말하고 나서 잭은 소라로 랩프를 가리켰다.

"그는 겁쟁이야."

잠시 동안 그는 말을 끊었다가 다시 이었다.

"산정에서도 로저와 나는 계속 올라갔는데 랩프는 뒤에 남았어."

"나도 갔잖아!"

"그건 나중이었어."

발처럼 늘어진 머리카락을 통해 두 소년은 서로를 노려보았다.

"나도 갔잖아! 그러다가 어쩔 수 없이 도망친 거야. 너도 그랬구" 하고 랩프가 말했다.

"그럼 나를 겁쟁이라고 불러봐."

잭은 사냥부대 쪽을 향했다.

"이 애는 사냥꾼이 못 돼. 우리에게 고기를 가져다준 적도 없어. 그는 반장도 아니고 우리가 그에 대해 아는 것도 없어. 그냥 명령만 하면서 남들이 거저 복종해주기를 바라는 거야. 이런 이야기도……."

"이런 이야기?"

랠프가 외쳤다.

"실컷 지껄여! 누가 회의를 원했지? 누가 회의를 소집했지?"

잭은 얼굴이 홍당무가 되어 몸을 돌렸다. 그는 턱을 내리고 눈썹 밑에서 번쩍이는 눈으로 흘겨보았다.

"좋다" 하고 그는 깊은 뜻과 위협이 담긴 어조로 말했다.

"좋다!"

그는 소라를 한쪽 손으로 가슴에 받쳐 들고 집게손가락으로 허공을 찌르는 시늉을 했다.

"랠프가 대장 노릇을 하면 안 되겠다고 생각하는 사람 손 들어."

기대에 찬 눈으로 그는 둘러앉은 소년들을 바라보았다. 그들은 냉랭하게 굳어 있었다. 야자수 밑에는 죽은 듯한 정적이 감돌았다.

"손 들어봐."

잭이 힘차게 외쳤다.

"랠프가 대장 노릇 하면 안 된다고 생각하는 사람?"

침묵이 계속되었다. 숨 막히고 답답하고 치욕으로 가득 찬 침묵이었다. 잭의 얼굴에서 핏기가 서서히 가시는가 싶더니 갑자기 다시 그의 양 볼이 상기되었다. 고통스러운 모양이었다. 그는 입술을 빨고, 다른 소년들과 눈길이 마주치는 곤혹을 피하기 위해 고개를 모로 돌렸다.

"몇 사람이나……."

그의 목소리의 끝이 가늘게 흐려졌다. 소라를 든 손이 떨렸다. 그는 헛기침을 하고 큰 소리로 말했다.

"그럼 좋아."

그는 발치에 깔린 풀밭에다 소라를 조심스레 내려놓았다. 굴욕의 눈물이 눈꼬리에서부터 흘러내렸다.

"난 이제 너희들과 같이 놀지 않겠어. 안 놀아."

대부분의 소년들은 이제 고개를 숙이고 풀밭이나 자신들의 발치를 내려다보았다. 잭은 다시 목청을 가다듬는 헛기침을 했다.

"나는 랠프 집단의 졸개 노릇은 안 할 테다."

그는 오른편 통나무를 훑어보며 성가대였던 사냥부대원의 수를 세었다.

"나는 혼자 이곳을 떠나겠어. 랠프는 제가 먹을 멧돼지를 제 손으로 잡도록 해. 그리고 내가 사냥할 때 같이 하고 싶은 사람은 따라와."

그는 삼각형의 회의 장소를 떠나 흰 모래밭으로 통하는 비탈을 향해 힘없이 걸어갔다.

"잭!"

잭은 몸을 돌려 랠프를 바라보았다. 그는 잠시 발걸음을 멈췄다가 분노의 외마디 소리를 크게 질렀다.

"필요 없어!"

그는 바위판으로부터 뛰어내려 모래사장을 따라 달렸다. 계속 흐르는 눈물을 닦으려고도 하지 않았다. 그가 숲속으로 사라질 때까지 랠프는 그의 뒷모습을 지켜보았다.

새끼돼지는 분개했다.

"랠프, 내가 이제껏 얘기했잖아? 너는 그저 가만히 서 있기만 했어. 마치……."

얼굴은 새끼돼지 쪽을 향했지만 그의 얼굴을 보지 않고 랠프가 말했다.

"돌아올 거야. 해가 지면 돌아올 거야."

그는 새끼돼지의 손에 있는 소라를 바라보았다.

"뭐지?"

"관두겠어."

새끼돼지는 랠프를 책망하려던 것을 그만두었다. 그는 다시 안경을 닦고 자신이 하고 싶은 얘기로 되돌아갔다.

"우리는 잭 메리듀가 없이도 살 수 있을 거야. 이 섬에는 그 애 말고도 딴 사람이 있어. 그런데 믿을 수는 없지만 짐승이 실제로 있다고 하니까 우리는 이 바위판 가까이에 붙어 있을 필요가 있어. 잭과 그의 사냥이 별로 필요 없게 될 거야. 그러니까 이제 우리는 문제의 진상을 명확히 정리할 수 있을 거야."

"새끼돼지야, 소용없어. 우리가 할 수 있는 일은 하나도 없어."

잠시 그들은 비통한 심정으로 말없이 앉아 있었다. 그때 사이먼이 일어나 새끼돼지로부터 소라를 채갔다. 새끼돼지는 너무나 놀라서 멍하니 서 있었다. 랠프는 사이먼을 쳐다보았다.

"사이먼, 이번엔 무슨 얘기지?"

둥글게 모여 앉은 소년들 사이에서 반은 비웃는 듯한 소리가 튀어나왔다. 그래서 사이먼은 기가 죽었다.

"뭔가 우리가 할 수 있는 일이 있을 거야. 뭔가 우리가……."

다시 여러 아이들의 압력이 그의 목소리를 속으로 기어들게 만들었다. 그는 도움이나 동정을 원했고 특히 새끼돼지에게서 더욱 그걸 바랐다. 그는 반쯤 몸을 돌리고 소라를 자신의 갈색 가슴에 끌어안았다.

"산에 올라가야 한다고 생각해."

아이들은 공포심 때문에 몸을 떨었다. 사이먼은 이야기를 끊고 이해할 수 없다는 듯 빈정대는 얼굴로 자기를 바라보는 새끼돼지에게로 고개를 돌렸다.

"랠프와 그의 일행도 속수무책으로 내려온 판인데, 그 짐승이 있는 산정으로 올라가서 어떡하겠다는 거니?"

사이먼은 속삭이듯 대답했다.

"그럼 달리 할 수 있는 일이 없잖아?"

이야기를 마친 사이먼은 새끼돼지가 자기 손에서 소라를 빼앗아 드는 것을 내버려두었다. 그러고는 물러나서 될수록 다른 소년들로부터 떨어져 앉았다.

새끼돼지는 이제 전보다 확신을 가지고 말하고 있었다. 지금의 사태가 그리 심각하지 않았다면 남들이 보기에도 유쾌한 기분으로 얘기한다고 여겨질 듯한 태도였다.

"아까도 얘기했듯이, 어떤 특정한 사람이 없다고 해도 우리에게 별지장은 없어. 이제 우리가 무엇을 해야 할 것인가를 결정해야 해. 나는 랠프가 다음에 무슨 말을 할 것인가를 알 수 있어. 이 섬에서 가장 중요한 것은 연기를 올리는 일이야. 불을 피우지 않으면 봉화의 연기도 올릴 수 없어."

랠프는 초조하게 몸을 꿈지럭거렸다.

"아냐. 우린 지금 불을 피울 수가 없어. 그게 저 위에 앉아 있단 말야. 우리는 여기를 떠나면 안 돼."

새끼돼지는 좀 더 강하게 발언하기 위해 소라를 치켜들었다.

"우리는 산정에다 봉화를 올릴 순 없어. 하지만 봉화를 이 밑에 피워서 안 될 이유는 없잖아? 봉화를 저 바위 위에다가 피워놓을 수도 있지 않아? 모래사장에다 해도 괜찮고. 우리는 연기만 올리면 되는 거니까."

"옳은 말이다."

"연기를 올리자!"

"헤엄치는 웅덩이 곁에다 하자!"

소년들이 재잘댔다. 오직 새끼돼지만이 봉화를 산에서 아래로 옮기자고 제의할 지적 과감성을 가지고 있었던 것이다.

"그래 여기다 봉화를 옮기기로 하자" 하고 랠프가 말했다. 그는 주위를 돌아보았다.

"헤엄치는 웅덩이와 바위판의 중간쯤 되는 지점이 좋겠구나. 물론……."

그는 무의식중에 손톱을 질경질경 깨물다가 말을 끊고 그 짐승 생각을 하며 얼굴을 찌푸렸다.

"물론 낮은 곳에서 피우는 연기는 멀리까지 보이진 않을 거야. 먼 곳에서는 보일 리가 없지. 하지만 그것에게 가까이 갈 필요는 없어."

다 듣지 않아도 완전히 이해가 되어 모두들 고개를 끄덕였다. 사실 그것에게 가까이 접근할 필요는 없어지는 것이다.

"당장 불을 피우자."

가장 위대한 착상은 가장 단순한 법이다. 이제 무언가 할 일이 생겼기 때문에 그들은 열심히 일했다. 잭이 그곳을 떠나서 새끼돼지는 기쁨과 충만한 해방감을 만끽하고 전체의 이익을 위해 기여했다는 자부심으로 마음이 부풀었다. 그래서 그도 땔감 나르는 일에 손을 보탰다. 그가 가져오는 나무는 엎어지면 코 닿을 가까운 곳에 있는 것들로, 회의 때 아무런 쓸모도 없이 바위판 위에 쓰러져 있는 나무였다. 그러나 다른 소년들에겐 바위판이 성스러운 것으로 여겨졌기 때문에 아무리 쓸모없는 것이라고 해도 그곳에 있는 것은 손대지 않았다. 쌍둥이는 가까이에 불을 피워놓는 것이 밤에는 위안거리가 되리라는 것을 깨달았다. 그래서 몇몇 꼬마들도 그 착상에 춤을 추고 손뼉을 치며 좋아했다.

　장작은 산정에서 사용하던 것처럼 그렇게 잘 마른 것은 아니었다. 대개는 축축하게 썩어 있었고 이리저리 허둥대는 벌레들이 득실거렸다. 통나무는 바닥에서 조심해서 들어올려야 했다. 그렇지 않으면 부서져서 축축한 가루가 되어버렸다. 더욱이 숲속 깊이까지 들어가지 않기 위해서 소년들은 가까운 곳에서 일했고 살아 있는 나무들이 얽혀 있는 것도 가리지 않고 그곳에 쓰러져 있는 나무라면 닥치는 대로 옮겼다. 숲 언저리와 암벽은 익숙한 곳이었고, 소라와 오두막에서도 멀리 떨어지지 않아서 낮에는 마음이 놓였다. 밤이 되어 어둠이 깔릴 때 그것이 어떻게 될 것인가는 아무도 생각하지 않았다. 그리하여 그들은 명랑한 마음으로 열심히 일했다. 그러나 시간이 감에 따라 공포의 기색이 감돌고 명랑함 속에도 히스테리가 섞여 든 것은 사실이다. 그들은 바위판 근처의 모래 위에다 잎사귀, 잔가지, 큰 가지, 통나무 등으로 피라밋을 세웠다. 섬에 온 뒤처음으로 새끼돼지는 제 손으로 안경을 벗어서 무릎을 꿇고 앉아 불쏘시개에다 햇빛의 초점을 맞췄다. 곧 연기가 한 가닥 오르고 노란 불꽃이 피어났다.

　첫 번째 재난을 당한 이래 불구경을 별로 하지 못한 꼬마들은 매우 흥분했다. 그들이 춤추고 노래하기 시작하자 파티라도 여는 것 같은 분위기가 되었다.

마침내 랠프는 하던 일을 멈추고 일어서서 얼굴에 흐르는 땀을 더러운 팔뚝으로 닦았다.

"봉화는 작게 피워야 해. 이것은 너무 커서 계속 불을 지피기가 힘들어."

새끼돼지는 모랫바닥에 조심스럽게 앉아 안경을 닦기 시작했다.

"실험해보는 거야. 작지만 뜨거운 불을 피우는 방법을 찾아서 연기가 잘 나는 생가지를 얹어놓으면 돼. 그러자면 이런 나뭇잎이 다른 것보다 더 나을 거야."

불길이 사그라지자 흥분도 식어들었다. 꼬마들은 노래와 춤을 멈추고 제각기 바다나 과일나무나 오두막으로 흩어졌다.

랠프가 모래 위에 털썩 주저앉았다.

"봉화를 돌볼 사람의 명단을 새로 작성해야겠어."

"충분한 인원이 있다면 말야."

랠프는 주위를 돌아다보았다. 그제서야 큰 소년들의 수가 얼마나 적은가 깨달았다. 그리고 일이 왜 그다지 힘들었나를 그제야 깨달았다.

"모리스는 어디 있지?"

새끼돼지는 다시 안경을 닦았다.

"내 생각에는…… 설마, 그 애 혼자서 숲속으로 가진 않았겠지."

랠프는 벌떡 일어나 봉화를 급히 한 바퀴 돌고는 다시 새끼돼지 곁에 와서 자신의 머리채를 움켜쥐고 섰다.

"당번을 정해야 해. 너하고 나하고 샘, 에릭이 있고……."

그는 새끼돼지의 얼굴을 보려고도 않고 무심히 지나가는 투로 말했다.

"빌과 로저는 어디 있지?"

새끼돼지는 앞으로 몸을 굽히며 장작을 한 개비 불 위에 얹었다.

"가버렸을 거야. 아마 그 애들도 우리와 함께 어울리지 않을 거야."

랠프는 앉아서 모래에다 작은 구멍을 파기 시작했다. 한 구멍 속에 피 한 방울이 떨어져 있는 것을 발견하고 랠프는 놀랐다. 깨물고 있던 자신의 손톱을 자세히 들여다보니 깨물린 손톱 밑의 살에 피가 동그랗게 맺혀 있었다.

새끼돼지가 말을 계속했다.

"우리가 땔감을 모으고 있을 때 그 애들이 슬쩍 빠져나가는 것을 봤어. 잭이 간 저쪽으로들 가버렸어."

손톱을 살펴보던 랠프는 허공을 바라보았다. 그들 사이에 일어난 커다란 변화에 호응하듯이 하늘마저도 오늘은 달라 보였다. 안개가 너무 자욱해서 어떤 곳에서는 뜨거운 공기가 하얗게 보였다. 둥근 태양도 평소보다 더 가까이 다가온 듯 흐릿한 은빛이었고 그리 뜨겁지는 않았지만 공기는 질식할 것같이 답답했다.

"그들은 늘 말썽만 피웠어. 그렇지?"

그 목소리가 랠프의 어깨 위로 다가왔는데 걱정하는 어조였다.

"그들이 없어도 우린 잘살아갈 수 있어. 이제 더 재미있어질 거야."

랠프는 앉아 있었다. 쌍둥이가 거대한 통나무를 끌어오면서 의기양양하게 웃었다. 그들이 그 통나무를 타다 남은 불 속으로 쓰러뜨리자 불티가 날았다.

"우리끼리도 잘해낼 수 있어, 안 그래?"

그 통나무가 말라서 불이 붙어 붉게 타오를 때까지, 그 오랜 시간

동안 랠프는 모래밭에 앉아 아무 말도 하지 않았다. 새끼돼지가 쌍둥이 형제에게 가서 그들과 속삭이는 것도, 곧 이 세 소년이 함께 숲속으로 들어가는 모습도 랠프는 보지 못했다.

"자, 여기 가지고 왔어."

랠프는 갑작스러운 충격에 제정신으로 돌아왔다. 새끼돼지와 그 두 소년이 곁에 와 있었다. 그들은 과일을 잔뜩 들고 있었다.

"저, 말야, 잔치 같은 것을 벌여야 할 것 같아서……."

새끼돼지가 말했다.

세 소년은 앉았다. 그들은 굉장히 많은 과일을 따왔는데, 전부 잘 익은 것들이었다. 랠프가 몇 개를 집어먹자 그들은 랠프를 향해 웃었다.

"고마워."

랠프가 말했다. 뜻하지 않은 즐거움이라는 투로 다시 한번 말했다.

"고마워."

"우리끼리 잘해낼 수 있어" 하고 새끼돼지가 말했다.

"이 섬에서 말썽을 일으키는 쪽은 상식이 없는 걔네들이었어. 이제 불길이 센 불을 조그맣게 피우자구."

그들이 자신을 항상 괴롭혀왔다는 것을 랠프는 그제야 생각해냈다.

"사이먼은 어디 있니?"

"모르겠어."

"사이먼은 산으로 올라가진 않았을 텐데."

새끼돼지가 요란스레 웃음을 터뜨리더니 과일을 더 집었다.

"산으로 갔을지도 몰라."

그는 입에 가득 문 과일을 꿀꺽 삼켰다.

"그 애는 머리가 돌았어."

사이먼은 과일나무가 늘어선 지대를 지나갔다. 그러나 오늘은 꼬마들이 모래사장의 봉화에 열을 올리고 있었기 때문에 사이먼을 따라오지 않은 터였다. 그는 덩굴 사이를 뚫고 나아가 마침내 공지 곁에 얽힌 듯 직조된 거대한 돗자리 같은 곳으로 들어갔다. 장막 같은 나뭇잎 너머로 햇볕이 마구 쏟아졌고 한가운데에서 나비들이 넘실 넘실 끝없이 춤추었다. 그는 무릎을 꿇고 앉았다. 햇살이 화살촉처럼 그를 쏘아댔다. 그 전엔 공기가 열기 때문에 진동하는 것 같았는데 지금은 그 공기가 그를 위협하고 있었다. 곧 길고 지저분한 그의 머리에서부터 땀이 비 오듯 흘렀다. 그가 초조하게 몸을 옮겨보았으나 태양은 피할 수 없었다. 목이 말라왔다. 지독하게 말랐다. 그는 그대로 앉아 있었다.

멀리 떨어진 모래사장에서 잭은 몇 안 되는 소년들의 무리 앞에 서 있었다. 그는 마냥 행복한 표정이었다.

"사냥할 작정이다."

그는 소년들을 하나하나 평가하며 쳐다보았다. 모두들 제각기 떨어진 모자를 쓰고 있었다. 얼마 전만 해도 그들은 정연하게 두 줄로 서서 천사 같은 목소리로 노래하지 않았던가.

"사냥을 하겠다. 이제부턴 내가 대장이다."

그들은 찬성한다는 듯이 고개를 끄덕였다. 위기는 쉽게 지나갔다.

"그리고…… 그 짐승 이야긴데……."

모두들 몸을 뒤틀며 숲을 바라보았다.

"짐승에 대해서는 신경을 쓰지 말자."

잭은 그들에게 고개를 끄덕여 보였다.

"옳아!"

"그래!"

"짐승은 잊어버려!"

잭은 그들의 열의에 내심 놀랐으면서도 결코 놀란 내색을 하지
않았다.

"또 한 가지. 여기서는 이상한 꿈을 자주 꾸지 않게 될 거다. 이곳
은 섬의 끝이니까."

그들은 난감한 자신들의 세계 깊은 곳에서부터 울려나오는 동감
(同感)을 열렬히 표명했다.

"자, 들어봐. 우리는 나중에 성채 바위로 가게 될지도 모른다. 하
지만 저 소라니 뭐니 하는 곳에서부터 큰 아이들을 더 끌어올 작정
이다. 자, 멧돼지를 잡아서 잔치를 벌이자."

그는 잠시 끊었다가 다시 천천히 말을 이었다.

"그 짐승에 관한 얘긴데, 우리가 멧돼지를 잡거든 그 짐승에게도
얼마쯤 주기로 하자. 그러면 그 짐승도 우리를 성가시게 굴지 않을
거다."

그는 갑자기 일어났다.

"자, 당장 숲으로 가서 사냥하자."

그는 몸을 돌려 빠른 걸음을 재촉했다. 잠시 후 소년들도 다소곳
이 그의 뒤를 따랐다.

그들은 숲에 이르자 불안한 마음으로 대형을 흐트러뜨렸다. 곧

잭은 멧돼지가 지나갔음을 알려주는 파헤쳐진 흙과 흩어진 나무뿌리를 찾아내고 발자국이 방금 생긴 것임을 알아냈다. 잭은 모두에게 조용히 하라고 손으로 신호하고 혼자 전진했다. 그는 행복했다. 축축한 숲의 어둠이 전에 그가 걸치고 있었던 의복처럼 그를 감싸주었기 때문이다. 비탈을 내려서 바닷가의 산호초가 흩어져 있고 나무가 산재해 있는 곳으로 갔다.

부풀어오른 비곗덩이 같은 멧돼지들이 나무 밑에 깔린 그늘을 즐기며 누워 있었다. 바람이 불지 않은 탓인지 멧돼지들은 마음을 놓고 있었다. 사냥에 익숙한 잭은 나무 그림자처럼 숨을 죽였다. 그는 다시 살금살금 그곳을 떠나 숨어 있던 사냥부대에 지시를 내렸다. 이윽고 그들은 모두 고요와 무더위 속에서 땀을 뻘뻘 흘리며 조금씩 전진해 나갔다. 나무 밑에는 무료하다는 듯이 한쪽 귀를 흔들어대는 멧돼지가 한 마리 있었다. 다른 놈들과 좀 떨어진 곳에는 가장 큰 암멧돼지가 어미의 행복감에 젖어 누워 있었다. 검은 바탕에 분홍빛이 은은히 감돌고 탱탱한 긴 배때기에는 새끼들이 한 줄로 늘어붙었다. 새끼 중에는 잠자는 놈도 있고, 주둥이로 파고드는 놈도 있고, 꿀꿀거리는 놈도 있었다.

잭은 14미터 전방에서 발걸음을 멈췄다. 그의 팔이 곧게 뻗으면서 그 암놈을 가리켰다. 그는 모두가 자기의 의도를 이해했는가를 확인하기 위해서 둘러보았다. 그러자 다른 소년들은 그를 향해 고개를 끄덕였다. 모두들 오른팔을 뒤로 비스듬히 젖혀 올리고 있었다.

"자!"

멧돼지 떼가 깜짝 놀라 일어났다. 불과 10미터 거리에서 끝을 불

로 단단하게 달군 나무창이 과녁으로 고른 멧돼지를 향해 날아갔
다. 새끼 멧돼지 한 마리는 로저가 던진 창이 박히자 그것을 대롱대
롱 끌고 미친 듯이 바다 속으로 뛰어들며 비명을 올렸다. 탱탱한 옆
구리에 창 두 개를 단 암멧돼지는 숨이 넘어갈 듯 비명을 지르며 허
우적거렸다. 소년들이 고함을 지르며 돌격하는 동안 새끼들은 뿔뿔
이 흩어졌고 암멧돼지는 전진해오는 대오를 뚫고 요란한 소리를 내
며 숲으로 도망쳤다.

"저놈을 쫓아라!"

그들은 멧돼지의 통로를 따라 달렸다. 그러나 숲속이 너무나 어
둡고 빽빽하게 얽혀 있어서 할 수 없이 잭은 욕설을 퍼부으며 소년
들을 정지시킨 후 나무 틈으로 멧돼지의 동정을 살폈다. 한동안 그
는 아무 말도 않고 가쁜 숨만 몰아쉬었기 때문에 소년들은 두려움
에 사로잡혀 불안한 탄식을 발하며 시선을 교환했다. 이윽고 잭이
바닥을 가리켰다.

"저길 봐라."

다른 소년들이 핏방울을 자세히 살펴보기도 전에 잭은 발자국을
찾아내기가 무섭게 가로막는 나뭇가지를 젖히고 방향을 바꿔 돌진
했다. 이처럼 그는 신비할 정도로 정확히, 그리고 확신을 가지고 멧
돼지를 추적했다. 그러자 사냥부대는 그의 뒤를 따랐다.

그는 덤불 앞에서 발걸음을 멈췄다.

"이 속이야."

그들이 덤불을 포위했으나 암멧돼지는 옆구리에 창 한 개를 더
꽂고 도주했다. 꽂힌 창 때문에 몹시 거추장스러웠고, 뾰족한 톱니
가 든 창끝이 멧돼지를 고문했다. 암멧돼지가 나무를 들이받아 박

힌 창은 더욱 깊이 몸을 파고들었다. 그다음에는 생생한 핏자국 때문에 누구나 쉽게 추적할 수 있었다. 오후가 기울었다. 축축한 무더위로 대기가 아른거리는 끔찍한 날씨였다. 암멧돼지는 조금 앞에서 비틀거리며 달아났다. 피를 흘리며 광기를 발하고 있었다. 사냥부대는 욕정이란 끈으로 암멧돼지와 결합되어 있었고 오랜 추적과 떨어진 핏방울 때문에 흥분된 상태였다. 이제 암멧돼지의 모습이 보였고 곧 따라잡을 수 있었다. 그러나 암멧돼지는 마지막 안간힘을 다하여 전진했고 그래서 그들보다 훨씬 앞서 있었다. 소년들이 뒤로 바싹 다가갔을 때 암멧돼지는 화사한 꽃이 피어 있는 공지로 비틀비틀 들어갔다. 거기에는 나비들이 서로 어우러져 춤추고 있었고, 무더운 공기가 조용히 깔려 있었다.

여기서 암멧돼지는 더위에 녹초가 되어 쓰러졌다. 그러자 사냥부대가 마구 덮쳐들었다. 이 미지의 세계로부터의 무시무시한 기습에 암멧돼지는 미친 듯이 날뛰었다. 비명을 지르고 껑충껑충 뛰어오르려 했다. 그야말로 땀과 소음과 피와 공포가 그곳의 대기를 빼곡히 채웠다. 로저는 쓰러진 멧돼지 주위를 돌면서 멧돼지의 살점이 드러날 때마다 닥치는 대로 창으로 찔러댔다. 잭은 암멧돼지를 올라타고 칼로 내리찔렀다. 로저는 자기 창끝이 찌를 마땅한 장소를 발견했는지 체중을 전부 실어서 창으로 누르고 있었다. 그 창은 조금씩 살 속을 파고들었고 겁에 질린 멧돼지의 비명은 음계가 높은 절규로 변했다. 다음 순간 잭이 멧돼지의 목덜미를 땄다. 뜨거운 피가 그의 두 손으로 솟구쳤다. 소년들 밑에 깔린 암멧돼지는 축 늘어지고, 소년들도 나른해지면서 원을 풀었다. 나비들은 여전히 공지의 한복판에서 정신없이 춤을 추었다.

212

마침내 살생의 충격이 가라앉았다. 소년들은 뒤로 물러섰다. 그러자 잭이 두 손을 내밀었다.

"여기 봐!"

잭이 낄낄대며 손을 흔들자 아이들은 피투성이가 된 그의 손바닥을 보고 웃음보를 터뜨렸다. 이어 잭은 모리스를 붙잡고 그의 양 볼에다 피를 발랐다. 로저가 찔러박았던 창을 뽑았다. 소년들은 그제야 그 창을 찔러박은 사람이 로저라는 것을 알았다. 로버트가 죽은 멧돼지를 반듯하게 놓으라고 하자 모두가 우레 같은 웃음을 터뜨렸다.

"엉덩이를 똑바로!"

"뭐라고 그랬는지 들었지?"

"그의 말 들었지?"

"엉덩이를 바로 해!"

이번에는 로버트와 모리스가 멧돼지와 멧돼지를 죽이는 시늉을 나누어 했다. 모리스가 다가오는 창을 피하려는 멧돼지의 시늉을 너무 우스꽝스럽게 해냈기 때문에 소년들은 배꼽을 쥐었다.

급기야 이 놀이도 시들해졌다. 잭이 피투성이가 된 자기 손을 바위에 대고 닦았다. 이어 그는 암멧돼지에게 달려들어 배를 가르고 여러 가지 뜨거운 창자를 도려내어 바위 위에 쌓아놓았다. 그러는 동안 모두들 그를 지켜보았다. 그는 일을 하면서 입을 열었다.

"우리는 이 고기를 모래사장을 따라 운반한다. 나는 화강암 바위판으로 가서 그들을 잔치에 초대하겠다. 참 재미있을 거야."

로저가 말했다.

"대장."

"응? 응, 난 또 뭐라고……."

"불을 어떻게 피우지?"

잭은 다시 털퍼덕 앉아서 암멧돼지를 향해 얼굴을 찌푸렸다.

"그들을 습격해서 불을 빼앗자. 네 사람이 있어야겠다. 헨리와 너와 빌과 모리스가 가라. 얼굴에 색칠하고 몰래 들어가서 내가 얘기를 하는 동안 나뭇가지 하나를 빼라. 나머지 애들은 아까 우리가 있었던 곳으로 이 멧돼지를 운반하고. 그곳에다 불을 피우는 거야. 다음에는……."

그는 이야기를 멈추고 일어서서 나무 밑의 그림자를 보았다. 다시 입을 열었을 때 그의 목소리는 조금 전보다 작아졌다.

"암멧돼지 고기를 얼마쯤은 남겨놓았다가……."

그는 다시 무릎을 꿇고 부지런히 칼질을 계속했다. 소년들은 그의 주위로 몰려들었다. 그는 돌아보며 로저에게 말했다.

"막대기 하나를 골라서 양쪽을 다 뾰족하게 만들어."

곧 잭은 피가 흐르는 암멧돼지의 머리를 두 손으로 받쳐 들고 일어섰다.

"막대기 어디 있지?"

"여기 있어."

"한쪽 끝은 땅에 박아. 이봐, 거긴 딱딱한 바위야. 저 틈에다 박아. 그래, 거기야."

잭은 멧돼지 머리를 들고 막대기의 뾰족한 끝에 멧돼지의 부드러운 목구멍을 박았다. 막대기는 아가리 근처로 빠져나왔다. 그는 물러섰다. 멧돼지 머리는 거기에 걸렸고 막대기를 타고 피가 약간 흘렀다.

소년들은 본능적으로 거기에서 물러섰다. 한편 숲 역시 매우 고요했다. 그들은 귀를 기울였다. 가장 요란한 소리는 흘러내린 내장 위에서 윙윙거리며 날아다니는 파리 소리였다.

잭이 속삭이듯 말했다.

"멧돼지를 들어."

모리스와 로버트가 늘어져서 더 무거운 시체에 막대기를 꽂아 그것을 메어 올리고 만반의 준비 자세를 갖추었다. 고요한 가운데 말라서 꾸덕한 피를 밟고 선 그들이 갑자기 은밀하게 남의 눈치를 보았다.

잭이 큰 소리로 말했다.

"이것은 짐승에게 줄 대가리다. 선물이지."

정적이 그 선물을 받아들이고 있어서 그들은 겁을 먹었다. 머리통은 그곳에 남아 있었다. 희미한 눈망울에 엷은 웃음을 띠고 이빨 사이로는 차츰 검은색으로 응고되는 피를 머금은 머리통이었다. 갑자기 그들은 전력을 다하여 숲을 통과해 확 트인 모래사장으로 달음질쳤다.

사이먼은 아까부터 있던 자리에 그대로 있었다. 나뭇잎으로 가려진 조그만 갈색의 이미지 바로 그것이었다. 눈을 감고 있음에도 암멧돼지의 머리가 잔상(殘像)처럼 남아 있었다. 반쯤 감은 그 암멧돼지의 눈은 어른들의 생활에서 보는 무한한 모순으로 흐려 있었다. 그 눈은 모든 것이 잘못 되어가고 있다고 여겼다.

"나도 알아."

사이먼은 자신의 목소리가 너무 컸다는 것을 깨달았다. 그는 얼른 눈을 떴다. 그러자 이상한 햇빛 속에서 그 머리는, 파리 떼나 흘러나온 내장을 무시하고 심지어 막대기에 꽂혀 깎인 위신까지도 아랑곳하지 않고 재미있다는 듯이 싱글거리고 있었다.

그는 바싹 타버린 입술에 침을 바르며 고개를 돌렸다.

짐승에게 바치는 선물. 짐승이 선물을 받으러 오지 않을까? 그 머리통도 그와 동감이라는 표정을 짓고 있다고 그는 생각했다. 도망쳐, 다른 아이들이 있는 데로 돌아가, 하고 그 머리통은 조용히 말했다. 그건 농담이었어. 왜 그렇게 신경을 써야 하지? 넌 잘못 생각했던 거야. 그뿐이야. 가벼운 두통이겠지. 어쩌면 어떤 음식을 잘못 먹은 거겠지. 얘야, 돌아가, 하고 그 머리통은 조용히 말했다.

사이먼은 젖은 머리카락 무게를 의식하며 고개를 들어 하늘을 응시했다. 거기에는 점점이 구름이 있었다. 섬 전체를 굽어보는 거대한 탑, 부풀어오르는 탑의 모양을 한 그 구름은 회색과 우윳빛과 구릿빛을 발했다. 그 구름은 육지를 깔고 앉아 있었다. 구름은 힘껏 내리눌러서 답답하게 고문하는 이 열기를 시시각각으로 뿜어냈다. 그 추잡한 것이 싱글거리며 피를 흘리고 있는 공터는 나비들에게조차 버림받았다. 사이먼은 고개를 숙이고 조심조심 눈을 감으면서 얼른 손으로 눈을 가렸다. 나무 밑에는 그림자가 없었지만 도처에 진주 같은 정적이 있어서, 실재하는 것도 환상적이면서 뚜렷하지 않았다. 창자더미는 톱질하는 소리를 연상시키며 윙윙거리는 파리 떼의 시커먼 덩어리였다. 잠시 후 이 파리 떼는 사이먼을 발견했다. 배가 터져라 포식한 파리 떼는 땀이 흐르며 이룬 실개천 가에 내려앉아 물을 마셨다. 파리 떼는 사이먼의 콧구멍 밑을 간질이고 넓적다리 위에 등넘기를 하고 있었다. 파리 떼는 시커멓고 다양한 색이 섞

216

인 초록색을 띠었고 헤아릴 수 없이 수가 많았다. 그런데 사이먼의 정면에는 파리대왕이 자기의 지팡이에 매달려서 밝게 웃고 있었다. 마침내 사이먼은 눈 감은 자세를 포기하고 돌아보았다. 흰 이빨과 희미한 눈과 피가 보였다. 또한 그의 응시는 그 케케묵고 피할 수 없는 인식으로 부동의 자세를 취하고 있었다. 사이먼의 오른쪽 관자놀이에서 맥박이 뛰기 시작하더니 골을 때렸다.

모래밭에 누운 랠프와 새끼돼지는 봉화를 바라보며 연기가 나지 않는 불길의 중심부를 향해 한가로이 조약돌을 던져넣고 있었다.

"저 가지도 다 탔군."

"샘, 에릭은 어디 있지?"

"땔감을 더 가져와야겠어. 생가지가 떨어졌어."

랠프는 한숨을 내쉬고 일어섰다. 바위판 위, 야자수 밑에는 그림자가 없었다. 사방에서 동시에 비쳐오는 것 같은 이상야릇한 햇빛뿐이었다. 저 높이 부풀어오르는 구름 사이에서 천둥이 포성처럼 터져나왔다.

"비가 억수같이 퍼붓겠다."

"봉화는 어떡하지?"

숲으로 급히 달려간 랠프는 큼직한 생가지를 가지고 돌아와 불 위에다 던졌다. 그 가지가 탁탁 터지는 소리를 내고 나뭇잎이 오그라들면서 노란 연기가 퍼져나갔다.

새끼돼지는 모래판 위에다 손가락으로 작은 모형을 무심코 그렸다.

"문제는 우리에겐 봉화를 관리할 사람이 충분치 않다는 거야. 너는 샘과 에릭을 한 사람 몫으로 취급하고 있어. 그들은 모든 것을 같이 하니까……."

"물론 그래야지."

"그런데, 그건 불공평해. 안 그래? 그들은 두 사람 몫을 해야잖아."

랠프는 잠시 생각한 후에 그것이 무슨 말인지 이해했다. 자신이 어른답게 생각하지 못한다는 사실을 깨닫고 랠프는 괴로웠다. 섬의 여건은 날이 갈수록 악화되고 있었다.

새끼돼지가 불을 바라보았다.

"생가지가 또 있어야겠네."

랠프는 몸을 굴리며 말했다.

"우리는 어떻게 해야 하는 거지?"

"그냥 그 애들 없이 꾸려가야지 뭐."

"하지만 봉화가 있어서……."

나뭇가지의 타지 않은 끝머리가 나뒹구는 검고 흰 잡동사니를 향해 랠프는 우거지상을 지었다. 그는 자신의 입장을 정리하려고 노력했다.

"나는 무서워."

그는 새끼돼지가 고개를 드는 것을 보고 허둥지둥 말을 이었다.

"짐승이 무서운 게 아냐. 물론 짐승이 무섭기도 해. 그러나 정작 무서운 것은 아무도 봉화의 의미를 이해하지 못한다는 사실이야. 물에 빠졌을 때 누군가가 밧줄을 던져주는 일이나, 아플 때 이 약을 먹지 않으면 죽을 테니 이 약을 먹으라고 하는 의사의 말은 모두들 이해할 텐데, 그렇지? 내가 한 말 이해가 되니?"

"물론 이해해."

"그들은 그걸 모르나? 그걸 이해할 수 없다니! 봉화로 신호를 안 하면 우리는 죽게 된다는 것을 모르나? 저것 봐!"

뜨거워진 공기의 열파가 재 위에서 진동했지만 연기의 자취는 보이지 않았다.

"한 번 피운 불을 계속 간수하질 못하고 있어. 게다가 아이들은 전혀 관심이 없어. 더욱이……." 그는 땀을 비 오듯 흘리는 새끼돼지의 얼굴을 빤히 들여다보았다.

"더욱이 나도 때론 관심이 없어질 때가 있어. 만일 나까지 저 애들처럼 관심이 없어지면 우리는 어떻게 되지?"

새끼돼지는 안경을 벗었다. 깊이 고민하는 표정이었다.

"랠프, 나도 몰라. 우리는 그냥 이대로 계속해야 해. 그뿐이야. 어른들이라도 그렇게밖에 달리 할 수 있는 게 없을 거야."

기왕 마음속에 있는 것을 털어놓기 시작한 이상 랠프는 계속 말을 했다.

"새끼돼지야, 잘못된 것이 뭘까?"

새끼돼지는 깜짝 놀라며 랠프를 바라보았다.

"저, 그……."

"아니, 그 짐승의 일 말구. 일을 이렇게 돌아가게 하는 것 말야. 그 애들이 저지르는 것처럼 일을 망가뜨리게 하는 것이 뭘까?"

새끼돼지는 안경을 서서히 문지르며 생각했다. 랠프가 이처럼 자기를 마음 깊이 받아들이고 있다는 것을 깨달은 새끼돼지는 자부심으로 얼굴에 홍조를 띠었다.

"랠프야, 난 몰라. 그 애 때문인 것 같아."

"잭 말야?"

"응. 잭이야."

잭이라는 말 주위에조차 금기 조항이 맴돌았던 것이다.

랠프는 심각한 표정으로 고개를 끄덕였다.

"응, 내 생각에도 그런 것 같아."

그들 근처의 숲에서 요란한 함성이 터져나왔다. 흰 얼굴, 붉은 얼굴, 초록 얼굴을 한 도깨비 같은 형상들이 요란한 고함을 지르며 숲에서 뛰어나왔다. 그러자 꼬마들은 비명을 지르며 도망쳤다. 새끼 돼지가 도망치는 모습도 랠프는 곁눈으로 보았다. 두 도깨비가 봉화대로 달려왔다. 그래서 랠프가 자신을 방어할 태세를 취하자 그들은 반쯤 타들어간 가지들을 잡더니 해변을 따라 도주해버렸다. 다른 셋은 랠프를 지켜보며 조용히 서 있었다. 그 셋 중에서 키가 제일 크고, 칠한 것과 벨트만 아니면 완전한 알몸을 드러낸 도깨비가 잭이라는 것을 랠프는 알았다.

랠프는 숨을 몰아쉬며 말했다.

"무슨 일이냐?"

잭은 랠프의 질문에 아랑곳하지 않고 다만 창을 치켜들더니 외치기 시작했다.

"모두들 들어라. 나와 나의 사냥부대는 평평한 바위 가에 있는 모래사장에서 살고 있다. 우리는 사냥하여 잔치하고 재미있게 지낸다. 우리 종족에 합세하고 싶으면 와서 우리가 사는 것을 보아라. 너희들을 받아줄지도 모른다. 어쩌면 받아주지 않을지도 모르고."

그는 말을 끊고 주위를 살펴보았다. 얼굴에 칠한 가면 덕택으로 수치나 열등감을 느낄 필요가 없었다. 따라서 소년들의 얼굴을 하나하나 자세히 바라볼 수 있었다. 랠프는 불티가 남아 있는 봉화대에 무릎을 꿇고 마치 출발점에서 달릴 태세를 하고 있는 단거리 선수 같았다. 또한 그의 얼굴은 긴 머리카락과 검댕으로 반쯤 가려져 있었다. 샘과 에릭은 숲의 가장자리에 위치한 야자수 언저리에서 이쪽을 바라보고 있었다. 한 꼬마는 헤엄치는 웅덩이 곁에서 몸에 주름을 보이며 시뻘겋게 되도록 울어댔고 새끼돼지는 양손에 소라를 힘껏 쥐고 바위판 위에 서 있었다.

"오늘 밤 우리는 잔치를 벌인다. 멧돼지를 잡아 고기를 구했다. 마음이 내키는 사람은 와서 함께 먹어도 된다."

저 머리 위 구름 골짜기에서 다시 천둥소리가 요란하게 울었다. 잭과 이름을 알 수 없는 두 야만인들은 몸을 움찔하며 하늘을 올려다보더니 다시 원상으로 돌아갔다. 꼬마들은 계속 울어댔다. 잭은 무엇인가를 기다리고 있었다. 그는 다급히 옆에 있는 것들에게 뭐라고 속삭였다.

"자, 시작!"

두 야만인은 웅얼거렸다. 그러자 잭이 단호하게 말했다.

"자, 시작하라니까!"

두 야만인은 서로 시선을 모으고 함께 각자의 창을 치켜들더니 박자에 맞추어 외쳤다.

"추장님의 말씀이다!"

그리고 나자 그들 셋은 몸을 돌려 종종걸음으로 그곳을 떠났다.

이윽고 랠프는 일어서서 야만인들이 사라진 장소를 바라보았다. 겁을 집어먹은 듯 샘과 에릭은 가까이 와서 속삭였다.

"내 생각엔 그것이……."

"나는……."

"나는 무서웠어……."

새끼돼지는 여전히 소라를 들고 화강암 바위판 위에 저만큼 떨어져 서 있었다.

"잭과 로버트와 모리스였어" 하고 랠프가 일러주었다.

"참 저 애들 재미있게 놀지?"

"나는 천식이 발작하는 줄 알았어."

"제기랄! 또 천식이야?"

"잭을 봤을 때 그가 소라를 가지러 온 줄 알았어. 왜 그런 생각이 들었는지 몰라."

그들 소년들은 애정 어린 존경심으로 흰 소라를 바라보았다. 새끼돼지가 소라를 랠프의 손에 넘겨주자 꼬마들은 낯익은 그 상징을 보고 돌아오기 시작했다.

"여기선 안 돼."

그는 의식 같은 것이 필요하다고 느껴 다시 바위판 쪽으로 몸을 돌렸다. 선두에 소라를 안은 랠프가 걸었고 그 뒤에 심각한 새끼돼지가 서고 다음으로 쌍둥이 형제, 그리고 맨 끝으로 꼬마들과 나머지 아이들이 뒤따랐다.

"모두 앉아. 그들은 불을 가져가려고 우리를 습격했던 거야. 그들은 재미있게 놀고 있어. 하지만……."

그 순간 그의 머리에서 찰칵 하고 셔터가 닫히는 소리가 들려 랠프는 그만 당황했다. 그가 말하고 싶었던 것이 있었다. 그런데 검은 셔터가 내려와 의식의 렌즈를 가려버린 것이다.

"그러나……."

일동은 침울하게 그를 바라보았다. 아직은 그의 역량에 대한 의

심을 품어보지 않았었다. 랠프는 애꿎은 머리만 뒤로 젖히며 새끼
돼지 쪽을 바라보았다.

"그러나…… 에…… 그 봉화! 물론 봉화지!"

그는 웃기 시작했다. 그러고는 잠시 말을 중단했다가 다음 순간
부터 유창하게 말했다.

"봉화가 가장 중요한 것이야. 봉화가 없으면 우리는 구조될 수 없
어. 나도 야만인들이 전쟁터에 나갈 때 칠하듯이 내 몸에 진흙을 칠
하고 야만인이 되고 싶어. 그러나 우린 봉화를 계속 올려야 해. 이
섬에서는 봉화가 제일 중요해. 왜냐하면……."

그는 다시 말을 끊었다. 그러자 의혹과 궁금증으로 가득 찬 침묵
이 흘렀다.

새끼돼지가 급히 속삭여주었다.

"구조."

"응, 그렇지. 봉화가 없으면 우리는 구조받을 수 없어. 그러니까
우리는 불가에 붙어 앉아 계속 연기를 올려야 해."

그가 말을 중지했을 때 아무도 가타부타하지 않았다. 바로 이 지
점에서, 똑똑한 연설을 그렇게 여러 번 했던 랠프였지만 지금 한 연
설은 꼬마들의 귀에까지 어설프게 들렸다.

마침내 빌이 소라를 달라고 손을 내밀었다.

"이제 저기 모래밭에다 불을 피울 수 없어. 불을 저기에다 피울 수
없으니까, 불을 계속 피우려면 더 많은 사람이 필요해. 그러니까 저
애들이 벌이는 잔치에 가서 우리들끼리는 불을 피우기가 어렵다고
말하자구. 또 사냥도 하고 그 별의별 짓도 하면서, 야만인 노릇 말
야. 그건 정말 재미있을 거야."

샘과 에릭이 소라를 받았다.

"빌의 말대로 그건 재미있을 거야. 그리고 그가 우리를 초대했으니까……."

"잔치에……."

"고기."

"바삭바삭하게 구운 멧돼지 고기."

"고기 좀 먹었으면 좋겠다."

랠프가 손을 들었다.

"이왕이면 우리도 고기를 우리 손으로 구하지 뭐."

쌍둥이는 서로 시선을 모았다. 빌이 대답했다.

"우린 정글 속에 들어가고 싶지 않아."

랠프는 얼굴을 찌푸렸다.

"너희가 알다시피 그는 숲속으로 너희들은 처넣을 거야."

"그는 사냥꾼이야. 그들은 모두 사냥꾼이야. 그건 아냐."

잠시 동안 아무도 말하지 않았다. 그러나 새끼돼지가 모랫바닥을 향해 중얼거렸다.

"고기……."

꼬마들은 고기에 대해 진지하게 생각하고 군침을 흘리며 앉아 있었다. 머리 위에서는 다시 천둥소리가 터졌다. 갑자기 불어닥친 뜨거운 돌풍 속에서 메마른 야자수 잎이 서걱서걱 소리를 내며 부딪쳤다.

"너는 바보 같은 애구나" 하고 파리대왕이 말했다.

"그저 무식하고 바보 같은 애야."

사이먼은 부르튼 혀를 움직일 뿐 아무 말이 없었다.

"너도 네가 바보라는 것을 잘 알지?" 하고 파리대왕이 말했다.

사이먼은 여전히 묵묵부답이었다.

"그렇다면" 하고 파리대왕이 말했다.

"여기를 떠나 다른 아이들과 노는 것이 좋겠다. 그들은 너를 머리가 돈 아이로 생각하고 있어. 랠프가 너를 돌았다고 생각하는 게 넌싫지? 넌 랠프를 무척 좋아하지? 그렇지? 그리고 새끼돼지와 잭도좋아하지?"

사이먼의 고개가 약간 위를 향했다. 그는 눈을 도저히 다른 곳으로 돌릴 수 없었다. 파리대왕이 그의 앞에 있는 허공에 매달려 있었다.

"너는 여기 혼자 와서 무엇을 하는 거냐? 넌 내가 두렵지 않으냐?"

사이먼은 고개를 저었다.

"너를 도울 사람은 아무도 없다. 오직 나뿐이야. 그런데 내가 바로 그 짐승이야."

사이먼의 입이 기를 쓰더니 귀로 들을 수 있는 단어가 가까스로 튀어나왔다.

"막대기에 꽂힌 멧돼지 머리야."

"짐승을 사냥해서 죽일 수 있다고 생각하다니 가소롭기 짝이 없구나" 하고 멧돼지 머리가 말했다. 잠시 숲과 희미하게 식별될 수 있는 다른 그 밖의 장소들이 멧돼지 머리가 낸 웃음소리를 흉내 내며 메아리를 보냈다.

"너도 알지? 나는 너희들의 일부분이야. 아주 밀접하게 가까이 있는 일부분이야. 왜 모든 것이 그릇되게 돌아가고 모든 일이 현재의 이 모양으로 되었는가 하면, 그건 모두 나 때문이야."

웃음소리가 다시 진동했다.

"자, 이제 다른 애들에게로 돌아가거라. 그러면 모든 걸 잊게 될 거야" 하고 파리대왕이 말했다.

사이먼의 머리가 불안하게 흔들렸다. 그의 눈은 막대기에 꽂힌 음탕한 것을 모방하듯 반쯤 감겨 있었다. 그는 중대한 시련이 다가오고 있다는 것을 알았다. 파리대왕은 풍선처럼 부풀어올랐다.

"이건 터무니없는 짓이지. 도망쳐 봤자 저 아래에서 나를 다시 만나게 되리라는 것을 너는 너무나 잘 알고 있어. 그러니까 도망치려고 하지 마!"

사이먼의 몸은 활처럼 휘면서 빳빳해졌다. 파리대왕은 교장 선생님의 목소리로 말했다.

"이건 너무 지나쳤어. 이 불쌍하고 버릇없는 아이야, 네가 나보다 아는 게 많다고 생각하니?"

그 목소리가 중단되었다.

"너에게 경고하는 거다. 정말 화를 낼 거야. 알겠니? 넌 여기에서 필요 없어. 알겠어? 우리는 이 섬에서 재미있게 지낼 거다, 알겠어? 이 섬에서 재미있게 지낼 거라는 것? 이 불쌍하고 버릇없는 아이야, 그러니 나를 속이려 들지 마. 그렇지 않으면……."

사이먼은 자신이 어떤 거대한 입을 들여다보고 있음을 깨달았다. 그 안은 캄캄했다. 번져 나가는 암흑이었다.

"그렇지 않으면" 하고 파리대왕이 말했다.

"우리는 너희들을 그냥 두지 않을 거야. 알겠나? 잭, 로저, 모리스, 로버트, 빌, 새끼돼지, 그리고 랠프 등 모두 다 그냥 내버려두지 않을 거야. 알겠나?"

사이먼은 그 입 속으로 들어갔다. 그리고 넘어지면서 의식을 잃었다.

죽음 앞에서

섬 위의 높은 하늘에는 뭉게구름이 잔뜩 끼어들었다.

온종일 무더운 기류가 산으로부터 상승하여 3백 미터 높이까지 밀려 올라갔다. 빙빙 도는 기체 덩어리가 무리 지어서 정전기를 이루고, 공기는 금방이라도 폭발할 기세였다.

저녁이 되기도 전에 태양은 자취를 감추고, 밝은 햇빛 대신 엷은 청동색이 떠돌고 있었다. 바다에서 밀려오는 공기조차 후텁지근했고 상쾌한 맛이라고는 전혀 없었다. 해면도, 수목도, 분홍색 바위의 표면도 모두 색깔이 흐릿해지고 백색과 갈색 구름이 낮게 드리워졌다. 자기들 '대왕'에게 새까맣게 달라붙어, 도려낸 창자를 번쩍거리는 석탄더미처럼 만들고 있는 파리 떼 이외에는 모든 것이 기력을 잃고 있었다.

사이먼은 혈관이 터져 코피를 흘리고 있었지만 파리 떼는 멧돼지의 풍미에 빠져 그에게는 달려들지 않았다.

피를 흘리고 난 사이먼은 발작이 멎어 나른한 잠에 빠져들었다. 저녁 무렵이 되어 천둥소리가 요란하게 울리는 동안 그는 거적 같은 덩굴 속에 누워 있었다.

마침내 그는 잠이 깨었다. 얼굴 바로 밑으로 검은 흙이 희미하게 보였다. 그러나 그는 꼼짝도 않고 여전히 누워만 있었다. 얼굴을 비스듬히 땅바닥에 대고 멍하니 앞을 바라볼 뿐이었다.

마침내 그는 돌아누운 뒤 다리를 굽힌 채 몸을 일으키려고 덩굴을 붙잡았다. 덩굴이 흔들리자 파리 떼는 음침한 윙윙 소리를 내며 창자에서 날아오르더니 곧 다시 그 자리로 육중하게 내려앉았다.

사이먼은 일어섰다. 주위에는 이 세상의 것이 아닌 듯한 이상한 빛이 떠돌고 있었다.

'파리대왕'은 막대기에 검은 공처럼 꽂혀 있었다.

사이먼은 빈터를 향해 큰 소리로 외쳤다.

"달리 할 일이 무엇인가?"

아무런 대답도 없었다.

빈터 쪽을 향하여 서 있던 사이먼은 방향을 바꾸어 덩굴 사이를 기어서 어둠침침한 숲으로 나섰다. 그는 몽롱한 표정으로 나무 사이를 터벅터벅 걸어갔다. 입 언저리와 턱에는 피가 말라붙어 있었다.

이따금 밧줄처럼 꼬여 있는 덩굴을 들어 올리거나 지면의 경사로 미루어 방향을 잡아가면서 그는 뭐라고 중얼거렸으나 그 소리도 똑똑하게 들리지는 않았다.

얼마 지나지 않아 나무를 휘감은 덩굴도 점점 적어지고 나무 사이로 진줏빛 광선이 하늘에서 드문드문 비치는 곳에 이르렀다. 여기는 말하자면 섬의 등골에 해당하는 곳으로, 산 밑이긴 하지만 지대가 약간 높았고, 숲은 정글처럼 울창하지는 않았다.

꽤 넓은 빈터가 여기저기 보이고 덤불이나 거목이 빈터에 흩어져 있었다. 지면의 경사를 따라 올라가자 숲도 점점 트여 갔다.

피로 때문에 때론 비틀거리기도 했지만 그는 쉬지 않고 계속 나아갔다. 그의 눈은 평소의 광채가 사라지고, 그는 노인처럼 완고한 표정으로 걸어갔다.

한 줄기 강한 바람이 불어오자 그는 비틀거렸다. 그는 자신이 바위 위의 빈터에 서 있음을 깨달았다. 하늘은 청동색이었다. 다리에는 힘이 없고 혓바닥이 깔깔했다.

산정까지 바람이 불었을 때 그는 무슨 일인가가 벌어지는 것을 보았다. 갈색 구름을 등지고 뭔가 새파란 것이 펄럭였다. 그는 앞으로 더 나아갔다.

바람이 더욱 거세게 불어닥쳤다. 바람이 숲을 스칠 때 요란한 소리가 났다. 사이먼은 산 꼭대기에서 새우등 모양을 한 것이 갑자기 똑바로 앉더니 자기를 내려다보는 것을 보았다. 그는 얼굴을 가리고 터벅터벅 걸어 올라갔다.

파리 떼도 이미 그 물체를 찾아내었다. 살아 있는 듯한 움직임에 놀라 파리 떼는 잠시 그 물체를 떠나 머리 위에 구름처럼 떠돌았다.

그러다가 낙하산의 푸른 천이 축 늘어지면 그 뚱뚱한 물체는 한숨을 쉬면서 꾸벅 절을 하는 듯했고, 파리 떼는 다시 내려앉는 것이었다.

사이먼은 무릎이 바위에 부딪친 것을 깨달았다. 그는 앞으로 기어나갔다. 이내 모든 것은 확연해졌다. 엉켜 있는 끄나풀을 보았을 때 이 패러디의 구조가 분명해진 것이다.

그는 흰 코뼈와 이빨, 그리고 부패 과정에서 생긴 여러 가지 색깔을 자세하게 살펴보았다. 즈크*와 고무가 여러 겹으로 얽혀 있었기 때문에 깨끗이 썩어가야 할 시체가 아직 비참하게 묶여 있었다. 다시 바람이 불어오자 그 시체는 들린 채 절을 꾸벅 하고 그를 향해 끔찍하게 악취를 내뿜었다.

사이먼은 엉금엉금 기는 자세로 뱃속이 완전히 빌 때까지 구역질을 했다. 이어 그는 끄나풀을 잡고 시체를 바위에서 끌러주었다. 그 시체가 바람에 희롱당하는 창피를 덜어준 것이다.

이윽고 그는 몸을 돌려 모래사장을 내려다보았다. 화강암 언덕 옆의 불은 꺼져버린 것 같았다. 아니 적어도 연기는 오르지 않았다. 모래사장을 따라 멀리 떨어져 있는 개울 건너 커다란 판자 같은 바위 가까이에 가느다란 연기가 하늘로 오르고 있었다.

몰려드는 파리 떼도 잊어버린 채 사이먼은 두 손을 눈 위에 대고 연기를 응시했다. 그렇게 먼 거리에서도 소년들의 대부분이, 아니 전부가 거기 모여 있음을 볼 수 있었다. 그들은 짐승으로부터 멀리 떨어진 그곳으로 캠프를 옮긴 모양이었다.

사이먼은 그런 생각을 하면서 자기 곁에서 몹쓸 냄새를 풍기고 있는 처참한 시체로 눈을 돌렸다.

그 짐승은 해를 끼치는 것은 아니었으나 무서웠다. 가능한 한 빨리 이 사실을 아이들에게 알려야 했다.

---

* 실이나 무명실로 두껍게 짠 직물

그는 산을 내려가기 시작했다. 다리가 말을 듣지 않았다. 아무리 주의를 해도 걸음은 휘청거리기만 했다.

"목욕이나 해. 그 외에는 할 일이 없어."

랠프가 말했다.

새끼돼지는 희미하게 보이는 하늘을 안경 너머로 골똘히 바라보았다.

"난 저런 구름이 싫어. 우리가 여기 내린 직후에 비 온 것 생각나니?"

"또 비가 올 것 같아."

랠프는 웅덩이 속으로 뛰어들었다.

두 명의 꼬마가 물가에서 놀고 있었다. 체온보다 뜨거운 물을 만지작거리는 것이 퍽 재미있는 모양이었다.

새끼돼지는 안경을 벗고 새초롬하니 물속으로 발을 들여넣더니 다시 안경을 썼다. 랠프가 물 위로 얼굴을 내밀고 물싸움하듯이 새끼돼지에게 물을 튀겼다.

"안경 사정을 봐줘. 안경이 젖으면 나가서 안경을 닦아야 해."

새끼돼지가 말했다.

랠프가 다시 물을 튀겼으나 맞지 않았다. 랠프는 여느 때처럼 새끼돼지가 아무 말도 못 하고 도망가리라 생각하고 새끼돼지를 보고 웃었다.

그러나 새끼돼지는 두 손으로 물을 쳤다.

"그러지 마! 그러지 말라니까!"

새끼돼지가 고함을 쳤다.

그는 랠프의 얼굴에 물을 마구 끼얹었다.

"알아들었어. 알겠으니까 화내지 마."

랠프의 말이었다.

새끼돼지는 물장난을 그만두었다.

"난 골치가 아파 죽겠어. 좀 시원해졌으면 좋겠어."

"난 집으로 돌아가고 싶어."

새끼돼지는 웅덩이 곁의 비탈진 모래사장에 드러누웠다. 그의 배는 불룩 튀어나와 있었고 그곳엔 물기가 다 말라 있었다.

랠프는 손바닥으로 하늘을 향해 물을 끼얹었다. 구름 사이로 비껴 비치는 햇살의 움직임으로 미루어 볼 때 태양의 움직임을 짐작할 수 있었다.

그는 물속에 꿇어앉아 주위를 둘러보았다.

"다들 어디 갔지?"

새끼돼지는 일어나 앉았다.

"아마 오두막에 누워 있을 거야."

"샘과 에릭은 어디 있지?"

"그리고 빌은?"

새끼돼지는 화강암 언덕 너머를 가리켰다.

"저쪽으로 갔어. 잭의 잔치에 말야."

"가고 싶다면 가게 내버려둬. 난 겁날 것 없어."

랠프가 불안스레 말했다.

"고기를 좀 얻어먹으려고……."

"그리고 사냥을 하고, 오랑캐 흉내를 내고, 얼굴에 색칠을 하고 싶어서 그런 거지."

랠프가 알은체하며 말했다.

새끼돼지는 물 밑의 모래를 휘저으며 랠프 쪽은 돌아보지 않았다.

"우리도 가야 할 것 같아."

랠프가 그를 재빨리 쳐다보았기 때문에 그는 얼굴을 붉혔다.

"아무 일도 없게 하기 위해서 말이야."

랠프는 다시 물을 튀겼다.

랠프와 새끼돼지는 잭의 패거리가 있는 곳에 닿기 훨씬 전부터 들려오는 소리로 그들의 잔치 분위기를 짐작할 수 있었다.

숲과 바닷가 사이에는 잔디가 야자수에 둘러싸여 널따랗게 자라 있었고 한 가닥의 풀밭이 펼쳐져 있었다. 그 풀밭 가장자리에서 한 걸음 내려서면 꽉 차게 들어온 밀물 위로 바람에 불려 쌓인 흰 모래 톱이 있었다.

그 모래톱은 뜨겁고 건조했으며 발길이 많이 닿은 터였다. 그 아래로 바위 하나가 초호 쪽으로 뻗어 있었다. 그 너머에는 그리 길지 않은 모래톱이 있고 그 옆은 물가였다.

바위 위에 불이 피워 있고 굽고 있는 멧돼지 고기에서 비계 기름이 가물거리는 불꽃 속으로 뚝뚝 떨어져 내렸다.

새끼돼지, 랠프, 사이먼과 멧돼지를 굽는 두 소년을 제외한 다른 소년들은 웃거나, 노래하거나, 누워 있거나, 앉아 있거나, 혹은 먹을 것을 들고 풀 위에 서 있거나 했다.

그러나 비계 기름이 온통 묻어 있는 얼굴로 미루어 보아 고기 잔치도 어지간히 끝난 성싶었다. 손에 야자열매 껍질을 들고 물을 마시는 축도 있었다. 잔치가 벌어지기 전에 커다란 통나무가 잔디밭 한가운데로 끌려왔다.

색칠을 하고 꽃다발로 치장한 잭이 우상처럼 그곳에 앉아 있었다. 잭 곁에는 푸른 나뭇잎 위에 고기가 놓여 있었고, 과일과 물이 담긴 야자열매 껍질도 놓여 있었다.

새끼돼지와 랠프는 풀이 무성한 언덕 가장자리로 다가갔다. 그들을 보자 소년들은 차례로 입을 다물었고 잠시 후에는 잭 바로 곁의 소년만이 얘기를 하고 있었다.

그러나 그 소년마저도 입을 봉해버리자 잭은 앉은 자리에서 고개를 돌렸다. 잠시 동안 그는 그들을 바라보았다.

탁탁 불똥 튀는 소리가 산호초에서 들려오는 나직한 소리보다 똑똑하게 들릴 뿐이었다. 랠프는 시선을 돌렸다.

그러자 랠프가 자기를 나무라는 투로 노려보았다고 생각한 샘은 뜯고 있던 뼈다귀를 불안스레 투덜거리며 내려놓았다.

랠프는 비틀거리듯 한 발짝 내딛더니 야자수를 가리키며 새끼돼지에게 무엇인가 소곤거렸다.

그런 후 두 소년은 샘처럼 중얼거렸다. 랠프는 발을 모래에서 높이 들어올리며 어슬렁어슬렁 거닐기 시작했다. 새끼돼지는 휘파람을 불려고 했다.

바로 이때 불가에서 요리를 하고 있던 소년들이 갑자기 큰 고깃덩이를 잡아떼어 가지고 풀밭으로 달려갔다. 그들은 새끼돼지와 부딪쳤다.

살을 덴 새끼돼지는 버럭 고함을 지르며 이리 뛰고 저리 뛰었다. 랠프와 소년들은 이것을 보고 함께 배꼽을 잡고 웃었고 그 결과 분위기가 부드러워졌다. 그 전과 마찬가지로 새끼돼지는 다시 한번 모든 소년들의 조롱감이 되었고 이에 따라 모두들 즐겁고 정상적인 감정을 찾았다.

잭이 일어나서 창을 휘둘렀다.

"걔들에게도 고기를 줘."

고기 굽는 꼬챙이를 들고 있던 소년은 랠프와 새끼돼지에게 각각 비계가 많은 고깃덩이를 건네주었다. 그들은 군침을 삼키면서 그 선물을 받았다.

폭풍을 알리는 천둥이 으르렁대는 청동색 하늘 아래에서 두 소년은 선 채로 고기를 먹었다.

잭이 다시 창을 휘둘렀다.

"모두들 먹을 만큼 먹었냐?"

고기는 아직도 남아 있었다. 나무 꼬챙이에 꽂혀 있기도 했고 나뭇잎 위에 놓여 있기도 했다.

새끼돼지는 씹던 뼈다귀를 모랫바닥에 팽개치고 조금 더 먹으려고 허리를 굽혔다.

잭이 성마른 투로 다시 말했다.

"모두들 먹을 만큼 먹었냐?"

그의 목소리에는 경고의 기운이 있었다. 고기 임자는 자기라는 자부심에서 나온 경고였다. 시간이 있을 때 실컷 먹어 두려고 소년들은 더욱 부지런히 먹어댔다.

당장 끝날 것 같지 않자 잭은 자기의 옥좌와 다름없는 통나무에서 일어나 풀밭 가장자리로 어슬렁어슬렁 걸어갔다. 그는 가면처럼 색칠한 얼굴로 랠프와 새끼돼지를 내려다보았다.

두 소년은 모래톱으로 비켜 갔다. 랠프는 먹으면서 불을 지켜보고 있었다. 땅거미를 배경으로 이제 불꽃이 선명하게 돋보였다. 황

236

혼이 온 것이다.

그러나 조용한 아름다움은 찾아볼 수 없고 뭔가 무시무시한 일이 들이닥칠 것 같은 황혼이었다.

잭이 입을 열었다.

"물 좀 줘."

헨리가 그에게 야자열매 껍질을 갖다 주자 잭은 그 우툴두툴한 테두리 너머로 랠프와 새끼돼지를 노려보면서 물을 마셨다. 그의 봉긋이 올라간 갈색의 팔 근육에는 권력이 자리 잡았고, 어깨 위에는 권위가 걸터앉아 그의 귀에다 대고 원숭이처럼 재잘거리고 있었다.

"모두들 앉아."

소년들은 잭 앞의 풀밭에 줄을 지어 자리를 잡았다.

그러나 랠프와 새끼돼지는 그보다 60센티미터쯤 낮은 부드러운 모랫바닥에 떨어져 서 있었다. 잭은 처음에는 그들을 무시한 채 앉아 있는 소년들에게 가면 같은 얼굴을 돌리더니 창으로 그들을 가리켰다.

"내 편이 될 사람은 누구냐?"

랠프가 갑자기 몸을 움직이려다 비틀거렸다. 몇몇 소년들이 랠프 쪽을 바라보았다.

"나는 너희들에게 고기를 주었고, 또 나의 사냥부대는 너희를 짐 승으로부터 보호해줄 것이다. 내 편에 들어올 사람은 누구누구냐?"

잭이 큰 소리로 말했다.

"너희가 날 선출했으니 내가 대장이야."

랠프가 지지 않으려고 대꾸했다.

"게다가 우리는 불을 피워두려고 했어. 그런데 이제 너희들은 먹을 것을 뒤쫓아다니기나 하니……."

"넌 안 그랬니? 네 손의 뼈다귀를 봐!"

잭은 소리쳤다.

랠프는 홍당무가 되었다.

"너희들은 사냥부대라고 내가 말했잖아? 먹을 것을 구하는 게 너희들의 임무야."

잭은 다시 그를 묵살했다.

"내 편에 들어와서 재미있게 지낼 사람은 누구누구냐?"

"대장은 나야."

떨리는 목소리로 랠프가 다시 말했다.

"봉화는 어쩔 셈이야? 게다가 난 소라를 가지고 있어!"

"지금 어디 가지고 있어?"

잭이 비웃으며 말했다.

"넌 그걸 두고 왔어. 참 똑똑한데 그래? 그리고 이곳 섬 끝에서는 그 소라가 아무 소용 없어."

갑자기 천둥소리가 났다. 우르릉거리는 둔탁한 소리가 아니라 폭발하는 듯한 날카롭고도 충격적인 소리였다.

"소라는 여기서도 통해. 이 섬 위에서는 어디나 마찬가지야."

"그래, 그걸 가지고 어쩌겠다는 거야?"

랠프는 줄지어 있는 소년들을 살펴보았다. 그러나 그들도 어쩔 수 없었다.

그는 땀을 뻘뻘 흘리며 당황해서 눈길을 돌렸다.

새끼돼지가 소곤거렸다.

"봉화와 구조……."

"내 편에 들어올 사람?"

"들어가겠어."

"나도."

"나도 들어가겠어."

"나는 소라를 불어서 회의를 소집하겠어."

랠프는 숨 가쁘게 말했다.

"불어봤자 들리지도 않을걸."

새끼돼지가 랠프의 손목을 잡았다.

"가자, 고기도 먹고 했으니까. 무슨 일이 벌어지겠다."

숲 저쪽에서 번갯불이 번쩍하더니 다시 요란한 천둥소리가 나자 꼬마 하나가 울음을 터뜨렸다. 큰 빗방울이 떨어지고 그때마다 후드득 소리를 냈다.

"폭풍우가 오겠어."

랠프가 말했다.

"우리가 여기 내렸을 때처럼 억수로 퍼부을 거야. 이번엔 누가 똑똑한 셈이지? 너희들의 오두막은 어디 있지? 그건 어떻게 할 거야?"

사냥부대는 굵은 빗방울에 섬뜩해하면서 걱정스레 하늘을 쳐다보았다. 불안이 전파되자 소년들은 왔다갔다하며 어쩔 줄 몰라 했다.

번갯불은 더욱 기승을 부리고 천둥소리도 견딜 수 없을 지경이었다.

꼬마들은 비명을 지르며 이리 뛰고 저리 뛰었다.

잭은 모래톱으로 뛰어내렸다.

"우리의 춤을 춰! 자, 시작! 춤을 춰!"

푸석푸석한 모래톱을 비틀거리며 달려나가 그는 불 건너편의 탁트인 바위께로 갔다. 번갯불이 멎은 동안은 사방이 캄캄하고 무시무시했다.

소년들은 소란을 피우면서 그를 따라갔다. 로저는 멧돼지가 되어 가지곤 툴툴거리며 잭에게로 돌진해갔다. 잭은 슬쩍 옆으로 비켰다.

사냥부대는 각자의 창을 집어 들고 요리 당번은 고기 굽는 꼬챙이를 집어 들었다. 나머지 소년들은 땔감 중에서 막대기를 골라 들었다. 모두들 빙글빙글 원을 그리며 노래를 부르기 시작했다.

로저가 겁에 질린 멧돼지 흉내를 내고 있을 때 꼬마들은 그 원의 바깥으로 달려가 껑충껑충 뛰었다. 무시무시하게 으르렁거리는 하늘 아래에서 새끼돼지와 랠프는 이 광기 어린, 그러나 얼마쯤은 안정된 집단 속에 끼고 싶은 마음이 들었다.

공포심을 가둬두고 그것을 견딜 수 있도록 만들어주는, 원형을 이룬 사람의 갈색 등이 스치자 그들은 기쁘기조차 했다.

"짐승을 죽여라! 목을 따라! 피를 흘려라!"

노래가 흥겨운 처음의 곡조를 버리고 안정된 맥박처럼 일정한 박자를 갖추기 시작하자 원을 그리는 동작도 규칙적으로 되었다.

로저가 멧돼지 흉내를 그치고 사냥부대 틈으로 끼어들어가자 원의 한가운데는 텅 비어버렸다. 몇몇 꼬마들이 자기들끼리 원을 그리기 시작했다.

이렇게 하여 서로 보충하는 원이 생겨 빙글빙글 돌아갔다. 빙글

빙글 반복하여 돌아가면 저절로 안정감이 생긴다는 듯한 식이었다. 단 하나의 유기체가 가슴을 두근거리며 발소리를 내는 것 같았다.

새까만 하늘이 청백색의 번갯불로 산산조각 났다. 다음 순간 거대한 채찍 소리처럼 소년들의 머리 위에서 천둥소리가 났다. 노래의 가락이 고통스럽게 올라갔다.

"짐승을 죽여라! 목을 따라! 피를 흘려라!"

이제 공포 속에서 지독하고 절박하며 맹목적인 다른 욕망이 생겼다.

"짐승을 죽여라! 목을 따라! 피를 흘려라!"

다시 청백색의 생채기 같은 번갯불이 머리 위에서 번쩍이면서 유황의 폭발 같은 천둥소리가 났다.

꼬마들은 비명을 지르고 이리저리 비틀거리면서 숲 가장자리에서 도망쳤다. 한 꼬마는 겁에 질린 나머지 큰 소년들이 그리고 있는 원에 부딪쳐 그것을 흐트려놓았다.

"그거야, 그거!"

원형은 이제 말굽 모양이 되었다. 무엇인가가 숲속에서 기어나왔다. 그것은 시꺼멓고 분명치가 않았다.

그것은 말굽 모양으로 둘러선 소년들 속으로 비틀거리며 들어갔다.

"짐승을 죽여라! 목을 따라! 그놈을 죽여라!"

청백색의 생채기는 끊임없이 찢어지고 천둥소리는 견딜 수 없을 지경이었다. 사이먼은 산 위에 있는 사람의 시체에 대해 무어라고 소리를 질렀다.

"짐승을 죽여라! 목을 따라! 피를 흘려라! 그놈을 죽여라!"

막대기가 내리퍼부어지고 새로 원을 그린 소년들은 함성을 질렀다.

그 짐승은 원의 한가운데에서 두 팔로 얼굴을 가리고 무릎을 꿇고 있었다. 그 짐승은 고함소리에 지지 않으려고 산에 있는 시체에 대해서 무어라고 자꾸만 큰 소리로 떠들어댔다.

짐승은 허우적거리며 앞으로 나가 원형을 꿰뚫고 가파른 바위 끝에서 물가의 모랫바닥으로 굴러떨어졌다. 곧 소년의 무리는 물밀듯이 그 뒤를 따라 바위를 내려가 짐승에게로 뛰어내렸다. 그들은 고함을 지르고 주먹질을 했다. 물어뜯고 할퀼 뿐이었다.

곧 구름이 걷히고 비가 폭포처럼 억수로 퍼부었다. 빗물은 산꼭대기에서 퍼부어 나뭇잎과 가지를 나무줄기에서 떼어내고 모래 위에서 안간힘을 쓰는 한 떼의 소년들 위로 냉수 샤워처럼 퍼부어댔다.

얼마 지나지 않아 소년의 무리는 흩어지고 제각기 비틀거리며 도망쳤다. 바다에서 불과 몇 야드 떨어진 곳의 짐승만이 꼼짝 않고 누워 있었다. 억수처럼 쏟아지는 빗속에서도 그들은 그것이 얼마나 조그만 짐승인가를 알 수 있었다. 이미 피가 모래를 물들이고 있었다.

폭풍이 불어와 빗발은 옆으로 휘몰아치고 폭포 같은 빗물이 숲속의 나무에서 떨어져 내렸다. 산꼭대기에서는 낙하산이 바람을 안고 꿈틀거렸다.

시체는 질질 끌리다 벌떡 일어나서 빙빙 돌아가 흠뻑 젖은 넓은 공간에서 이리저리 흔들리다가 마침내는 나무 꼭대기로 비실비실 걸어갔다. 그러다가 아래로 떨어져 모래사장 쪽으로 내려갔다.

소년들은 비명을 지르며 어둠 속으로 도망쳤다. 낙하산은 시체를 끌고 섬과 섬 사이의 얕은 초호를 가로질러 산호초에 부딪쳤다가는 뭍에서 멀리 떨어진 넓은 바다로 날아가버렸다.

한밤이 되어 비가 멎고 구름은 걷혔다.

하늘에는 조금 전까지만 해도 상상조차 할 수 없었던 별들이 총총했다. 미풍마저도 멎었다. 들려오는 소리라고는 바위틈에서 떨어지는 물방울 소리뿐이었다.

빗물은 잎에서 잎으로 흘러내려 갈색 땅 속으로 스며들어갔다. 대기는 서늘하고 축축하고 맑았다.

얼마 있지 않아 낙수 소리마저 조용해졌다. 짐승은 파르스름한 모래사장에 새우등을 하고 누워 있고 핏자국이 조금씩 번져갔다.

그 초호의 물가를 따라 한 줄기의 인광이 번쩍였다. 조수의 큰 파도가 밀려옴에 따라 인광도 조금씩 밀려왔다. 해맑은 해면에는 청명한 하늘과 동그랗게 빛나는 별무리가 비쳤다. 해안선을 따라 반짝이던 인광은 모래알이나 조약돌에서 부풀어올랐다. 그러자 긴장된 잔물결이 생겼다. 그러나 갑자기 잘 들리지 않는 소리를 내며 그것들을 감싸 안고 더욱 밀려왔다.

야트막한 물가를 따라서 밀려오는 맑은 바닷물 속에는 달빛 같은 빛을 내고 불처럼 이글거리는 눈을 가진 이상야릇한 생물이 가득했다.

여기저기 커다란 조약돌이 거품을 뿜으며 진주 같은 덮개에 싸여 있었다. 밀물이 부풀어올라 빗방울로 구멍이 난 모래톱을 휩쓸고 모든 것을 덮어버렸다.

밀물은 이제 상처 난 시체에서 배어나온 맨 앞의 핏자국을 어루

만졌다. 빛을 내는 생물이 물결 가장자리로 몰리더니 한 가닥의 빛이 마구 옮아갔다.

밀물은 더욱 높아져서 사이먼의 텁수룩한 머리를 환하게 감쌌다. 그의 뺨의 선은 은빛으로 반짝이고, 어깨의 선은 대리석 조각처럼 보였다. 눈이 이글거리는, 물거품을 내는 이상한 생물은 그의 곁을 떠나지 않고 사이먼의 머리 주위를 부산하게 오갔다.

시체가 모래에서 얼마쯤 붕 떠올랐다. 입에서 픽 소리를 내며 거품이 새어나왔다. 그러더니 시체는 밀물 속에서 돌아누웠다.

이 세계의 어두워진 곡선부의 어디에선가 해와 달이 끌어당기고 있었다.

지구 표면의 수면이 그 때문에 팽팽해지고 그 중심부가 회전함에 따라 한쪽으로 부풀어올랐다. 밀물의 큰 물결은 섬을 따라서 점점 크게 밀어닥치고 물의 높이도 점점 높아갔다.

계속해서 밀려드는 발광 생물에 둘러싸인 채 별무리의 빛을 받고 은빛으로 빛나는 사이먼의 시체는 서서히 바다로 밀려나갔다.

소라와 안경

새끼돼지는 가까이 다가오는 사람의 모습을 주의 깊게 바라보았다. 요즘 그는 간혹 안경을 벗고 하나 남은 렌즈를 한쪽 눈에 갖다 대며 바라보곤 했다. 그리고 그것이 훨씬 더 잘 보인다는 것을 알게 되었다. 잘 보이는 쪽 눈으로 보더라도, 또 얼마 전의 사건이 있었지만 다가오는 사람은 영락없는 랠프였다. 그는 절뚝거리며 야자수들 사이에서 나왔다. 헝클어진 금발에는 마른 이파리가 몇 개 매달려 있었고 초라한 행색이었다. 한쪽 볼이 부어서 눈이 가늘어 보였으며 오른쪽 무릎에는 커다란 딱지가 앉아 있었다. 그는 잠시 걸음을 멈추고 화강암 꼭대기에 있는 사람 모습을 골똘히 바라보았다.

"새끼돼지냐? 너 혼자 남은 거니?"

"꼬마들만 몇 명 있어."

"꼬마들은 상관없고, 큰 애들은 없니?"

"그래. 샘, 에릭, 그들은 땔감을 모으고 있어."

"그 외엔 없니?"

"없는 것 같아."

랠프는 조심조심 화강암 꼭대기로 올라갔다. 회의 때 아이들이 늘 앉아 있던 자리의 거친 풀은 아직 풀이 죽어 있었다. 연약한 흰 소라는 여전히 길이 든 통나무 옆에서 번득이고 있었다. 랠프는 대장 자리와 소라 쪽을 향하고 풀밭에 앉았다. 새끼돼지가 그의 왼편에 무릎을 꿇고 앉았다. 두 소년은 오랫동안 아무 말 없이 앉아 있었다.

이윽고 랠프가 목청을 가다듬으며 무엇인가 소곤거렸다. 이에 새끼돼지가 역시 소곤소곤 대답했다.

"뭐라고 했지?"

랠프가 조금 큰 소리로 말했다.

"사이먼 말이야."

새끼돼지는 아무 말도 하지 않고 심각하게 고개만 끄덕여 보였다. 그들은 흐릿한 눈으로 대장 자리와 반짝이는 초호를 응시하면서 계속 앉아 있었다. 초록색 빛과 잎 사이로 비치는 햇빛의 반점들이 그들의 더러운 몸 위에서 춤추듯 하고 있었다.

마침내 랠프가 몸을 일으켜 소라 있는 쪽으로 갔다. 조심스럽게 두 손으로 소라를 받쳐 든 그는 무릎을 꿇고 앉아 나무줄기에 몸을 기댔다.

"새끼돼지야."

"왜 그래?"

"우린 어떡하면 좋지?"

새끼돼지는 소라 쪽을 보며 고개를 끄덕였다.

"네가 그걸로……."

"회의를 소집한단 말이야?"

랠프가 날카롭게 웃어댔기 때문에 새끼돼지는 말하며 상을 찡그렸다.

"넌 아직 대장이야."

랠프는 다시 웃었다.

"사실 그래, 우리를 지휘하는……."

"소라를 가지고 있으니까."

"랠프! 그렇게 웃지 마. 그렇게 웃을 게 뭐야. 다른 애들이 어떻게 생각하겠어?"

랠프가 마침내 웃음을 그쳤다. 그가 몸을 떨고 있었다.

"새끼돼지야."

"응?"

"그건 사이먼이었어."

"아까도 말했잖아?"

"새끼돼지야."

"왜 그래?"

"그건 살인행위였어."

"그만둬."

새끼돼지의 목소리는 날카로웠다.

"그런 식으로 얘기해야 무슨 소용이 있어?"

그는 벌떡 일어나며 랠프를 내려다보았다.

"그땐 깜깜했어. 거기다 그 지독한 춤이 진행되었고. 번개가 치고 천둥이 치고 비가 내렸어. 우리는 모두 겁에 질려 있었고."

"난 그렇지 않았어" 하고 랠프는 천천히 말했다.

"난…… 난 내가 어땠었는지 모르겠어."

"우린 겁에 질렸던 거야."

새끼돼지는 흥분하여 말했다.

"그럴 때 무슨 일이 일어날지 모르는 거야. 그건…… 네 말은 틀려."

그는 손짓 발짓을 하며 적절한 말을 찾으려고 했다.

"야, 새끼돼지!"

나지막하고 질린 듯한 랠프의 목소리를 듣고 새끼돼지는 동작을 멈췄다. 그리고 몸을 굽히고 랠프의 말을 기다렸다. 소라를 부둥켜 안은 랠프는 이리저리 몸을 흔들었다.

"새끼돼지야, 넌 모르겠니? 우리가 한 짓은……."

"어쩌면 여태까지 그는……."

"천만에!"

"어쩌면 그는 그냥 죽은 척……."

랠프의 표정을 보자 새끼돼지의 목소리는 기어들어갔다.

"너는 원형 밖, 바깥쪽에 있었어. 안으로는 들어오지 않았었지. 넌 보지 못했어. 우리가, 아니 그들이 한 짓을."

그의 혐오감에 찬 목소리는 몹시 흥분돼 있었다.

"새끼돼지야, 넌 못 보았니?"

"잘 보지는 못했어. 난 지금 한쪽 눈밖에 보이지 않아. 너도 그쯤 은 알고 있어야 하잖아, 랠프."

랠프는 계속 이리저리 몸을 흔들었다.

"그건 우연한 사고였어" 하고 새끼돼지가 갑자기 말했다.

"그것뿐야. 사고였던 거야."

그의 목소리가 다시 높아졌다.

"컴컴한데 오다니…… 그토록 어두운 데서 기어오는 법이 어딨어. 그 애는 머리가 돌았었어. 스스로 자초한 거야."

"넌 그들이 한 짓을 보지 못했어……."

"이봐, 랠프. 우린 이 일을 잊어야 돼. 생각해봐야 아무런 소용이 없다는 것을 알아야 한단 말야. 알겠어?"

"나는 무서워. 우리 자신이 무서워. 집에 가고 싶어. 정말이지 난 집에 가고 싶어 죽겠어."

"그건 우연한 사고였어."

새끼돼지는 선 채로 말했다.

"그뿐이야."

그는 랠프의 드러난 어깨에 손을 얹었다. 사람의 손이 닿자 랠프는 몸서리쳤다.

"이봐, 랠프." 하면서 새끼돼지는 잽싸게 주변을 돌아보고 더 가까이 다가갔다.

"우리가 그 춤놀이에 참가했다는 걸 샘과 에릭에게 얘기하지 마."

"그렇지만 우린 참가했잖아. 우리 모두가."

새끼돼지는 고개를 가로저었다.

"우린 나중에야 끼어들었어. 그들은 어두워서 보질 못했어. 어쨌든 네 말대로 나는 그냥 바깥쪽에 있었어."

"나도 그건 마찬가지야" 하고 랠프는 중얼거렸다.

"나도 바깥쪽에만 있었어."

새끼돼지는 힘주어 고개를 끄덕였다.

"그래, 우린 바깥쪽에 있었어. 우린 아무 짓도 안 하고, 아무것도 보질 못했어."

새끼돼지는 잠깐 쉰 다음 다시 말을 했다.

"우린 우리끼리 살아가자. 모두 넷이서……."

"우리 넷이서……. 넷이서는 봉화를 계속 피울 수가 없어."

"한번 해보는 거지 뭐. 이봐, 내가 불을 피워놓았어."

커다란 통나무를 끌고 샘과 에릭이 숲에서 나왔다. 그들은 통나무를 불가에 내던지고 웅덩이 쪽으로 갔다. 랠프가 벌떡 일어섰다.

"얘들아!"

쌍둥이 형제는 잠시 멈칫하다가 계속 걸어갔다.

"목욕하러 가는 거야, 랠프."

"그럼 빨리 끝내는 게 낫지."

쌍둥이 형제는 랠프를 보고 깜짝 놀랐다. 그들은 얼굴을 붉히고 랠프의 얼굴을 피하듯이 허공을 쳐다보았다.

"어, 여기서 만나다니, 랠프!"

"우린 여태껏 숲속에 있었어."

"땔감을 구하려고…….."

"간밤에 우린 길을 잃었어."

랠프는 자신의 발가락을 살펴보았다.

"길을 잃은 거지, 너희들은, 그 후에."

새끼돼지는 안경알을 닦았다.

"잔치 후에 말이야" 하고 샘이 목소리를 죽여서 말했다. 에릭이 고개를 끄덕였다.

"그래 잔치 후에."

"우린 일찌감치 그곳을 떠났어" 하고 새끼돼지가 빠른 어조로 말했다.

"몹시 피곤했기 때문에."

"우리 역시 그랬어."

"아주 일찌감치."

"우리도 매우 피곤했었어."

샘은 이마에 생긴 생채기를 만지다가 급히 손을 내렸다. 에릭은 터진 입술에 손가락을 대었다.

"그랬어. 몹시 피곤해서 우린 일찌감치 그곳을 떠났어" 하고 샘이 되풀이했다.

"그거, 괜찮았니?"

서로 알고는 있지만 말을 하지 않는 거북한 분위기가 감돌았다. 샘이 몸을 꼬더니 입에 담기 어려운 말이 그에게서 급작스레 튀어 나왔다.

"그 춤놀이는?"

네 사람 중 어느 누구도 끼지 않았던 춤놀이에 대한 기억이 소년 들의 몸을 떨리게 했다.

"일찌감치 우린 떠났었어."

로저가 '성채 바위'와 섬의 본토를 연결하는 좁은 길까지 왔을 때, 누구냐고 소리쳐 묻는 사람이 있었으나 그는 놀라지 않았다. 섬을 휩쓸었던 공포에 저항하려고 안전한 장소에 자기 패거리가 있으려 니 그는 간밤에도 기대하고 있었던 것이다.

점점 작아지며 바위가 잘 포개어져 있는 꼭대기에서 수하(誰何) 하는 소리가 날카롭게 들려왔다.

“정지! 누구냐?”

“로저야.”

“우리 편이군. 이리 와.”

로저는 앞으로 갔다.

“날 알았을 텐데.”

“추장의 엄명으로 어느 누구든 수하를 하게 돼 있어.”

로저는 올려다보았다.

“내가 올라가는 것을 막지는 못하겠지?”

“내가 막을 수 없다고? 올라와 봐.”

로저는 사다리 같은 벼랑을 올라갔다.

“이걸 봐.”

제일 꼭대기의 바위 밑에 통나무 하나를 쑤셔넣고 다시 그 밑에 지렛대를 놓아두었다. 그걸 들어올리기만 하면 요란한 소리를 내며 바위가 좁은 길목께로 굴러내려갈 게 분명했다. 로저는 탄복했다.

“정말 추장은 자격이 있어. 그렇지?”

로버트는 고개를 끄덕였다.

“그는 우리를 데리고 사냥을 갈 작정이야.”

그는 고개를 돌려 흰 연기가 한 줄기 하늘로 올라가고 있는 오두막을 바라보았다. 로저는 벼랑 끝에 걸터앉아서 흔들거리는 이를 손가락으로 매만지면서 섬의 본토를 우울하게 뒤돌아보았다. 멀리 산꼭대기를 골똘히 바라보는 로저에게 로버트는 말없이 주고받았던 화제를 꺼냈다.

“추장이 월프리드를 때려준대.”

“왜?”

로버트는 의심쩍은 듯 고개를 저었다.

"나도 잘은 모르겠어. 몹시 화가 나서 월프리드를 묶어놓으라고 명령했을 뿐 말을 하지 않으니까. 월프리드는"

이렇게 말하면서 로버트는 계속 킬킬거렸다.

"지금까지 몇 시간째 묶여 있어. 기다리며……."

"추장이 이유를 밝히지 않고 그런단 말이지?"

"난 아무 말도 못 들었어."

작열하는 땡볕 아래 거대한 바위 끝에 앉아서 이 소식을 하나의 계시처럼 로저는 받아들였다. 그는 이빨을 만지던 동작을 멈추고 조용히 앉아서 이 무책임한 권위가 얼마만큼 실현될까 하고 곰곰이 생각해보았다. 그러더니 한마디 말도 없이 벼랑 뒤쪽을 내려가서 동굴에 이르러 나머지 패거리와 합류했다.

추장이 그곳에 앉아 있었다. 허리 윗부분은 알몸이었고 얼굴에는 흰색과 빨간색이 칠해져 있었다. 패거리는 추장 앞에 반원형을 이루고 앉아 있었다. 그 뒤쪽에는 묶인 채 두들겨 맞고 방금 풀려난 월프리드가 큰 소리로 훌쩍이고 있었다. 로저는 다른 소년들과 마찬가지로 웅크리고 앉았다.

"내일은" 하고 추장이 얘기를 계속했다.

"다시 사냥을 해야겠다."

그는 야만인들에게 창을 들이댔다.

"몇 사람은 여기 남아 동굴 안을 정돈 손질하고 관문을 지켜야 돼. 난 사냥부대를 이끌고 가서 고기를 구해 오겠어. 관문 보초들은 다른 아이들이 몰래 들어오지 못하도록 잘 지켜야 해."

야만인 하나가 손을 들었기 때문에 추장은 색칠한 을씨년스러운 얼굴을 그쪽으로 돌렸다.

"추장, 다른 애들이 뭘 하러 몰래 들어오겠어?"

추장의 대답은 막연했으나 진지했다.

"몰래 들어올 거야. 그들은 우리의 일을 망치게 하려 들 거야. 그러니까 관문 보초들은 조심해야 해. 그리고⋯⋯."

추장은 말을 멈췄다. 소년들은 분홍색의 세모난 것이 깜짝 놀랄 만큼 갑자기 튀어나와 그의 입술을 스치고 사라지는 것을 보았다.

"짐승이 들어올지도 모르고. 너희들도 기억할 거야. 그게 어떻게 기어왔는가를⋯⋯."

반원형을 이루고 앉아 있던 소년들은 몸서리를 치면서 쑥덕쑥덕 찬성하는 의사를 표명했다.

"짐승은 변장을 하고 왔었어. 우리가 잡은 멧돼지의 머리를 주긴 했지만 다시 올지도 몰라. 그러니까 감시를 게을리해서는 안 돼."

스탠리가 바위에 대었던 팔을 들고 질문이 있다는 듯이 손가락질을 했다.

"뭐라구?"

"그래도 우린 해치웠잖았어?"

그는 진저리 치며 눈을 내리깔았다.

"그게 아니야!"

뒤이어 계속된 침묵 가운데 야만인들은 각자의 기억 때문에 움찔하면서 떨쳐버리려고 했다.

"맞잖아. 우리가 어떻게 그걸 죽일 수 있었단 말이냐?"

아직 더 무서운 일이 일어날지도 모른다는 생각에 반은 기가 죽었으면서도 반은 안도감을 느낀 야만인들은 나직하게 수군거렸다.

"그러니 산꼭대기의 것은 그냥 내버려두고, 사냥을 하거든 사냥감의 머리나 주기로 하자."

추장은 엄숙하게 말했다.

스탠리가 다시 손톱 끝을 튕겼다.

"짐승이 변장을 했겠지."

"그랬을 거야" 하고 추장이 말했다. 한 종교적인 상념이 머리에 떠올랐다.

"그를 화나게 하지 않는 게 좋겠어. 어떤 짓을 할지 모르니까 말이야."

야만인들은 이 문제에 대해 생각해보았다. 돌발적인 질풍을 만난 듯이 모두가 몸을 떨었다. 추장은 자기의 말이 불러일으킨 충격을 보고 갑자기 일어섰다.

"내일은 사냥을 하여 고기를 모아 잔치를 벌이자."

빌이 손을 들었다.

"추장!"

"왜 그래?"

"어떻게 불을 피우지?"

추장은 얼굴을 붉혔지만 희고 붉은 색칠에 가려 드러나지는 않았다. 그가 머뭇거리며 입을 다물고 있는 사이에 야만인들은 또다시 수군대기 시작했다. 그러자 추장이 번쩍 손을 들었다.

"불은 그 패거리들에게 가서 가져오면 돼. 자, 들어봐. 내일은 사냥을 하여 고기를 구하도록 해. 오늘 밤엔 내가 두 사냥부대를 이끌고 갈 작정이야. 누가 함께 가겠어?"

모리스와 로저가 손을 들었다.

"모리스."

"응? 추장."

"그 패거리들은 어디에 불을 피워놓았지?"

"그 전에 불을 피웠던 비위의 봉화터 뒤쪽이야."

추장은 고개를 끄덕였다.

"해가 지는 대로 나머지는 자도록 해. 그러나 모리스, 로저, 나 셋이는 할 일이 있어. 해가 지기 전에 우린 바로 출발하자구."

모리스가 손을 들었다.

"그럼 어떡하지, 우리는? 만약 우리가 마주치게 된다면."

추장은 손을 내려 이의를 묵살했다.

"우리는 모래사장을 따라서 가면 돼. 만일 그것이 다가오면 다시 우리는 춤을 추는 거야."

"우리 셋이서만?"

수군거리는 소리가 다시 일더니 잠잠해졌다.

새끼돼지는 랠프에게 안경을 건네주고 섰다가 안경을 되받아 시력이 회복되길 기다렸다.

땔감은 축축했다. 세 번째 불붙이기를 시도한 것이었다. 랠프는 물러서서 혼잣말로 중얼거렸다.

"오늘 밤도 불을 지피지 못하면 큰일인데."

그는 죄지은 듯한 표정으로 옆의 세 소년들을 바라보았다. 봉화가 지니고 있는 이중적 기능을 그가 인정한 것은 이번이 처음이었다. 첫째 기능은 말할 것도 없이 신호다. 둘째 기능은 모닥불의 구실로 그들이 잠들 때까지 따뜻하게 해주는 것이다. 에릭이 땔감에 숨을 불었다. 반짝 하고 불꽃이 일더니 자그만 불길이 일었다. 희고 누런 연기가 어지러이 올라갔다. 새끼돼지는 안경을 돌려받고 즐거운 듯이 연기를 바라보았다.

"라디오를 만들 수 있으면 얼마나 좋을까?"

"비행기도."

"배도."

랠프는 점차 흐릿해지는 현실세계에 관한 지식을 긁적거렸다.

"우린 공산군의 포로가 될지도 몰라."

에릭은 머리카락을 쓸어 넘겼다.

"그들이 더 나을 거야. 저……보다는……."

그는 그 패거리의 이름을 대려고 하지 않았다. 샘이 모래사장 저쪽을 향해 고개를 끄덕임으로써 에릭이 하다 만 얘기를 대신 끝낸 셈이 되었다.

랠프는 낙하산에 매달렸던 처참한 몰골이 생각났다.

"그는 죽은 사람 얘기를 했던 거야."

자신이 춤 놀이 현장에 있었다는 것을 자기도 모르게 실토한 셈이었으므로 그는 고통스럽게 얼굴을 붉혔다. 그는 몸으로 연기를 올려보내려는 듯한 몸짓을 했다.

"꺼뜨리지 말고 자꾸 올라가!"

"연기가 점점 약해지는걸."

"축축하나마 벌써 땔감이 동이 난걸."

"난 천식이……."

이 말에 대한 반응은 이미 정해져 있었다.

"제길, 처언식."

"통나무를 끌거나 하면 천식이 도져. 그러지 말았으면 좋겠지만 꼭 그래, 랠프."

세 소년은 숲으로 들어가 썩은 나무를 한 아름씩 가지고 왔다. 다시 연기가 누렇고 빽빽하게 솟아올랐다.

"먹을 것을 구하러 가보자."

그들은 함께 과일나무가 있는 곳으로 갔다. 창을 들고 별로 얘기도 하지 않으면서 닥치는 대로 과일들을 따 먹었다. 숲을 나섰을 때는 해가 지고 있었고 봉화터엔 타다 남은 불이 아직 꺼지지 않고 있었다. 연기도 오르지 않았다.

"난 이제 더 이상 땔감을 나르지 못하겠어" 하고 에릭이 말했다. "피곤해."

랠프가 목청을 가다듬었다.

"그 전에 저 위에선 늘 불을 피워놓았지."

"저 위에선 조금만 피워도 되었어. 그러나 여기선 커다랗게 피워야잖아?"

랠프는 나뭇조각을 불 속에 넣고 어둠 속으로 사라지는 연기를 지켜보았다.

"봉화는 계속 올려야 해."

에릭이 털썩 주저앉았다.

"난 피곤해 죽겠어. 그리고 봉화가 무슨 소용이 있어?"

"에릭!"

랠프는 놀란 듯이 외쳤다.

"그런 투로 얘기하면 못 써!"

샘이 에릭 옆에 무릎을 꿇었다.

"정말, 무슨 소용이 있어?"

랠프는 화가 나서 기억을 더듬으려고 애썼다. 봉화를 피우는 데에는 그럴듯한 이유가 있을 것이다. 굉장히 그럴듯한 이유가.

"랠프가 벌써 여러 번 얘기했잖아?"

새끼돼지가 뾰로통해 가지고 말했다.

"봉화를 피우지 않으면 영영 구조될 가망이 없어."

"맞아, 우리가 연기를 올리지 않으면……."

밀려오는 어둠 속에서 그는 두 소년 앞에 웅크리고 앉았다.

"너희는 이해가 안 되니? 라디오나 배를 원해 봐야 아무 소용이 없어."

그는 주먹을 꽉 쥐었다.

"이 곤경에서 빠져나가기 위해서는 단 한 가지 방법밖에 없어. 어느 누구라도 사냥은 할 수 있고, 먹이를 구할 수는 있어."

그는 소년들의 얼굴을 번갈아 바라보았다. 그러자 큰 정열과 자신감이 필요한 그 순간에, 전에도 그랬듯이, 그의 머릿속이 휘장 같은 것이 펄럭이다 캄캄해졌다. 그는 자신이 하려 했던 말을 갑자기 잊어버렸다. 주먹을 꽉 쥐고 무릎을 꿇은 채 상대방의 얼굴을 번갈아가며 뚫어지게 바라보았다. 그러자 머릿속의 어둠이 걷혔다.

"그래. 그러니 우리는 계속해 연기를 피워 올려야 해. 더 많은 연기를."

"하지만 어떻게 계속 피워 댄단 말이지? 저것 좀 봐!"

불이 꺼져가고 있었다.

"둘이는 봉화 당번을 하고."

반은 혼잣말처럼 랠프가 말했다.

"하루에 열두 시간을 지켜야 해."

"랠프, 이제 더 이상 땔감을 나르지 못하겠어."

"이렇게 어두워서야……."

"밤엔 안 돼."

"매일, 아침에 불을 피우면 돼" 하고 새끼돼지가 말했다.

"캄캄할 때는 연기를 볼 수 있는 사람이 아무도 없을 테니까."

샘이 활발히 고개를 끄덕였다.

"그 전과는 달라. 전엔 불이……."

"저 꼭대기에 있었거든."

랠프는 일어섰다. 다가오는 어둠 속에서 이상스럽게도 자신이 무력하다는 것을 느꼈다.

"그럼 오늘 밤에는 불을 끄도록 하자."

그는 앞장서 앞에 있는 오두막을 향해 걸어갔다. 부서지긴 했으나 그런대로 오두막은 서 있었다. 잠자리로 깔아놓은 나뭇잎이 그대로 안에 있었다. 말라빠진 이파리들은 손을 대자 바삭바삭했다. 바로 옆의 오두막에서 꼬마 하나가 잠꼬대를 했다. 네 소년은 오두막 속으로 기어들어가 나뭇잎을 파고들었다. 쌍둥이 형제가 함께 눕고 랠프와 새끼돼지는 건너편에 누웠다. 한동안 자리를 편하게 하느라고 서로가 뒤척이는 바람에 나뭇잎 버석대는 소리가 계속해서 났다.

"새끼돼지야."

"왜?"

"잠이 오니?"

"그래."

간혹 버석대는 소리가 나더니 이윽고 오두막 안은 고요해졌다.

총총히 빛나는 별빛은 장방형의 어둠의 공간을 더욱 캄캄하게 그들 앞에 드리웠다. 파도가 산호초에 부딪치는 소리가 힘없이 들려왔다. 랠프는 밤마다 즐기는 공상을 하기 시작했다.

만약에 그들이 제트기로 본국에 송환된다면 아침이 채 되기도 전에 윌트셔주(州)에 있는 큰 공항에 닿을 수 있으리라. 그다음 자동차를 타리라. 아니, 매사가 순조로우면 기차를 탈 것이다. 데번포트까지 가 그 집에서 다시 살게 되리라. 그렇게 되면 정원 변두리에 야생 망아지가 몰려와 담장을 넘겨다보리라…….

랠프는 나뭇잎 속에서 안절부절못하며 돌아누웠다. 다트무어*는 황량한 곳이었고 망아지도 사나웠다. 그러나 그 사나움은 이제 매력이 없었다.

그의 마음은 야만인이 발 하나 디밀지 못한 길든 소도시로 날아갔다. 전깃불과 자동차가 가득 찬 버스 주차장처럼 안전한 곳이 또 있을까?

갑자기 랠프는 가로등이 켜진 전신주를 뱅뱅 돌며 춤을 추고 있었다. 버스 정류장에서 한 대의 버스가 서서히 기듯이 다가오고 있었다. 괴상하게 생긴 버스가…….

"랠프! 랠프!"

"뭐야?"

"그렇게 소릴 지르지 마."

"미안해."

---

* 데번셔에 있는 고원지대

오두막 맨 끝의 어둠 속으로부터 무서운 신음소리가 들려왔다. 랜프와 새끼돼지는 겁을 먹고 나뭇잎을 문질러서 부스러뜨렸다. 에릭과 샘은 꼭 부둥켜안은 채 싸움을 하고 있었다.

"샘! 샘!"

"이봐, 에릭!"

얼마 후 모두가 조용해졌다.

새끼돼지가 랜프에게 소곤거렸다.

"우리는 어서 여길 벗어나야 해."

"무슨 소리야?"

"구조를 받아야 한단 말이야."

더욱 컴컴해진 어둠 속에서 그날 처음 랜프는 킬킬거리며 웃었다.

"농담이 아냐" 하고 새끼돼지는 소곤댔다.

"우리가 곧 영국으로 돌아가지 않으면 아마도 우린 머리가 돌아버릴 거야."

"응, 미쳐버릴 거야."

"환장을 하게 될 거야."

"미치광이가 될 거야."

랜프는 흘러내려 눈을 가리는 축축한 머리카락을 쓸어 넘겼다.

"네 아줌마한테 편지를 쓰렴."

새끼돼지는 진지하게 이 일을 생각해보았다.

"아줌마가 지금 어디 계신지 몰라. 더욱이 봉투와 우표도 없고, 우체통과 우체부도 없잖아."

사소한 농담이 성공을 거둬 랜프는 아주 기분이 좋았다. 웃음을 참지 못해 몸이 절로 들썩거렸다.

그러한 그를 새끼돼지가 의젓하게 나무랐다.

"그렇게 우스갯소리를 한 것도 아닌데……."

눈물이 나올 지경으로 랠프는 계속 킬킬거렸다. 너무 몸을 들썩거렸기 때문에 그는 기진맥진해져서 숨도 제대로 못 쉬는 상태로 처량하게 누워 있어야 했다. 그러나 이내 또다시 발작을 일으켰다. 몇 번 그러다가 조용히 누워 있는 동안에 자기도 모르게 잠이 들었다.

"랠프! 또 소릴 지르고 있었어. 조용히 해, 랠프는…… 왜냐하면……."

랠프는 나뭇잎 속에서 몸을 일으켰다. 꿈에서 깨게 해준 것이 고마웠다. 버스가 더욱 가까이 다가와 똑똑히 볼 수 있게 되었기 때문이다.

"왜냐하면…… 이라니?"

"조용히 하고 들어봐."

랠프는 조심해서 누웠다. 나뭇잎이 한숨 같은 소리를 길게 내었다. 에릭이 뭔가 앓는 소리를 내더니 잠잠해졌다. 장방형의 공간에 부질없이 깜박대는 별빛만 없으면 칠흑 같은 어둠이었다.

"아무런 소리도 들리지 않는걸."

"밖에서 뭔가 움직이는 소리가 들려."

랠프의 머리가 콕콕 쑤셨다. 심장의 고동소리만이 크게 들려오다가 조금 가라앉았다.

"여전히 아무 소리도 들리지 않는걸."

"들어봐, 주의깊게 들어봐."

오두막 위쪽 1미터 정도 떨어진 곳에서 또렷하고도 분명하게 막대기 소리가 들려왔다. 랠프의 귓전에 다시 심장의 고동소리가 요란해졌다. 산란한 환영들이 그의 마음에서 서로 쫓고 쫓기고 했다. 이러한 서로 얽힌 하나의 덩어리 같은 환영이 오두막 주위를 배회했다. 새끼돼지가 그의 얼굴을 자기 어깨에다 대고, 경련을 일으킨 듯한 손이 자기를 꽉 잡고 있음을 느낄 수 있었다.

"랠프! 랠프!"

"조용히 해. 그리고 귀를 기울여봐."

랠프는 차라리 짐승이 꼬마들을 노려주기를 빌었다.

섬뜩한 목소리가 바깥에서 나직이 들려왔다.

"새끼돼지야, 새끼돼지야."

"왔어" 하고 새끼돼지는 숨가빴다.

"진짜야."

그는 랠프에게 매달렸다. 그리고 간신히 숨을 쉬었다.

"새끼돼지야. 밖으로 나와. 만나볼 일이 있어."

랠프는 새끼돼지의 귀에 입을 대고 있었다.

"아무 소리 하지 마."

"새끼돼지야, 어디 있니?"

무엇인가가 오두막 뒤꼍을 부딪치며 지나가는 소리가 났다. 한참 동안 새끼돼지는 가만히 있었으나 급기야 천식 발작을 일으켰다. 그는 새우등을 한 채로 다리를 내던지듯 하며 나뭇잎 속에 나자빠졌다. 랠프가 그로부터 몸을 돌려 떨어져 나갔다.

순간 오두막 입구에서 독살스러운 고함 소리가 나더니 몇 사람이 요란한 소리를 내며 달려들었다. 누군가가 랠프의 몸에 걸려 넘어졌다. 새끼돼지가 있던 자리는 순식간에 으르대는 소리, 넘어지는 소리, 주먹질과 발길질 소리와 함께 난장판이 되었다. 랠프는 주먹을 쥐고 달려들었다. 이어 랠프와 열 명 정도는 됨직한 패거리가 서로 엉켜 뒹굴었다. 주먹다짐이 오가고 물어뜯고 할퀴고 야단이었다. 그는 상처투성이가 되어 마구 굴렀다. 누군가의 손가락이 입 안으로 들어오기에 마구 깨물었다. 그 손은 잠시 빼돌리더니 주먹이 되어 피스톤처럼 되돌아왔다. 오두막 전체가 불꽃으로 환해질 정도였다. 랠프는 꿈틀거리는 몸을 올라타고 있다가 옆으로 몸을 꼬았다. 그의 볼에 뜨거운 입김이 와 닿았다. 그는 자기 밑에 깔린 사람의 얼굴에 사정없이 주먹질을 했다. 주먹을 꽉 쥐고 망치질을 하듯이 퍼부었다. 그 얼굴이 피로 미끈미끈해짐에 따라 더욱 열이 올라 미친 듯이 주먹을 가했다. 그의 가랑이 사이로 이번엔 무릎이 쑥 들어왔다. 그는 옆으로 고꾸라지며 통증에 정신을 못 차렸다. 그를 올라타고 싸움에 어울린 패도 있었다. 그러나 오두막이 형편없이 폭삭 주저앉아버렸다. 누구인지 알 수 없는 몰골들이 그곳을 빠져나가려고 애를 썼다. 검은 그림자들이 망가진 오두막을 빠져나가 뺑소니쳤다. 이윽고 꼬마들의 비명소리와 새끼돼지의 할딱이는 소리가 다시 들려왔다.

떨리는 목소리로 랠프가 외쳤다.

"꼬마들아, 모두들 잠이나 자. 저쪽 패거리들과 한바탕 싸움을 벌인 거야. 이젠 괜찮으니 가서 잠이나 자."

샘과 에릭이 다가와 랠프를 빤히 쳐다보았다.

"너희 둘 다 별 탈 없니?"

"응, 별 탈……."

"난 얻어터졌어."

"나도. 새끼돼지는 어떻게 됐어?"

그들은 무너진 오두막에서 새끼돼지를 끌어내어 나무에 기대어 놓았다. 밤은 신선했고 조금 전의 무시무시한 광경은 씻은 듯이 사라졌다. 새끼돼지의 호흡도 훨씬 편해졌다.

"새끼돼지야, 많이 다쳤어?"

"별로."

"잭과 그의 사냥부대였어" 하고 랠프는 내뱉듯이 말했다.

"어째서 우릴 이렇게 못살게 구는지 모르겠어."

"무언가 고깝게 여길 만한 일을 우리가 했어" 하고 샘이 말했다. 마음이 곧은 그는 가리지 않고 말을 이었다.

"적어도 넌 그랬어. 난 한구석에서 그들과 어울려 싸웠어."

"나는 한 녀석을 묵사발을 만들어놓았어" 하고 랠프가 말했다.

"난 그놈을 반은 죽도록 패주었어. 아마 두번 다시 덤벼오지 않을 거야."

"나도 그랬어." 하고 에릭이 말했다.

"내가 잠이 깨어 보니 한 놈이 내 얼굴을 발길로 차고 있잖아. 아마 내 얼굴은 피투성이일 거야. 그러나 나중에는 내가 이겼어."

"어떻게 했길래?"

"무릎을 들어 올려 그놈의 불알을 차주었어. 그 녀석이 소리 지르는 걸 들었을 거야. 그놈도 다시 덤벼오지 못할 거야. 그러니 우리가 그렇게 당한 셈은 아니야."

랠프가 갑자기 어둠 속에서 꿈지럭거렸다. 바로 그때 에릭이 자기 입을 만지작거렸다.

"왜 그래?"

"이가 하나 흔들려."

새끼돼지가 두 다리를 모았다.

"별일 없니? 새끼돼지야?"

"난 소라를 가지러 왔다고 생각했어."

랠프는 파르스름한 모래사장을 달려 화강암 꼭대기를 뛰어올라 갔다. 소라는 여전히 대장 자리 곁에서 번뜩이고 있었다. 잠시 동안 그는 그것을 골똘히 지켜보다가 새끼돼지에게로 돌아갔다.

"소라는 가져가지 않은걸."

"알았어. 그들은 소라를 가지러 온 게 아니었어. 딴 것 때문에 온 거야. 랠프, 난 어떡하면 좋지?"

멀리 모래사장 굽이로 세 그림자가 성채 바위 쪽을 향해 종종걸음쳐 가고 있었다. 그들은 될수록 떨어져 물가를 따라갔다. 그들은 이따금 조용히 노래를 불렀다. 때로는 한 줄기 인광이 움직이는 곁에서 옆으로 재주를 넘기도 했다. 추장이 앞장서 착실히 종종걸음을 쳤다. 자기의 전과(戰果)에 대해 의기양양해하고 있었다. 이제 그는 누가 뭐래도 당당한 추장이었다. 그는 창으로 찌르는 흉내를 연거푸 해 보였다. 그의 왼손에는 새끼돼지의 깨진 안경이 들려 있었다.

성채 바위

　새벽녘의 한참 싸늘한 무렵, 불이 피워져 있던 시커먼 모닥불가에 네 소년이 둘러앉아 있었다. 랠프는 무릎을 꿇고 입김을 불었다. 입김이 닿자 깃처럼 가벼운 재티가 이리저리 날릴 뿐 불꽃이 일지는 않았다. 쌍둥이 형제는 근심에 차서 지켜보았고, 새끼돼지는 근시안 특유의 아른거리는 장막 뒤에 담담한 표정의 얼굴을 하고 앉아 있었다. 랠프는 귀가 윙윙거릴 정도로 계속해서 입김을 불었다. 그러자 새벽의 첫 바람이 불어와 그의 소임은 벗어놓게 된 셈이 되었지만 눈에 재티가 잔뜩 들어 눈을 못 떴다. 그는 웅크리고 앉아 욕설을 퍼부으며 눈물을 닦았다.

　"안 되는걸."

　에릭은 마른 핏자국이 가면처럼 보이는 얼굴로 그를 내려다보았다. 새끼돼지는 랠프가 있는 곳으로 짐작되는 쪽을 멍하니 바라보았다.

"안 될 게 뻔해, 랠프. 이젠 불도 못 피우겠어."

랠프는 새끼돼지의 얼굴에서 60센티미터 정도의 거리에 자기의 얼굴을 바싹 갖다 대었다.

"내 얼굴이 보이니?"

"조금."

랠프는 한쪽 볼이 부어 그대로 두면 저절로 그쪽 눈이 감겼다.

"그 녀석들이 우리 불을 가져간 거야."

분노로 그의 목소리가 높아졌다.

"훔쳐갔어."

"그 녀석들 소행이야" 하고 새끼돼지가 말했다.

"그 녀석들이 날 장님으로 만들었어. 그렇지? 잭 매리듀 짓이 틀림없어. 랠프, 회의를 소집해. 대책을 세워야지."

"우리만의 회의를."

"그 외에 무슨 뾰족한 방도가 있어야지. 샘, 널 붙잡고 있을게."

그들은 화강암 꼭대기 쪽으로 갔다.

"소라를 불어" 하고 새끼돼지가 말했다.

"힘껏 크게 불어."

숲속으로 메아리가 번졌다. 태곳적 이 세상의 첫날 아침에 그랬듯이 나무 꼭대기에서 새들이 울며 날아올랐다. 모래사장에는 어느 한 곳 인기척이 없었다. 꼬마들 몇 명이 오두막에서 나왔다.

랠프는 매끄럽게 길든 나무줄기에 걸터앉고 나머지 세 소년은 그 앞에 서 있었다. 그가 고개를 끄덕이자 샘과 에릭이 오른편으로 앉았다. 랠프가 새끼돼지 손에 소라를 밀어넣었다. 새끼돼지는 반짝이는 소라를 조심스럽게 붙잡고 랠프에게 눈을 끔뻑거렸다.

"자, 시작해."

"소라를 잡고 내가 하고픈 얘기는 이거야. 난 이제 영 보이질 않아. 그러니 안경을 도로 찾아야 하겠어. 이 섬에선 끔찍한 일이 여러 번 일어났어. 나는 널 대장으로 선출하는 데 한몫 거들었어. 대장만이 어느 결정 사항을 정할 수 있어. 그러니 랠프, 이제 얘기를 해. 우리가 어떡하면 좋을까를 말해줘. 그렇지 않으면……."

새끼돼지는 목이 메어 말을 끊었다. 그가 앉을 때 랠프는 소라를 건네받았다.

"그냥 흔히 피우는 불이면 족해. 그 정도야 할 수 있을 거야. 그렇잖아? 연기를 올릴 수 있는 봉화면 충분해. 그러면 우리는 구조될 수 있어. 우린 야만인이 아니야. 그런데 이젠 봉화조차 올릴 수 없는 형편이 된 거야. 지금도 배가 지나갈지 몰라. 그놈이 사냥을 나가 불이 꺼지고 배가 그냥 지나간 일을 기억하지? 그럼에도 그 패거리는 그놈이 '대장'으로 제격이라고 생각하고 있어. 그다음엔 그 일이, 그일이……. 그것 역시 그놈의 잘못이었어. 그놈만 없었더라면 그런 일이 생겨나지 않았을 거야. 이제 새끼돼지는 아무것도 볼 수가 없어. 그 패거리들이 와서 훔쳐……."

랠프의 목소리가 높아졌다.

"어두운 밤에 습격해와서 우리의 불을 훔쳐갔어. 그 패거리들이 순순히 달라고 했으면 우린 불을 주었을 거야. 그러나 그 패거리들은 훔쳐갔어. 봉화가 꺼졌으니 우린 이제 영영 구조될 수 없을 거야. 내 말을 알아듣겠어? 훔치지만 않았으면 우린 불을 주었을 거야. 나는……."

또다시 머릿속에 휘장 같은 것이 펄럭이며 캄캄해지자 그는 힘없이 얘기를 중단했다. 새끼돼지가 두 손을 내밀어 소라를 잡았다.

"랠프, 어떻게 할 작정이야? 얘기만 했을 뿐 아무 결정을 내리지 않았잖아? 난 안경을 반드시 도로 찾아야겠어."

"지금 나는 생각중이야. 만약 우리가 전에 그런 것처럼 단정히 세수를 하고 머리를 빗고 간다면…… 어쨌든 우리는 야만인들이 아니고 또 구조된다는 것은 장난이 아니니까……."

그는 부어오는 볼을 억지로 움직여 눈을 뜨고 쌍둥이 형제를 바라보았다.

"우리 좀 말쑥하게 해서 가."

"창을 들고 가야 해."

샘이 말했다.

"새끼돼지도 창을 들고."

"필요가 있을지도 모르니까."

"너희는 소라를 들고 있지 않아."

새끼돼지가 소라를 쳐들었다.

"너희들은 창을 가지고 가려면 그렇게 해. 난 안 갖고 가겠어. 도대체 그게 무슨 소용이 있어? 그나저나 아무것도 안 보이니 난 개처럼 끌려가야 할 거야. 좋아, 웃고 싶으면 웃어. 맘껏 웃어봐! 그러잖아도 이 섬에 아무거나 보고 웃어대는 그 패거리들이 있어. 결국엔 일이 터지고 말았지? 어른들이 어떻게 생각하겠어? 어린 사이먼은 살해되었어. 그리고 얼굴에 점이 있던 꼬마가 있었지만 우리가 이곳에 처음 온 뒤로 그를 본 사람이 어디 있느냐 말야?"

"새끼돼지야! 잠깐, 중단해!"

"소라는 내가 들었어. 난 잭 매리듀에게 가서 말할 테야. 난……."

"다치기만 할걸."

"제까짓 게 여기서 더 어떻게 하겠어? 난 그에게 다 말할 거야. 랠프, 내가 소라를 갖고 가게 해줘. 그 녀석이 갖지 못한 한 가지를 그에게 보여줄 거야."

새끼돼지는 잠시 말을 멈추고 희미하게 보이는 몰골들을 둘러보았다. 이전의 회합 때에 풀밭에 앉아 있던 사람들이 자기의 말에 귀를 기울이고 있는 듯한 착각을 했다.

"나는 이 소라를 두 손에 받쳐 들고 그 녀석에게 갈 테야. 이것을 내밀 테야. 자, 봐, 하고 말할 테야. 넌 나보다 기운도 세고 나처럼 천식을 앓지도 않아. 또 너는 두 눈이 말짱하여 모든 것을 잘 보고 있어. 선심을 써서 안경을 돌려 달라는 게 아냐. 사내답게 굴라고 한 것은 네가 기운이 세기 때문이 아니야. 옳은 것은 옳기 때문에 그러는 거야. 안경을 돌려줘. 내게 돌려줘야 해. 난 이렇게 말해줄 거야."

몸을 떨면서 상기된 얼굴로 새끼돼지는 말을 마쳤다. 그는 급히 랠프의 두 손에 소라를 밀어넣었다. 그것을 한시바삐 털어버리려는 듯이. 그러고는 눈물을 닦았다. 소년들 둘레의 푸른빛은 부드러웠고 연약하고 흰 소라는 랠프의 발밑에 누워 있었다. 새끼돼지의 손가락에서 떨어진 눈물방울이 소라의 섬세한 곡선 위에서 별처럼 빛났다.

이윽고 랠프는 꼿꼿한 자세로 앉아서 머리카락을 쓸어 넘겼다.

"알겠어. 정 그러고 싶다면 한번 그렇게 해봐. 우리도 함께 가겠어."

"그는 얼굴에 칠을 했어" 하고 샘이 겁난다는 듯이 말했다.

"너도 알 거야. 그가……."

"그는 우리를 그다지 문제삼지 않을 거야."

"만약 그가 화나면 우린 단단히 혼날 거야."

랠프는 샘에게 화난 얼굴을 지어 보였다. 언젠가 바위 근처에서 사이먼이 자기에게 한 말이 막연히 떠올랐다.

"바보 같은 소리 하지 마" 하고 랠프는 말했다. 이어 급히 그는 덧붙였다.

"가자."

그는 소라를 새끼돼지에게 내밀었다. 새끼돼지는 자랑스러워 얼굴을 붉혔다.

"네가 갖고 가야 해."

"마지막에 가서는 내가 들겠어."

어떠한 궁지에 몰리더라도 기꺼이 자기가 소라를 들고 있겠다는 열의를 나타낼 말을 새끼돼지는 마음속으로 궁리했다.

"지금은 괜찮아, 랠프. 지금은 그저 손을 잡고 데려다주기만 하면."

랠프는 길이 들어 번들번들한 통나무에 소라를 도로 놓았다.

"뭘 좀 먹고 채비를 해야지."

그들은 마구 약탈당한 과일나무 쪽으로 갔다. 새끼돼지는 도움을 받아 과일을 딸 수 있었고 또 손으로 더듬거려 딸 수도 있었다. 과일을 먹는 동안에 랠프는 오후의 일을 궁리했다.

"옛날처럼 좀 말쑥하게 차리자. 몸을 씻고."

샘이 입 안 가득히 담긴 과일 조각을 꿀꺽 삼키고 항변했다.

"하지만 우린 매일 목욕을 하는걸."

랠프는 눈앞에 더럽기 짝이 없는 모습을 보고 한숨을 쉬었다.

"우린 머리 손질을 해야 해. 너무 길어."

"난 오두막에 양말 한 켤레를 놔뒀어" 하고 에릭이 말했다.

"그러니 그걸 모자처럼 머리에 뒤집어쓰면 어떨까?"

"끈 비슷한 것을 찾아 너희 머리를 뒤로 매두는 게 좋겠어" 하고 새끼돼지가 말했다.

"계집애 같지게?"

"싫어. 그만둬."

"그럼 그냥 가는 거지, 뭐" 하고 랠프가 말했다.

"그 패거리들도 뭐 더 나을 게 있어?"

에릭이 말리는 몸짓을 했다.

"그러나 그 패거리들은 얼굴에 칠을 했어. 다들 알잖아. 얼마나 그것이……."

다른 소년들은 고개를 끄덕였다. 얼굴을 감추는 색칠이 사람에게 얼마나 야만성을 가져다주는 것인가 하는 것을 그들은 속속들이 알고 있었던 것이다.

"어쨌든 우린 얼굴에 색칠을 해서는 안 돼" 하고 랠프는 말했다.

"우린 야만인이 아니니까 말야."

샘과 에릭이 서로 쳐다보았다.

"그래도……."

랠프가 소리쳤다.

"색칠은 안 돼."

그는 생각해내려고 애를 썼다.

"연기" 하고 그는 말했다.

"우리에게는 연기가 꼭 필요해."

그는 쌍둥이 형제 쪽으로 사납게 몸을 돌렸다.

"'연기'가 필요하단 말이야. 우린 연기를 피워올려야 해."

벌들이 윙윙대는 것 외에 아무 소리도 나지 않았다. 모두들 잠자코 있었다. 이윽고 새끼돼지가 상냥하게 말했다.

"하긴 그래. 연기는 신호가 되고, 연기를 올리지 않으면 우린 구조될 수가 없어."

"누가 그걸 모르니?"

랠프가 소리쳤다. 그는 새끼돼지에게서 자기 팔을 떼었다.

"그럼 넌 내가……."

"아냐. 네가 늘 하는 말을 나도 한번 해본 것뿐이야" 하고 새끼돼지가 다급하게 말했다.

"난 그저 생각하길……."

"난 그걸 잊은 적이 없어."

랠프가 큰 소리로 말했다.

"그건 늘 염두에 두고 있어. 잊어본 적이 없어."

새끼돼지는 고개를 끄덕이며 그의 비위를 맞추었다.

"랠프, 넌 대장이야. 너는 다 기억하고 있어."

"난 잊어본 적이 없어."

"물론이야."

쌍둥이 형제는 마치 처음 랠프를 대하는 것처럼 신기하다는 듯이 그를 바라보았다.

그들은 대형을 이루어 모래사장을 따라 길을 떠났다. 랠프가 다리를 절며 앞장을 섰다. 창을 어깨에 메고 있었다. 긴 머리카락과 퉁퉁 부은 얼굴 위로 아른거리는 아지랑이를 통해서 그는 번쩍이는 모래톱과 주위의 광경을 드문드문 보았다. 쌍둥이 형제가 그의 뒤를 따라갔다. 한동안 걱정스러운 눈치더니 이내 타고난 생기를 감추지 않았다. 그들은 말이 별로 없이 창을 질질 끌고 갔다. 피곤한 눈으로 해를 보지 않기 위해 밑만 내려다보고 있었기 때문에 새끼 돼지의 눈에는 모래 위로 질질 끌리는 창끝이 보였다. 그는 실실 끌리는 두 개의 창 가운데로 걸었고 소라를 소중히 두 손으로 들고 있었다. 소년들은 조그맣게 뭉쳐서 모래사장을 걸었다. 접시와 같은 네 개의 그림자가 그 아래에서 춤을 추며 겹치곤 했다. 폭풍우가 지나갔다는 징조는 전혀 없었고 모래사장은 잘 갈아놓은 칼날처럼 말끔했다. 산과 하늘은 아득히 멀리 보였고 열기 속에서 아른거렸다. 산호초는 신기루 때문에 들려 있었고 하늘 한가운데에 생긴 일종의 은빛 호수 위에 떠돌고 있었다.

그들은 그 야만인들이 춤 놀이를 했던 곳을 지나쳤다. 바위에는 숯덩이가 다 된 막대기들이 아직 흩어져 있었다. 비를 맞아 다 타지 않고 중간에 꺼져버린 것이었다. 물가의 모래톱은 그 전과 같이 고르게 평평했다. 그들은 말없이 이곳을 지나갔다. 성채 바위 근처에 그 야만인들이 있으리라는 것은 아무도 의심하지 않았다. 성채 바위가 나타나자 그들은 일제히 걸음을 멈췄다. 섬에서 숲이 가장 울창하게 얽혀 있는 곳으로 꺼멓고, 시퍼렇고 뚫고 들어가기가 무척힘든 용트림하는 나무줄기의 큰 덩어리가 왼편으로 보였다. 앞에 키가 큰 나무가 바람에 흔들리고 있었다. 랠프가 앞으로 나아갔다.

전에 그가 지형을 살피러 갔을 때 모두들 누워 있었던 곳이 나왔다. 풀이 죄다 쓰러져 있었다. 육지의 좁은 길이 나타나고 바위를 휘감은 선반 같은 바위가 나오고 그 위로 붉은 바위가 탑처럼 뾰족하게 솟아 있었다.

샘이 자기 팔을 만졌다.

"연기가 보인다."

바위 건너편에서 한 줄기 연기가 가늘게 오르고 있었다.

"불을 피우고 있군. 설마……."

랠프가 뒤를 돌아보았다.

"우리가 숨을 필요가 어디 있어?"

그는 풀의 장막을 헤치고 좁은 길목으로 가는 공지로 다가갔다.

"너희들 둘은 맨 뒤에 따라와. 내가 앞장을 설게. 새끼돼지는 바로 내 뒤를 따라와. 창으로 싸울 태세를 갖추고 있어."

새끼돼지는 자기와 주변 세계 사이에 드리워져 아른아른하는 베일을 걱정스럽게 바라보았다.

"괜찮을까? 벼랑이 있잖아? 파도 소리는 들리지만."

"내게 바싹 붙어."

랠프는 좁은 길목 쪽으로 갔다. 돌을 하나 발길로 찼더니 물속으로 굴러떨어졌다. 바다가 돌을 빨아들이며 해초가 자란 12미터 정도 되는 붉은 벼랑을 랠프의 왼편으로 드러내 보였다.

"나 괜찮겠어?"

떨리는 목소리로 새끼돼지가 말했다.

"무서워."

머리 위의 첨탑 같은 바위에서 갑자기 호령 소리가 났다. 이어서 싸움터에서의 함성을 흉내 낸 함성이 나고 이에 호응해서 열두어 사람의 함성이 바위 뒤쪽에서 났다.

"소라를 내게 주고 가만히 있어."

"정지! 누구야?"

랠프는 고개를 젖혀 들었다. 바위 꼭대기에 로저의 검은 얼굴이 보였다.

"내가 누군 줄 알지?"

그는 소리쳤다.

"바보 같은 짓 하지 말아."

그는 소라를 입에 대고 불기 시작했다. 얼굴에 색칠을 해서 누군지 분간할 수 없는 야만인들이 나타나 선반 같은 바위를 돌아 좁은 길목으로 조금씩 다가왔다. 그들은 모두 창을 들고 있었으며 관문을 지킬 심산이었다. 랠프는 계속 소라를 불어댔고 새끼돼지가 무서워 떠는 것도 아랑곳하지 않았다.

로저가 고함을 쳤다.

"정신 차려, 알겠니?"

이윽고 랠프는 소라에서 입을 떼고 숨을 몰아쉬었다. 그의 입에서 나온 첫마디는 차라리 할딱이는 숨소리에 가까웠지만 들리긴 했다.

"…… 회의를 소집하고 있는 거야."

길목을 지키던 야만인들은 저희들끼리 수군거릴 뿐 아무런 반응이 없었다. 랠프는 앞으로 두 발짝 떼어놓았다. 등 뒤에서 다급한 속삭임 소리가 났다.

"랠프, 날 두고 가지 마."

"넌 앉아 있어" 하고 랠프가 옆을 보며 말했다.

"내가 돌아올 때까지 기다려."

그는 좁은 길목 한가운데 서서 야만인들을 자세히 쳐다보았다.

얼굴에 색칠을 하여 거리낄 게 없는 그들은 머리를 뒤로 넘겨 땋았다. 랠프보다 한결 편하게 보였다. 랠프도 나중에 머리를 뒤로 땋으리라 마음먹었다. 실은 그들에게 기다리라고 해놓고 당장 그러고 싶었다. 그러나 그건 불가능한 일이었다. 야만인들은 조금 킬킬거리다가 그중의 하나가 창으로 랠프를 찌르는 시늉을 했다. 머리 위에선 로저가 지렛대에서 손을 떼고 무슨 일이 벌어지고 있나 보려고 몸을 굽혔다. 좁은 길목에 서 있는 소년들은 자기들 그림자 위에서 헤엄치는 셈으로 더벅머리만이 보일 뿐이었다. 새끼돼지는 쪼그리고 앉아 있었다. 그의 등은 마치 자루처럼 볼품없어 보였다.

"나는 회의를 소집하고 있는 거야."

침묵.

로저는 조그만 돌을 집어서 일부러 쌍둥이 형제가 서 있는 가운데로 던졌다. 그들은 놀라움에 펄쩍 뛰었다. 샘은 넘어질 뻔했다. 어떤 기운의 샘이 로저의 몸 안에서 꿈틀댔다.

랠프가 다시 큰 소리로 말했다.

"나는 회의를 소집하고 있는 거야."

그는 상대방을 번갈아 바라보았다.

"잭은 어디 있냐?"

상대방 소년들은 동요하며 수군수군했다. 얼굴에 색칠을 한 녀석이 입을 열었다. 목소리로 미루어 보아 로버트였다.

"그는 사냥 갔어. 그리고 너희들을 들여보내지 말라고 했어."

"난 불에 대해서 알아보려고 왔어" 하고 랠프가 말했다.

"그리고 새끼돼지의 안경도."

그의 앞에 서 있던 패거리들이 약간 움직이더니 그들 사이에서 웃음소리가 나왔다. 시원하고도 신나는 듯한 웃음소리가 높은 바위에 부딪쳐 메아리쳤다.

랠프의 등 뒤에서 웬 목소리가 들려왔다.

"무슨 일이야?"

쌍둥이 형제는 깜짝 놀라 물러서며 랠프와 입구 사이로 가 섰다. 그는 뒤를 돌아보았다. 몸집과 붉은 머리카락만으로도 단박 알아볼 수 있는 잭이 숲에서 다가오고 있었다. 양쪽에는 사냥부대원이 하나씩 웅크리고 있었다. 그들 뒤쪽 풀밭 위에는 배때기가 불룩한 머리 없는 암멧돼지가 나동그라져 있었다.

새끼돼지가 비명을 질렀다.

"랠프, 내 곁을 떠나지 마."

그는 보기에도 우스꽝스러울 만큼 조심스럽게 바위를 안고 있었다. 착 달라붙은 바위 아래에선 바닷물이 날름거렸다. 처음엔 그냥 킬킬거리던 야만인들이 나중에는 큰 소리로 비웃었다.

웃음소리를 위압하듯 큰 소리로 잭이 외쳤다.

"랠프, 돌아가. 넌 너의 구역에 붙어 있으란 말야. 여긴 내 구역이야. 그리고 내 부하들이 있어. 날 간섭하지 마."

비웃음 소리가 스러졌다.

"넌 새끼돼지의 안경을 훔쳤어" 하고 랠프가 가쁜 숨결로 말했다.

"넌 안경을 돌려줘야 해."

"돌려줘야 한다고? 누가 그래?"

랠프는 울화통이 터졌다.

"내가! 넌 나를 대장으로 선출했어. 소라 소리를 못 들었어? 넌 비겁하게 굴었어. 네가 불을 달라면 우린 순순히 주었을 거야."

얼굴이 마구 상기되고 퉁퉁 부은 눈이 떨렸다.

"네가 불을 달라면 언제든지 주었을 거야. 그러나 넌 달래지 않았어. 도둑놈처럼 몰래 들어와서 새끼돼지의 안경을 훔쳐갔잖아!"

"또 한 번 말해봐!"

"도둑놈! 도둑놈!"

새끼돼지가 비명을 질렀다.

"랠프! 내 생각도 해줘!"

잭이 달려와서 랠프의 가슴을 창으로 찌를 듯 덤벼들었다. 랠프는 잭의 팔 움직임을 흘끗 보고 창의 방향을 알아차렸기 때문에 자기 창의 손잡이 끝으로 그것을 밀어붙였다. 다음 순간 그는 창끝을 돌려 잭의 귀퉁이를 한 대 때려주었다. 그들은 가슴을 맞댄 채 거친 숨을 몰아쉬며 서로 밀면서 노려보았다.

"누가 도둑놈이란 말이냐?"

"너지 누구야."

잭은 몸을 홱 빼돌려 창을 든 채 몸을 좌우로 흔들며 랠프에게 달려들었다. 약속이나 한 듯이 그들은 창을 칼 쓰듯이 휘두르며 치명상을 일으킬 창끝은 감히 들이대려 하지 않았다. 잭의 일격이 랠프의 창을 치고 덩달아 랠프의 손가락에 아프게 전달됐다. 다음 순간 그들은 다시 떨어져 나갔는데, 자리가 뒤바뀌어 잭이 성채 바위 쪽에 가 있었고 랠프는 섬의 본토 쪽에 가 있었다.

두 소년은 모두 씨근덕거렸다.

"자, 덤벼!"

"덤벼 와!"

사나운 표정을 짓고 그들은 서로 자세를 취했으나 치고받을 거리에까지는 접근하지 않았다.

"자, 덤벼 봐! 맛을 보여줄 테니!"

"자 덤벼 와!"

새끼돼지는 땅바닥에 엎어지며 랠프의 주의를 끌기 위해 애를 썼다. 랠프는 이리저리 몸을 움직이고 굽히며 잭에게서 경계의 눈초리를 떼지 않았다.

"랠프, 우리가 무엇 때문에 왔는가를 잊어선 안 돼. 내 안경과 봉화 때문이야."

랠프는 고개를 끄덕였다. 그는 격투 태세를 풀고 편한 자세로 서서 창의 손잡이 끝을 바닥에 대었다. 잭은 색칠한 얼굴로 랠프를 지켜보았다. 잭의 표정은 알 길이 없었다. 랠프는 첨탑 같은 바위 꼭대기를 흘끗 쳐다보고 나서 야만인 패거리에게 눈길을 주었다.

"내 말을 들어봐. 우린 이 말을 하러 왔어. 우선 새끼돼지의 안경을 돌려줘야 한다는 거야. 그는 안경을 안 쓰곤 아무것도 보질 못해. 지금 너희들은 비겁하게 굴고 있는 거야."

얼굴에 색칠을 한 야만인들은 킬킬거리며 웃었다. 랠프는 가슴이 덜컥 내려앉았다. 그는 머리카락을 뒤로 쓸어올리고 자기 앞에 있는 파랑과 검정의 가면을 응시하면서 잭의 얼굴 생김새를 기억해내려고 애를 썼다.

새끼돼지가 소곤거렸다.

"그리고, 봉화 얘기도 해."

"응. 그리고 그다음엔 봉화 건이야. 다시 한번 얘기하겠어. 우리가 여기 오게 된 후 나는 수없이 그 얘기를 되풀이했어."

그는 창을 내밀어 야만인들을 가리켰다.

"너희들의 유일한 희망은 볕이 있는 동안에 봉화를 올리는 것이야. 그러면 지나던 배가 그것을 보고 우리를 구조해주고 집에 데려다줄지도 몰라. 그러나 연기를 올리지 않으면 막연히 어떤 배가 우연히 찾아올 때까지 기다려야 해. 우리는 몇 해를 기다리게 될지 몰라. 우리가 늙어서⋯⋯."

이 세상의 것이 아닌 듯이 떨리는 듯한 야만인들의 낭랑한 웃음소리가 퍼졌다가 메아리치며 스러졌다. 노여움에 랠프는 몸이 떨렸다. 그의 목소리는 쉬어 있었다.

"너희들은 이걸 터득하지 못한단 말이냐. 얼굴에 색칠을 한 얼간이들아. 샘, 에릭, 새끼돼지 그리고 나만 갖고는 부족해. 우리는 계속 봉화를 피워두려 했지만 도저히 안 돼. 그런데 너희는 사냥놀이나 하고⋯⋯."

그는 그들 뒤로 한 가닥 가는 연기가 진줏빛 하늘로 퍼져 올라가는 것을 가리켰다.

"저것 좀 봐! 저걸 봉화라 할 수 있어? 저건 요리용 불이야. 이제 먹을 것을 먹고 나면 불이 소용없단 말이겠지. 그걸 모르겠어? 저기엔 지금 배가 지나가고 있을지도 몰라⋯⋯."

아무런 반응도 없고 입구를 지키는 패거리의 얼굴이 색칠 때문에 누가 누구인지 알아볼 수가 없었다. 기가 꺾인 그는 말을 멈췄다. 추장이 분홍색 입을 열고 자기와 자기 부하들 사이에 서 있는 샘과 에릭에게 말했다.

"너희들은 물러가."

아무도 반응이 없었다. 쌍둥이 형제는 어찌할 바를 모르고 서로 얼굴만 바라보았다. 한편 힘의 대결이 그치는 바람에 맘을 놓은 새끼돼지가 조심스럽게 일어섰다. 잭은 랠프 쪽을 흘끗 돌아보고 나서 쌍둥이 형제에게로 눈길을 돌렸다.

"이놈들을 잡아!"

아무도 움직이지 않았다. 잭은 화난 목소리로 소리쳤다.

"이놈들을 잡으라고 했잖아!"

색칠한 패거리가 샘과 에릭을 서투르게 에워쌌다. 다시 낭랑한 웃음소리가 퍼졌다.

샘과 에릭은 이를테면 문명인이었으므로 항의했다.

"이러지 마!"

"……이거 정말."

그들은 갖고 있던 창을 빼앗겼다.

"이놈들을 묶어!"

랠프는 검고 푸른 가면을 향해 절망적으로 외쳤다.

"잭!"

"빨리 묶어버려."

얼굴에 색칠을 한 패거리들은 쌍둥이 형제가 이제 자기들과는 다른 패라는 것을 실감하고 자기들 손에 권력이 있다는 것을 감지했다. 그들은 흥분하여 쌍둥이를 서투르게 넘어뜨렸다. 잭은 얼핏, 랠프가 구하려고 덤비리라 생각했다. 그는 뒤를 향해 창을 휘둘렀다. 랠프는 가까스로 그것을 피했다. 저쪽에서 야만인과 쌍둥이 형제가 소리를 지르며 서로 까뭉개고 있었다. 새끼돼지는 다시 쪼그리고 앉았다. 다음 순간 쌍둥이 형제는 어처구니없다는 표정으로 바닥에 누워 있었고 야만인들이 그들을 에워싸고 서 있었다. 잭은 랠프 쪽을 향해 목소리를 낮춰서 말했다.

"알겠지? 그들은 내 명령대로 한단 말이야."

다시 침묵이 흘렀다. 쌍둥이 형제는 서투르게 묶인 채로 바닥에 누워 있었다. 야만인들은 랠프가 어떻게 나올까 하고 그를 지켜보았다. 그는 앞을 가리는 더벅머리 사이로 그들의 숫자를 세어보고 가느다란 연기를 힐끗 쳐다보았다. 그는 울화통이 치밀었다. 그는 잭에게 고함쳤다.

"넌 짐승이야. 개돼지야. 형편없는 도둑놈이라구!"

그는 달려들었다.

위기임을 알고 잭도 덤벼들었다. 그들은 쾅 하고 부딪쳤다가 그 반동으로 떨어졌다. 잭은 주먹을 쥐고 랠프에게 덤벼들어 귀싸대기를 후려쳤다. 랠프는 잭의 배를 한 대 내질렀다. 그들은 씨근덕거리며 사나운 기세로 다시 대거리를 했다. 상대방의 독기에 끄떡도 하지 않았다. 그들은 이 싸움의 배경이 되어 있는 함성에 정신이 쏠렸다. 뒤편의 야만인들이 줄기차게 높은 음성으로 응원을 하고 있었다.

그 요란한 함성 속에서도 새끼돼지의 목소리가 랠프의 귀에 들려왔다.

"내가 얘기 좀 할게."

격투 때문에 생겨난 먼지가 그를 둘러싸고 있었다. 야만인들은 그의 의도를 눈치채고 날카로운 함성을 지르다가 피이피이 하는 야유를 퍼부었다.

새끼돼지가 소라를 쳐들자 피이 하는 야유 소리가 조금 작아지더니 다시 커졌다.

"난 소라를 들고 있어!"

그는 고함을 쳤다.

"이봐! 난 소라를 들고 있어."

이상하게도 모두 잠자코 있었다. 야만인들은 그가 무슨 재미있는 이야기를 할 것인가를 궁금해했다.

잠시 정적이 흐르고 새끼돼지도 아무 소리 하지 않았다. 그러자 정적 가운데에서 랠프의 머리 바로 가까이 공중에서 갑자기 이상한 소리가 났다. 그는 별로 주의를 하지 않았다. 그때 다시 휙 하는 소리가 났다. 누군가가 돌을 던지고 있는 것이었다. 로저가 한 손은 여전히 지렛대에 댄 채 돌을 내려뜨리는 것이었다. 위에서 보니 랠프는 더벅머리만이 보일 뿐이요, 새끼돼지는 그저 비곗덩이같이 보였다.

"난 이 말을 해야겠어. 너희는 마치 한 떼거지의 어린애들처럼 굴고 있다는 걸."

야유 소리가 높아졌다가 새끼돼지가 마술적인 흰 소라를 쳐들자 다시 조용해졌다.

"어느 편이 좋겠어? 너희들같이 얼굴에 색칠한 검둥이처럼 구는 것과 랠프처럼 지각 있게 구는 것과."

야만인들 사이에서 큰 함성이 터졌다. 새끼돼지는 다시 소리쳤다.

"규칙을 지켜 합심하는 것과 사냥이나 하고 살생하는 것, 어느 편이 더 나을까?"

다시 함성과 휙 하고 날아오는 소리.

소음에 지지 않으며 랠프가 다시 외쳤다.

"법을 지키고 구조되는 것과 사냥이나 하며 모든 것을 파괴하는 것 중에 어느 편이 좋으냐 말이야?"

이젠 잭 역시 고함을 지르고 있었다. 랠프가 아무리 외쳐도 그의 얘기는 들리지 않았다. 잭은 야만인들을 등지고 서 있었다. 그들은 모두 창을 들고 서 있는 견고하며 위협적인 집단이었다. 그들은 돌격하려고 마음을 다지고 있었다. 마침내 그런 기색을 보였다. 좁은 길목에서 적을 물리치리라. 랠프는 한쪽으로 조금 비켜서서 창을 꼬나든 채 그들과 맞서 있었다. 그의 곁에는 새끼돼지가 아름답게 반짝이고 있는 나약한 소라를 부적처럼 들고 서 있었다. 증오의 주문 같은 함성이 두 소년에게 들려왔다. 머리 위에선 로저가 일종의 달콤한 자포자기 같은 기분을 맛보며 지렛대에 전신을 기댔다.

랠프는 커다란 바위가 구르는 소리를 들었다. 그가 그것을 본 것은 좀 뒤의 일이었다. 발바닥에 전해져오는 땅의 움직임 소리를 그는 느꼈다. 벼랑 꼭대기에서 돌이 깨지는 소리가 들려왔다. 순간 엄청난 붉은 바위가 길목을 질러서 튀었다. 그는 납작 엎드렸다. 야만인들은 날카롭게 함성을 질렀다.

바위는 턱에서 무릎을 스치면서 새끼돼지를 쳤다. 소라는 산산조각이 나서 흔적을 찾지 못하게 되었다. 무슨 말을 하기는커녕 신음 소리를 낼 틈도 없이 새끼돼지는 바위와 함께 허공으로 떨어져 내렸다. 떨어지면서 재주를 부렸다. 바위는 두 번 튀어오르더니 숲속에 처박혀 보이지 않게 되었다. 새끼돼지는 12미터 낭떠러지로 떨어져 바다 위로 삐져나온 네모진 붉은 바위에 등을 부딪혔다. 머리가 터져서 골수가 삐져나와 빨갛게 되었다. 새끼돼지의 팔다리가 살해된 직후의 멧돼지처럼 경련하고 있었다. 그러자 바다는 다시 길고 느린 한숨을 쉬고, 물결은 희고 붉은 거품을 일으키며 바위 위에서 끓어올랐다. 물결이 내려앉았을 때 새끼돼지의 시체는 사라지고 없었다.

누구 하나 말이 없었다. 랠프의 입술이 움직였으나 소리가 나오지 않았다.

갑자기 야만인들 가운데에서 잭이 뛰쳐나와 미친 듯이 소리를 질렀다.

"어때? 어때? 네게도 저런 본때를 보여줄 테다! 장난이 아니었어! 너에겐 이제 부하도 없어! 소라도 없어지고……."

그는 허리를 구부리고 달려나갔다.

"나는 추장이야!"

그는 살의를 품고 랠프에게 창을 던졌다. 창이 랠프의 갈비뼈 위의 살갗을 째고 바다 속으로 떨어졌다. 랠프가 비틀거렸다. 아픔보다는 오히려 공포감에 질렸다. 야만인들은 이미 추장처럼 함성을 지르며 돌진해왔다. 구부러져서 제대로 날지 못하는 창이 하나 랠프의 얼굴을 스치듯이 지나가고, 로저가 있는 꼭대기에서도 하나가 날아왔다. 쌍둥이 형제는 야만인들의 후방에 숨어 있었다. 누구인지 알 길 없는 악마의 얼굴들이 좁은 길목을 질러서 떼 지어 달려왔다. 랠프는 몸을 돌려서 달음박질쳤다. 등 뒤에서 갈매기의 울음소리 같은 굉장한 소음이 일었다. 랠프는 자신도 몰랐던 본능을 좇아 공지에 이르렀을 때 이리저리 방향을 바꿔가면서 뛰었다. 창은 모두 빗나갔다. 머리 없는 암멧돼지가 눈에 띄자 단숨에 건너뛰었다. 이어 나뭇잎과 가지를 헤치며 달려가 숲속으로 뺑소니쳤다.

추장은 멧돼지 있는 곳에 멈춰 서서 몸을 돌리고 두 손을 번쩍 쳐들었다.

"돌아가! 요새로 돌아가!"

얼마 안 있어 야만인들은 떠들썩하니 좁은 길목까지 되돌아갔다. 거기서 로저와 어울렸다.

추장은 성이 나 그에게 말했다.

"넌 어째서 망을 보지 않았지?"

로저는 엄숙한 표정으로 그를 바라보았다.

"난 방금 내려왔어."

교수형 집행인에게서 느껴지는 특유의 섬뜩함이 그에게 매달려 있었다. 추장은 그에게는 아무 말도 하지 않은 채 샘과 에릭을 내려다보았다.

"너희는 우리 패거리에 끼어야 해."

"날 놓아줘."

"나도……."

추장은 남은 창 중에서 하나를 집어 들고 샘의 옆구리를 찔렀다.

"어쩔 셈이야, 응?" 하고 추장은 사납게 말했다.

"창을 가지고 와서 어떻게 할 셈이었어? 우리 패거리에 끼지 않고 어쩔 셈이야?"

그는 창으로 계속 리드미컬하게 찔러 댔다.

"그런 게 아니었어."

로저가 추장의 곁을 비스듬히 지나쳤다. 자칫하면 어깨로 그를 밀칠 뻔했다. 비명이 그쳤다. 샘과 에릭은 겁에 질린 채 소리도 못 지르고 위를 쳐다보며 나동그라져 있었다. 로저는 형언할 수 없는 권력을 행사하는 사람처럼 그들에게 달려들었다.

사냥꾼의 소리

　랠프는 상처에 대해 궁금하게 여기며 잠복 장소에 누워 있었다. 오른쪽 갈비뼈 위로 제법 큰 타박상이 있었고 창에 찔렸던 곳에는 부어오른 상처가 피 묻은 채로 나 있었다. 머리는 흙투성이가 되어 끄트머리가 덩굴의 수염처럼 꼬부라져 있었다. 숲을 헤치며 달려왔기 때문에 온몸이 상처투성이였다. 거칠던 숨결이 편안해지자 상처를 물로 깨끗이 닦아내는 것은 나중에 할 수밖에 없다는 결론을 내렸다. 물속에 들어가 첨벙거린다면 맨발로 다가오는 발걸음 소리를 알아들을 수 없지 않은가? 개울가나 탁 트인 모래사장에서는 어떻게 몸을 보호할 수 있을 것인가?

　랠프는 귀를 기울였다. 사실 그는 성채 바위에서 멀리 도망쳐온 것이 아니었다. 공포에 질려 있던 처음엔 자기를 뒤쫓아오는 소리가 들리는 것 같았다. 그러나 사냥부대는 숲 변두리까지 창을 거둬 가려고 했던지, 살그머니 왔다가 숲속의 어둠이 겁났던지 햇볕이 쨍쨍 쬐는 바위께로 성급하게 돌아갔던 것이다. 그중에 갈색과 검정과 붉은색을 줄무늬로 얼굴에 칠한 녀석이 랠프의 눈에 띄었는데, 빌인 것 같았다. 그러나 그것은 빌이 아니었을지도 모른다는 생각이 들었다. 그것은 한 야만인이지, 셔츠와 반바지를 입고 있었던 한 소년의 옛 모습과는 전혀 다른 모습이었다.

오후가 저물어갔다. 햇빛의 둥근 반점이 푸른 야자수 잎과 갈색 섬유 위로 끈질기게 움직이고 있었지만 성채 바위 뒤쪽은 조용하기만 했다. 마침내 랠프는 양치류 식물 속에서 좁은 길목을 마주 보고 있는, 뚫고 나갈 수 없을 것 같은 숲 변두리로 살금살금 나아갔다. 무척이나 조심을 하면서 변두리에 있는 나뭇가지를 헤치고 살펴보았다. 벼랑 꼭대기에 앉아서 망을 보는 로버트가 보였다. 그는 왼손에 창을 든 채 오른손으로는 조약돌을 올렸다 받곤 했다. 그의 뒤쪽으로 시커먼 연기가 한 가닥 오르고 있었다. 이를 본 랠프가 코를 벌름거렸다. 군침이 입 안에 돌았다. 그는 코와 입을 손등으로 문질렀다. 그날 처음으로 그는 시장기를 느꼈다. 그 패거리는 비계가 줄줄 녹아내려 재 속에서 타는, 창자를 도려낸 멧돼지를 둘러싸고 앉아 있을 것이다. 그들은 멧돼지가 타는 광경을 골똘하게 지켜보고 있을 것이다.

누군지 알아볼 수 없는 패거리 중의 하나가 로버트에게 무엇인가 건네주더니 돌아서 바위 뒤로 사라졌다. 옆에 있는 바위에 창을 기대어놓고 로버트는 두 손에 들고 있는 것을 씹기 시작했다. 잔치가 벌어졌고 보초가 자기의 몫을 받아먹는 모양이었다.

랠프는 당분간 자신의 신변이 안전하리라는 것을 알았다. 보잘것없는 것이지만 먹을 것에 끌려 그는 다리를 절면서 과일 나무 사이로 헤쳐나갔다. 그러자 저쪽에서 벌이고 있는 잔치를 생각하니 심사가 뒤틀렸다. 오늘도 잔치고, 내일도 잔치이리라.

랠프는 그들이 자기를 가만히 내버려둘지도 모른다고 생각했다. 자기를 추방자 취급을 할지도 모른다고 생각했다. 그러나 의문의 여지가 많았다. 이어 불길한 예감 같은 것이 엄습해왔다. 산산조각이 난 소라와, 새끼돼지와 사이먼의 죽음이 습기처럼 섬을 내리덮고 있었다. 얼굴에 색칠을 한 야만인들은 점점 더 고약해지리라. 게다가 자기와 잭 사이에는 꼬집어 얘기할 수 없는 미묘한 문제가 있지 않은가. 그러므로 잭은 자기를 그냥 두지는 않을 것이다. 결코……

그는 햇빛의 광선을 받으며 서 있었다. 나뭇가지를 손으로 쳐들고 다급하면 그 아래로 숨을 태세를 갖추었다. 느닷없이 공포가 밀려와 그는 몸을 떨었다. 그는 큰 소리로 외쳤다.

"아냐, 그들은 그렇게 잔인하지 않아. 우연한 사고일 뿐이야."

그는 나뭇가지 밑에 몸을 숨기고 어설프게 달음박질치다가 멈춰서서 귀를 기울였다.

그는 엉망이 된 과일나무 숲으로 가서 과일을 마구 따 먹었다. 꼬마 둘이 보였다. 자신의 몰골을 의식하지 못했기 때문에 그 꼬마들이 고함을 치며 달아나는 까닭을 몰라 의아해했다. 양껏 먹은 후 그는 모래사장 쪽으로 걸어갔다. 다 부서진 오두막 곁의 야자수에 햇살이 비스듬히 비쳤다. 화강암 꼭대기와 수영장 웅덩이가 그대로 있었다. 제일 좋은 방법은 자기 가슴속에 오락가락하는 납덩이 같은 감정을 내버려두고 그들의 상식과 한낮의 말짱한 정신을 믿어보는 것이었다. 지금쯤 식사를 끝마친 그 패거리들은 다시 자기를 쫓아올 것이다. 게다가 아무도 없는 화강암 꼭대기 곁의 빈 오두막 속에서 밤새 머물러 있을 수는 없는 일이었다. 온몸에 소름이 끼쳤다. 저녁 햇빛 속에서 그는 몸을 떨었다. 불도 없고 연기도 나지 않았다. 구조될 가망도 영영 없었다. 그는 몸을 돌려 숲을 지나 잭이 차지하고 있는 섬 끝으로 발을 절며 걸어갔다.

비스듬히 비치는 석양이 나뭇가지 사이로 빨려들어갔다. 마침내 그는 바위 때문에 초목이 자라나지 못하는 숲속의 빈터에 다다랐다. 그곳은 온통 그늘져 있었다. 랠프가 어느 나무 뒤로 몸을 내던지듯 했을 때 공지 한복판에 무언가가 서 있는 것이 눈에 띄었다. 자세히 살펴보니 백골의 흰 얼굴이었다. 멧돼지의 해골이 막대기 위에서 자기를 향해 씽긋 웃는 것이었다. 그는 천천히 공지 한복판으로 걸어가 해골을 뚫어져라 바라보았다. 해골은 그 전의 소라처럼 하얗게 번득이면서 그를 비웃는 것 같았다. 호기심에 찬 개미 한 마리가 한쪽 눈구멍에서 부산을 떨고 있었으나 그것은 생명 없는 물체에 지나지 않았다.

아니 과연 그럴까?

그의 등에 쑤시는 듯한 통증이 위아래로 스쳐 갔다. 그는 해골과 같은 높이에 얼굴을 들고 서서 두 손으로 머리를 움켜잡았다. 해골의 이빨이 씽긋 웃고 있었고 텅 빈 눈구멍은 힘 안 들이고 의젓하게 그의 시선을 받아들이고 있었다.

이게 뭐란 말인가?

해골은 모든 것을 알고 있으나 아무 말도 하지 않으려는 것처럼 랠프를 바라보았다. 메스꺼운 공포와 분노가 그를 엄습했다. 그는 눈앞에 있는 추악한 것을 힘껏 내리쳤다. 그러자 그것은 장난감처럼 흔들흔들하다가 제자리로 돌아와선 그의 얼굴에다 대고 씽긋 웃으며 있었다. 속이 메스꺼워진 그는 또다시 그것을 내리치고 소리를 질렀다. 다음 순간 그는 멍든 주먹을 빨면서 아무것도 없는 막대기를 쳐다보았다. 해골은 두 조각이 나서 뒹굴었고 2미터 정도 따로 떨어진 채 여전히 씽긋 웃고 있었다. 그는 흔들거리는 막대기를 바위틈에서 잡아빼 그것을 창처럼 들고 해골 조각을 겨누었다. 그는 하늘을 향해 씽긋 웃는 해골에 눈길을 돌린 채 뒤로 물러섰다.

수평선 위의 푸르른 빛이 사라지고 완전히 밤이 되었을 때 랠프는 성채 바위 앞에 있는 덤불로 되돌아왔다. 주위를 살펴보니 바위 꼭대기에 여전히 누군가가 지키고 있었다. 누군지는 자세히 알 수 없었으나 금방이라도 창을 들이댈 태세를 갖추고 있었다.

그는 캄캄한 나무 밑에 무릎을 꿇고 앉았다. 밀려오는 고립감이 가슴 아프게 느껴졌다. 그 패거리들이 야만인들이라는 건 사실이었다. 그러나 그들 역시 속일 수 없는 인간이었다. 매복하고 있는 깊은 밤의 공포가 밀려왔다.

랠프는 들릴락 말락 한 신음소리를 냈다. 몹시 피곤했지만 야만인들이 겁나서 쉽사리 잠으로 빠져들지 못했다. 배짱 좋게 요새로 찾아가 "이제 싸움은 그만두자" 따위의 말을 하고 소탈하게 웃어제낀 후 거기에 끼어 잠잘 수는 없을까? 그들은 아직 소년들이며 얼마 전만 하더라도 "선생님, 네, 선생님" 했고 교모를 썼던 학생이라고 생각하면 안 될까? 지금이 한낮이라면 그렇다 할 수 있을지도 모른다. 그러나 어둠과 죽음의 공포가 "안 된다"고 말했다. 그는 어둠 속에 누워서 자기가 추방된 몸임을 뼈저리게 느꼈다.

"그것은 내가 분별 있는 사람이기 때문이었어."

그는 팔에다 볼을 문대었다. 소금내와 땀내가 퀴퀴하게 났고 알싸한 흙냄새가 났다. 왼쪽으로 바다의 물결이 숨을 쉬며 물러갔다가는 바위 위로 몰려오곤 했다.

성채 바위 뒤쪽으로부터 소음이 들려왔다. 파도 소리에서 정신을 떼고 세심하게 귀를 기울이니 낯익은 가락들이 들려왔다.

"짐승을 죽여라! 목을 따라! 피를 흘려라!"

야만인들은 춤을 추고 있었다. 이 암벽 저쪽 어딘가에 동그랗게 둘러앉은 사람들이 있고, 벌겋게 달아오른 불이 있고, 고기가 있을 것이었다. 그들은 고기맛과 안정된 편의를 마음껏 즐기고 있을 것이었다.

보다 가까운 곳에서 무슨 소리가 들렸기 때문에 그는 몸을 떨었다. 야만인들이 성채 바위 꼭대기로 올라가고 있었다. 그들의 목소리가 들렸다. 그는 몇 야드 앞으로 살그머니 나아갔다. 바위 꼭대기에 있던 그림자가 바뀌어 더 커졌다. 저런 투로 말하며 행동하는 사람은 이 섬 안에서는 꼭 두 사람밖에 없었다.

랠프는 두 팔에 머리를 대고 이 새로운 사실을 가슴 아프게 받아들였다. 샘과 에릭이 야만인 편에 끼어 있는 것이었다. 그들은 자기 때문에 성채 바위를 지키고 있는 것이다. 그들을 구해내어 섬의 반대쪽에다 추방당한 사람들의 일단을 형성할 가망은 이제 없었다. 샘과 에릭도 다른 놈들과 마찬가지로 야만인이 되어 있었다. 새끼돼지는 죽었고 소라는 산산조각 나서 가루가 되었다.

이윽고 보초가 바위를 내려갔다. 남아 있는 두 사람이 바위의 일부분처럼 시커멓게 드러나 보였다. 그들 뒤로 별이 하나 나타났다가 어쩐 셈인지 잠시 동안 가려졌다.

랜프는 울퉁불퉁한 바닥을 장님처럼 더듬거리며 조금씩 전진했다. 오른편으로는 망망한 바다가 펼쳐져 있고 왼편 아래쪽으로는 쉴 새 없이 설레는 바다가 수직으로 파들어간 굴처럼 놓여 있었다. 매분마다 죽음의 바위로 물결이 몰려와서는 하얀 물보라를 일으켰다. 랜프는 계속 기어갔다. 손에 집히는 것으로 봐서 암책의 출입구임을 알 수 있었다. 파수꾼들이 바로 머리 위에서 망을 보고 있었다. 바위 위로 한 자루의 창끝이 삐져나와 있는 것이 보였다.

그는 나지막한 소리로 불렀다.

"샘, 에릭……."

대답이 없었다. 조금 크게 불러야 들릴 것 같았다. 그러나 소리가 크다 보면 불가에 앉아 성찬을 먹고 있는 줄무늬 색칠을 한 고약한 패거리들을 불러내게 될 것이다. 그는 이를 악문 채 몸 붙일 곳을 찾으면서 더듬거리며 올라가기 시작했다. 해골이 매달려 있던 막대기가 거추장스러웠으나 그는 그의 유일한 무기를 버릴 수가 없었다. 쌍둥이 형제가 있는 만큼의 높이까지 이르렀을 때 그는 다시 이름을 불렀다.

"샘, 에릭……."

그는 외마디 소리를 들었다. 바위에서 허둥대는 소리도 들렸다. 쌍둥이는 서로 끌어안은 채 알 수 없는 소리로 지껄이고 있었다.

"나야, 랜프란 말야."

그들이 도망치며 비상을 알리지나 않을까 하여 그는 몸을 벌떡 일으켜 세워 상체를 바위 꼭대기로 드러냈다. 겨드랑이 밑으로는 하얀 물보라가 바위 부근에서 부서지는 것이 보였다.

"나야, 랜프야."

이윽고 쌍둥이 형제는 몸을 굽히더니 그의 얼굴을 자세히 들여다보았다.

"우리가 생각하기에는……."

"우린 전혀 몰랐었어……."

"우리가 생각하기에는……."

다른 사람에게 부끄러운 충성을 바치고 있다는 생각이 그들의 머릿속에 문득 떠올랐다. 에릭은 잠자코 있었으나 샘은 자신의 의무를 다하려고 했다.

"랠프, 이곳을 떠나야 해. 자, 어서 여기를 떠나."

그는 창을 휘두르며 사나운 기세를 돋워 보였다.

"냉큼 떠나, 알겠어?"

에릭 역시 고개를 끄덕여 동조하면서 공중을 향해 창을 찌르는 시늉을 했다. 랠프는 바위 위에 얹은 팔에 몸을 기대면서 떠나려 하지 않았다.

"난 너희들을 보러 온 거야."

여러 가지 쓰라린 일들을 이루 말로 다 표현할 수가 없었다. 그는 잠자코 있었다. 총총한 별들이 사방에 뿔뿔이 흩어져 춤추었다.

샘은 불안스레 몸을 뒤척였다.

"정말야, 랠프, 이곳을 떠나는 게 좋을 거야."

랠프는 다시 그들을 쳐다보았다.

"너희들은 얼굴에 색칠을 하지 않았어. 대체 어떻게 되어 너희들이, 지금이 낮이라면……."

그때가 한낮이었다면 이런 일을 떠맡고 있다는 수치심으로 그들은 몸 둘 바를 몰라 했을 것이다. 다행히도 캄캄함 밤이었다. 에릭이 중단되었던 얘기를 이었다. 그러자 쌍둥이 형제는 늘 하던 식으로 응답송가(應答頌歌)를 부르듯 얘기를 계속했다.

"여긴 안전치가 못해. 어서 이곳을 떠나는 게 좋아."

"그들은 우리에게 강요했어. 우리를 해치고……."

"누가? 잭이?"

"아냐."

그들은 랠프 쪽으로 몸을 굽혀 목소리를 낮추었다.

"돌아가, 랠프."

"야만인들이 그런 거야."

"우리에게 강요했어."

"우린 어쩔 수가 없었어."

다시 랠프가 입을 열었을 때 그의 목소리는 나지막했고 거의 숨을 죽인 듯했다.

"그래 내가 무슨 짓을 했단 말이냐? 난 그놈을 좋아했었어. 그리고 난 그저 우리가 구조되길 바랐던 거야."

별들이 하늘에서 떨어져 내렸다. 에릭은 정중히 고개를 저었다.

"랠프, 내 말을 들어봐. 분별력 같은 것은 잊어버려. 그런 건 이미 사라진 지 오래야."

"대장 같은 건 생각지도 말아."

"너 자신을 위해 여길 떠나야 해."

"추장과 로저는……."

"그래, 로저는……."

"랠프, 그들은 너를 미워해. 너를 해치려 하고 있어."

"내일 너를 잡으려고 작정하고 있어."

"하지만 왜들 그러는 거야?"

"나도 모르겠어. 그리고 랠프, 잭, 아니 추장은 말했어. 그게 위험하다고……."

"……우린 멧돼지를 겨누듯 창을 던지기로 되어 있어."

"우린 한 줄로 서서 섬을 뒤질 거야."

"이쪽 끝에서부터 뒤질 거야."

"너를 찾아낼 때까지."

"이렇게 신호를 하기로 되어 있어."

에릭은 고개를 쳐들어 입을 크게 벌리고 손바닥으로 쳐서 멀리서 개 짖는 것 같은 소리를 내었다. 그러고 나서 불안스럽게 뒤쪽을 흘끗 돌아보았다.

"지금 한 것처럼 말이야."

"물론 소리를 크게 내어서……."

"그러나 난 아무 죄도 없어" 하고 랠프는 다급하게 소곤거렸다. "난 그저 봉화를 계속 올리고 싶어 했을 뿐이야."

그는 잠시 말을 멈췄다. 내일 일을 생각하자니 참담한 느낌이었다. 무척이나 중대한 문제가 머릿속에 떠올랐다.

"너희들은 대체 어떻게……."

처음엔 분명히 애기하질 못했다. 그러나 다음 순간 두려움과 외로움이 그의 마음을 부채질했다.

"그들이 날 찾아내서 어떻게 할 작정이지?"

쌍둥이 형제는 잠자코 있었다. 저 아래에서는 죽음의 바위가 다시 물보라를 튀겼다.

"대체 그들은 어떻게……아이구 배고파."

우뚝 솟아 있는 바위가 발밑에서 흔들리고 있는 것 같았다.

"그래, 어떻게 하겠다는 거야?"

쌍둥이 형제는 이 물음에 간접적으로 대답했다.

"랠프, 이제 이곳을 떠나야 해."

"너 자신을 위해서."

"멀리 도망가. 될 수 있는 한 여기서 멀리."

"너희들 나와 함께 가지 않겠니? 우리들 셋이라면 무슨 방도가 있을 텐데……."

잠시 잠자코 있다가 샘이 숨죽인 소리를 냈다.

"너는 로저를 잘 몰라서 그래. 정말로 잔인한 애야!"

"그리고 추장 역시 그 둘은 모두."

"여간 잔인한 내기가 아냐……."

"로저는 그저……."

두 소년은 갑자기 굳어졌다. 야만인들 쪽에서 그들을 향해 누군가가 올라오고 있었다.

"우리가 망을 제대로 보고 있나 살피러 그가 오는 거야. 랠프, 어서!"

벼랑을 내려가다가 랠프는 이 밀회에서 뽑아낼 수 있는 마지막 이득을 붙잡아보려고 했다.

"난 가까이에 숨겠어. 저 밑 덤불 속에." 하고 그는 낮은 목소리로 말했다.

"그러니 그들이 그쪽으로 가지 않도록 해줘. 그렇게 가까운 곳을 뒤지지는 않을 테니까."

발짝 소리는 아직 멀리서 났다.

"샘, 지금 말한 것에 대해 걱정하지 않아도 괜찮겠지, 응?"

쌍둥이 형제는 다시 잠자코 있었다.

"자!" 하고 샘이 갑자기 말했다.

"이걸 받아……."

랠프는 커다란 고깃덩어리가 내밀어진 것을 알고 그것을 받아 쥐었다.

"그런데 나를 붙잡아 어떻게 할 셈인 거야?"

머리 위에선 아무런 대답이 없었다. 자기가 한 말을 생각하니 바보 같았다. 그는 바위를 내려갔다.

"대체 어떻게 할 작정인 거야?"

우뚝 솟아 있는 바위 꼭대기에서 잘 알아듣기 힘든 대답 소리가 들려왔다.

"로저는 막대기의 양쪽 끝을 뾰족하게 깎아놓았어."

로저가 막대기 양쪽을 뾰족하게 깎아놓았다. 랠프는 아무리 생각해도 그 뜻을 알 수가 없었다. 울화가 치민 그는 생각해낼 수 있는 온갖 욕설을 내뱉어 보았으나 그러는 중에 하품이 나왔다. 잠을 자지 않고 얼마 동안이나 버틸 수 있을까? 그는 하얀 시트가 덮여 있는 침대가 무척 그리웠다. 그러나 여기서 하얀 것이라곤 12미터 아래쪽에 새끼돼지가 떨어져 갔던 바위 주위로 서서히 환하게 부딪치는 물보라뿐이었다. 새끼돼지는 이제 도처에 있었다. 이 좁은 길에도 있었다. 어둠과 죽음의 무시무시한 몰골을 하고 있었다. 만약에 지금 새끼돼지가 바다에서 돌아온다면, 골이 터져나간 머리를 갖고 돌아온다면…… 랠프는 꼬마처럼 훌쩍이면서 하품을 했다. 그는 손에 든 막대기를 지팡이 삼아서 휘청거리는 몸을 가누었다.

그러다 다시 긴장이 되었다. 성채 바위 꼭대기에서 큰 소리가 들렸다. 샘, 에릭이 누군가와 말다툼을 하고 있었다. 그러나 양치류 식물과 풀섶은 가까이에 있었다. 그것은 들어가 숨기에 안성맞춤이었고 내일 숨어 있으려는 덤불도 바로 그 곁에 있었다. 여기에 그는 손으로 풀을 만져보았다. 오늘 밤은 숨어 지낼 장소가 있다. 야만인들에게서도 그리 멀리 떨어져 있지 않고 혹시 초자연적인 무서운 일이 일어나면 당분간 적어도 다른 인간들과 섞여 있을 수가 있으리라. 설혹 그랬다가……. 대체 어떻게 할 작정이란 말인가? 막대기 양쪽 끝을 뾰족하게 깎아놓았다니 말이다. 그게 무슨 뜻일까? 그들은 그전에도 창을 던져 왔었지만 잘 맞지 않았었다. 하나밖에 맞지 않았었다. 다음에도 역시 맞히지 못할 것이다.

그는 커다랗게 자란 풀섶에 쪼그리고 앉았다. 샘이 준 고깃덩어리가 생각났다. 정신없이 고기를 뜯어 먹기 시작했다. 고기를 먹는 동안에 전과 다른 소리가 들렸다. 샘, 에릭이 질러대는 고통과 공포의 소리와 함께 성난 음성이 들려왔다. 대관절 어찌 된 셈인가? 자기 말고 누군가가 또 고초를 겪고 있었던 것이다. 그러자 그 소리조차 바위 아래로 사라지고 그는 그들 생각을 더 이상 하지 않았다. 그는 손을 더듬어 덤불에 기대어 있는 서늘하고 정교한 잎과 줄기의 둥우리를 찾아내었다. 잠자리를 찾아낸 셈이었다. 날이 새자마자 덤불 속으로 기어들어가 용트림하는 나무줄기 사이에 꼭꼭 숨어 있으리라. 그러면 자기처럼 기어와야만 다른 사람이 들어올 수 있으리라. 그렇게 오는 놈이 있다면 창으로 찌르리라. 그곳에서 소리내지 않고 가만히 있으면 수색대는 자기를 그냥 지나쳐버릴 테고, 섬을 따라 개 짖는 소리 같은 신호를 하며 비상선은 무너지고 자기는 아무 일 없을 것이었다.

그는 양치류 식물 사이로 파고들어갔다. 막대기를 곁에 놓고 캄캄한 속에서 몸을 웅크렸다. 야만인들을 감쪽같이 속이기 위해서는 날이 새자마자 잠에서 깨어야겠다, 이렇게 생각하며 그는 자기도 몰래 잠이 들었고, 캄캄한 안쪽의 경사로 나뒹굴었다.

그는 눈을 뜨기 전에 이미 잠이 깨어 있었고 가까이에서 들려오는 소리를 들었다. 눈을 떠 보니 바로 1인치 앞에 어떤 형상이 어른거려서 손으로 그것을 쥐었다. 양치류 잎 사이로 스며든 빛이 만들어낸 형상이었다. 떨어져 죽는 것 같은 길고긴 악몽이 끝나고 마침내 아침이 왔다는 것을 깨닫자마자 그 소리가 다시 들려온 것이다. 해안에서 들려오는 먼 개 짖는 소리와도 같은 신호로서, 다음 야만인이 응답하면 또 다음 야만인이 응답하곤 했다. 그 외침 소리는 그의 곁을 스쳐서 섬의 좁은 끝에서부터 초호까지 울려퍼졌다. 꼭 날아가는 새의 울음소리와도 흡사했다. 그는 생각할 겨를도 없이 막대기를 들고 양치류 사이를 꿈틀거리며 빠져나왔다. 몇 초가 지났을까, 그는 빽빽한 덤불 속으로 기어들어갔다. 그러자마자 자기 쪽으로 다가오는 야만인의 다리가 흘끗 보였다. 양치류가 짓밟히는 소리가 나고 크게 자란 풀섶들 사이로 발소리가 들렸다. 누군지 알 길 없지만 그 야만인은 멀리 개 짖는 소리 같은 신호를 두 번 보냈다. 그것에 호응하는 소리가 양쪽에서 나더니 이내 사라졌다. 랠프는 쪼그린 채로 덤불 한복판에 꼼짝 않고 있었다. 한동안 아무 소리도 들려오지 않았다.

한참 만에 그는 그 덤불을 자세히 살펴보았다. 거기 같으면 틀림없이 아무도 그를 공격할 수가 없을 것이다. 게다가 다행스럽게도 그 전에 새끼돼지를 쳐 죽였던 바위가 이 덤불 속으로 굴러와 바로 한복판에서 튀었기 때문에 너비가 1미터는 되게 구덩이가 파여 있었다. 랠프는 그 속으로 몸을 비집고 들어가며 안도감과 함께 스스로 꾀가 많다고 느꼈다. 그는 망가진 나무줄기 사이에 조심스럽게 앉아서 수색대가 지나가기를 기다렸다. 나뭇잎 사이로 왼편을 올려다보니 무언가 붉은 것이 눈에 띄었다. 성채 바위 꼭대기임에 틀림없었다. 그러나 퍽 동떨어지고 조금도 무섭지 않게 느껴졌다. 그는 의기양양한 기분으로 마음을 가다듬고 수색하는 신호 소리가 멀어져가기를 기다렸다.

그러나 아무 소리도 들리지 않았다. 차츰 시간이 지나감에 따라 녹음 속에서 느꼈던 안도의 기분이 시들어갔다.

마침내 어떤 목소리가 들려왔다. 숨을 죽인 잭의 목소리였다.

"너 틀림없지?"

질문은 받은 야만인은 아무 말도 하지 않았다. 아마도 손짓으로 대답한 것이리라.

로저의 목소리가 들렸다.

"만약에 너 우리를 속이면……."

바로 이 말이 끝나자마자 숨찬 말소리와 아파하는 비명 소리가 들렸다. 쌍둥이 중의 하나가 잭과 로저와 함께 덤불 바로 바깥에 와 있는 것이었다.

"그 자식이 여기 숨어 있겠다고 한 게 틀림없지?"

쌍둥이는 여린 신음소리를 내더니 이어 비명을 질렀다.

"그 자식이 숨어 있겠다고 한 곳이 여기 맞지?"

"응, 그래. 아얏!"

투명한 웃음소리가 나무 사이로 퍼져나갔다.

분명 놈들이 알아낸 것이었다.

랠프는 막대기를 꽉 잡고 싸울 준비를 했다. 하지만 저희들이 이 덤불 사이로 길을 터 오자면 일주일은 걸리리라. 누구든지 여기로 기어들어오는 놈은 제 몸뚱이 하나 주체 못 하게 되고 말리라. 그는 엄지손가락으로 창끝을 만지작거리고는 문제없다는 듯이 씽긋이 웃었다. 어떤 녀석이든 기어오기만 하면 꽉 찔러서 멧돼지처럼 비명을 지르게 만들고 말리라.

떼거리는 우뚝 솟은 바위 근처로 돌아가는지 그곳을 떠났다. 발걸음 소리가 나더니 이어 누군가가 킬킬거리는 소리가 났다. 다시 새 울음소리 같은 신호가 있더니 포위망을 따라 연달아 호응하는 소리가 들려왔다. 아직 몇몇이 남아 그를 감시하는 모양이었다. 그러나 그들이 누구일까……?

숨 막히는 정적이 한참 동안 계속되었다. 정신을 차려 보니 랠프는 창의 나무껍질을 씹고 있었다. 그는 일어서서 성채 바위 쪽을 올려다보았다.

그러고 있는데 바위 꼭대기에서 잭의 목소리가 들려왔다.

"영차! 영차! 영차!"

벼랑 꼭대기에 보이던 붉은 바위가 마치 커튼이라도 벗겨지듯이 사라져버렸다. 그 대신에 그 자리에는 사람의 모습과 푸른 하늘만이 보였다. 다음 순간 대지가 요동치고 공중에서 돌진하는 소리가 나더니 덤불 꼭대기는 거대한 손길에 얻어맞은 것 같았다. 바위는 요란하게 소리를 내며 주변의 것들을 온통 망가뜨리면서 아래쪽으로 굴러갔다. 부러진 잔가지와 나뭇잎이 그에게 소나기처럼 쏟아져 내렸다. 덤불에서 멀리 떨어져 있던 야만인들은 환호성을 울렸다.

다시 정적.

랠프는 손가락을 입에 넣고 깨물었다. 그들이 굴려내릴 바위는 이제 한 개밖에 안 남아 있을 것이다. 그러나 그것은 오두막집 반 채만 한, 자동차나 탱크 크기만 한 것이었다. 그는 그것이 굴러 내려오는 광경을 소름 끼치도록 선명하게 눈앞에 그려볼 수 있었다. 그 바위는 천천히 구르기 시작하여 암책에서 암책으로 부딪치며 떨어지다가 초대형 증기 롤러처럼 좁은 길목을 질러 구를 것이다.

"영차! 영차! 영차!"

랠프는 창을 놓았다가 다시 다져 잡았다. 그는 성가신 듯이 머리카락을 쓸어 넘기고 좁은 공간에서 급히 두 발짝을 떼었다가 다시 제자리로 돌아왔다. 그는 구부러진 가지 끝을 바라보며 서 있었다.

여전히 정적뿐.

자기의 횡격막이 불거졌다 꺼졌다 하는 것이 눈에 띄었다. 그는 자기가 몹시 가쁘게 숨을 내쉬고 있다는 것을 알고 놀랐다. 몸 가운데에서 왼쪽으로 심장의 고동이 역력히 보였다. 그는 다시 창을 내려놓았다.

"영차! 영차! 영차!"

날카롭고 긴 환성이 들려왔다.

붉은 바위 위에서 무엇인가가 쾅 소리를 내더니 대지가 뛰쳐오르고 끊임없이 진동하기 시작했다. 소음은 줄기차게 커져왔다. 랠프는 공중으로 튀어올랐다가 떨어지며 나뭇가지에 부딪쳤다. 오른쪽으로 서너 피트 떨어진 곳의 덤불은 온통 때려눕혀지고 나무뿌리들이 소리를 내며 송두리째 뽑혔다. 무엇인가 붉은 덩어리가 물레방 아처럼 서서히 굴러가는 것이 보였다. 그 붉은 것은 지나가버리고 그 거대한 동작도 바다 쪽으로 사라져버렸다.

랠프는 파헤쳐진 흙 위에 무릎을 꿇고 대지가 본래대로 회복되기를 기다렸다. 얼마 안 가 망가진 흰 그루터기와 쪼개진 가지와 마구 헝클어진 덤불이 다시 한군데로 모여들었다.

좀전에 자신의 고동을 지켜보았던 가슴 근처가 뻐근했다.

또다시 정적이 찾아왔다.

그러나 완전한 정적은 아니었다. 패거리들이 바깥에서 쑥덕거리고 있었다. 그러더니 급작스레 랠프의 오른쪽 두 곳에서 나뭇가지가 흔들렸다. 막대기의 뾰족한 끝이 불쑥 나타났다. 공포에 질린 랠프는 틈서리로 자기 막대기를 들이대고 힘껏 찔렀다.

"아얏!"

그의 창이 손아귀에서 삐끗했다.

그는 창을 거두어들였다.

"아이구, 아이구……."

바깥에서 누군가가 신음했다. 여럿이서 쑥덕거리는 소리가 났다. 몹시 옥신각신했고 상처 입은 야만인은 계속 신음했다. 조용해지자 단 한 사람의 목소리만 들렸다. 랠프는 그것이 잭의 목소리가 아니라고 단정했다.

"알았어? 전에도 말했지만 저놈은 위험한 놈이란 말이야."

상처 입은 야만인이 다시 신음소리를 냈다.

또 무슨 일이 일어날까? 다음엔 어떠한 일이 일어날까?

랠프는 자신도 모르게 입으로 깨물던 창을 두 손으로 꽉 쥐었다.

머리카락이 흘러내렸다. 불과 서너 야드 떨어진 곳에서 누군가가 성채 바위를 향해 무어라 중얼거렸다. 한 야만인이 놀란 음성으로 "싫어!" 하는 말소리가 들렸다. 그러자 숨죽인 웃음소리가 났다. 랠프는 몸을 젖히듯이 하여 쪼그리고 앉아 벽처럼 앞을 가리고 있는 나뭇가지에다 대고 이빨을 드러내 보였다. 그는 창을 들고 으르렁대는 소리를 내며 대처했다.

패거리들이 모습을 보이지 않고 다시 킬킬거렸다. 무엇인가 똑똑 떨어지는 것 같은 묘한 소리가 난다 했더니 이내 누군가 셀로판 포장지라도 벗기는 것 같은 소리가 크게 났다. 이어서 또 막대기 소리가 툭 하고 났다. 그는 가까스로 기침을 참았다. 희고 노란 연기가 가느다랗게 나뭇가지 사이로 스며들어왔다. 머리 위로 보이던 한 조각의 푸른 하늘이 이내 폭풍우를 몰고 오는 먹구름 빛으로 변했다.

다음 순간 그의 주위로 연기가 밀려들어왔다.

누군가가 신나게 웃어댔다. 어느 하나가 외쳤다.

"연기가 난다!"

그는 덤불을 비집고 숲 쪽으로 빠져나갔다. 가능한 대로 몸을 낮추어 갔다. 얼마 안 가 탁 트인 공지가 나타나고 덤불 가장자리의 푸른 잎이 보였다. 조그만 야만인 하나가 랠프의 저쪽 숲 사이에 서 있었다. 붉고 흰 줄무늬 색칠을 했고 손에는 창을 들고 서 있었다. 그 야만인은 기침을 하며 손등으로 눈가의 색칠을 문지르면서 점점 짙어지는 연기 속을 들여다보았다. 랠프는 으르릉거리며 고양이처럼 달려가 창으로 그를 찔렀다. 야만인은 몸을 굽혔다. 덤불 저쪽에서 고함소리가 났다. 랠프는 공포감에 쫓기는 사람 특유의 민첩한 동작으로 덩굴을 헤치며 뛰어갔다. 그는 멧돼지 통로에 다다랐다. 그 길로 1백 미터쯤 달려가다가 급히 방향을 바꾸었다. 등 뒤에선 다시 신호 소리가 들려오더니 섬을 가로질러 퍼져나갔다. 같은 목소리가 계속해 세 번 고함을 쳤다. 그는 그것이 전진이라는 신호로 짐작하고 다시 달음박질쳤다. 가슴이 화끈거리고 답답했다. 그래서 어느 덤불숲 밑에 몸을 던지고 숨이 가라앉기를 기다렸다. 그는 시험 삼아 혓바닥을 이빨과 입술에 대어 보았다. 멀리서 사냥꾼들의 신호 소리가 들려왔다.

그가 지금 할 수 있는 일은 여러 가지가 있었다. 나무로 올라갈 수도 있었다. 그러나 그건 지나친 모험이었다. 만약 발각되어 그들이 나무 밑에서 기다리기만 하면 꼼짝 못 하고 잡힐 것이다.

생각할 시간이 많다면 얼마나 좋을까!

엇비슷하게 떨어져 있는 곳에서 다시 고함 소리가 두 번 나서 그는 그들의 계획을 짐작할 수 있었다. 숲속에서 그를 놓쳐 어디 있는지 모르게 되면 고함을 두 번 질러 포위망을 유지하다가 다시 전진하도록 되어 있는 모양이었다. 그렇게 하여 포위망을 무너뜨리지 않고 그들은 온통 섬을 뒤질 수 있다고 생각하는 듯했다. 랠프는 그 전에 거뜬히 포위망을 뚫고 달아났던 멧돼지 생각이 났다. 사냥꾼이 아주 가까이 다가올 경우 포위망이 허술한 곳을 뚫고 오던 방향으로 달아나리라. 그러나 어디로 달아난단 말인가. 포위망을 친 사냥꾼은 방향을 바꾸어 다시 휩쓸어 오리라. 조만간 그는 잠을 자든지 무얼 먹든지 해야 하리라……. 그리고 눈을 떴을 때 그들의 손이 그의 가까이에 다가와 있으리라. 그렇게 되면 몰이가 끝나고 잡아내는 일만 남게 되리라.

도대체 어떻게 해야 좋단 말인가? 나무로 올라갈까? 멧돼지처럼 포위망을 뚫을까? 어느 쪽이든 위험한 일이었다. 고함소리가 한 번 났다. 가슴이 몹시 두근거렸다. 그는 펄쩍 뛰어오르며 바다 쪽으로 나 있는 울창한 정글 속으로 뛰어갔다. 덩굴에 걸려 장딴지를 떨면서 그는 잠시 서성댔다. 친구라도 있다면, 오래 쉬면서 생각할 여유가 있다면 얼마나 좋을까!

그러나 다시 날카롭고 피할 수 없는 그 신호 소리가 섬을 휩쓸었다. 그 소리가 나자 그는 놀란 말처럼 덩굴 속으로 뛰어들어 다시 도망쳤다. 숨이 가빴다. 그는 양치류 식물의 숲에 몸을 동댕이쳤다. 나무로 올라갈까? 그렇지 않으면 포위망을 뚫을까? 그는 잠시 숨을 가라앉히고 입을 문질렀다. 침착하라고 자신에게 타일렀다. 샘, 에릭이 싫지만 저 포위망 어딘가에 끼어 있을 것이다. 아니 혹시 그들은……? 쌍둥이 형제가 아닌 추장이나 수중에 죽음을 갖고 다니는 로저와 마주치면 어떻게 되지?

랠프는 더벅머리를 쓸어 넘기고 잘 보이는 쪽 눈언저리의 땀을 닦아냈다. 그는 큰 소리로 말했다.

"잘 생각해보자."

어떻게 하는 것이 지각 있는 행동일까?

지각 있는 소리를 잘하던 새끼돼지도 이젠 없었다. 엄숙한 토론의 모임도 소라의 위엄도 사라졌다.

"잘 생각해보자."

무엇보다 그는 머릿속에서 펄럭거리는 휘장 같은 것이 위기감을 몽롱하게 하고 또 자기가 숙맥이 되지나 않을까 걱정되었다.

세 번째 할 수 있는 일은 머리카락 하나 보이지 않게끔 꼭꼭 숨어서 다가오는 사냥꾼의 포위망이 그냥 지나쳐버리게 하는 것이었다.

그는 땅바닥에서 머리를 홱 들어올리고 귀를 기울였다. 또 다른 소리가 들렸다. 그에게 노여움을 탄 듯이 숲이 묵직하게 우르르 하는 소리였다. 그 음산한 소리와 함께 석판 위에 제멋대로 휘갈겨 낙서할 때의 소리 같은 사냥꾼의 신호가 들려왔다. 그 전에 어디선가 들어본 목소리가 분명한데 더 이상 생각해볼 시간 여유가 없었다.

포위망을 돌파한다.

나무 위로 오른다.

들키지 않게 꼭꼭 숨어서 그냥 지나가게 한다.

보다 가까운 곳에서 고함소리가 나서 그는 벌떡 일어나 가시덤불 사이로 달음질쳐 도망갔다. 갑자기 공지로 나섰다. 뜻밖에도 그 환히 트인 공지였다. 거기에는 예측하기 힘든 미소를 띤 해골이 놓여 있었다. 그것은 한 조각의 짙푸른 하늘을 비웃기를 그치고 뭉게뭉게 피어오르는 연기를 조롱하고 있었다. 숲의 우르르 소리가 무엇이었나를 깨닫게 된 랠프는 나무 밑으로 뛰어갔다. 연기를 내어 그를 쫓은 그들이 섬을 온통 불바다로 만든 것이었다.

나무에 오르기보다는 숨는 편이 나을 것 같았다. 만약 들키더라도 포위망을 돌파할 가망이 있었기 때문이다.

그러니 숨자.

멧돼지 같으면 이러한 경우 어떻게 할까, 생각하며 그는 무턱대고 상을 찡그렸다. 이 섬에서 가장 빽빽한 덤불과 가장 으슥한 굴을 찾아내어 그 속으로 들어가 숨자. 달려가며 그는 주위를 살펴보았다. 서너 줄기의 햇살이 그의 머리 위로 획획 지나가고 형편없이 더러워진 몸뚱이에 땀이 배어 번들번들 윤이 났다. 이제 고함소리는 멀리서 은은하게 들릴 뿐이다.

마침내 그는 은신처로 적당하다고 여겨지는 장소를 찾아냈다. 하긴 그것은 앞뒤를 재지 않은 결정이었다. 그곳은 나무숲과 함부로 뒤얽힌 덩굴들이 거적처럼 되어 있어서 햇빛이 전혀 들지 않았다. 그 아래에는 30센티미터 정도 높이의 공간이 있었고 평행으로 삐져 나온 나무줄기가 도처에 얽혀 있었다. 그 속으로 비비고 들어가면 변두리에서 5미터쯤 들어가 숨어 있을 수가 있었다. 야만인들이 엎드려 자세히 찾지 않는 한 들킬 염려는 없었다. 혹 엎드려 들여다본다 하더라도 그 속은 캄캄하여 얼른 눈에 띄지 않을 것이다. 최악의 상태에서 들킨다 하더라도 와락 뛰쳐나가 포위망을 온통 교란시켜 놓고 뺑소니칠 수가 있을 것이다.

막대기를 질질 끌면서 랠프는 조심스럽게 빠져나온 나무줄기 사이로 기어들어갔다. 한복판에 이르러서 그는 몸을 눕히고 주위에 귀를 기울였다.

불은 점차 크게 번졌다. 멀찌감치 뒤에 두고 왔다고 생각했던 불길의 우르르 하는 소리가 근처에서 들렸다. 불길이란 달리는 말보다도 빠른 것이 아닌가? 그는 자기가 있는 곳에서 5미터쯤 떨어진 지점을 보았다. 햇살이 점점이 불보라처럼 비치고 있었다. 유심히 지켜보고 있으려니까 점점이 비치는 햇살이 자기를 향해 껌벅이고 있었다. 그것은 간혹 머릿속이 캄캄해질 때 펄럭이는 휘장과 같아서 순간적으로 그는 그 햇살의 껌벅임이 자기 내부에서 이루어지고 있다는 생각이 들었다. 그러자 햇살은 더욱 빠르게 껌벅였다간 희미하게 사라졌다. 뭉게뭉게 잇닿은 연기가 해를 가리고 섬을 덮고 있음을 그는 알았다.

312

만일 어느 누군가가 나무숲 속을 들여다보고 숨어 있는 몸뚱이를 발견한다면 그들은 샘과 에릭일지도 모를 것이다. 그리고 그들은 못 본 체하고 지나치고 아무 말도 하지 않을지 모른다. 그는 볼을 땅에 대고서 바짝 마른 입술을 떨며 눈을 감았다. 덤불 밑의 땅이 은은히 진동을 계속했다. 분명히 들리는 불길 소리와 석판 소리 같은 신호 이외에도 너무 작아 들리지 않는 어떤 소리가 나는 것인지도 몰랐다.

누군가의 함성이 들렸다. 랠프는 땅바닥에서 재빨리 볼을 떼어 희미한 햇살 속을 바라보았다. 그들이 가까이 와 있는 것이 틀림없다고 생각했다. 가슴이 방망이질하기 시작했다. 숨어버릴까, 포위망을 돌파할까, 나무 위에 오를까, 결국 어떤 방법이 가장 좋을까? 어느 쪽을 택하든 기회가 한 번밖에 남지 않은 것이 안타까웠다.

이제 불길은 훨씬 더 가까워졌다. 지속적으로 들려오는 소리는 큰 나뭇가지와 줄기가 튀는 소리였다. 바보들 같으니라구! 바보들 같으니라구! 불길은 과일나무 숲도 침범했을 것이다. 도대체 내일은 무얼 먹을 작정이란 말인가?

랠프는 비좁기만 한 침상 안에서 안달하듯 몸을 뒤척였다. 이 짓 저 짓 해보았자 결과는 뻔한 빈털터리가 아닌가! 그들은 대체 어쩌겠단 말인가? 자기 자신을 파괴하는 것이 아닌가? 그래서 어쩌겠다는 것인가? 자기 자신을 스스로 죽인다? 양쪽 끝을 뾰족하게 깎아놓은 막대기……

느닷없이 가까운 곳에서 나는 함성으로 그는 벌떡 일어났다. 줄무늬 색칠을 한 어느 야만인이 초록색 덩굴에서 다급히 나오는 것이 보였다. 그 야만인은 창을 들고 그가 숨어 있는 쪽으로 다가왔다.

랠프는 흙 속에 파고들 만큼 손을 꽉 쥐었다. 만일의 경우를 대비해서 태세를 갖추자. 랠프는 창의 뾰족한 끝을 앞으로 하기 위해 손으로 창을 더듬다가 양쪽 끝이 모두 뾰족하게 되어 있음을 알았다.

15미터쯤 떨어진 곳에서 걸음을 멈춘 야만인은 함성을 질렀다. 저 녀석은 아마 불길 타는 소리보다 내 심장의 고동소리를 더 잘 들을지 모른다. 소리를 지르면 안 돼. 태세를 갖추어야지.

그 야만인이 가까이 다가왔다. 이제 허리 아래쪽밖에 보이지 않았다. 저건 녀석이 갖고 있는 창의 손잡이 끝이야. 이젠 무릎 아래쪽밖에 보이지 않는다. 소리를 지르면 안 돼.

멧돼지 한 떼가 야만인 뒤쪽의 나무 그늘에서 비명을 지르며 뛰쳐나와 날쌔게 숲속으로 도망쳤다. 새들이 울어대고 생쥐 떼가 비명을 질렀다. 무엇인가 조그만 것이 깡충깡충 뛰어와 거적 같은 덤불 아래에서 쪼그리고 앉았다.

5미터쯤 떨어진 덤불 바로 곁에서 야만인은 멈춰 섰다. 그리고 고함을 쳤다. 랠프는 발을 끌어당기고 몸을 웅크렸다. 두 손에는 막대기가 들려 있었다. 양쪽 끝을 모두 뾰족하게 한 막대기였다. 막대기는 마구 떨리면서 길어졌다 짧아졌다 했다. 가벼워졌다 무거워졌다 하다가 다시 가벼워졌다.

신호 소리는 해안에서 해안으로 퍼져갔다. 야만인은 덤불가에서 무릎을 꿇었다. 위쪽 숲속에서는 햇살이 반짝였다. 한쪽 무릎이 땅에 닿는 것이 보였다. 그다음 다른 쪽 무릎이, 그리고 두 손이, 창이, 얼굴이. 야만인은 덤불 밑의 캄캄한 속을 들여다보았다. 이쪽이나 저쪽 가장자리는 보였을 것이다. 그러나 이 복판은 캄캄할 것이다. 한복판에는 시커먼 덩어리가 있었다. 그 시꺼먼 물체를 알아보려고 야만인은 상을 찡그렸다.

일각이 여삼추 같았다. 랠프는 야만인의 두 손을 똑바로 내다보고 있었다. 소리를 지르면 안 돼.

넌 돌아가.

이젠 들켰다. 야만인은 확인을 하려고 했다. 뾰족한 막대.

랠프는 소리를 질렀다. 공포과 절망과 분노의 외마디 소리였다. 두 다리를 뻗치고 그의 절규는 계속되었다. 입에는 거품을 물고 있었다. 그는 앞으로 뛰쳐나가 덤불을 짓밟으며 탁 트인 공지로 나가 절규하면서 처참한 몰골로 을러대었다. 그는 막대기를 휘둘렀다. 야만인은 나뒹굴었다. 그러자 함성을 지르며 다른 야만인들이 몰려왔다. 날아오는 창을 피하면서 그는 잠자코 달리기만 했다. 갑자기 앞에서 번쩍이던 햇살이 한데 어울려 번쩍이고 숲에서 나는 소리가 벽력같이 커졌다. 그가 달려가는 쪽에 있던 높다란 나무숲이 부채꼴 모양의 불길이 되어 타들어갔다. 그는 오른쪽으로 방향을 돌려 죽어라 하고 달렸다. 불기운이 화끈거리고 불길은 조수처럼 앞으로 밀려갔다. 등 뒤에서 신호 소리가 나는데, 그 소리가 퍼져나가다가 짤막하고 날카로운 외침소리가 연이어 들렸다. 그를 발견했다는 암호인 모양이었다. 갈색 몸뚱이가 하나 오른쪽에 나타났다가 사라졌다. 패거리는 모두 미친 듯이 고함을 치며 달렸다. 랠프는 덤불 속에서 그들이 왔다갔다 하는 소리를 들었다. 왼쪽에선 뜨거운 불길이 벽력 같은 소리를 냈다. 그는 상처와 시장기와 갈증을 모두 잊은 채 공포에 사로잡혀 있을 뿐이었다. 절망적인 공포에 쫓겨날 듯이 뛰면서 숲을 벗어나 그는 탁 트인 모래사장 쪽으로 달렸다. 검은 점이 여럿 눈앞에서 어른거렸다. 이윽고 그것은 붉은 원이 되어 급작스레 커지더니 눈앞에서 사라졌다. 너무 기진맥진한 상태여서 다리가 자기 것인지 남의 것인지 분간하기 힘들었다. 필사적인 신호 소리가 위협의 톱날을 번득이며 다가와 금방 머리를 후려치는 것 같았다.

그는 나무뿌리에 걸려 넘어졌다. 그를 쫓던 고함소리가 더욱 날카로워졌다. 오두막이 불길에 휩싸이는 것이 보였다. 오른쪽 어깨로 불길이 날름대었다. 반짝이는 바닷물이 보였다. 순간적으로 그는 쓰러져 따가운 모래 위에서 마구 뒹굴었다. 무엇인가를 피하려는 듯이 몸을 웅크린 채 팔을 들어 저으며 살려 달라고 소리치려 했다.

그는 더욱더 무서운 일을 예감하고 긴장을 하면서 비틀거리며 일어섰다. 그리고 큼직한 챙모자를 올려다보았다. 꼭대기가 하얀 챙모자로, 챙의 푸른 그늘 위에는 왕관과 닻과 금빛 나뭇잎의 모표가 있었다. 흰 능직과 견장과 연발권총과 제복 앞에 나란히 달린 금단추도 보았다.

웬 해군장교가 모래 위에 서서 랜프를 내려다보고 있었다. 놀라움에 마음이 안 놓인다는 표정이었다. 장교 뒤쪽의 해안에는 커터[*] 한 척이 보였다. 뱃머리를 육지 쪽으로 향한 채 해군 두 사람이 누르고 있었다. 배의 뒤쪽에는 또 한 사람의 해군이 경기관총을 들고 있었다.

---

* 군함에 딸려 있는 노가 달린 작은 배

316

신호 소리가 우물쭈물하다가 스러졌다. 장교는 의심쩍다는 듯이 잠시 랠프를 바라보다가 권총에서 손을 뗐다.

"헬로."

자신의 몸이 형편없는 몰골이라는 것을 생각하고 머뭇거리다가 랠프는 수줍은 듯이 대답했다.

"헬로."

자신의 인사에 답을 받은 두 장교는 고개를 끄덕였다.

"어른들도 함께 있니?"

말없이 랠프는 고개를 가로저었다. 그는 모래 위에서 반쯤 몸을 돌렸다. 색깔 있는 찰흙으로 몸뚱이에 온통 줄무늬 색칠을 한 소년들이 손에 손에 날카로운 창을 들고 모래사장에 반원을 그린 채 잠자코 서 있었다.

"재미있는 놀이를 했군" 하고 장교가 말했다.

불길은 모래사장의 야자수에 달라붙어 그것을 요란스럽게 삼켰다. 얼핏 보니 따로 타고 있던 불꽃이 곡예사처럼 맵시 있게 뛰쳐나가서 화강암 꼭대기에 서 있던 야자수를 단숨에 집어삼켰다. 하늘이 새까맣다.

"너희들이 피운 연기를 보았다. 줄곧 무엇을 하고 있었나? 전쟁을 하고 있었나? 그렇잖으면 다른 일이었나?"

랠프는 고개를 끄덕였다.

장교는 자기 앞에 서 있는 초라한 소년을 살펴보았다. 목욕도 해야겠고, 이발도 해야겠고, 코도 닦아야겠고, 연고도 많이 발라야 했다.

"전사한 아인 없겠지? 시체는?"

"죽은 건 둘뿐이에요. 시체는 없어요."

장교는 몸을 굽혀 랠프를 빤히 바라보았다.

"둘이나? 전사했다고?"

랠프는 다시 고개를 끄덕였다. 그의 뒤에선 섬 전체가 불길에 싸여 몸부림치고 있었다. 그 장교는 사람들이 참말을 하면 대체로 그것을 알아차릴 수 있었다. 그는 나지막이 휘파람을 불었다.

이제 다른 소년들이 모여들었다. 개중엔 꼬마들도 있었다. 다들 피부가 구릿빛이요, 야만족 애들처럼 배가 불룩했다. 그중의 하나가 장교 곁으로 나와서 올려다보았다.

"저는, 저는……."

그러나 더 이상 말이 안 나왔다. 퍼시벌 윔즈 매디슨은 머릿속에서 주문(呪文)을 찾으려 했으나 그것은 깨끗이 사라졌다.

장교는 다시 랠프를 돌아보았다.

"너희들을 데려가겠다. 모두 몇 명이지?"

랠프는 고개를 흔들었다. 장교는 그의 곁에 서 있는 색칠을 한 일단의 소년들에게 눈길을 주었다.

"누가 대장이냐?"

"접니다" 하고 랠프는 큰 소리로 대답했다.

붉은 머리 위에 다 떨어진 검은 모자를 쓰고 허리춤에 망가진 안경 조각을 차고 있는 소년이 앞으로 나서다가 마음을 고쳐먹고 그대로 서 있었다.

"너희들의 연기를 보고 왔다. 그런데 너희들이 모두 몇 명인지 모른단 말이냐?"

"네, 모릅니다."

자신이 목격한 추적의 광경을 눈앞에 생생하게 떠올리며 장교가 말했다.

"영국의 소년들이라면…… 너희들은 모두가 영국인이지……? 그보다는 더 좋은 광경을 보여줄 수가 있었을 텐데. 내 말은……."

"처음에는 그랬어요" 하고 랠프가 말했다.

"잘해나가다……" 하고 그는 말을 멈추었다.

"처음엔 합심이 되었어요. 그러다가……."

장교는 고개를 끄덕이며 뒷받침해주었다.

"알겠다. 처음에는 산호섬에서처럼 잘 지냈단 말이지?"

랠프는 말없이 그를 쳐다보았다. 순간 그 전에 모래사장을 뒤덮고 있던 신비로운 마력의 모습이 잽싸게 눈앞을 스쳐갔다. 그러나 이미 이제 섬은 죽은 나무와 같이 시들어버렸다. 사이먼은 죽고, 잭은…… 눈물이 흘러내렸다. 그는 몸부림치며 목메어 울었다. 이 섬에 온 이래 처음으로 그는 울음을 터뜨린 것이다. 온몸을 뒤흔드는 듯한 크나큰 슬픔의 발작에 몸을 떠맡긴 채 그는 울었다. 불길에 싸여서 섬은 엉망이 되고 검은 연기 아래 그의 울음소리는 높아만 갔다. 슬픔에 감염되어 다른 소년들도 몸을 떨며 흐느꼈다. 그 소년들의 한가운데에서 지저분한 몸뚱이에 머리는 헝클어지고 코를 흘리며 랠프는 잃어버린 순결과, 인간성의 어두움과, 새끼돼지라는 건실하고 지혜롭던 친구가 떨어져 죽은 일이 슬퍼서 마구 울었다.

소년들의 울음에 휩싸인 장교는 감동해 다소 난처해했다. 그는 그들이 원상태로 돌아가 기운을 차릴 시간적 여유를 주려고 외면해버렸다. 멀찍이 보이는 산뜻하기만 한 순양함에다 눈길을 주며 그는 기다렸다.

작품 해설

1

《파리대왕》의 주제나 수법, 문학적 가치를 언급하기에 앞서 우선 소설은 상황 설정이 있어야 하므로 그가 설정한 상황에서 인간들이 어떻게 변해가는가 하는 줄거리부터 소개하기로 한다.

수를 정확히 알 수 없는 한 무리의 영국 소년들이 피난길에 오른다는 설정에서 이 작품은 시작된다. 미래 전쟁에서 원자탄의 세례를 받게 된 영국에서 6~12세 또래의 소년들이 무인도에 불시착한다. 소년들을 태운 후송 비행기가 인도양을 지나 계속 남하하던 도중 적기의 습격을 받고 추락 직전, 승객 튜브라는 안전장치가 발사되어 소년들은 다치지 않고 열대의 무인도에 안착한 터였다.

이들은 저희끼리 대장을 뽑고 그의 명령하에 구조될 때까지 자활하기로 결의한다. 소라껍데기를 찾아 회의를 소집할 때는 이 소라를 불고 또 회의장에서 발언할 때에도 손을 들고 소라를 받아 손에 쥐어야 한다. 이 소라는 물론 패각 탄핵으로 민주주의 이상을 실현하고자 한 그리스의 민주제도 운용 방식을 상징한다. 소년들도 이 소라를 축으로 막연하나마 민주적 질서를 세우려고 시도했다.

소년들은 랠프를 대장으로 선출한다. 랠프는 잭의 희망을 존중하여 사냥부대를 이끌고 멧돼지 고기를 구해오고 또한 산정의 봉화를 살펴 불이 꺼지지 않도록 하는 중책을 그에게 맡긴다.

불을 피우는 데는 눈이 나빠 안경을 써야 보이는 '새끼돼지'의 안경알을 이용한다. 이 안경알을 통해 햇빛을 불쏘시개 위에 모아 불을 얻는다. 인류가 최초로 불을 사용하게 되는 어느 선사 시대의 시점과 장소를 상징하는 장면이라 할 수 있다.

잭은 성가대원이었던 소년들을 지휘하여 창을 만들고 숲속으로 들어가 멧돼지를 잡아와서는 과일만 먹던 아이들에게 고기라는 새로운 맛을 제공한다.

불은 무인도에 갇힌 소년들, 특히 상식과 이성이 있는 대장 랠프와 그를 추종하는 몇 명에게는 가장 소중한 것이다. 왜냐하면 불을 피워 봉화대를 만들고 거기에 생나무를 태우면 연기가 오르고 연기가 오르면 언젠가 이 섬 근처를 지나가던 비행기나 선박이 그것을 보고 구조하러 달려올 것이기 때문이다. 그 구조에 대한 집요한 확신과 피나는 노력은 아무리 둔한 독자에게도 종교적인 구원, 특히 기독교적 구원을 부지불식간에 떠오르게 할 것이다.

그러나 사냥과 놀이에 재미를 붙인 잭은 불을 제대로 돌보지 않는다. 어느 날 수평선 밖으로 가느다란 연기를 보이며 배가 가물가물 지나가는 것을 본 랠프는 산정의 봉화대까지 달려가본다. 불 관리를 소홀히 한 나머지 봉화는 꺼져 있었다. 모처럼 다가온 기회가 무산된 것이다. 랠프는 대장의 입장에서 구조의 소중한 기회를 놓친 점과 질서가 문란해졌다는 사실을 들어 잭을 힐책한다.

사실은 여기가 발단은 아니지만, 랠프와 잭 사이의 노골적인 반목이 표면화되는 것은 여기서부터다. 회의를 소집하여 행동보다 말만 앞세우고 사냥해서 고기를 얻는 실용적 가치를 제공하지 못하면서 이래라저래라 명령만 하는 랠프의 모습이 잭의 눈에는 몹시 못마땅하게 보인다. 만사를 토론에 부치고 심지어 꼬마들에게까지 동등한 발언권을 부여하는 랠프의 민주주의적 운영 방식은 잭이 보기에 너무 비능률적이고 시간 낭비다. 잭은 중요한 결정권을 소수가 휘두르는 지도 방식을 원한다. 사냥부대를 거느리고 막대기에 불과하지만 끝을 예리하게 만든 창으로 무장한 잭은, 중의를 통해 민주 방식으로 대장에 선출된 사실을 강조하고 항상 질서를 주장하는 랠프를 증오하기 시작한다.

밤이 되면 꼬마들이 정글의 소리와 바다에서 들려오는 소리, 낮에 바다 위에 나타났던 신기루의 요술로 악몽에서 헤매다가 고함치고 우는 일이 매일 계속된다. 헛것을 보고 괴물을 보았다고 주장하는 일은 비단 꼬마들에게만 국한된 것이 아니다. 이때 잭은 자신의 힘과 창으로 그 짐승을 쳐부수겠다고 호언장담한다. 그러나 랠프와 새끼돼지는 이 섬에 짐승은 절대로 없다는 이성과 순리의 소리로 맞선다. 이 맞서는 장면을 원저자의 필치로 소개해보자.

잭은 피 묻은 칼을 손에 들고 일어나며 말했다. 두 소년은 얼굴을 마주 보았다. 한편에는 사냥과 술책과 신나는 희열과 전략의 세계가 있었고 또 한편에는 동경과 좌절된 상식의 세계가 있었다.

그런데 어느 날 산봉우리에 진짜 짐승이 나타난다. 그 커다란 짐승은 개구리처럼 몸이 부풀어올랐다 줄었다 하면서 이상한 바람 소리를 냈다. 랠프와 잭, 로저가 정찰을 나갔다가 그 짐승의 실재를 확인한다.

그러나 정찰에서 돌아와 보고하는 회의석상에서 별안간 잭이 허위로 진상을 폭로한다. 잭은 대장인 랠프가 짐승을 보기도 전에 무서워서 도망쳤다고 선전한다. 랠프는 그렇지 않고 산정에 이르기까지 줄곧 앞장섰다고 항변한다. 거기서 고백하긴 싫었으나, 언제나 공정한 랠프는 정상에서 짐승을 보았을 때 혼비백산해서 자기도 도망치고 잭과 로저도 그럴 수밖에 없었다고 실토한다. 분노한 잭은 랠프의 대장 자격을 묻는 투표를 제의한다. 물론 잭의 의도는 무산된다.

잭은 랠프의 통솔하에 머물지 않겠다고 선언하고 혼자 회의장을 떠난다. 이후 잭의 사냥부대와 그 밖의 아이들이 하나둘 잭을 찾아 오두막을 떠난다. 이제 잭이 이끄는 사냥부대는 얼굴과 몸을 색깔이 있는 진흙으로 칠하여 흡사 원시적 토인을 연상케 한다. 이 부분에 이르러서도 작가 골딩은 해박한 인류학적 지식을 동원한다. 원시인이 몸에 색을 칠한 것은 원래 짐승이 사람의 냄새를 멀리서 감지하기 때문에 접근이 곤란했던 수렵 시대에, 동물이 인간 냄새를 맡지 못하도록 온몸에 흙을 칠하여 그 접근에 성공했다는 인류학적 사실과 일치하는 대목이다. 잭이 멧돼지의 예민한 후각을 알아차리고 처음으로 시도한 것이 이제 그의 부하 전체에게도 하나의 의식으로 확대된다.

이렇게 야만화된 잭의 일당은 랠프의 진영으로 쳐들어가 불을 훔쳐 오고 암멧돼지를 잡아 해변에서 잔치를 벌이며 토인들의 춤을 춘다. 잭은 자기의 명령에 복종하지 않는 아이는 바위 뒤에 묶어놓고 매질까지 한다. 잭의 생활방식은 질서와 이성을 떠난 원시적이며 야만적인 행태로 치닫는다. 그는 오직 폭력과 공포를 이용해 집단을 다스린다. 다시 골딩이 묘사하는 그런 장면의 예를 들어보자.

"사냥을 하겠다. 이제부턴 내가 대장이다."

그들은 찬성한다는 듯이 고개를 끄덕였다. 위기는 쉽게 지나갔다. (…) "또 한 가지. 여기서는 이상한 꿈을 자주 꾸지 않게 될 거다. 이곳은 섬의 끝이니까."

한편 랠프의 이성적이며 인간적인 통치 방식은 무기가 없어 사냥을 해오지 못하는 경제적 무능력 때문에 아이들을 잭에게 하나둘 빼앗기는 결과를 초래한다.

어느 날 밤 잭의 습격을 받아 불을 얻는 유일한 수단인 새끼돼지의 안경까지 강탈당한다.

이것은 심한 근시인 새끼돼지가 눈을 잃은 것을 의미할 뿐 아니라, 외부로부터의 구조를 얻는 유일한 수단인 봉화를 잃었다는 것을 뜻하기도 한다. 불을 달라고 요청하면 언제라도 줄 텐데 어째서 안경을 강탈했느냐고 잭의 본부로 찾아가 항의를 하던 와중에 새끼돼지가 돌에 맞아 죽고 혼자 남은 랠프도 쫓기는 몸이 된다.

좁은 섬에서 잭의 추적을 받아 독 안에 든 쥐처럼 궁지에 몰린 랠프는 기아와 공포와 절망에 빠져 이리저리 쫓기는 신세가 된다. 그러다가 잭이 랠프를 잡으려고 숲에 불을 놓고, 지나가던 군함이 그 연기를 보고 섬으로 접근해와 결국 해군 장교에게 구출된다.

2

이 소설이 내포한 상징적 의미가 무엇인가에 대한 평론가들의
해석은 매우 다양하다. 이 점을 하인즈 교수는 다음과 같이 설명하
였다.

> 이 우화는 몇 가지로 해석할 수 있다. 따라서 골딩을 평하는 평
> 론가들은 각자의 해석을 뒷받침할 수 있는 많은 증거를 이 우화에
> 서 찾아 제시했다. 프로이트의 심리학적 관점에서 본 평론가들은
> 이 소설에서 심리학적 이론이 의식적으로 연극화된 국면을 발굴했
> 다. 즉 "부모, 교회, 국가 등의 지속적인 압력을 거부하고 순수한 원
> 시사회로의 발전을 의미하는 새로운 문화를 형성하며 원시의 신과
> 귀신과 의식과 금기를 형성하려는 아이들"을 보았다는 말이다. 정
> 치적 관심이 높은 평론가는 합리적인 민주주의가 비합리적 권위주
> 의로 파괴되는 '현대적 정치 악몽'을 이 소설에서 읽을 수 있었다.
> (…) 사회주의적 관심이 높은 평론가들은 문명화된 사회주의적 통
> 제가 없다면 야비하고 잔인해지며 궁핍이 판치게 되는 사회의 투
> 시도를 이 속에서 발견했다.

이러한 해석의 다양성은 각 평론가의 주관적 선입견을 선명하게
나타내긴 하지만 이 소설 속에 담긴 우화적인 뜻과 기교를 제시하
는 데는 미흡하다. 차라리 주요 등장인물의 상징적 의미와 상호 관
계를 고찰하는 것이 이 작품을 올바르게 평가하는 데 더 도움이 될

것이다.

이 소설에서 가장 이성적이고 성격에 일관성을 보여주는 주인공 랠프는 완전무결의 상징은 물론 아니다. 그도 보통 사람들처럼 오류를 범하지만 그래도 이성과 상식을 잃지 않으려고 노력하는 인간의 상징이다. 그 자신도 알고 있듯 자기에게 적격이 아닌 지도자의 책임을 그럼에도 끝까지 감수하는 이유는, 자신이 책임을 회피하면 야만과 무법이 범람할 것이라는 자각 때문이었다. 따라서 소라는 그의 통솔과 권위의 상징이라기보다 질서와 이성적 토론의 상징이다. 구사일생으로 살아난 그가 이성의 힘을 믿었던 자기의 순진성이 끝난 것을 인식하고 애통해하는데, 그 애통해하는 모습은 미신 앞에 좌절된 양식(良識)의 모습이기도 하다.

랠프와 대결하는 사냥부대의 대장 잭은 민주주의 방식과 합리적 토론을 멸시하는 권력 지향적인 인간의 상징이다. 폭력을 집단화하고, 진흙을 온몸에 칠하는 등 갖가지 의식(儀式)을 동원하여 수치심과 죄의식 같은 것으로부터 인간들을 해방해 일종의 정치적 안정 세력을 구축하는 데 성공한 그는 야만적 독재자이며 파괴적 종교의 사제(司祭)인 동시에 이 소설 제목 그대로 '파리 떼의 왕초'다. 랠프가 좌절된 이성의 세계를 상징하는 '인간의 보호자'라면 잭은 전쟁, 반목, 잔인성의 세계를 상징하는 '인간 파괴자'이다. 두 소년은 견원지간, 아니 아벨과 카인의 관계처럼 항상 대립하면서 동시에 떼어놓을 수 없는 관계에 있다.

이 두 대립하는 주인공들에게는 이들 이상의 뚜렷한 우화적 의미를 발산하는 추종자가 하나씩 있다. 랠프에게는 충실하고 현명한 친구이며 정책 참모 노릇을 하는 '새끼돼지'가 있다. 이 과학자형 소년은 지독한 근시여서 도수가 높은 안경을 쓰고 있는데, 이 안경은 문명의 상징인 불을 소년들에게 가져다준다. 행동력은 약하지만 랠프보다 뛰어난 사고력을 지닌 그는 합리적 사회에서는 매우 가치있게 평가되겠지만 이 섬에서는 아무런 힘도 발휘하지 못한다. 이지의 상징인 '새끼돼지'는 랠프까지 포함해서 다른 소년들의 행동을 '철부지 같은' 짓거리로 경멸한다. 그러나 잭에게 안경을 빼앗겨 한쪽 알을 깨뜨린 후로는 시력을 잃은 무능자와 같아서 소년들의 조롱거리가 되기도 한다. 그의 이지에도 허점이 없는 것은 아니다. 그는 성인의 지혜를 신봉하고 성인의 행동을 판단기준으로 삼았지만 그가 믿는 성인들이란 소년들보다 더 규모가 큰 도살장의 종사자들일 뿐이다.

잭의 행동참모는 로저라는 소년인데 '새끼돼지'와 대칭 관계에 있다. 그는 지배욕이 강한 잭의 배후에서 모든 살상을 자기 손으로 직접 집행하는 하수인이다. 가정, 학교, 교회, 법률 등으로 대표되는 관습상의 금기가 처음에는 그를 구속했지만 일단 그 금기에서 해방되자 잭보다 더 포악한 파괴주의자로 변신한다. 모든 생명을 찍어 누르고 없애고 싶어 하는 그의 살생욕은 인간 내부에 숨어 있는 파괴 본능의 상징이다. 그는 이미 무력해진 그의 상대자 '새끼돼지'를 절벽 위의 바위를 굴려서 무참하게 죽여버린다. 그의 최후를 골딩은 다음과 같이 묘사한다.

바위는 턱에서 무릎을 스치면서 새끼돼지를 쳤다. 소라는 산산 조각이 나서 흔적을 찾지 못하게 되었다. 무슨 말을 하기는커녕 신음소리를 낼 틈도 없이 새끼돼지는 바위와 함께 허공으로 떨어져 내렸다. 떨어지면서 재주를 부렸다. 바위는 두 번 튀어오르더니 숲속에 처박혀 보이지 않게 되었다. 새끼돼지는 12미터 낭떠러지로 떨어져 바다 위로 삐져나온 네모진 붉은 바위에 등을 부딪혔다. 머리가 터져서 골수가 빠져나와 빨갛게 되었다. 새끼돼지의 팔다리가 살해된 직후의 멧돼지처럼 경련하고 있었다.

이처럼 이지가 무참히 말살당한다. 새끼돼지보다 앞서 죽은 희생자는 항상 고독하고 명상적이며 남 앞에서 수줍어하는 사이먼이다. 감지력이 예민한 그는 혼자서 숲속을 탐색한 결과 '짐승'의 정체란 낙하산으로 추락하여 보기 흉한 꼴로 바위틈에 끼인 한 어른 조종사의 부패한 시체에 불과하다는 것을 알아낸다. 이런 진실을 알고 어둠을 헤치고 돌아온 그는 때마침 토인춤에 열중한 나머지 극도로 흥분한 사냥부대 소년들에게 집단 타살을 당하고 만다. 따라서 진리가 모두에게 전달될 기회가 영원히 상실된다. 사이먼이 죽기 전, 막대기에 꽂힌 멧돼지 머리와 나눈 대화가 말해주듯 '짐승'은 썩어가는 조종사의 시체가 아니라 바로 인간의 일부였다. 이 소설의 중심사상은 사이먼과 '파리대왕' 사이의 대화에서 잘 나타난다. 인간의 원초적 잔인성과 파괴본능을 주장하는 골딩의 문장으로 살펴보자.

사이먼의 입이 기를 쓰더니 귀로 들을 수 있는 단어가 가까스로 튀어나왔다.

"막대기에 꽂힌 멧돼지 머리야."

"짐승을 사냥해서 죽일 수 있다고 생각하다니 가소롭기 짝이 없구나"하고 멧돼지 머리가 말했다. (…) "너도 알지? 나는 너희들의 일부분이야. 아주 밀접하게 가까이 있는 일부분이야. 왜 모든 것이 그릇되게 돌아가고 모든 일이 현재의 이 모양으로 되었는가 하면, 그건 모두 나 때문이야."

여기서 말하는 '나'는 물론 인간 안에 내재하는 악한 성향을 지칭한다. 사이먼이 "모두가 우리 탓이야" 하고 중얼거리는 말속에서 우리 불안의 정체는 바로 우리 자신, 즉 인간의 '본질적인 고질병(mankind's essential illness)'이 아닐까 하는 인식을 서투른 표현에서나마 감지할 수 있다. 이 어린 진리의 순교자는 이 소설 전체의 상징적 구성으로 보아 가장 중심적인 위치를 차지하는 인물일 것이다. 적어도 골딩의 의도에서 사이먼은 매우 중요한 도덕적 인식의 상징이라고 단정해도 지나치지 않을 것이다.

3

《파리대왕》을 이해하는 데 작중 인물 개개인의 상징적인 의미에 버금갈 만큼 중요한 것은 이 소설의 원천으로 평가되는 R. M. 밸런타인의 《산호섬》(1858)과의 관계이다. 앨런(Walter Allen)은 《파리대왕》을 가리켜 《산호섬》의 현대판 주석이라고 말한다.

《산호섬》에도 랠프와 잭이라는 인물이 등장하는데, 이들을 《파리대왕》의 주인공들과 비교하면 흥미롭다. 여기서도 열대의 한 섬에 도착하게 된 소년들은 해적과 식인종을 만나는 등 비슷한 고초를 겪는다. 그러나 불굴의 정신으로 난관을 극복하고 드디어 식인종까지 개화시키고 행복한 사회를 이룬다. 이들은 용기와 이성과 규율의 표본이며 영국 학교 교육의 빛나는 성과다.

밸런타인의 주인공을 하인즈 교수는 다음과 같이 서술했다.

(그들은) 모든 역경을 영국인 특유의 강인성과 기독교적 미덕으로 극복한다. 《산호섬》이라는 작품을 두고 어설픈 윤리 교본이라고 말해도 어쩔 수 없다. 그 안에서는 선(善)이란 영국적인 것, 기독교적인 것, 유쾌한 것이며 특히 기독교를 믿는 영국 소년과 같은 것으로 정의되며 악은 비기독교적인 것, 야만적인 것, 어른 같은 것으로 정의된다. 세 소년은 합리적이고 자긍심이 강하고 창의적이며 덕성이 있다. 간단히 말해서 그 소년들은 누구도 보지 못하고 들은 바도 없는 소년 같은 데가 전혀 없는 소년들이다.

신랄한 야유다. 《산호섬》의 어린 주인공들의 낙관주의는 《파리대왕》 속에서 "우리는 영국 국민이야. 영국 국민들은 무슨 일이든 잘 해결해" 하고 말하는 잭의 장담과 상통한다. 그러나 《산호섬》의 잭은 영국의 규율과 강인성의 상징인 반면, 골딩의 잭은 폭력과 살상과 무질서의 상징으로 영락해 있다. 아무리 의젓하고 신사다운 영국인이라 해도 극한상황이라 할 난관에 닥쳐서조차 그것이 가능하다고 믿는 것은 얼마나 허황된 것인가 하고 골딩은 그의 《파리대왕》을 통해 논박하고 있는 것이다. 골딩은 《산호섬》 스타일의 의식수준이나 도덕성은 진실이 아니라고 단정하고, 인간의 진정한 본성은 그 반대라는 것을 설파하기 위해 《파리대왕》을 발표한 것이다. 《파리대왕》의 의도는, 인간의 모든 죄악과 잔학성은 《산호섬》에서처럼 어떤 외적 요소로부터 생기는 것이 아니라 인간의 내부, 즉 인간 내면의 어둠의 핵심(the darkness of human heart)에서 연유되는 것이라는 사실을 규명하는 것이었다. 바로 이러한 의미에서 작가도 인정했듯이 이 소설의 소년들은 조셉 콘래드의 상징 소설《어둠의 속》에 나오는 주인공 쿠르츠와 일맥상통한다.

인간의 죄악과 비참은 문명사회의 제도적 결함 때문이고 행복은 자연의 상태에 있다고 주장한 루소의 낭만주의는, 문명을 벗어나 원시를 동경하는 풍조를 유행시켰고 그것은 곧 19세기에 유행한 남태평양 표류 소설, 모험 소설의 기조 철학이 되었다. 그리고 골딩의 이 소설은 그러한 감상적인 '고귀한 야만인의 신화'를 무참히 깨뜨려버린 작품으로 지목될 수 있을 것이다. 문명을 벗어나서 원시 상태에 들어간 소년들이 맞닥뜨리는 것이 과연 천진과 행복의 낙원일까? 이 질문에 대해 골딩은 문명의 구속을 벗어나는 순간부터 천진한 자연아여야 할 소년들이, 어떤 보이지 않는 타성이나 보이지 않는 의지를 통해 곧바로 문명의 폐허로 돌진할 수밖에 없다고 대답한다. 결국 사회와 문명의 결함이 인간성을 파괴하는 것이 아니라 그 결함을 그 근원이 되는 인간성의 결함으로까지 소급하여 투시하는 자세……. 이것이 골딩의 자세다. 따라서 인간의 원죄와 타락이 이 소설의 주제라고 볼 때 이것은 영국 최초의 우화 소설《천로역정》(1678)과 비교될 수 있다. 전통적인 우화 소설에서는 신의 은총과 같은 기독교적 가치 긍정이 수반된다. 실제로《천로역정》에서는 구원에의 희망이 중요한 주제가 되고 있다. 그러나 골딩의《파리대왕》에서는 그러한 긍정을 찾아볼 수 없을뿐더러 신의 구원에 관해서는 전혀 언급이 없다. 우리가《파리대왕》에서 찾아볼 수 있는 것은 인간성 내부에 파리 떼처럼 앉아 있는 암흑에 관한 언급뿐이고 소년들을 구해줄 성인들, 즉 누가 그들을 구해줄 것인가에 관해서는 아무런 암시가 없다.

주인공 랠프가 끊임없이 구조를 기다리는 모습에서 인간의 구원에 대한 종교적 회구를 읽는 독자도 있을 것이다. 그것은 앞서 말했듯이 이 소설이 상징소설이며 우화적 소설이기 때문이다. 상징은 어디까지나 상징이어서 소라는 반드시 무엇을 의미하며, 양쪽을 뾰족하게 만든 창은 반드시 무엇을 의미한다는 식의 등식은 성립하지 않는다. 따라서 이 작품을 감상하며 주의해야 할 것은 소년들의 단순한 행동을 묘사할 때 작가가 선택하는 언어의 섬세함과 마술성이다. 소라를 두 손으로 받쳐 든다는 말이 수없이 반복되는데, 자세히 주의하면 두 손으로 조심스레 받쳐 드는 영상을 의도적으로 부각해 민주주의를 소중히 여기는 그리스, 로마의 원로원에 들어온 듯한 분위기를 조성한다.

이 작품의 압권인 암멧돼지를 잡아 죽이는 장면은 묘사된 액면 그대로의 의미도 있지만, 정독하는 독자에겐 일종의 섹스의 향연을 관람하는 기분도 들 것이다. 이것은 일면 욕정에 굶주린 흉한에게 처녀가 겁탈당하는 장면을 방불케 한다.

여기서 암멧돼지는 더위에 녹초가 되어 쓰러졌다. 그러자 사냥 부대가 마구 덮쳐들었다. 이 미지의 세계로부터의 무시무시한 기습에 암멧돼지는 미친 듯이 날뛰었다. 비명을 지르고 껑충껑충 뛰어오르려 했다. 그야말로 땀과 소음과 피와 공포가 그곳의 대기를 빼곡히 채웠다. 로저는 쓰러진 멧돼지 주위를 돌면서 멧돼지의 살점이 드러날 때마다 닥치는 대로 창으로 찔러댔다. 잭은 암멧돼지를 올라타고 칼로 내리쬘렀다. 로저는 자기 창끝이 찌를 마땅한 장소를 발견했는지 체중을 전부 실어서 창으로 누르고 있었다. 그 창은 조금씩 살 속으로 파고들었고 (…) 다음 순간 잭이 멧돼지의 목덜미를 땄다. 뜨거운 피가 그의 두 손으로 솟구쳤다. 소년들 밑에 깔린 암멧돼지는 축 늘어지고, 소년들도 나른해지면서 원을 풀었다. 나비들은 여전히 공지 한복판에서 정신없이 춤을 추었다.

이러한 예를 들자면 한이 없다. 이처럼 하나의 도덕적 우화를 높은 예술의 수준으로까지 끌어올리는 묘사의 기교 없이는 우화는 영원히 우화로 남을 것이다. 서투르게 다루어진 현대의 우화가 버니언(J. Bunyan)의 《천로역정》의 수준을 넘기가 힘든 이유가 바로 그 점에 있는 것이다. 따라서 골딩은 특이한 소재를 특이하게 다루는 데 성공한 드문 작가로서, 1983년 '노벨문학상 수상자'로서 전혀 손색이 없다 하겠다.

4

윌리엄 골딩은 영국의 콘월에서 태어나 옥스퍼드의 브레이스노스대학에서 수학하며 처음에는 자연과학을 공부했다. 그러나 적성에 맞지 않는다고 느낀 골딩은 전공을 영문학으로 바꾸고 고대영어 시대에 속하는 《베오울프(Beowulf)》를 깊이 연구했다. 1930년 자신의 첫 시집을 발간하여 시인으로 출발하는가 했더니 포기하고 월트셔로 가서 교직생활을 시작했다. 1961년에 미국으로 건너가 버지니아주에 있는 홀린스칼리지에서 1년 동안 초빙교수로 강의했다. 또한 이 작가에 대해 알려진 것은 그가 2차 세계대전 중 영국 해군에 입대하여 로켓함을 지휘하는 하급장교로 활약하다가 디데이를 맞이했다는 사실이다. 그의 종군 경험을 묻는 말에 그는 다음과 같이 대답했다.

2차 세계대전은 나에게 특기할 영향을 끼쳤습니다. 정말 온몸이 돌처럼 굳어지는 공포를 느꼈습니다. 겁나더군요. 전쟁이 나의 인생행로의 전환점이었습니다. 나는 인간이 할 수 있는 것이 무엇인가를 눈으로 보기 시작했습니다. 도대체 2차 세계대전이란 것이 어디서 온 것일까, 그것은 비인간적이고 이질적인 어떤 것이 만들어낸 것일까, 아니면 두 개의 눈과 다리와 심장을 가진 우리와 몰골을 같이한 생물이 만든 것일까 하는 의문을 품어볼 기회가 나에게 온 것입니다.

2차 세계대전은 위에 인용한 말에서 볼 수 있듯이 그에게 인간에 대한 심각한 회의를 일으키는 전기가 되었다. 그러나 이 회의는 1차 세계대전 직후의 전후작가들이 품었던 것과는 질이 달랐다. 즉 헤밍웨이를 위시한 소위 '잃어버린 세대'가 느끼던 환멸과는 차원이 다른 회의였다. '잃어버린 세대'는 환멸로 인생의 방향감각을 상실한 데 반해, 골딩이 전쟁에 느낀 환멸은 인간의 원죄(原罪)에 대한 확신을 그의 의식 속에 심어주었다. 그는 전쟁과 살육의 원인을 사회 또는 이념의 허구성에서 찾지 않고 인간 본질에 내재한 악의 응어리에서 찾았다. 그리하여 1954년에 쓴 그의 최초의 소설《파리대왕》속에서 그러한 인간 본질에 내재한 악을 들여다보는 엑스레이 사진을 촬영하기에 이르렀다.

그의 집안은 많은 교육자를 배출한 가문이었다. 그도 근 20년 동안 교직에 몸담았다. 따라서 그의 교육자적 관심은 예술가적 의욕에 못지않게 문학을 대하는 태도에 큰 영향을 끼쳤을 것이다. 소설이 무엇을 묘사할 수 있느냐보다는 소설을 통해 무엇을 가르칠 수 있느냐 하는 문제가 그에게는 더욱 중요했던 모양이다. 작가의 '사회참여'라는 문제에 대해서도 그는 사회를 개조하려는 참여가 아닌 인간을 개조하기 위한 참여에 더 열성적이었다.

나의 성격은 원래 심각합니다. 인간은 자신의 본성에 대한 가공할 무지 때문에 수난을 겪고 있다고 믿는 사람입니다. 나의 견해가 진실에 가까운 것일지도 모른다는 신념에서 나는 나 자신의 견해를 창조하고 있습니다. 나는 인간의 딜레마에 전폭적인 관심을 쏟고 있는 사람입니다. 그러나 그 딜레마를 세금이나 천문학의 문제라기보다는 훨씬 더 본질적인 문제로 보고 있습니다.

위의 글은 그가 어느 잡지사에 보낸 설문해답인데, 여기서 알 수 있듯 그가 의미하는 전폭적인 관심이란 사회·정치·경제상의 문제, 다시 말해 시사성을 띤 문제에 대한 관심이라기보다 시대와 장소의 변화에 관계없이 영원히 변치 않는 인간 본질 또는 인간조건에 대한 관심이다. 인간의 진실된 상(像)이 무엇인가를 통찰하는 작업에 참여하는 것이 작가의 자세라는 게 그의 신념이다. 그는 그 신념의 적절한 표현양식을 우화적 상징소설이라는 형식에서 발견했다. 그래서 그의 소설은 리얼리즘이 결여되어 있다는 평을 받고 있기도 하다. 다시 말해서 소설의 줄거리나 성격 묘사에 대한 관심보다 추상개념과 도덕적 명제에 초점을 맞춰 소설을 쓰다 보니 우화작가에 머물게 되었다는 평을 듣기도 한다. 그러나 앨런의 《현대소설(*The Modern Novel*)》을 보면 골딩은 자기 작품을 우화라고 부르지 말고 신화(myth)라고 불러주었으면 좋겠다고 말한 대목이 있다.

커모드(Frank Kermode) 교수는 한때 "골딩을 영어로 글을 쓰는 현역작가들 중에서 가장 중요한 작가로 보는 것이 공통적인 견해"라고 말했는데, 그 말을 받아 월터 앨런은 "공통적인 견해인 것만은 틀림없다. 그러나 그것은 일반대중의 의견이라기보다 지식층과 학계에만 깔린 견해라는 것을 첨가해야겠다"라고 전자의 칭찬에 수정을 가했다. 이 앨런의 수정 발언이 골딩을 치켜세우는 것인지 깎아내리는 것인지는 두고두고 음미할 문제인 것 같다.

도덕적 주제를 담은 상징성이 독자층을 제한한다는 점에서는 애석한 일인지 모르나 이것은 현대 작가들에게선 보기 드문 국면이다. 상황설정도 언제나 주관적 생존이나 개인 경험을 철저히 배제하고 가장 본질적인 문제만을 부각하기 위해 현실과 되도록 멀리 설정하는 그의 작가 정신은 정말 부럽기까지 하다. 왜냐하면 우리 한국의 작가들 중 많은 수가 상황 설정을 자기 주변, 그것도 현실 감각에 남달리 민감해서가 결코 아닌, 밀접히 자신들과 밀착된 부분에만 고집하는 현실을 앞에 두고 있기 때문이다.

노벨문학상, 그것은 정말 거저 주는 것이 아닌가 보다.

옮긴이

윌리엄 골딩 연보

1911년 9월 19일, 영국 콘월의 작은 항구 도시 뉴키에서 교사인 아버지 앨릭 골딩과 주부이자 여성 참정권 운동 지지자였던 어머니 밀드러드 사이에 태어남.

1930년 옥스퍼드대학교에 입학해 2년간 자연과학을 전공하다가 영문학으로 전공을 바꿈.

1934년 대학 졸업 후 친구의 도움으로 맥밀런 출판사에서 첫 시집 《시집》을 출간함.

1939년 화학자 앤 브룩필드와 결혼함. 슬하에 두 자녀를 두게 됨.

1940년 영국 해군에 입대함. 2차 세계대전 중 독일 전함 비스마르크호 격침 및 노르망디 상륙 작전에 참여함. 종전 후 솔즈베리의 비숍 워즈워스 스쿨에서 영문학과 철학을 가르침.

1954년	출판사가 스물한 번 거절한 뒤에 마침내 받아들인 원고가《파리대왕》으로 출간됨. 이듬해 출간된 소설《상속자들》(1955)을 비롯해 잇달아 출간된《핀처 마틴》(1956),《자유 낙하》(1959)까지 문학계의 호평을 받고 대중적 인기를 누림.
1961년	소설가로 큰 성공을 거두자 교직 생활을 마치고 미국 버지니아주의 홀린스칼리지에서 초빙교수 겸 방문작가로 1년을 보냄.
1964년	중세 영국을 배경으로 한 소설《첨탑》을 발표했으나 비평가들의 혹평을 받음. '꿈 일지'를 기록하기 시작해 이후 20년간 기록을 이어감.
1967년	폐쇄적인 영국 마을을 배경으로 한 소년의 성장을 그린 소설《피라미드》를 출간함.
1970년	캔터베리의 켄트대학교 총장 후보로 올랐으나 낙방함(자유당 정치인 조 그리먼드가 총장으로 선출됨).
1979년	영문학 작품에 수여되는 제임스 테이트 블랙 기념상을 수상함.
1980년	3부작 '땅끝까지'의 첫 번째 작품《통과 제의》를 출간하고, 이 작품으로 부커상을 수상함.
1983년	노벨문학상을 수상함.
1985년	부인과 함께 콘월주 트루로 근처에 있는 털리마 저택으로 이사하고, 그곳에서 여생을 보냄.
1987년	'땅끝까지'의 두 번째 작품《밀집 지대》를 출간함.
1988년	영국 왕실에서 수여하는 최하위 훈작사(Knight Bachelor)를

받음.

1989년 '땅끝까지'의 마지막 작품 《심층의 불》을 출간함. '땅끝까
지' 3부작은 이후 2005년 BBC TV 드라마로 제작됨.

1993년 6월 19일, 심부전증으로 세상을 떠남. 윌트셔의 보어초크
에 묻힘.

1995년 원고로 남긴 소설 《갈라진 혀》가 사후 출간됨.

옮긴이 **이덕형**

서울대학교 사범대학 영어교육과 동 대학원을 졸업했다. 이화여자고등학교, 동성고등학교, 서울사대부속고등학교 교사로 재직하고, 서울대학교 강사와 연세대학교 교수를 역임했다. 편저로《한 권으로 읽는 세계문학 60선》이 있고, 역서로 콜린 맥컬로의《가시나무새》, J. D. 샐린저의《호밀밭의 파수꾼》, 월터 페이터의《페이터의 산문》,《르네상스》, 존 업다이크의《센토》,《돌아온 토끼》, 올더스 헉슬리의《멋진 신세계》, 존 파울즈의《프랑스 중위의 여자》, 토머스 로저스의《20세기 아이의 고백》, 캐서린 맨스필드의《가든 파티》, 그레이엄 그린의《천형》, 유리 다니엘의《여기는 모스크바》, 펠릭스 잘텐의《밤비》, 헨리 데이비드 소로의《월든》, 이솝의《이솝 우화》등 다수가 있다.

파리대왕

1판 1쇄 발행 1983년 10월 30일
3판 1쇄 발행 2024년 11월 15일

지은이 윌리엄 골딩 │ 옮긴이 이덕형
펴낸곳 (주)문예출판사 │ 펴낸이 전준배
출판등록 2004. 02. 11. 제 2013-000357호 (1966. 12. 2. 제 1-134호)
주 소 04001 서울시 마포구 월드컵북로 21
전 화 02-393-5681 │ 팩 스 02-393-5685
홈페이지 www.moonye.com │ 블로그 blog.naver.com/imoonye
페이스북 www.facebook.com/moonyepublishing │ 이메일 info@moonye.com

ISBN 978-89-310-2403-6 04800
ISBN 978-89-310-2365-7 (세트)

• 잘못 만든 책은 구입하신 서점에서 바꿔드립니다.

❀문예출판사® 상표등록 제 40-0833187호, 제 41-0200044호.

■ 문예세계문학선

★ 서울대, 연세대, 고려대 필독 권장 도서   ▲ 미국대학위원회 추천 도서
● 《타임》 선정 현대 100대 영문 소설   ▽ 《뉴스위크》 선정 세계 100대 명저

1 젊은 베르테르의 슬픔 괴테 / 송영택 옮김

▲▽ 2 멋진 신세계 올더스 헉슬리 / 이덕형 옮김

▲●▽ 3 호밀밭의 파수꾼 J. D. 샐린저 / 이덕형 옮김

4 데미안 헤르만 헤세 / 구기성 옮김

5 생의 한가운데 루이제 린저 / 전혜린 옮김

6 대지 펄 S. 벅 / 안정효 옮김

●▽ 7 1984 조지 오웰 / 김승욱 옮김

▲●▽ 8 위대한 개츠비 F. 스콧 피츠제럴드 / 송무 옮김

▲●▽ 9 파리대왕 윌리엄 골딩 / 이덕형 옮김

10 삼십세 잉게보르크 바흐만 / 차경아 옮김

★▲ 11 오이디푸스왕 · 안티고네
소포클레스 · 아이스킬로스 / 천병희 옮김

★▲ 12 주홍글씨 너새니얼 호손 / 조승국 옮김

▲●▽ 13 동물농장 조지 오웰 / 김승욱 옮김

★ 14 마음 나쓰메 소세키 / 오유리 옮김

★ 15 아Q정전 · 광인일기 루쉰 / 정석원 옮김

16 개선문 레마르크 / 송영택 옮김

★ 17 구토 장 폴 사르트르 / 방곤 옮김

18 노인과 바다 어니스트 헤밍웨이 / 이경식 옮김

19 좁은 문 앙드레 지드 / 오현우 옮김

★▲ 20 변신 · 시골 의사 프란츠 카프카 / 이덕형 옮김

★▲ 21 이방인 알베르 카뮈 / 이휘영 옮김

22 지하생활자의 수기 도스토옙스키 / 이동현 옮김

★ 23 설국 가와바타 야스나리 / 장경룡 옮김

★▲ 24 이반 데니소비치의 하루
A. 솔제니친 / 이동현 옮김

25 더블린 사람들 제임스 조이스 / 김병철 옮김

★ 26 여자의 일생 기 드 모파상 / 신인영 옮김

27 달과 6펜스 서머싯 몸 / 안흥규 옮김

28 지옥 앙리 바르뷔스 / 오현우 옮김

★▲ 29 젊은 예술가의 초상 제임스 조이스 / 여석기 옮김

▲ 30 검은 고양이 애드거 앨런 포 / 김기철 옮김

★ 31 도련님 나쓰메 소세키 / 오유리 옮김

32 우리 시대의 아이 외된 폰 호르바트 / 조경수 옮김

33 잃어버린 지평선 제임스 힐턴 / 이경식 옮김

34 지상의 양식 앙드레 지드 / 김봉구 옮김

35 체호프 단편선 안톤 체호프 / 김학수 옮김

36 인간 실격 다자이 오사무 / 오유리 옮김

37 위기의 여자 시몬 드 보부아르 / 손장순 옮김

●▽ 38 댈러웨이 부인 버지니아 울프 / 나영균 옮김

39 인간희극 윌리엄 사로얀 / 안정효 옮김

40 오 헨리 단편선 O. 헨리 / 이성호 옮김

★ 41 말테의 수기 R. M. 릴케 / 박환덕 옮김

42 파비안 에리히 케스트너 / 전혜린 옮김

★▲▽ 43 햄릿 윌리엄 셰익스피어 / 여석기 옮김

44 바라바 페르 라게르크비스트 / 한영환 옮김

45 토니오 크뢰거 토마스 만 / 강두식 옮김

46 첫사랑 이반 투르게네프 / 김학수 옮김

47 제3의 사나이 그레이엄 그린 / 안흥규 옮김

★▲▽ 48 어둠의 속 조셉 콘래드 / 이덕형 옮김

49 싯다르타 헤르만 헤세 / 차경아 옮김

50 모파상 단편선 기 드 모파상 / 김동현 · 김사행 옮김

51 찰스 램 수필선 찰스 램 / 김기철 옮김

★▲▽ 52 보바리 부인 귀스타브 플로베르 / 민희식 옮김

53 페터 카멘친트 헤르만 헤세 / 박종서 옮김

★ 54 몽테뉴 수상록 몽테뉴 / 손우성 옮김

55 알퐁스 도데 단편선 알퐁스 도데 / 김사행 옮김

56 베이컨 수필집 프랜시스 베이컨 / 김길중 옮김

★▲ 57 인형의 집 헨리크 입센 / 안동민 옮김

★ 58 소송 프란츠 카프카 / 김현성 옮김

★▲ 59 테스 토마스 하디 / 이종구 옮김

★▽ 60 리어왕 윌리엄 셰익스피어 / 이종구 옮김

61 라쇼몽 아쿠타가와 류노스케 / 김영식 옮김

▲▽ 62 프랑켄슈타인 메리 셸리 / 임종기 옮김

▲●▽ 63 등대로 버지니아 울프 / 이숙자 옮김

64 명상록 마르쿠스 아우렐리우스 / 이덕형 옮김

65 가든 파티 캐서린 맨스필드 / 이덕형 옮김

66 투명인간 H. G. 웰스 / 임종기 옮김

67 게르트루트 헤르만 헤세 / 송영택 옮김

68 피가로의 결혼 보마르셰 / 민희식 옮김

(뒷면 계속)

★ 69 팡세 블레즈 파스칼 / 하동훈 옮김

70 한국 단편 소설선 김동인 외

71 지킬 박사와 하이드 로버트 L. 스티븐슨 / 김세미 옮김

▲ 72 밤으로의 긴 여로 유진 오닐 / 박윤정 옮김

★▲▽ 73 허클베리 핀의 모험 마크 트웨인 / 이덕형 옮김

74 이선 프롬 이디스 워튼 / 손영미 옮김

75 크리스마스 캐럴 찰스 디킨스 / 김세미 옮김

★▲ 76 파우스트 요한 볼프강 폰 괴테 / 정경석 옮김

▲ 77 야성의 부름 잭 런던 / 임종기 옮김

★▲ 78 고도를 기다리며 사뮈엘 베케트 / 홍복유 옮김

★▲▽ 79 걸리버 여행기 조너선 스위프트 / 박용수 옮김

80 톰 소여의 모험 마크 트웨인 / 이덕형 옮김

★▲▽ 81 오만과 편견 제인 오스틴 / 박용수 옮김

★▽ 82 오셀로 · 템페스트 윌리엄 셰익스피어 / 오화섭 옮김

★ 83 맥베스 윌리엄 셰익스피어 / 이종구 옮김

▽ 84 순수의 시대 이디스 워튼 / 이미선 옮김

★ 85 차라투스트라는 이렇게 말했다 니체 / 황문수 옮김

★ 86 그리스 로마 신화 에디스 해밀턴 / 장왕록 옮김

87 모로 박사의 섬 H. G. 웰스 / 한동훈 옮김

88 유토피아 토머스 모어 / 김남우 옮김

★▲ 89 로빈슨 크루소 대니얼 디포 / 이덕형 옮김

90 자기만의 방 버지니아 울프 / 정윤조 옮김

▲ 91 월든 헨리 D. 소로 / 이덕형 옮김

92 나는 고양이로소이다 나쓰메 소세키 / 김영식 옮김

★ 93 폭풍의 언덕 에밀리 브론테 / 이덕형 옮김

★▲ 94 스완네 쪽으로 마르셀 프루스트 / 김인환 옮김

★ 95 이솝 우화 이솝 / 이덕형 옮김

★ 96 페스트 알베르 카뮈 / 이휘영 옮김

▲ 97 도리언 그레이의 초상 오스카 와일드 / 임종기 옮김

98 기러기 모리 오가이 / 김영식 옮김

★▲ 99 제인 에어 1 샬럿 브론테 / 이덕형 옮김

★▲ 100 제인 에어 2 샬럿 브론테 / 이덕형 옮김

101 방황 루쉰 / 정석원 옮김

102 타임머신 H. G. 웰스 / 임종기 옮김

● 103 보이지 않는 인간 1 랠프 엘리슨 / 송무 옮김

● 104 보이지 않는 인간 2 랠프 엘리슨 / 송무 옮김

▲ 105 훌륭한 군인 포드 매덕스 포드 / 손영미 옮김

106 수레바퀴 아래서 헤르만 헤세 / 송영택 옮김

▲ 107 죄와 벌 1 표도르 도스토옙스키 / 김학수 옮김

▲ 108 죄와 벌 2 표도르 도스토옙스키 / 김학수 옮김

109 밤의 노예 미셸 오스트 / 이재형 옮김

110 바다여 바다여 1 아이리스 머독 / 안정효 옮김

111 바다여 바다여 2 아이리스 머독 / 안정효 옮김

112 부활 1 레프 톨스토이 / 김학수 옮김

113 부활 2 레프 톨스토이 / 김학수 옮김

▲● 114 그들의 눈은 신을 보고 있었다
조라 닐 허스턴 / 이미선 옮김

115 약속 프리드리히 뒤렌마트 / 차경아 옮김

116 제니의 초상 로버트 네이선 / 이덕희 옮김

117 트로일러스와 크리세이드
제프리 초서 / 김영남 옮김

118 사람은 무엇으로 사는가
레프 톨스토이 / 이순영 옮김

119 전락 알베르 카뮈 / 이휘영 옮김

120 독일인의 사랑 막스 뮐러 / 차경아 옮김

121 릴케 단편선 R. M. 릴케 / 송영택 옮김

122 이반 일리치의 죽음 레프 톨스토이 / 이순영 옮김

123 판사와 형리 F. 뒤렌마트 / 차경아 옮김

124 보트 위의 세 남자 제롬 K. 제롬 / 김이선 옮김

125 자전거를 탄 세 남자 제롬 K. 제롬 / 김이선 옮김

126 사랑하는 하느님 이야기 R. M. 릴케 / 송영택 옮김

127 그리스인 조르바 니코스 카잔차키스 / 이재형 옮김

128 여자 없는 남자들 어니스트 헤밍웨이 / 이종인 옮김

129 사양 다자이 오사무 / 오유리 옮김

130 슌킨 이야기 다니자키 준이치로 / 김영식 옮김

131 실종자 프란츠 카프카 / 송경은 옮김

132 시지프 신화 알베르 카뮈 / 이가림 옮김

133 장미의 기적 장 주네 / 박형섭 옮김

134 진주 존 스타인벡 / 김승욱 옮김

135 황야의 이리 헤르만 헤세 / 장혜경 옮김